Die Autorin studierte Germanistik, Psychologie und Medienkultur, promovierte in Neuerer Deutscher Literaturwissenschaft und absolvierte ein Fernstudium in Journalismus. Heute bloggt sie auf *wortopolis.de*, schreibt als freiberufliche Texterin und Redakteurin und veröffentlicht als Edda Keyser Romane über Familie, Freundschaft, Liebe und die Suche nach sich selbst.

Unter dem Künstlernamen Lilu Kestlinger schreibt sie außerdem für Kinder, Jugendliche und junge oder jung gebliebene Erwachsene.

Mehr Informationen über die Autorin und ihre Projekte gibt es auf www.wortopolis.de.

Edda Keyser

Ella

Die Deutsche Nationalbibliothek verzeichnet diese Publikation in der Deutschen Nationalbibliografie; detaillierte bibliografische Daten sind im Internet über dnb.dnb.de abrufbar.

4. überarbeitete Auflage 2021
1. Auflage 2017

© 2021 Edda Keyser
Umschlaggestaltung und Satz: Edda Keyser
Lektorat: Maike Frie, www.skriving.de

Herstellung und Verlag: BoD – Books on Demand, Norderstedt

ISBN: 978-3-7481-6909-3

1. Wie von Sinnen

Ella fuhr mit ihrem cremefarbenen Hollandrad über einen schmalen Waldweg. Die Federung des braunen Ledersattels quietschte leise, die Plastiksonnenblume am Lenkerkorb wogte hin und her, und Ellas blonde Locken flatterten wie ihr langer Rock im Fahrtwind. Es war Ende April und die meisten Bäume waren schon wieder dicht mit hellgrünem Laub besetzt. Kleine Blumen überzogen die dunklen Polster auf dem Waldboden mit unzähligen weißen Tupfen, die Vögel trillerten, pfiffen und flöteten um die Wette, und die Luft hatte diese milde Frische, die einen unweigerlich in Tatendrang versetzte. Der Wald schrie seine Frühlingsgefühle geradezu heraus, auf eine rücksichtslos jubelnde Weise. Doch das alles hatte nichts damit zu tun, dass Ellas Herz schnell und hart gegen ihren Brustkorb sprang, dass ihr Magen sich mit nervöser Übelkeit verschloss und ihr Hals sich anfühlte wie zugeschnürt. Tatsächlich nahm sie ihre Umgebung kaum wahr. Stattdessen war sie mit ihren Gedanken schon am Ziel ihrer Fahrt, hatte ihr Fahrrad bereits vor der Schule angeschlossen und war im Lehrerzimmer mit seinem grauen Teppich und den weißen Tischen angekommen.

Ob sie ihm dort heute begegnen würde? Würde er sie bemerken? Ihr in die Augen schauen, sie grüßen, vielleicht sogar mit ihr reden? Das ist alles so albern, dachte Ella. Nie und nimmer wird da etwas passieren. Erstens habe ich bereits einen Mann. Zweitens ist *er* zwölf Jahre jünger als ich und drittens bin ich viel zu alt für so einen Hormonzirkus. Niemals wird da etwas passieren. Niemals!

Sie hörte im Geiste ihre Freundin Antje sagen: ›Wenn du ein Mann wärst, würdest du darüber wahrscheinlich nicht mal nachdenken, sondern einfach die Gelegenheit beim Schopfe packen.‹ Antje hatte keine besonders hohe Meinung von männlicher Treue und fühlte sich dementsprechend auch selbst nicht zum Treusein verpflichtet. Dass sie ihren Mann trotzdem noch nie betrogen hatte, schob sie auf mangelnde Gelegenheiten und ihren arbeitsreichen Alltag. »Ich hab' doch gar keine Zeit für so was«, erklärte sie stets mit einer wegwerfenden Handbewegung. »Aber du solltest dir echt mal überlegen, ob du dich nicht darauf einlassen willst. Du wirst auch nicht jünger, weißt du. Außerdem … Findest du die Vorstellung nicht erschreckend, in deinem ganzen Leben nie wieder einen anderen Mann zu haben?«

Nein, fand Ella nicht. Im Gegenteil. Ihr Mann war großartig. Ganz und gar großartig. Sie wollte überhaupt keinen anderen. Bestimmt nicht. Sie doch nicht. Warum auch?!

Im Lehrerzimmer angekommen, blickte Ella sich verstohlen um. Ihre Atmung ging lächerlich flach und schnell. War er hier? Als sie ihn nirgendwo entdecken konnte, entspannte sich etwas. Das leise Gefühl von Enttäuschung, das gleichzeitig in ihrer Brust aufflammte, ignorierte sie dabei, so gut es ging. Ella ging zum Postfach der Honorarkräfte und schaute nach, ob etwas für sie dabei war. Nichts.

»Na, Frau Kollegin, was macht die Kunst?«

Ein schlaksiger Körper mit einem zu großen Kopf, einem hageren Gesicht und einer mittelalterlichen Prinz-Eisenherz-Frisur schob sich in ihr Gesichtsfeld. Ella seufzte innerlich auf. Herr Schröder. Er lehnte sich bemüht lässig an einen Tisch, verschränkte die langen Arme ungelenk vor der Brust und zog seinen Mund in die Breite. Fast sah es aus, als habe er Schmerzen. Ella bemühte sich mit zusammengepressten Lippen um ein höfliches Lächeln. Sie schätzte ihn auf Anfang fünfzig und fragte sich immer wieder, warum er sich den Job als Lehrer nur antat. Jemand wie er war in einer Schule doch wie eine lebendige Zielscheibe, erst recht in der Mittelstufe. Aber er schien das überhaupt nicht zu bemerken. Ebenso wenig wie ihre Abneigung gegen seine Gunstbezeugungen. Manchmal hatte sie den Eindruck, dass er ihr regelrecht auflauerte. Könnte sie ihm doch nur sagen, wie sehr sie das nervte. Aber das traute sie sich nicht.

»Vielen Dank, Herr Schröder, ich denke, der Kunst geht es gut«, sagte sie und versuchte, möglichst neutral zu klingen. »Allerdings … Wissen Sie, ich muss noch einiges vorbereiten und habe leider gar keine Zeit. Entschuldigen Sie mich also bitte. Ihnen noch einen schönen Tag.« Vorsichtshalber wartete sie gar keine Antwort ab, sondern huschte schnell zur gegenüberliegenden Seite des Raumes.

»Also dann, man sieht sich«, rief Herr Schröder ihr nach, hob in einer überschwänglichen Geste die Hand zum Abschiedsgruß, machte noch einige seltsame Verrenkungen, als würde er sich zum Abschluss einer sportlichen Leistung dehnen wollen, und verließ das Lehrerzimmer.

Ella seufzte erleichtert auf, stellte ihre Tasche auf einen Tisch unweit des Kopierers und suchte darin nach der Kopiervorlage für die Grafik-AG, die sie als Honorarkraft an der Schule gab. Doch noch während sie in der Tasche kramte, stellten sich auf einmal ihre Nackenhaare auf, und ohne etwas gehört zu haben, spürte sie, dass jemand dicht hinter ihr stand. Du meine Güte, das würde doch nicht etwa Herr Schröder im zweiten Anlauf sein? Sie wollte sich gerade umdrehen, da hörte sie eine Stimme nah an ihrem Ohr, die definitiv nicht zu Herrn Schröder gehörte.

»Na, was bringst du den angehenden Grafikdesignern heute bei, Ella?«

Ella zuckte erschrocken zusammen. Sie schloss kurz die Augen und schluckte. Er ist ein Kollege, sagte sich Ella in Gedanken. Nur ein Kollege und der Klassenlehrer meiner Jungs. Er ist zwölf Jahre jünger als ich und ich bin verheiratet. Es gibt also überhaupt keinen Grund, sich aufzuregen.

»Logos«, sagte sie und versuchte dabei, möglichst locker zu klingen, was ihr erschreckend wenig gelang. »Heute fangen wir mit der Gestaltung von Logos an. Markenzeichen, Corporate Identity und so.«

»Wow, die sehen ja beeindruckend aus. Sind die von dir?«

»Ja, bis auf diese zwei«, sagte sie. Sie brachte es nicht über sich, zu sagen, dass besagte zwei Logos von ihrem Mann Fjonn stammten, der ebenfalls Grafikdesigner war, und zwar ein sehr guter. Überhaupt erwähnte sie dem jungen Lehrer gegenüber nie ihren Mann. Nie. So, als gäbe es Fjonn gar nicht. Er wusste sowieso, dass sie verheiratet war. Zumindest theoretisch. Zusammen gesehen hatte er Fjonn und sie aber noch nie. Und sie hatten auch verschiedene Nachnamen. Außerdem trug sie keinen Ring mehr, seitdem sie einmal damit hängengeblieben war, und sich fast den Finger gebrochen hatte. Rein hypothetisch wäre es also auch möglich, dass er sie für unverheiratet hielt. Na ja, jedenfalls fragte er nicht nach Fjonn und sie redete nicht über ihn. Wozu sollte sie auch darauf herumreiten, dass sie verheiratet war? Das spielte ja gar keine Rolle. Sie wollte doch überhaupt nichts von ihm.

Ella sah auf die Kopiervorlage mit den Logos und hörte die leisen Stimmen anderer Lehrer, das Rascheln von Papier und ein verhaltenes Lachen. Es roch nach Putzmitteln und neuen Möbeln und gleichzeitig nach alten Akten, Staub und dem Toner des Kopierers. Und während sie sich äußerlich nicht einen Millimeter bewegte, hämmerte ihr Herz schmerzhaft gegen ihren Brustkorb und in ihren Ohren rauschte das Blut, als absolviere sie sportliche Höchstleistungen.

»Danke«, quetschte sie mühsam hervor und wünschte sich, dass er endlich ging, oder dass er hier für immer bei ihr stehen blieb. So genau wusste sie das nicht.

»Das da gefällt mir am besten«, sagte er und zeigte auf ihr Lieblingslogo, das wie eine abstrakte Blumenwiese aussah. Sie hatte es irgendwann einmal als eine Art Übung für eine Fantasie-Blumen-samen-Firma entworfen. Fjonn hatte ihr damals lang und breit erklärt, was sie alles ändern müsse, damit es ein gutes Logo würde. Es war viel zu verspielt und filigran und sie wusste, dass er recht hatte. Trotzdem oder vielleicht auch gerade deswegen mochte sie es besonders gerne. Umso mehr freute sie sich über das Lob.

»Ja, mir auch«, sagte sie, ohne nachzudenken, und drehte sich lächelnd um. Gleich darauf zuckte sie zusammen. Er stand so nahe hinter ihr, dass sie fast gegen ihn geprallt wäre. Erschreckt schnellte ihr Blick nach oben und traf auf seine graublauen Augen. Sie stockte. So schöne Augen! Graublau wie Sturmwolken bei einem Unwetter oder wie ein aufgewühltes Meer, in dem man sich bis in alle Ewigkeit verlieren könnte und … Stopp! Was tue ich hier, dachte sie plötzlich. Starre ich ihm etwa direkt ins Gesicht? Wie lange schon?

Panisch riss Ella die Kopiervorlage hoch und hielt sie wie einen Schutzschild vor sich.

»Ich muss noch kopieren«, sagte sie stotternd und biss sich vor lauter Ärger über ihr unsicheres Auftreten auf die Zunge.

Er sah sie mit einem belustigten Lächeln an und sagte: »Na dann, viel Spaß bei der AG.« Doch gerade als sie mit wackeligen Knien die paar Schritte zum Kopierer gehen wollte, schnellte seine Hand vor zu ihrem Handgelenk und hielt sie mit leichtem Griff fest. Die Berührung traf sie schmerzhaft prickelnd wie ein elektrischer Schlag. Erschrocken sah sie ihn an. Die Geräusche im Lehrerzimmer klangen auf einmal dumpf und verzerrt in ihrem Ohr und die Umgebung verschwamm in einem diffusen Nebel. Mehrere seltsam bedeutungsschwere Sekunden vergingen, bis er sich schließlich räusperte und mit einer Stimme, die ihr eine Spur tiefer und rauer als gewöhnlich vorkam, sagte: »Falls du noch Fragen wegen der Klassenreise hast, melde dich einfach. Okay?« Er ließ ihr Handgelenk los und sah sie fragend an.

Ella nickte stumm und drehte sich ruckartig weg. Sie musste kopieren. Das unförmige, graue Gerät kam ihr in ihrem absurd stürmischen Gefühlsmeer gerade wie eine rettende Insel vor. Und ein wenig fester Boden unter den Füßen war genau das, was sie jetzt brauchte. Alles in ihr fühlte sich so sehr nach Schiffbruch und Ertrinken an, dass ihr schier die Luft wegblieb. Fest klammerte sie sich an den Deckel, legte die Vorlage ein, programmierte die Anzahl der Kopien und drückte auf Start. Atmen, Ella, atmen, sagte sie sich selbst und schüttelte den Kopf über ihre vollkommen unverhältnismäßige und unangemessene Reaktion. Sie war ja wie von Sinnen.

Den Unterricht brachte sie wie in Trance hinter sich. Später konnte sie sich an das, was in den zwei Stunden in der Klasse geschehen war, beim besten Willen nicht mehr erinnern. Viel zu sehr war ihr Kopf mit wütenden Vorträgen beschäftigt gewesen, während ihr Herz unaufhaltsam duftende, rosafarbene Wölkchen durch ihre Blutbahnen gepumpt hatte.

Nachts lag Ella wach in ihrem Bett und litt unter ihrem Gefühlschaos. Neben ihr atmete Fjonn tief und gleichmäßig ein und aus. Sie spürte die Wärme seines Körpers und roch den vertrauten Geruch nach gepflegtem Mann. Den Werbemann-Duft hatte sie ihn einmal getauft und Fjonn damit aufgezogen, dass er wahrscheinlich jede Nacht heimlich aufstehe und sich wasche und parfümiere, um auch morgens beim Aufwachen noch so gut zu riechen. Selbst beim Campen in der Natur roch er immer wie frisch geduscht. Das sei seine geheime Frauen-Verführungstaktik, hatte sie ihn geneckt. Er hatte sie nur mit einem gutmütigen Schmunzeln und diesem typischen Fjonn-Funkeln in den Augen angeschaut und gar nichts gesagt.

Und jetzt lag sie hier neben ihm und wurde von den Gedanken an einen anderen Mann so aufgewühlt, dass sie keinen Schlaf mehr fand. Was war sie nur für ein schlechter Mensch! Es war stockdunkel im Schlafzimmer und bis auf das gelegentliche Knacken und Knarzen des Hauses und Fjonns leise Atemgeräusche vollkommen still. Eigentlich schlief Ella lieber mit offenen Vorhängen beim Licht des Mondes und der Sterne. Aber Fjonn mochte es nachts ganz dunkel im Schlafzimmer. Deswegen starrte sie jetzt in die Schwärze eines vollständig abgedunkelten Zimmers und versuchte durch die Dunkelheit hindurch die Umrisse der Möbel und die Bilderrahmen an der Wand zu erkennen. Vielleicht halfen ihr die Familienbilder dabei, die Gedanken an den anderen Mann aus dem Kopf zu bekommen und diesen unguten Mix aus Schuldgefühlen und Dauer-Erregung hinter sich zu lassen.

Seit ihr Martin Westfal als neuer Lehrer an der Schule und fortan Klassenlehrer ihrer Jungs vorgestellt worden war, war es von Woche zu Woche schlimmer geworden, genau von dem kurzen Moment an, in dem sich bei der Begrüßung ihre Blicke getroffen hatten, er ihre Hand genommen und sie nach ihrem Namen gefragt hatte. Obwohl das Du im Lehrerzimmer die übliche Anrede war, hatte Ella es irgendwie geschafft, mit den meisten Lehrern beim Sie zu bleiben. Sie hielt gerne Distanz. Aber Martin hatte sie, während sie in seine Augen geschaut und seine Hand geschüttelt hatte, ihren Vornamen genannt. Einfach so. Das war letztes Jahr im September gewesen. Und seitdem pendelte sie innerlich ständig zwischen Goethes ›himmelhoch jauchzend‹ und ›zu Tode betrübt‹. War so ein Gefühlswirrwarr nicht eher typisch für die Pubertät? Keine Ahnung, sie hatte so etwas noch nie erlebt. Aber mit siebenunddreißig fühlte sie sich definitiv zu alt dafür. Längst hatte sie versucht, alles was möglich war, über Martin herauszufinden. Heimlich, übers Internet. Auch so etwas hatte Ella noch nie zuvor getan und kam sich dabei wie ein fanatischer Fan vor. Beinahe wie eine Stalkerin. Sie hatte sein erschreckend junges Geburtsdatum entdeckt, die öffentlichen Informationen seines Facebook-Accounts durchforstet und sogar einen alten Zeitungsartikel in irgend so einem Lokalblatt gefunden, der von seinem vierten Platz bei den deutschen Leichtathletik-Meisterschaften berichtete. Da war er gerade sechzehn gewesen und so unverschämt süß, dass die Mädchen in seiner Nähe sicherlich reihenweise in Ohnmacht gefallen waren. Fatalerweise nahm sie jedes Detail, das sie neu über ihn erfuhr, noch mehr für ihn ein. Er war extrem beliebt bei seinen Schülern, besaß kein Auto, sondern fuhr überall mit einem mattschwarzen Rennrad hin und interessierte sich für Bücher. Kinderlieb, cool, sportlich und belesen. Wie sollte sie so jemanden nur wieder aus ihrem Kopf bekommen?

Ella hatte auch herausgefunden, wo Martin wohnte und es erregte sie ungemein, dass zwischen ihrem Haus und seiner Wohnung nur wenige Minuten Fahrtweg lagen. Sobald sie das Haus verließ, hielt sie mehr oder weniger unbewusst Ausschau nach ihm. Es könnte ja sein, dass man sich zufällig über den Weg lief. Und dann wäre es doch möglich, dass man spontan einen Kaffee zusammen trinken ginge. Und dann … Ella seufzte und wälzte sich mehrmals hin und her. Sie war doch nicht mehr normal!

Ihre Freundin Antje, die als einzige von ihrem Gefühlsdilemma wusste, sagte: »Tu's doch einfach. Bei Männern ist es in der Midlife-Crisis vollkommen normal, dass sie sich ein junges Häschen ins Bett holen. Kräht kein Hahn danach.«

Egal, welche Einwände Ella dagegen vorbrachte, Antje hatte immer eine Antwort parat. Wenn sie ihren Beziehungsstatus anführte, zuckte Antje nur mit den Schultern. »Ganz ehrlich, Ella, welcher verheiratete Mann, der eine Möglichkeit bekommt, sagt denn wirklich Nein? Treue ist doch lediglich ein Ausdruck mangelnder Gelegenheit. Ich glaube, unter bestimmten Bedingungen wird jeder schwach.«

Wenn sie dann argumentierte, dass sie nicht wie ihr Vater sein wolle, der ihre Mutter erst betrogen und dann verlassen hatte, sah Antje sie mitfühlend an. »Davon redet hier doch auch niemand. Du würdest nie im Leben monatelang eine heimliche Affäre haben oder deine Familie verlassen. Ich spreche hier von einer einmaligen Sache, damit du in der ernüchternden Realität von eklig feuchten Küssen, haarigen Rücken und unbefriedigenden Quickies ankommst. Du musst deiner permanenten Idealisierung von diesem Typ mal ein wenig Wirklichkeit entgegensetzen, damit er endlich aus deinen Gedanken verschwindet.« Dazu grinste sie anzüglich und wackelte mit den Augenbrauen, während Ella kopfschüttelnd ihr Gesicht in den Händen vergrub.

Und wenn Ella schließlich den Altersunterschied als Argument brachte, winkte Antje nur noch müde ab. »Mensch, du bist in den letzten Jahren echt so was von verklemmt und konservativ geworden. Neulich habe ich im Buchladen sogar einen Ratgeber für reife Frauen gesehen, die sich junge Kerle angeln wollen. Du siehst also, so ein bisschen Altersunterschied ist vollkommen normal. Außerdem: Halle Berry, Kylie Minogue, Vivienne Westwood, Nena – sie alle haben oder hatten deutlich jüngere Männer. Fändest du es wirklich schlimm, mit solchen Frauen verglichen zu werden? Was ist bloß los mit dir, dass du so darauf herumreitest?«

Am Ende schüttelte Ella aber immer nur vehement den Kopf, die Lippen fest aufeinandergepresst. Ihr Statement blieb: »Ich liebe Fjonn und ich will ihn nicht betrügen.« In Gedanken ergänzte sie dann: Es ist ja auch nicht so, dass ich mich mit Händen und Füßen gegen irgendwelche Annäherungsversuche wehren müsste.

Trotzdem stand sie abends vor dem Zubettgehen oft lange nackt vor dem Spiegel, peinlich darauf bedacht, dass Fjonn sie nicht dabei sah. Sie drehte und wendete sich, veränderte ihre Körperhaltung, streckte sich, drückte ihren Rücken durch, betrachtete prüfend ihren Hintern. Ob sie wohl einem jüngeren Mann gefallen könnte? Sie ging schon seit Monaten wieder deutlich häufiger ins Fitnessstudio und achtete auf ihre Ernährung. Und das sah man, wie sie feststellte. Aber trotzdem! Wie schnitt sie im Vergleich mit einer Zwanzigjährigen ab? Ella wurde immer unsicherer und begutachtete sich schon lange nicht mehr nur vor dem Spiegel. Den ganzen Tag war es, als schaute sie sich selber zu und bewertete sich. Ob er sie mögen würde, wenn er alles über sie wüsste? Vollkommen theoretisch natürlich! Fände er sie mit ihrem Leben als Mutter und Hausfrau nicht schrecklich langweilig, spießig, alt?

Bei Fjonn stellte sich die Frage nicht. Ihr Mann kannte sie in allen erdenklichen Lebenslagen. Bei ihm konnte sie hässlich sein, ohne sich hässlich zu fühlen. Er war immer für sie da, hielt alle Versprechen und kam nie zu spät. Auf ihn konnte sie sich vollkommen verlassen. Sie wusste, dass er sie niemals im Stich lassen würde. Er brauchte sie. Dafür hatte sie bis heute alles in ihrer Macht stehende getan. Ella passte sich an und ging auf seine Wünsche ein. Sie stritt nicht mit ihm und sorgte dafür, dass er sich wohlfühlte. Fjonn würde bei ihr bleiben. Immer.

Umso mehr schämte sie sich dafür, dass sie den ganzen Tag für einen anderen posierte, versuchte, sich selbst auf ihren Interessantheitsgrad hin zu bewerten. Ihre Gefühle belasteten sie und dass sie mit Fjonn nicht darüber reden konnte, fast noch mehr. Er war ihr Anker und solange es nicht etwas zwischen ihnen betraf, redete sie mit ihm über alles. Aber sie konnte es ihm nicht sagen. Niemals. Es würde ihn nur verletzen, vielleicht doch so sehr, dass er sie verlassen würde. Nein, das konnte sie nicht riskieren. Sie hatte ja gar nichts getan. Gar nichts. Sie war treu. Zumindest in der physischen Welt. Und die Gedanken waren schließlich frei, oder nicht? Trotzdem. Das alles fühlte sich falsch an. Und es war auch falsch. Sie war verheiratet und hatte nicht an einen anderen Mann zu denken. So wollte sie nicht sein. Punkt. Ella starrte an die Decke, die sie in der Dunkelheit kaum erkannte, und sprach sich selbst beruhigend zu, als wäre sie ein verängstigtes Kind. Das wird schon wieder verfliegen. Kommt von alleine, geht von alleine. Das ist nur eine Phase, mehr nicht. Und im Handumdrehen führe ich mein altes und ruhiges Leben weiter. Gleichzeitig meldete sich eine hässliche, bohrende Stimme aus den Untiefen ihrer Gefühle, die sie mehr als alles andere beunruhigte: Will ich das?

Fjonn saß in seinem Büro und klopfte mit einem Stift ungeduldig auf den Schreibtisch. Wie seine Frau arbeitete er als Grafikdesigner. Aber während sie in einem geringen Umfang und freiberuflich von zu Hause aus tätig war, war er fest angestellt bei ›Thienemann & Söhne‹. Fjonn war gut in seinem Job und das hatte sich ausgezahlt. Er war der Senior Art Director, bekam viel Anerkennung und ein gutes Gehalt. Dafür musste er sich aber auch voll einbringen und häufig Überstunden machen.

Vor ihm stand ein Foto von Ella und den Jungs. Wie sie auf dem Bild strahlte. Die Aufnahme war im letzten Sommer entstanden, als sie drei Wochen lang eine Abenteuertour durch Deutschland gemacht hatten. Er hatte den Urlaub bis ins letzte Detail geplant. Und so war es auch kein Wunder gewesen, dass alles wie am Schnürchen geklappt hatte. Sie hatten auf Zeltplätzen übernachtet, waren raften und klettern gewesen, hatten geangelt und gegrillt und sich die ganze Zeit an der frischen Luft aufgehalten. Nur das Wetter hatte sich seiner Planung manchmal nicht so ganz fügen wollen. Er erinnerte sich an einen Ausflug, bei dem sie von einem Sommergewitter überrascht worden waren. Klitschnass waren sie auf dem Zeltplatz angekommen und während die Jungs heiß geduscht hatten, waren Ella und er in ihrem Zelt verschwunden. Himmel, war das ungemütlich gewesen. Er wusste noch, wie er gedacht hatte, dass er trotz seiner Leidenschaft fürs Campen vielleicht doch langsam zu alt für so etwas wäre. Aber Ella! Sie war so wunderschön gewesen, so ausgelassen und voller Leben. Ihre nassen Locken hatten sich um ihr Gesicht geringelt und sie hatte so fröhlich gelacht, dass ihn eine heiße Welle des Glücks durchströmt hatte. Nie würde er vergessen, wie sie in diesem Moment ausgesehen hatte, wie die nasse Waldluft gerochen und sich ihr schmaler, weicher Körper unter ihm angefühlt hatte.

Fjonn seufzte und trommelte ein wenig lauter auf seinem Tisch herum. Was war nur mit ihr los? Schon seit Monaten hatte er das Gefühl, dass sie ihm etwas verschwieg. So ausgeglichen wie auf dem Bild hatte er sie ewig nicht mehr erlebt. Sie war nervös, zickig und regelrecht leidend. Und was den Sex anging … Der fand zwar statt, aber erstens nur noch selten und zweitens war sie dabei wie abwesend. Es war, als würde sie nur noch darauf warten, dass er fertig würde. Nein. Das war kein Zustand. Aber was sollte er tun? Sollte er sie fragen? Was, wenn sie ihm sagen würde, dass sie ihn nicht mehr liebte oder dass sie einen anderen hatte? Was, wenn sie ihn verlassen wollte? Gereizt knallte Fjonn den Stift auf den Tisch. Dabei krampfte sich sein Herz schmerzhaft zusammen. Ich darf sie nicht verlieren, dachte er und schluckte. Das darf nicht sein.

Ella sah sich nervös im Lehrerzimmer um. Wieder einmal fühlte sie sich so aufgeregt, als würde sie gleich die wichtigste Prüfung ihres

Lebens ablegen oder mit einem Bungee-Seil in die Tiefe springen müssen. Ihr Herz raste, ihre Kehle war wie zugeschnürt und in ihrem Bauch flimmerte ein gewittriges Gefühl von Übelkeit. Vor genau sieben Tagen hatte Martin sie hier berührt, ihr in die Augen geschaut und mit ihr gesprochen. Ella sah den Kopierer vor sich stehen und atmete den typischen Geruch nach Lehrerzimmer ein. Die weißen Tische standen wie gewohnt in einem großen Viereck auf dem pflegeleichten grauen Teppich. Leises Stimmengemurmel schwebte durch den Raum und von draußen drang das Pausengeschrei der Kinder herein. Martin war nirgendwo zu sehen und langsam ebbte Ellas Anspannung etwas ab. Was für ein Glück, dachte sie so künstlich laut in ihrem Kopf, dass sie sich den Satz selbst nicht abnahm. Sie stellte ihre Tasche auf den Tisch und zog eine Vorlage heraus, mit der die Schüler das Abstrahieren von Formen üben sollten. Da fiel ihr Blick auf die aktuelle Ausgabe der ›Retsi‹, die Schülerzeitung der Retsumer Gemeinschaftsschule. Auf der Vorderseite prangte ein großes Bild von Martin und darüber stand: *Leitungswechsel bei Retsi. Herr Westfal übernimmt die Chefredaktion.* Ella hatte die Zeitung in die Hand genommen und blickte gedankenverloren auf das Foto.

»Der gefällt dir wohl, was?«, fragte auf einmal jemand neben ihr und ein süßlicher Blumenduft hüllte sie ein.

Erschrocken sah Ella sich um und sah Sylvia Nagel neben sich stehen. Die Konrektorin lächelte sie aus ihrem runden Gesicht heraus an und zog die zu schmalen Strichen rasierten Augenbrauen vielsagend in die Höhe. Dabei bewegte sie ihr Gesicht auf Ella zu, als wollte sie sie mit ihrer spitzen Nase stechen.

»Schade, dass du nicht fünfzehn Jahre jünger und Single bist, was?«

Ella versuchte krampfhaft, die in ihre Wangen aufsteigende Hitze zu unterdrücken, und schüttelte, um einen ebenso belustigten wie befremdeten Gesichtsausdruck bemüht, den Kopf.

»Hallo Sylvia«, sagte sie nur und nahm sich vor, so wortkarg wie möglich zu sein. Denn Sylvia war eine Tratschtante. Das war sie schon damals gewesen, als sie noch gemeinsam zur Schule gegangen waren. Ständig rauschte sie in wallenden Kleidern durch die Schulflure und suchte und verbreitete Gerüchte jeder Art.

»Wobei«, fuhr Sylvia fort, das Bild kritisch musternd, »ich für meinen Teil verstehe ja nicht, was an ihm so toll sein soll. Seine Augen stehen viel zu weit auseinander. Und seine Nase ist auch ganz schön breit, als wäre er als Kind mal drauf gefallen.« Sylvia lachte glucksend auf und sah Ella nach Bestätigung heischend an. Als diese still blieb, kam ein funkelnder Ausdruck in ihre kleinen Augen, und wie beiläufig plaudernd fuhr sie fort: »Außerdem finde ich ihn echt etwas unangebracht vertraut mit seinen Schülern, vor allem mit seinen Schülerinnen, wenn du mich verstehst …« Sie sah Ella bedeutungsvoll an.

»Quatsch«, platzte es aus Ella heraus. »Erstens stehen seine Augen überhaupt nicht zu weit auseinander, und zweitens würde Martin niemals …« Ella verstummte.

Auf Sylvias Gesicht schlich sich ein interessiertes Lächeln.

»Na, ganz wie du meinst, Ella. Ich muss dann mal wieder … einen schönen Tag noch«, säuselte sie und wallte davon.

Ella blieb noch kurz stehen und kam sich irgendwie überrumpelt und durchschaut vor. In Gedanken ging sie die ganze Szene noch einmal durch. Sie hatte doch mit keinem Wort angedeutet, dass sie für Martin mehr als nur kollegiale Gefühle empfand, oder doch? Unzufrieden und enorm verunsichert machte sie sich auf den Weg zu ihrer AG und bekam fast einen Herzinfarkt, als sie Martin in einigen Metern Entfernung auf dem Flur stehen sah. Unwillkürlich verlangsamte sich ihr Schritt und sie warf ihm einen Blick zu, der hoffentlich nichts von ihren tosenden Gefühlen preisgab.

Doch er sah sie gar nicht richtig an, sondern nickte ihr mit einem ausdruckslosen Gesicht nur knapp zu, drehte sich dann um und war schneller verschwunden, als sie blinzeln konnte. Gegen ihren Willen machte sich in ihr eine glühende Enttäuschung breit und sie spürte, wie ihre Kehle sich zuschnürte und es in ihren Augen brannte.

Zwei Tage später hatte Ella Geburtstag. Jetzt war sie achtunddreißig. Achtunddreißig! Martin war noch immer fünfundzwanzig … War das zu fassen? Wenn Martin achtunddreißig werden würde, wäre sie schon … fünfzig. Ella sah zu ihren Männern hinüber, die auf der Wiese vor der Restaurantterrasse einem Ball hinterherjagten. Die

Sonne legte einen goldenen Schimmer über das Bild und brachte den schmalen Bach am Ende der Wiese zum Glitzern und Funkeln. Ella versuchte, die lachenden Gesichter ihrer Söhne und das Strahlen ihres Mannes in ihrem Gedächtnis abzuspeichern und den kleinen Funken an Gefühl, der sich bei dem Anblick gebildet hatte, zu einer richtigen Empfindung anzufachen. Als sich jedoch sofort wieder das Bild von Martin davorschob, seufzte sie frustriert auf und nippte an ihrem Cappuccino. Warum hatte er auf dem Flur nicht Hallo gesagt? Hatte er auf einmal ein Problem mit ihr? Ach, wahrscheinlich war sie ihm einfach vollkommen egal. Sie war nur irgendeine Kollegin, mehr nicht. Irgendeine unwichtige Kollegin. Und das vor dem Kopierer? Er hatte ihre Hand doch gar nicht mehr losgelassen und sie so bedeutsam angeschaut.

Ella sah blicklos in die Ferne und knetete ihre Hände. Vielleicht war das gar nicht wirklich passiert und sie verwechselte nur einen Tagtraum mit der Realität. Ja, das musste es sein. Sie bildete sich das alles ein. Und das war auch besser so.

Ella wischte sich verstohlen über die Augen und sah sich um. Das Wetter war herrlich. Sonnig und mild. Der Tisch, an dem sie saß, war extra für sie mit vielen Blumen und Windlichtern hergerichtet worden und das Essen war großartig gewesen. Das ›Casa‹ war eines ihrer Lieblingsrestaurants und sie duzten den Besitzer schon seit Jahren. Alex war Italiener und liebte Kinder über alles. Sonst wäre es in dem gehobenen Ambiente auch kaum denkbar, dass vor der Terrasse Fußball gespielt würde. Aber Alex selbst war mit dem Ball im Arm zu ihnen gekommen und hatte Fjonn und die Jungs zu einem kleinen Spiel aufgefordert, damit »la bella mamma« ihren Cappuccino an ihrem »giorno speciale« in Ruhe genießen könne. Als sie ihn gefragt hatte, ob das die anderen Gäste nicht stören würde, hatte er nur mit den Schultern gezuckt. Na gut, sein Restaurant war so beliebt, dass es eine fast drei Monate lange Warteliste für Reservierungen gab. Er würde also sicherlich nicht pleitegehen, wenn einige der heutigen Gäste nicht wiederkommen würden. Trotzdem bewunderte es Ella, wie wenig er sich von der Meinung anderer beeinflussen ließ. Sie selbst hatte sich immer mehr um das gekümmert, was andere wollten, und konnte sich nicht daran erinnern, jemals eigene Pläne gemacht zu haben. Ella hatte sich lieber den Vorhaben anderer angeschlossen, auch wenn das häufiger mal nach hinten losgegangen war. Nach ihren dadurch ziemlich wilden Jugendjahren hatte sie erst bei Fjonn so etwas wie Ruhe gefunden und jemanden, der sie davon abhielt, sich von irgendwelchen Idioten zu dummen, riskanten Dingen überreden zu lassen. Seitdem drehte sich in ihrem Leben alles um Beständigkeit und Sicherheit. Zwar war sie dadurch auch manchmal irrational ängstlich und vielleicht auch etwas unselbstständig, aber im Sicherheitsbereich von Fjonn, Nils und Lasse war alles gut. Da konnte sie ausgelassen und voller Tatendrang sein. Sie konnte sich glücklich fühlen, ihrer Familie ein liebevolles Zuhause bereiten und mit ihnen gemeinsam lustig sein.

Wenigstens hatte sie das gekonnt.

Fjonn rannte sich die Seele aus dem Leib. Mann, war das anstrengend. Wann waren die Jungs so groß und schnell geworden? Er musste ganz schön Gas geben, um von seinen zwölfjährigen Sprösslingen nicht in den Schatten gestellt zu werden. Längst klebte ihm das Hemd am Rücken und er hatte die obersten Knöpfe geöffnet und die Ärmel hochgeschoben. Aber es brachte auch Spaß, viel mehr Spaß, als mit Ella am Tisch zu sitzen. Zwischendurch schaute er immer wieder zu ihr hinüber und sah, wie sie in ihre Cappuccino-Tasse starrte. Ob ihr der Tag heute gefallen hatte? Egal, wie sehr er sich anstrengte, sie war mit ihren Gedanken ständig woanders und es wirkte, als würde jedes Lächeln sie quälen. Dabei hatten die Jungs und er heute wirklich ein Programm aufgefahren, das sich sehen lassen konnte. Angefangen hatte der Tag mit einem Frühstück im Bett. Dann hatten sie einen gemeinsamen Ausflug ins Tropenbad mit Spa-Abteilung unternommen, wo er für Ella eine Massage gebucht hatte. Und am Nachmittag hatten sie einen langen Spaziergang am Flussufer gemacht und waren zum Essen zu Alex gefahren. Dazu hatte es Blumen gegeben, er hatte ihr diesen tollen Philographics-Band geschenkt und eine traumhaft schöne Kette. Und sie? Was tat sie? Sie lächelte ihn an. Sie bedankte sich höflich. Sie hauchte ihm einen Kuss auf die Wange und strich den Jungs über den Kopf. Aber das alles wirkte so gezwungen, dass es ihm eine Gänsehaut bereitete.

Himmel noch eins! Ihr Verhalten zermürbte ihn. Immer häufiger spürte er, wie er die Geduld verlor und Wut in ihm aufstieg. Er hatte das nicht verdient. Warum sprach sie nicht mit ihm, sagte ihm, was los war? Sie schloss ihn einfach so aus und gab ihm überhaupt keine Chance.

»Pa, was soll denn das?«, empörte sich Nils auf einmal.

Fjonn sah sich irritiert um und bemerkte, dass er den Ball mit voller Wucht irgendwo in die Walachei geschossen hatte. Mann, er musste sich zusammenreißen.

»Es reicht sowieso, Jungs. Heute hat Mama Geburtstag. Da wollen wir sie nicht so lange alleine am Tisch sitzen lassen. Geht schon mal zurück. Ich hol' den Ball.«

Kurz darauf kämpfte sich Fjonn fluchend durchs Gestrüpp, um an den Fußball heranzukommen. Als er schließlich mit dem Ball im Arm bei seiner Familie am Tisch stand, verzog Ella ihre Lippen zu einem dünnen Lächeln.

»Du siehst aus wie ein Waldschrat«, sagte sie und sah dann wieder in ihre Tasse, die längst leer war.

Fjonn hätte explodieren können. In Gedanken äffte er sie spöttisch nach: ›Du siehst aus wie ein Waldschrat‹. War das ihr Ernst? Noch im letzten Sommer hätte sie ihm zärtlich die Blätter aus den Haaren gezupft, ihren Mund zu einem schiefen Grinsen verzogen und ihn mit blitzenden Augen liebevoll verspottet. Ihr lethargisches ›Du siehst aus wie ein Waldschrat‹ hatte nichts mehr mit seiner Ella zu tun. Am liebsten hätte er sie gepackt und geschüttelt, bis sie wieder normal war. Aber natürlich würde er so etwas niemals tun.

Fjonn legte den Ball auf den Boden und befreite Kleidung und Haare so gut wie möglich von den Spuren seiner Ballsuche. Dann sagte er mit gepresster Stimme: »Ich gehe eben die Rechnung bezahlen und dann können wir los.«

Während der Heimfahrt war es ungewöhnlich still im Auto, und obwohl es ihn sonst beim Autofahren wahnsinnig machte, wünschte er sich, die Jungs würden wie üblich ohne Punkt und Komma reden. Auch Ella sagte kein Wort. Natürlich nicht. Schweigen war ja ihre neue Hauptbeschäftigung. Zumindest wenn sie nicht gerade sagte ›Du siehst aus wie ein Waldschrat‹.

Da fasste Fjonn einen Entschluss: Nach dem Geburtstag der Jungs werde ich sie zur Rede stellen. So lange lasse ich ihr noch Zeit, wieder zu sich zu kommen oder von sich aus mit mir zu reden. Bis dahin reiße ich mich zusammen. Aber dann wird sich etwas ändern, so wahr ich Fjonn Soost heiße.

Ella saß auf der Terrasse ihres Hauses im angenehmen Schatten eines Sonnensegels. Es war Mitte Mai und trotz der frühen Stunde schon heiß. Die Blumen in ihrem kleinen Garten wuchsen in bunten Gruppen rund um eine Rasenfläche, auf der zwei Fußballtore aufgestellt waren. Insekten schwirrten durch die Luft und Ella folgte träge dem Strudel ihrer Gedanken, bis sie das ständige Kreisen rund um Martin nicht mehr aushielt. Obwohl sie ihn seit genau drei Wochen nicht mehr gesehen hatte, wurden nach wie vor jeder Tag und erst recht jede Nacht von Gedanken an ihn bestimmt. Ständig sah sie sein Bild vor ihrem inneren Auge, seine hochgewachsene, athletische Gestalt, das dunkle Haar, das ihm immer wieder in die Stirn fiel, seine graublauen Augen. Sie stellte sich seine Stimme vor, und kuschelte sich gedanklich in ihren warmen Klang wie in einen weichen Schal. Oder sie dachte an die Szene vor dem Kopierer und dichtete sie um, mal in eine zärtliche, mal in eine leidenschaftliche Version. Es war, als wäre sie nur noch lebendig, wenn sie an ihn dachte. Alles andere empfand sie wie eine Störung, auf die sie gereizt reagierte. Selbst in ihren Mutterpflichten sah sie meist eine nervige Unterbrechung ihrer Träumereien, und so mäkelte sie ständig und wegen absoluter Kleinigkeiten an ihren Söhnen herum. Und Fjonn gegenüber verschloss sie sich, als wären sie Fremde. Das ist alles so falsch, dachte Ella und verscheuchte mit einer ärgerlichen Handbewegung eine Fliege, die sie hartnäckig umschwirrte.

Aus purer Verzweiflung hatte sie im Internet bereits nach ›Tipps zum Entlieben‹ gesucht und war dabei über den Begriff ›Limerenz‹ gestolpert. Bei dieser quälenden Form der extremen Verliebtheit war man regelrecht besessen. Erschreckt hatte sie sich selbst in der Beschreibung wiedererkannt und in zahlreichen Online-Ratgebern hektisch nach einer Lösung gesucht. Auf Abstand sollte man gehen, hatte sie gelesen, und alleine in ihrem Arbeitszimmer, die Hand fest auf die Maus gepresst, den Blick starr auf den Bildschirm geheftet, schrill aufgelacht. In nicht einmal drei Wochen würde sie ihn fünf Tage lang mehr als jemals zuvor sehen! Dann würden ihre Söhne mit ihm auf Klassenreise fahren, und sie war die Begleitperson. Fünf Tage und vier Nächte würde er ständig in ihrer Nähe sein. So viel zum Thema Abstand! Und das nur, weil die Co-Klassenlehrerin unbedingt hatte schwanger werden müssen und bis jetzt wegen irgendwelcher bürokratischer Verfahrensfehler keine Vertretung eingestellt worden war. Wütend schlug Ella nach der Fliege, die sie partout nicht in Ruhe lassen wollte. Doch das brummende Insekt setzte ungerührt zu einer weiteren Umrundung ihres Kopfes an.

Als letztes Jahr kurz vor den Sommerferien publik geworden war, dass die Lehrerin nicht würde mitfahren können, hatte Ella sich spontan als Ersatz-Reisebegleitung angeboten. Hätte sie Martin damals schon gekannt, hätte sie das niemals getan. Niemals! Natürlich nicht. Aber da sie gleichzeitig Mutter und Honorarkraft an der Schule war und sich ihre Arbeitszeit frei einteilen konnte, war es schlicht naheliegend gewesen. Tja, nun half es nichts. Fünf Tage lang musste sie seine Nähe aushalten. Erst danach konnte sie versuchen, das mit dem Abstand dauerhaft umzusetzen. Es musste doch irgendwie möglich sein, ihn aus dem Kopf zu bekommen!

Die Fliege setzte sich auf Ellas Hand, dann auf ihren Oberschenkel, dann summte sie erneut um sie herum. Langsam wurde Ella wütend und fuchtelte einige Male wild durch die Luft.

Immerhin hatte sie sich im Vorfeld der Reise sehr professionell verhalten, wie sie fand. Indem sie alle Fragen per Mail geklärt hatte, hatte sie auf eine einfache Art und Weise jeden persönlichen Kontakt vermieden. Und zusätzlich hatte sie sich um einen sachlichen Ton bemüht. Dass er in seinen Mails in einem ebenso nüchternen Ton geantwortet hatte, hatte sie dann allerdings entgegen aller Vernunft verletzt und geärgert. Er hätte ja wenigstens *Liebe Ella* schreiben können oder dass er sich auf die gemeinsame Reise mit ihr freue. Nein, nichts. Egal, wie oft sie die Mails auch durchlas, es war nicht der geringste Hinweis darin zu finden, dass sie für ihn mehr als eine x-beliebige Kollegin war. Ella schmollte deswegen und dass sie das tat, ärgerte sie noch viel mehr als der emotionslose Ton seiner Mails.

Vielleicht sollte sie im nächsten Schuljahr keine AG mehr geben. Der Direktor hatte sie zwar schon gefragt, aber zugesagt hatte sie noch nicht. Wenn sie die AG absagen würde, würde sie Martin immerhin nicht mehr regelmäßig sehen. Dennoch oder gerade deswegen fühlte sie sich nicht wohl bei dem Gedanken, als plane sie eine Fastenkur oder einen Drogenentzug, etwas, das sie tun musste, aber nicht tun wollte.

Ella musterte die Blumenbeete, die eher wie Wildblumenwiesen als wie sorgfältig angelegte Beete aussahen. Dabei fiel ihr ein, dass sie unbedingt ihren Samenbomben-Vorrat aufstocken musste. Seit sie zum ersten Mal vom ›Guerilla-Gardening‹ gehört hatte, war sie nämlich begeisterte Anhängerin der Bewegung und warf bei jeder Gelegenheit selbst gebastelte Ton-Erde-Klumpen voller Blumensamen auf kahle oder gar zu akkurat gepflegte Flächen. Während der Alltag sonst eher an ihr vorbeifloss und sie meist das tat, was man von ihr erwartete, fühlte sie sich bei diesen kleinen Regelwidrigkeiten aufgeregt und lebendig. Sie spürte dann, dass sie noch da war. Und das war ein gutes Gefühl. Ein viel besseres als bei ihren Angstattacken auf überfüllten Plätzen oder in riesigen Kaufhäusern, die irgendwann wie aus dem Nichts heraus angefangen hatten. Ellas Gedankenfluss kam ins Stocken und die Fliege, die sie einige Zeit in Ruhe gelassen hatte, war wieder da und umschwirrte sie brummend. Irgendetwas hatte sie übersehen. Aber was nur? Etwas, das mit großen, von Menschen wimmelnden Plätzen zu tun hatte … Etwas … Ella zog nachdenklich die Stirn kraus. Und plötzlich wusste sie es. Sie würden auf der Klassenreise mit dem Zug fahren. Mit dem Zug! Das hieß, dass sie auf dem quirligen Hauptbahnhof der Stadt in ein vielleicht vollkommen überfülltes Abteil steigen musste. Ella wurde blass um die Nase. Daran hatte sie bisher gar nicht gedacht. Was war bloß los mit ihr? Wie hatte sie an so ein wichtiges Detail nicht denken können?! Jetzt konnte sie nicht mehr zurück. Ella atmete zitternd aus. Sie musste Fjonn fragen, ob er sie zum Bahnhof begleiten könnte.

Die Fliege landete auf ihrer Wange. Doch Ella war in diesem Moment so sehr mit ihrer unvermittelt entfesselten Angst beschäftigt, dass sie es nicht einmal bemerkte. Die Agoraphobie war einer der Gründe gewesen, warum sie mit Fjonn in ihren Heimatort Retsum vor den Toren der Stadt zurückgekehrt war. Obwohl sich das kleine Städtchen im Laufe der Jahre weiter ausgebreitet hatte, war es immer noch so überschaubar wie in ihrer Kindheit und Jugend. Hier lebten nicht mehr als zwölftausend Menschen. Es gab zwei Grundschulen und eine große Gemeinschaftsschule mit gymnasialer Oberstufe. Der Ort hatte einen lokalen Sportverein, den TUS Retsum, sein eigenes Lokalblatt, den Retsumer Anzeiger, und eine nette Einkaufsstraße mit Geschäften, Restaurants und Cafés im Ortskern. Es gab viele reetgedeckte Häuser, die für ein dörfliches Flair sorgten. Und mitten durch das Stadtgebiet zog sich der Sumer Forst, benannt nach der Sume, die sich als kleines Rinnsal durch den Wald schlängelte. Hier kannte sie alles, wusste, nach welchen Regeln der Alltag ablief und fühlte sich sicher. Zumindest hatte sie sich sicher gefühlt, bis sie Martin kennengelernt hatte. Wie sie war wohl auch er zum Studium weggezogen und dann zurückgekehrt. Nach ihren Recherchen hatten sie sogar zur gleichen Zeit die Gemeinschaftsschule besucht, nur dass sie gerade Abi gemacht hatte, als er eingeschult wurde.

Ella stöhnte auf. Das war ja abartig! Missmutig scheuchte sie die aufdringliche Fliege fort und erhob sich. Es war Zeit, ihre Arbeit zu erledigen. Erst musste sie weiter an dem Verpackungsdesign für so einen komischen Bio-Lolli feilen, die Wäsche aufhängen, das Essen vorbereiten und tausend Kleinigkeiten mehr erledigen, bevor sie sich heute Nachmittag auf den Weg zu ihrer Grafik-AG machen würde. Mit einem unangenehmen Kribbeln im Bauch und einem nervös klopfenden Herzen stand sie auf und ging in ihr Arbeitszimmer.

Einige Stunden später fuhr sie mit ihrem Rad durch den Wald zur Schule. Obwohl sie nur langsam in die Pedale trat, schlug ihr das Herz bis zum Hals und das Blut rauschte in ihren Ohren. In ihrem Kopf war sie schon wieder längst im grau-weißen Lehrerzimmer angekommen. Vor ihr lag die Logo-Kopiervorlage und Martin stand ganz nah hinter ihr. Sie stellte sich vor, dass er seine Hände an ihre Taille legte, sie zu sich umdrehte und küsste. Vielleicht würde er ihr vorher tief in die Augen schauen und ihr zärtlich eine Haarsträhne hinters Ohr streichen. Oder er würde ihr Gesicht mit beiden Händen umfassen und seine Lippen langsam und ganz sanft auf ihre legen. Oder vielleicht würde er sie leidenschaftlich an sich reißen, den

Papierkram vom Tisch wischen und ohne lange Umschweife über sie herfallen.

Ella geriet ins Schlingern und riss ihre fast geschlossenen Augen auf. Gerade noch bekam sie einen Fuß auf den Boden und konnte sich und das Fahrrad abstützen. Vor Schreck ganz atemlos schaute sie sich um. Um sie herum ging der Wald bedächtig seinen täglichen Geschäften nach. Die Vögel sangen, flatterten zwischen den Baumkronen umher oder pickten im Boden nach Insekten. Die Blätter raschelten und die Bäume ächzten ab und zu, als würden sie sich genussvoll strecken. Es war niemand da, der ihren Beinahe-Sturz mitbekommen hatte. Die Welt schien sich nicht im Mindesten für sie zu interessieren. Trotzdem war der Vorfall Ella so peinlich, dass ihre Wangen heiß glühten.

Kurz darauf führte der Weg aus dem Wald in ein Wohngebiet, in dem sich kleine Grundstücke mit noch kleineren Einfamilienhäusern aneinanderreihten. Und am Ende der langen Straße sah Ella das moderne Schulgebäude vor sich aufragen. Sie bemühte sich um eine gleichmäßige Atmung. Dennoch war ihr speiübel und ihre Hände zitterten leicht, als sie einige Minuten später das Lehrerzimmer betrat. Wie immer ging sie zuerst zum Postfach und sah dann ihre Unterlagen durch, während sie aus den Augenwinkeln den Raum scannte. Martin war nicht in Sicht und ihr Zittern ließ etwas nach.

»Frau Kollegin!«

Ella drehte sich um und sah Herrn Schröder auf sie zu schlendern. Fast war sie dankbar, ihn zu sehen, weil sein Anblick auch den letzten Rest von Aufregung in ihr eliminierte.

»Hallo Herr Schröder«, sagte sie und sah wieder auf ihre Notizen.

»Sie sehen ja heute wieder einmal bezaubernd aus«, säuselte er und schenkte ihr sein Schmerzlächeln. »Ach, ich bin übrigens Jochen. Wo sich hier sonst auch alle duzen, ist dieses formelle Sie doch irgendwie überflüssig, nicht wahr?«

Ella stockte. Dieses offensive Flirten war neu und bereitete ihr spontanes Unbehagen. Und dann wollte er sie auch noch duzen! Unwillkürlich dachte sie an Antje, die Herrn Schröder jetzt mit irgendeinem lockeren Spruch in die Wüste geschickt hätte. Aber sie konnte so etwas nicht. Konfrontationen machten ihr Angst. Sie würde ab jetzt wohl am besten jede direkte Ansprache unterlassen. Sie hob den Kopf und musterte ihn mit einem flüchtigen Blick. Er trug heute ein pinkfarbenes T-Shirt, dazu ausgebeulte Jeans und Flip-Flops.

»Vielen Dank«, murmelte sie und starrte schnell wieder auf ihre Zettel, um sich nicht anmerken zu lassen, wie schräg sie sein Outfit fand, vor allem in Kombination mit seinem faltenzerfurchten Gesicht und dem Prinz-Eisenherz-Haarschnitt. Vielleicht ging er ja, wenn sie schwer beschäftigt wirkte. Aber das war ein Irrtum. Herr Schröder lehnte sich neben sie an den Tisch, beugte sich vertraulich zu ihr und begann vor sich hin zu plaudern. Er erzählte von seinem Plan, am Retsumer Halbmarathon teilzunehmen, nächstes Jahr vielleicht, spätestens übernächstes. Er arbeite gerade intensiv an seiner Lauftechnik. Zumindest habe er sich das vorgenommen. Geschmeidig wie ein Panther sei er früher gewesen und die Mädels reihenweise hinter ihm her. Fast schon gewaltsam habe er sie sich vom Hals halten müssen. Wenn er jetzt erst mal wieder richtig anfangen würde, wäre es nur eine Frage der Zeit, bis er in alter Topform sei. Wie ein Panther sei er gewesen … Außerdem sei er neuerdings aktiv in einer Laien-Theatergruppe im Nachbarort. Er hätte nämlich seine kreative Ader entdeckt und ein fast schon animalisch leidenschaftliches Bedürfnis, sie auszuleben. Spätestens im nächsten Stück würde er mitspielen. Oder in dem darauf. Das käme auf das Stück an. Er wäre mehr so für die tiefgründigen Charakterrollen. Bei seinem darstellerischen Potenzial … Der Regisseur hätte ihm das auch gesagt, dass er sein Talent nicht an nichtssagende Rollen verschwenden solle. Er wäre für Großes geboren, was das provinzielle Theater ihm vielleicht gar nicht bieten könne. Dennoch hätte man ihm bei diesem Stück sofort die Ersatzbesetzung für die Hauptrolle angeboten, obwohl sie weit, weit unter seinen Möglichkeiten läge. Aber er würde die Aufgabe trotzdem ernst nehmen. So sei er eben. Einer, auf den man sich verlassen könne. Tja, deswegen müsse er sich immer bereithalten. Wenn die Zweitbesetzung ausfiele und dann auch noch die Drittbesetzung, dann müsse er sofort auf die Bühne ins Rampenlicht. Aber das wäre kein Problem. Den Text hätte er bis auf die letzte Silbe längst fest abgespeichert. Seine Mutter würde ihn jeden

Abend abfragen. Wenn Ella wolle, könne er sie ja mal herumführen, backstage, wie man so schön sage.

Ella vermied jede Reaktion, obwohl ihr das alberne Lachen schon in der Kehle steckte. Stattdessen konzentrierte sie sich darauf, ihre Zettel zu sortieren. Dann, endlich, war es Zeit, zu ihrer AG zu gehen. Sie nickte Herrn Schröder zu und sagte: »Ich muss dann mal. Noch einen schönen Tag.«

Als ihr auf dem Weg durch die Flure plötzlich Martin begegnete, überschwemmte sie sofort die übliche, lächerlich heftige Reaktion. Ihr Herz überschlug sich fast und in ihrem Magen tobte unversehens ein Schwarm flatternder Gefühle herum. Aber das war nur simple Biochemie, mehr nicht. Sie hatte es im Internet recherchiert. Wahrscheinlich ergänzte sein Immunsystem ihres besonders gut und das roch sie unbewusst. Adrenalin ließ ihr Herz schneller schlagen und verwirrte ihre Gedanken. Cortisol reizte die Blutgefäße im Bauch und ein niedriger Serotonin-Spiegel sorgte für eine gedankliche Fixierung auf ihn. Alles nur Biochemie. Nervös zuckten ihre Mundwinkel nach oben und sie schluckte einmal trocken, um möglichst gelassen Hallo sagen zu können. Doch er ging einfach so an ihr vorbei, den Blick auf einen Zettel in seinen Händen gesenkt. Er sah sie nicht an, er fasste sie nicht an, er sprach nicht mit ihr. Ella presste ihren Mund fest zusammen und schloss kurz die Augen, bevor sie langsam weiter zum Unterrichtsraum ging. Es war nur Biochemie. Mehr nicht.

Ella war genervt. Heute sollte sie mit Fjonn auf einen Empfang bei Herrn Thienemann senior gehen. Ein potenzieller Kunde, der besonderen Wert auf Tradition und Familie legte, würde auch da sein. Deswegen sollten die Mitarbeiter ihre Partner mitbringen und für einen Eindruck von ›heiler Welt‹ sorgen. Offensichtlich ging es um einen ziemlich fetten Etat, wenn sich der alte Herr persönlich dermaßen ins Zeug legte. Ella war noch nie bei Herrn Thienemann zu Hause gewesen, kannte seine Frau nicht und wusste nicht, wie der Abend ablaufen sollte. Wie viele Leute würden überhaupt da sein? War es ein Dinner oder ein lockerer Empfang mit Häppchen? Würden auch diese schrecklich aufgetakelten Weiber aus der Agentur da sein, die Ella immer das Gefühl gaben, sie wäre ein bemitleidenswertes

Hausfrauchen? Es war ähnlich wie bei der Agoraphobie. Zu wenig Kontrolle über eine Situation ließ sie panisch werden. Und da sie in letzter Zeit sowieso schon ein nervliches Wrack war und das Gefühl hatte, nichts mehr im Griff zu haben, überforderte sie diese Einladung massiv. Sie fühlte sich so unwohl, dass sie beim Atmen Beklemmungen spürte. Und das wiederum machte sie aggressiv. Sie hasste es, dass Fjonn sie wie ein hübsches Accessoire zum Repräsentieren mitschleppte. Er hatte sie noch nicht einmal gefragt, ob sie mitkommen wollte oder würde, sondern ihr nur mitgeteilt, wann die Veranstaltung stattfinden sollte. Natürlich, warum sollte er sie auch fragen? Es war schließlich selbstverständlich, dass sie alles tat, was er von ihr verlangte. Sie war ja wie sein persönlicher Flaschengeist. Wütend rieb sich Ella mit einem Wattepad übers Auge. Dreimal schon war ihr der Lidstrich misslungen. Dabei waren sie bereits spät dran. Ella lehnte sich vor und versuchte, ihre Hand ruhig genug zu halten, um einen perfekten Lidstrich hinzubekommen. Na ja, ging so. Wenn sie die Wimpern noch einmal kräftig tuschte, würde die etwas zittrige Linie vielleicht nicht auffallen. Sie starrte in den Spiegel und verzog ihr Gesicht zu einer Grimasse. Manchmal hasste sie Fjonn regelrecht dafür, dass er sie um Sachen bat, die sie nicht wollte. Dabei wusste sie selbst, wie unfair das war. Sie sagte ja nie etwas. Rein gar nichts kritisierte sie. Sie sprach mit ihm über alles, nur nicht über die Sachen, die ihr in der Beziehung oder an ihm nicht gefielen. Die behielt sie für sich und begrub sie tief in ihrem Inneren. Schließlich wollte sie ihn nicht vergraulen. Aber konnte sie nach sechzehn Jahren Beziehung nicht erwarten, dass er intuitiv spürte, ob sie etwas wirklich wollte oder nicht? Konnte sie nach all den Jahren nicht verlangen, dass er sich in sie hineinversetzte und sich von alleine darüber klar wurde, dass manche seiner Erwartungen eine Zumutung waren?

»Bist du fertig, Kleines?« Fjonn schaute ins Bad. »Du siehst toll aus«, sagte er, »mich werden mal wieder alle beneiden.«

Ella versuchte, sein Lächeln zu erwidern, sah aber im Spiegel, dass ihre Augen vollkommen tot blieben. Schnell senkte sie die Lider und wühlte in ihrer Make-up-Tasche.

»Nur noch eine Sekunde. Ich komm' gleich«, antwortete sie. Geh', dachte sie, geh' doch bitte und gib mir noch ein paar Minuten.

Kurz darauf entfernten sich Fjonns Schritte und erleichtert hörte sie auf, in der Tasche zu wühlen. Dann zog sie einen Make-up-Pinsel heraus und schob ihn sich quer zwischen die Zähne. Sie hatte mal gelesen, dass das dabei helfen sollte, die Laune zu bessern. Ella sah sich mit dem Pinsel quer im Mund und gerunzelter Stirn im Spiegel an, zupfte ihre Locken ein wenig zurecht und wiederholte innerlich immer wieder die gleichen Worte: Du schaffst das. Reiß dich zusammen. Du wirst charmant und freundlich sein und deinen Ehemann stolz machen.

Doch trotz Pinseltrick quälte sich Ella durch den Abend. Es gab Tage, an denen fiel es ihr leicht, Small Talk zu betreiben. Da konnte sie es sogar genießen, sich hübsch zu machen und neue Leute kennenzulernen. Heute dagegen war einer der Tage, an denen sie das Gefühl hatte, die vielen Menschen um sich herum nicht eine Sekunde länger ertragen zu können. Alleine das Anwesendsein strengte sie an. Außerdem hatte sie Rückenschmerzen. Das war für sie zwar relativ normal, aber im Laufe des Abends waren sie immer heftiger geworden, so dass es sich mittlerweile anfühlte, als würde ein glühendes Messer zwischen ihren Schulterblättern stecken. Ihre Wangen schmerzten vom Dauerlächeln und ihr Gehirn war schon ganz verkrampft davon, sich ständig neue Belanglosigkeiten ausdenken zu müssen. Zum Glück hatte sie gerade eine kurze Ruhepause, weil ihre letzte Gesprächspartnerin sich hatte frischmachen wollen. Ella hatte die Chance genutzt und war schnell auf die deutlich weniger besuchte Terrasse getreten, um sich dort in einer dunklen Ecke auszuruhen. Sie setzte sich auf eine niedrige Steinbrüstung und sah sich um. Schick. Bestimmt war das alles von einem Star-Gartenarchitekten angelegt worden. An eine edle Natursteinterrasse grenzten Kiesbeete, aus denen sich dünne Zierlauchstängel mit prallen, lilafarbenen Kugelköpfen reckten. Dazwischen wuchsen Büsche von Ziergras, Lavendel und andere Pflanzen, die nach Profi-Gartenanlage aussahen. Auf der Terrasse standen graue Loungemöbel mit cremefarbenen Polstern. Verschieden große Kunststoffkugeln, die die Farbe wechselten, beleuchteten alles und überzogen die Gesichter der Partygäste mit farbigen Schimmern. Niemand schien Ella zu bemerken. Und so konnte sie sich in Ruhe die Leute ansehen, ohne mit ihnen sprechen zu müssen. Durch die Scheibe hindurch sah sie Fjonn mit Herrn Thienemann und diesem Herrn Wiese, wegen dem der ganze Aufwand betrieben wurde. Nach dem Gesichtsausdruck von Herrn Wiese zu urteilen, lief alles nach Plan. Sie konnte richtig sehen, wie die gepflegte Zurschaustellung von Geld bei ihm ein ›Das will ich auch‹ auslöste. Immer wieder wanderten seine Augen durch den Raum, musterten die ganz auf Repräsentation ausgelegte Einrichtung, die hübsche Pianistin, die den Abend musikalisch untermalte und die Ansammlung aufgebrezelter Agenturleute, die durch die Durchmischung mit Ehepartnern, Freundinnen und Freunden dennoch locker und fröhlich wirkte. Gute Werbeleute können eben alles verkaufen, dachte Ella. Auch sich selbst.

Durch die offene Terrassentür hörte sie die zarten Klänge des Klaviers in die angenehm laue Nachtluft hinaustänzeln. Es war geradezu befreiend, mit niemandem reden zu müssen und sich wie unsichtbar zu fühlen. Langsam entspannte Ella sich. Und dann spielte die Pianistin ein Stück, das Ella kannte und sie unwillkürlich ihre Augen schließen ließ. Es war ›Mariage d'amour‹, ein wunderschön emotionales Lied, das sie auf eine eigentümliche Art und Weise berührte. Sie lehnte sich an die Hauswand und verschmolz in ihrem klassischen schwarzen Etuikleid mit den Schatten der Nacht. Die verliebten Töne brachten sie zum Träumen und weckten ein sehnsuchtsvolles Ziehen in ihrer Brust. Sie fühlte sich von den Klaviertönen mitgetragen wie auf einer Welle, die sie schwankend hin- und herdrehte, sie emporhob und umspülte. Wie so oft in letzter Zeit sah sie in Gedanken sofort den Zettel mit den Logos vor sich und spürte die Präsenz von Martins Körper in ihrem Rücken. Sie roch sein Aftershave mit dieser unbestimmbaren Note darin, atmete den Duft tief ein und lehnte sich in einer unendlich langsamen Bewegung an seine Brust. Die Klänge der ›Mariage d'amour‹ woben sie in einen Kokon aus Gefühl und füllten ihr Herz mit einer Süße, die in ihrer Intensität fast schmerzte. Sie stellte sich vor, dass Martin sie zärtlich in seine Arme nahm, sie zu sich herumdrehte und küsste. Er küsste sie wieder und wieder und wieder auf unzählige verschiedene Arten, sodass sie irgendwann glaubte, wirklich zu fühlen, wie heißer Atem über ihre Wange strich. Sie seufzte auf. Schmale, weiche Lippen fuhren langsam über ihre Haut und küssten sie endlich kurz unterhalb ihres Ohrläppchens zart auf den Hals. Ella lächelte, öffnete langsam die Augen und zuckte erschreckt zusammen.

Fjonn sah sie irritiert an und fragte mit einem leicht säuerlichen Unterton: »Hattest du mit jemand anderem gerechnet?«

Ella schüttelte hastig den Kopf. »Quatsch. Ich bin nur eingenickt und habe einen Schreck bekommen, als ich aufgewacht bin und so nah vor mir ein Gesicht gesehen habe. Das ist alles. Tut mir leid.«

Fjonn sah sie misstrauisch und mit einer tiefen, senkrechten Falte zwischen seinen Augenbrauen an. Dann setzte er sich zu ihr und fragte: »Warum hast du dich hier versteckt? Bist du müde oder findest du den Empfang so schrecklich?«

Ella streckte sich kurz und antwortete: »Nein, es ist alles gut. Der Tag war nur irgendwie lang und mein Rücken macht mir zu schaffen. Aber die Party ist wirklich sehr schön.« Sie versuchte, Fjonn ein beruhigendes Lächeln zuzuwerfen. »Was ist mit Herrn Wiese? Konntet ihr ihn überzeugen?«

Fjonn erwiderte nach einem kurzen Moment des Zögerns ihr Lächeln und zwinkerte ihr schließlich sogar schelmisch zu. Ella wischte sich innerlich den Schweiß von der Stirn. Sie wusste wirklich nicht, wie lange sie vor ihm noch ihre Gefühle verheimlichen konnte. Immer häufiger schaute Fjonn sie argwöhnisch an und sie hatte das Gefühl, dass ihm schon seit Wochen eine Frage auf der Zunge lag, die sie partout nicht hören wollte.

»Ich glaube, die Pianistin hat ihm den Rest gegeben«, sagte Fjonn schmunzelnd.

Ella wusste genau, was er meinte. Die junge Frau am Klavier hatte der neureichen, durchgestylten Umgebung einen charmanten Anstrich von Kultur verliehen. So etwas musste einem einfachen und bodenständigen Kleinunternehmer im Erfolgstaumel regelrecht die Sinne vernebeln.

Fjonn rückte ein Stück näher an Ella heran, legte seinen Arm um ihre Schulter und sie ließ sich erwartungsgemäß gegen ihn sinken. Doch als er sie etwas fester an sich zog, unterdrückte Ella nur mit Mühe den Impuls, sich steif zu machen. Gleichzeitig ärgerte sie sich über ihre spontane Reaktion. Sie war müde, ihr Rücken tat weh und sie wäre jetzt am liebsten nach Hause gefahren. Aber sie wollte Fjonn auch nicht verprellen, vor allem nicht, nachdem er eben schon so misstrauisch gewesen war. Also fragte sie ihn bemüht munter: »Was ist, wollen wir noch ein Glas Wein trinken?«

Besser, sie stürzte sich wieder in die Small Talk-Hölle, als sich bei diesem Gefühl von Intimität und Vertrautheit mit Fjonn wie eine miese Betrügerin zu fühlen.

2. Der Zug fährt ab

Fjonn stand am Bahngleis und sah dem ausfahrenden Zug hinterher. Ella und die Jungs waren auf dem Weg an die Nordsee, und er musste fünf Tage lang in dem stillen Haus die Stellung halten. Fjonn seufzte. Es war acht Uhr morgens und auf dem Großstadtbahnhof herrschte ein hektischer Betrieb. Nicht auszudenken, wenn Ella hier ohne ihn inmitten der Menschenmassen angekommen wäre. Er konnte sich noch gut daran erinnern, wie er sie einmal aus einem Kaufhaus hatte abholen müssen, wo sie starr vor Angst in einer Ecke gekauert hatte. Eigentlich war es vollkommen leichtsinnig, dass er sie auf diese Reise mitfahren ließ. Na ja, nun war es nicht mehr zu ändern. Immerhin waren die Jungs mit dabei und wirkten schon alleine durch ihre Anwesenheit beruhigend auf Ella. Tatsächlich hatte sie sich ihre Panik erstaunlich wenig anmerken lassen. Fjonn war es trotzdem nicht entgangen, wie sie vor Aufregung und Angst am ganzen Körper gezittert hatte. Ein Glück, dass es den Eltern freigestellt gewesen war, ihre Kinder zusammen mit Herrn Westfal vom kleinen Retsumer Bahnhof aus losfahren zu lassen oder direkt hierher zu bringen. So hatte er Ella wenigstens sicher bis zum Zug begleiten können, ohne dass es irgendwie seltsam gewirkt hätte.

Nachdenklich schob Fjonn die Hände in seine dünne Sommerjacke und schlenderte zum Ausgang. Immer wieder zog ihm aus den Ecken ein Geruch nach Urin und Müll entgegen. Leute in schicken Büro-Outfits marschierten mit in sich gekehrten Gesichtern eilig an ihm vorbei und zogen einen Duft nach teuren Aftershaves oder Parfums hinter sich her. Andere, die ganz offensichtlich zu keiner Arbeit mussten, lungerten auf Schlafsäcken am Boden herum, drehten sich Zigaretten oder beobachteten misstrauisch die Passanten. Eine aufgeregt schwatzende Reisegruppe älterer Damen schob und zerrte ihre Koffer an ihm vorbei. Und vor der Anzeigetafel mit den Abfahrtszeiten der Züge standen einige junge Leute mit riesigen Rucksäcken und diskutierten hitzig ihr Reiseziel. Über allem tönten die typischen Bahnhofsgeräusche. Züge fuhren mit schrill quietschenden Bremsen ein. Aus Lautsprechern dröhnten unverständliche, scheppernde Durchsagen, und die Schaffner bliesen in ihre Trillerpfeifen. Kein Wunder, dass es die Redewendung mit dem ›aufs falsche Gleis geraten‹ gibt, dachte Fjonn. Bei dem chaotischen Gewusel passiert es bestimmt dem ein oder anderen, dass er in die komplett verkehrte Richtung fährt.

In dem Moment spürte er ein unangenehm leeres Gefühl im Magen. Vielleicht sollte er erst einmal etwas frühstücken gehen. Aber nicht hier, sondern irgendwo, wo es ruhig und übersichtlich war. Eine Viertelstunde später hatte Fjonn ein gemütliches Café in einer Seitenstraße unweit des Bahnhofs entdeckt und sich ein Frühstück bestellt. Er zog den Block, den er immer bei sich trug, aus der Jackentasche und fing an, seine verschiedenen Listen durchzusehen und zu ergänzen. Andere Menschen hätten in den vollgekritzelten und bemalten Seiten kaum so etwas wie Listen erkannt. Aber Fjonn hatte eben seine eigene Ordnung. Ihm verhalfen die Notizen zu einem Überblick und dem Gefühl, auf alles vorbereitet zu sein. ›Gute Vorbereitung ist alles‹, war einer seiner Lieblingssätze. Der andere war: ›Entschieden ist entschieden‹. Er wägte stets gründlich ab, bevor er sich zu irgendetwas entschloss. Dann aber änderte er seine Meinung nie, es sei denn, er hatte von vornherein einen Plan B einkalkuliert.

Zögernd blätterte Fjonn eine Seite auf, die er mit einem Marker gekennzeichnet hatte, auf dem ›Ella‹ stand. Ja, er hatte auch eine Ella-Seite. Dort hatte er alles aufgeschrieben, was ihm in den letzten Monaten komisch vorgekommen war. Auch ihr erschrecktes Zusammenzucken bei dem Empfang von Thienemann hatte er notiert. Sie hatte nicht gezuckt, als er sie geküsst hatte, erst, als sie ihn erkannt hatte. Sprach das nicht eine deutliche Sprache? Es hatte ihn einiges an Überwindung gekostet, sich nichts weiter anmerken zu lassen. Wenn er gekonnt hätte, hätte er sofort alle Ein- und Ausgänge verriegelt. Und dann hätte er jeden einzelnen Gast auf einen Stuhl gefesselt und verhört. Wen hatte sie in der dunklen Ecke erwartet? Oder an wen hatte sie gedacht? Fjonn spürte ein unangenehmes Stechen in der Magengegend. Mittlerweile war er sich fast sicher, dass ein anderer Mann hinter ihrem seltsamen Verhalten steckte. Aber wer? Er würde noch verrückt werden. Und warum sagte sie nichts?

Sollte es etwa einfach so weitergehen? Fjonn sah auf das Datum, das mehrfach eingekringelt im Zentrum der Seite prangte. Die Frist lief aus. In der Woche nach der Klassenreise hatten die Jungs Geburtstag und danach würde er sie zur Rede stellen. Fjonn nahm den Stift, der am Deckel des Notizbuches befestigt war, malte sich mögliche Konsequenzen aus und schrieb sie zögerlich an den Rand.

Gute Vorbereitung ist alles, dachte er und sah unglücklich auf seine Notizen.

Ella stand auf dem Deck der Autofähre und sah dabei zu, wie sich der Dampfer langsam in der Fahrrinne drehte, um den Hafen anzusteuern. Die salzige Nordseeluft wehte ihr um die Nase. Über ihr kreischten die Möwen. Um den Bug des Schiffes schäumte die Gischt auf und erfüllte die Luft mit winzig kleinen, salzigen Wassertropfen. Der Wind nahm das zerstäubte Meereswasser mit sich und legte es wie einen feuchten Brautschleier über ihr Gesicht. Ella schloss kurz die Augen und genoss das nasse Prickeln auf ihrer Haut. Da merkte sie, dass sie auf einmal nicht mehr alleine an der Reling stand. Ihre Zwillinge Lasse und Nils hatten sich an sie herangepirscht und sich links und rechts neben ihr aufgebaut.

»Also, Mom, wir müssen mal was mit dir besprechen.« Lasse starrte ihr geschäftsmäßig ins Gesicht. Ella zog die Augenbrauen hoch und sah ihn auffordernd an: »Na, dann schießt mal los.«

Nun meldete sich Nils von der anderen Seite zu Wort: »Ja, weißt du, Ma, wir haben dich ja echt gerne und so. Und es ist auch echt cool, dass du mitgefahren bist, weil sonst hätte die Reise ja gar nicht stattfinden können.«

Da fiel ihm von rechts Lasse ins Wort: »Genau, das finden wir wirklich absolut total gut, Mom.«

Jetzt übernahm wieder Nils, und Ella, die ständig den Kopf hin- und herdrehen musste, legte automatisch eine Hand in ihren wie üblich leicht schmerzenden Nacken.

»Also, was wir sagen wollen, ist … Also, nichts für ungut. Aber, Ma … bitte blamier' uns nicht.«

Innerlich schwankte Ella zwischen Empörung und Belustigung, aber nach außen hin gelang ihr ein äußerst verständnisvoller, ernster

Blick. Lasse sah sie prüfend an und sagte dann mit fast kummervoller Stimme: »Wir wollen dich echt nicht kränken oder so, aber kuscheln und küssen ist diese Woche total verboten.«

»Wir haben schließlich einen Ruf zu verlieren«, ergänzte Nils.

»So was von«, bestätigte wieder Lasse.

Ellas Mundwinkel zuckten. Aber gleichzeitig war ihr nach einem melancholischen Seufzer zumute. Waren ihre Jungs nicht eben gerade noch hilflose, pausbäckige Babys gewesen, die sich alles in den Mund stopften, was sie mit ihren kleinen Fingern zu fassen bekamen? Und plötzlich waren sie Halbwüchsige, die sich um ihren Ruf sorgten.

Nils und Lasse waren aber noch nicht fertig.

»Diese typischen Muttisprüche wie ›Zieh' dich warm an‹ und ›Iss' deinen Teller leer‹ und ›Sag' bitte und danke‹ und so, die gehen natürlich auch überhaupt nicht«, sagte Nils.

Lasse auf der rechten Seite schüttelte heftig den Kopf und bekräftigte: »Überhaupt nicht.«

»Am besten, du tust so, als würden wir uns gar nicht kennen«, schlug dann Nils vor.

»Ja, genau. Du machst einfach einen auf undercover. Wenn dir langweilig ist, kannst du dich ja mit Herrn Westfal unterhalten. Der ist eigentlich ganz okay. Am besten, ihr bleibt ganz unter euch und beachtet uns gar nicht.«

Ella merkte, wie ihr das Blut in den Kopf schoss. Schnell schlug sie ihre Hände auf die Wangen und sagte: »Puh, ganz schön frisch.«

»Du musst nicht traurig sein, Mom.« Lasse sah sie betrübt an.

»Zu Hause darfst du dann wieder unsere Mutter sein«, versuchte auch Nils, sie zu trösten.

Ella lächelte sie an und sagte: »Ist schon okay, Jungs. Ihr werdet gar nicht merken, dass ich dabei bin. Dafür schuldet ihr mir zu Hause dann aber mindestens einen Hardcore-Kuschelabend auf dem Sofa. Okay?«

Nils und Lasse grinsten, sagten wie aus einem Munde: »Deal«, und ließen sie dann alleine an der Reling zurück.

Ella starrte geradeaus vor sich hin. In wenigen Minuten würden sie anlegen. Der Dampfer drosselte bereits die Geschwindigkeit, die Möwen umkreisten laut kreischend das Schiff und es roch leicht faulig nach Muscheln, Algen und Salz. Und während die Küste immer näher und näher rückte, wuchs in ihr unaufhörlich das Gefühl, dass sie auf eine gewaltige Katastrophe zusteuerte.

Martin schüttelte kaum merklich den Kopf und zog dabei seine Augenbrauen zu einem fast schon feindseligen Blick zusammen. Hatte diese Frau eigentlich im Griff, was sie da tat? War sie sich ihrer Wirkung so gar nicht bewusst oder wollte sie ihn anmachen? Ihn und alle anderen männlichen Fahrgäste auf dem dämlichen Boot. Fehlte nur noch, dass sie sich die Bluse aufriss und die Arme ausbreitete, fertig wäre eine Galionsfigur wie aus dem Bilderbuch. Sie stand an der Reling, der Wind spielte mit ihren Locken und presste den dünnen Stoff von Bluse und Rock fest an die Rundungen ihres Körpers. Dabei sah sie so gedankenverloren aus, als würde sie in eine andere Welt schauen. Die personifizierte, sinnliche Sehnsucht. Martin hatte Probleme, sie nicht mit offenem Mund anzustarren. Seit diesem Moment vor dem Kopierer bekam er sie nicht mehr aus dem Kopf. Zwar hatte er sie schon vorher in gewisser Weise anziehend gefunden, aber jetzt verfolgte sie ihn bis in seine Träume. Er musste in einem fort an sie denken, vergaß Termine, kritzelte gedankenverloren vor sich hin, ohne seine Arbeit zu erledigen. So hatte er sich selbst noch niemals erlebt. Dabei war sie – mal ganz davon abgesehen, dass sie die Mutter von zweien seiner Schüler und wahrscheinlich verheiratet war – gar nicht sein Typ. Er hatte noch nie eine blonde Freundin gehabt und erst recht keine, die älter war als er. Tja, und wenn sie Nils und Lasse nicht mit dreizehn bekommen hatte, war sie definitiv älter als er. Fünf bis sieben Jahre mindestens. ›Fang nichts an, was du nicht durchziehen willst‹, war seine Devise, an die er sich bisher immer gehalten hatte. Damit war er stets gut gefahren. Und etwas mit einer älteren Frau anzufangen, die zwei zwölfjährige Söhne in seiner Klasse hatte und vermutlich verheiratet war, wollte er definitiv nicht durchziehen.

Um sich auf andere Gedanken zu bringen, hatte er sein Sportpensum deutlich erhöht. Bei ihm um die Ecke im Wald gab es einen Trimm-dich-Pfad, acht Kilometer mit Zwischenstationen: Liegestütz, Klimmzüge, Hangelstrecke. Den lief er jetzt jeden Tag, manchmal sogar zweimal. Das half aber nur kurzfristig. Er fühlte sich, als wäre er verhext. Und das, obwohl er ihr in den letzten Wochen nach Möglichkeit aus dem Weg gegangen war. Na ja, zumindest hatte er sie nicht mehr angesprochen und sogar in Kauf genommen, unhöflich und arrogant zu wirken, nur um jeden Blickkontakt zu vermeiden. Peinlich berührt, ja geradezu entsetzt, hatte er sich dann allerdings selbst dabei ertappt, wie er sie immer wieder aus der Ferne beobachtete, mit einem Blick, der jedes Mal vollkommen unkontrolliert in eine Art Weichzeichnermodus umschaltete. Die Zeit lief dann irgendwie langsamer und die alltäglichen Nebengeräusche bekamen einen fast melodischen Klang. Es war wie in so einer zweitklassigen Liebesschnulze, und Martin hatte begonnen, ernsthaft an seinem Verstand zu zweifeln.

Reiß dich zusammen, befahl er sich selbst. Ich werde mit ihr vollkommen normal umgehen, so wie mit jedem anderen Kollegen auch. Schließlich muss ich mit ihr zusammen die Klassenreise organisieren und kann ihr dabei kaum aus dem Weg gehen. Gewaltsam lenkte er seine Aufmerksamkeit auf die Kinder, die überall auf dem Deck herumliefen, standen oder auf den Bänken saßen. Plötzlich schossen Lasse und Nils auf ihn zu und setzten sich dicht aneinandergedrängt auf die ihm gegenüberliegende Bank. Mit einer verschwörerischen Handbewegung bedeuteten sie ihm, sich zu ihnen zu neigen. Und als er sich nach vorne beugte, begannen sie, leise auf ihn einzureden.

»Herr Westfal, wir haben da so ein Problem.«

Martin warf ihnen einen fragenden Blick zu.

»Also, es geht um unsere Mutter«, sagte Nils.

Martin war heilfroh, dass er gerade nichts aß oder trank, sonst hätte er sich unter Garantie heftig verschluckt.

»Sie als Mann können bestimmt verstehen, dass es eine gefährliche Sache ist, wenn die eigene Mutter mit auf Klassenreise fährt«, fuhr Lasse fort.

»Von wegen Ruf und so«, ergänzte Nils.

Martin runzelte die Stirn und hoffte inständig, dass seine Reaktion vollkommen normal aussah.

»Deswegen dachten wir, dass Sie … na ja, also, wir dachten, dass Sie sich vielleicht ein bisschen um sie kümmern könnten«, sagte

Lasse fragend, »damit sie nicht doch auf die Idee kommt, uns vor den anderen zu bemuttern.«

»Ja, das wäre wirklich peinlich«, sagte Nils und nickte seufzend.

»Sie könnten doch mit ihr über irgendwelche alten Bücher reden oder so. Darauf steht sie total.« Lasse sah ihn erwartungsvoll an.

Martin wurde heiß und kalt. Er sollte sich um Ella kümmern? Und darum baten ihn ihre eigenen Söhne?

»Herr Westfal?«, riss ihn Nils auf einmal in die Realität zurück und ihm fiel auf, dass er sie mit leicht geöffnetem Mund anstarrte. Mann, ich mach' mich echt langsam zum Volldeppen, dachte er.

»Euch ist schon klar, dass sowohl eure Mutter als auch ich aus versicherungstechnischen Gründen dazu verpflichtet sind, auf euch aufzupassen, oder? Selbst wenn ich wollte, könnte ich euch also nicht helfen. Ich muss euch rund um die Uhr im Auge behalten und eure Mutter muss das auch. Tut mir leid, Männer. Da müsst ihr durch.«

Er setzte einen bedauernden Gesichtsausdruck auf und zuckte mit den Schultern. Die Jungs schauten ihn kurz enttäuscht an. Dann sagten sie fast synchron: »Was soll's«, und waren schon wieder weg.

Martin blieb auf der Bank sitzen, die Ellbogen auf den Knien abgestützt und die Hände verschränkt. Das fängt ja gut an, dachte er. Und als aus den Lautsprechern die Stimme des Kapitäns die Ankunft im Hafen verkündete und alle zum Aussteigen aufforderte, fühlte er, wie sich jeder einzelne Muskel in seinem Körper verkrampfte.

Ella schlenderte gemächlich hinter den Kindern her, die aufgeregt über das Gelände der Jugendherberge rannten. Die Koffer und Taschen waren alle auf die Zimmer gebracht, die Betten ausgesucht und die Schränke eingeräumt. Bis es Mittagessen gab, durften die Kinder eigenständig auf Erkundungstour gehen. Ella fand es schön hier. Die Luft roch nach Salz und Meer und strich in einer stetigen, leichten Brise weich über ihre Haut. Die Sonne schien und in der Ferne hörte man leise das gleichmäßige, beruhigende Rauschen der Wellen.

Sie sah sich um. Auf dem großzügigen Gelände gab es mehrere rote Backsteingebäude, einen Lagerfeuerplatz, ein kleines Wäldchen, eine Lagerhalle voll mit Gokarts, Fahrrädern und Spielgeräten, einen

Basketballplatz, Tischtennisplatten und einiges mehr. Langweilig würde ihnen hier bestimmt nicht werden. Schmunzelnd beobachtete Ella die Kinder, die wie überdrehte Eichhörnchen auf dem asphaltierten Hof hin- und herrannten. Einige Mädels hatten sich untergehakt und trippelten kichernd und schwatzend von Ecke zu Ecke, während ein paar Jungs versuchten, einen imaginären Basketball im Korb zu versenken. Andere Jungs standen vor dem großen Geländewagen des Herbergsleiters und fachsimpelten über Motor und Ausstattung, und wieder eine andere Gruppe durchstreifte lachend und lärmend die Lagerhalle.

Ella mochte es, mit Kindern zusammen zu sein. Es war nicht aufregend wie das verbotene Werfen von Samenbomben oder lustig wie ein Treffen mit Antje. Sie fühlte sich dabei auch nicht sicher und beschützt wie bei Fjonn oder auf diese seltsame Art erleichtert wie beim Alleinsein. Sie war dann einfach nur da, ruhig und auf eine angenehme Weise entspannt.

»Schön hier, oder?«, sagte auf einmal Martin neben ihr und schlagartig war jedes Gefühl von Entspannung verschwunden.

»Mmh«, antwortete sie einsilbig und hoffte, sich dadurch ihre plötzliche Aufregung nicht anmerken zu lassen.

»Wollen wir uns gemeinsam ein wenig umschauen und dabei noch mal den Plan für heute und die nächsten Tage durchsprechen?«

Ella spürte, wie er sie ansah.

»Klar«, piepste sie und ließ ihren Blick verlegen durch die Gegend schweifen.

Langsam gingen sie nebeneinander her und Ella hörte ihm mit laut klopfendem Herzen zu. Mit dem gemächlichen ›Gagong, Gagong‹ aus dieser Dirty-Dancing-Szene hatte ihr Herzschlag allerdings nicht das Geringste gemeinsam, eher mit einem sperrigen Gegenstand, der eine verwinkelte Treppe hinunterstürzte. Es fiel ihr schwer, sich auf das zu konzentrieren, was er sagte. Elende Biochemie! Zum Glück hatte sie seine Mails so oft gelesen, dass sie die Pläne bereits in- und auswendig kannte. Beachvolleyball, Inselrallye und Wattwanderung hatte er als klassische Aktivitäten vorgesehen. Außerdem wollte er noch einen Sandskulpturen-Wettstreit veranstalten und gemeinsam mit allen Schülern einen Artikel für die nächste

Ausgabe der ›Retsi‹ schreiben. Sogar ein Kunstprojekt plante er. Für alle in der Klasse sollte etwas dabei sein. Für die Sportler, die Schlauen, die Kreativen, die Ruhigen und die Aktiven.

»Ich hatte dir ja schon geschrieben, dass ich die Outdoor-Aktivitäten bei gutem Wetter gerne vorziehen würde, damit sie am Ende nicht noch buchstäblich ins Wasser fallen müssen. Bis auf die Wattwanderung, die ich vorab schon buchen musste, sind wir da zum Glück auch flexibel. Was meinst du? Heute ist das Wetter so schön, da könnten wir den Sandskulpturen-Wettbewerb doch gleich diesen Nachmittag veranstalten. Und den Artikel und das Kunstprojekt machen wir dann bei schlechtem Wetter, oder gegen Ende der Woche, hier in der Jugendherberge. Allerdings muss ich gestehen, dass mir bis heute nichts Glorreiches für das Kunstding eingefallen ist … Daher hatte ich gehofft, dass du mit deinen fähigen Händen spontan das komplette Projekt übernehmen würdest. Ist das jetzt zu dreist von mir oder wäre das möglich?«

»Äh, nein, ja, ich meine … Dreist: nein. Möglich: ja, klar …«, sagte Ella und schüttelte mal wieder innerlich den Kopf über ihr peinliches Gestotter. Ich muss mich konzentrieren, ermahnte sie sich selbst. Kunstprojekt. Klassenreise. Ich soll die Leitung übernehmen? Mit meinen fähigen Händen … Was erwartet der denn von mir? Du meine Güte, hoffentlich enttäusche ich ihn nicht. Was, wenn … Stopp. Sammeln. Konzentrieren. Ella überlegte, und während sie fieberhaft nachdachte, fing sie automatisch an, halblaut zu reden und sich mit dem Zeigefinger in einem gleichmäßigen Rhythmus ans Kinn zu tippen. Das machte sie immer so, wenn sie Konzepte entwickelte. Bisher hatte sie auch keinen Anlass gehabt, das zu ändern. Schließlich war sie dabei normalerweise alleine.

»Wir sind auf einer Insel … Urlaub. Meer. Strand. Reise. Familie. Ja, Familie. Urlaubsgrüße an die Daheimgebliebenen. Postkarte … Mmh, vielleicht eine Postkarte selbst gestalten. Wir könnten Postkarten basteln. Mit Sand. Oder Muscheln. Nee. Unpraktisch. Die gehen beim Versand nur kaputt. Sand bröselt ab. Vielleicht stilisierte Zeichnungen. Muscheln, Wellen, Möwen. Ich könnte einen kleinen Grundkurs zu der Abstraktion von Formen machen … Oder ganz anders: Schnörkel. Buchstaben. Handlettering … Grüße …«

Plötzlich wurde Ella bewusst, was sie da tat und dass Martin sie dabei die ganze Zeit mit einem seltsamen Ausdruck in seinen blaugrauen Augen und einem breiten Grinsen im Gesicht ansah. Machte er sich etwa über sie lustig?

»Äh …«, stammelte sie und hoffte inständig, dass ihre glühenden Wangen nicht bedeuteten, dass sie rot angelaufen war. »Ja, also ich könnte vielleicht Postkarten mit den Kindern basteln, zumindest wenn du ein entsprechendes Budget für Materialien eingeplant hast. Ich bräuchte allerdings auch nicht viel, und einen Schreibwarenladen wird es hier ja wohl geben.«

Martin nickte zustimmend und sah sie immer noch mit diesem unbestimmbaren Blick an. Er öffnete den Mund, um etwas zu sagen. Doch noch bevor ein Wort über seine Lippen kam, hörten sie einen lauten Gong und eine Männerstimme laut über den Hof schmettern.

»Middachesseeen!«

Ella stand am Rand eines Beachvolleyballfeldes und spielte die Schiedsrichterin für das heute angesetzte Volleyballturnier. Hinter ihr erhoben sich hohe, weiße Dünen, auf denen sich dicke Büschel von Strandhafer im Wind bogen. Vor ihr brachen sich in der Ferne die Wellen der Nordsee donnernd am Strand. Die Luft war immer in Bewegung und trug die Geräusche mit sich fort, kaum dass sie entstanden waren, ebenso, wie sie den feinen Sand unablässig über den Strand scheuchte. An die gestern mühsam gebauten Sandskulpturen erinnerten nur noch unförmige Haufen. Über allem schwebte das Rauschen der Wellen wie ein bedächtiges und trotzdem gewaltiges Vor-und-zurück, Vor-und-zurück, Vor-und-zurück. Dieses tiefe Grollen, begleitet von den einsamen Schreien der Möwen, war so ruhevoll, dass es sie tief in ihrem Inneren berührte und beschwichtigte. Fast brachte es ihr den Frieden, nach dem sie sich jetzt schon so lange sehnte.

»Gut, Sofia, weiter so«, hörte sie da schon wieder die Stimme, die ihr fortlaufend diesen Frieden raubte. Gerne wäre sie ihrem Impuls nachgekommen, das Weite zu suchen. Doch sie konnte hier nicht weg. Sie war die Schiedsrichterin. Und er spielte ständig den Motivator, immer nur wenige Meter von ihr entfernt. Mist, jetzt hatte sie nicht aufgepasst. Sie wandte sich an Melli, ein stilles, etwas rundliches Mädchen mit einem hübschen Gesicht, das sich offensichtlich gerne in ihrer Nähe aufhielt und auch jetzt wieder neben ihr stand.

»Melli, kannst du mir den Punktestand sagen? Ich war gerade irgendwie abgelenkt«, sagte sie und lächelte das Mädchen mit einer schuldbewussten Grimasse an.

Melli zuckte kurz zusammen und antwortete dann mit leiser Stimme: »Fünfzehn zu achtzehn.«

»Danke, du hast mich gerettet«, gab Ella zurück und wurde dafür mit einem schmalen Lächeln belohnt. Kurz darauf war das Spiel vorbei und sie wollte sich gerade aus Martins Nähe flüchten, als sie ihn im gespielten Angeberton sagen hörte: »Okay, Leute. Das war ja schon ganz nett. Aber dass das eigentliche Finale noch aussteht, ist ja wohl klar? Wer sich Sieger nennen will, der muss nämlich erst an mir vorbei. An mir und …« Martin blickte sich suchend um. »Na, was ist los? Wer spielt mit mir?«

»Frau Kaap. Frau Kaap. Frau Kaap!«, riefen da die Kinder im Chor. »Und wenn wir sie schlagen, dann müssen Sie heute Abend ein Lagerfeuer mit uns machen.«

Automatisch stockte Ellas Atem und ihr Blick zuckte zu Martin. Sie registrierte, wie er einmal trocken schluckte, bevor er fast zögerlich sagte: »Das wäre doch unfair. Da hättet ihr ja keine Chance. Außerdem sollen alle von euch wenigstens einmal spielen und eine hat sich bisher ganz hervorragend gedrückt. Melli, bist du dabei?«

Ella spürte förmlich wie Melli erstarrte. Das stille Mädchen war alles andere als sportlich und wirkte ständig tieftraurig. Häufig wurde sie in Anspielung auf die ›maulende Myrte‹ als die ›melancholische Melli‹ verspottet. Kein Wunder, dass sie sich meist von der Gruppe fernhielt und versuchte, sich möglichst unsichtbar zu machen. Von der plötzlichen Aufmerksamkeit schien sie total überfordert zu sein.

Ella fühlte, wie sie eine warme Welle des Mitgefühls überschwemmte, und stellte sich schützend vor Melli. Ohne groß darüber nachzudenken, sagte sie: »Also, ich finde, wenn es um einen richtigen Wetteinsatz geht, dann kann das nur in einem Spiel Lehrer gegen Schüler ausgetragen werden. Ich wäre jedenfalls dabei. Aber wenn dich eine erwachsene Frau im Team überfordert …«

Beinahe hätte sich Ella erschrocken auf den Mund geschlagen. Was tat sie denn hier? Das hatte ja fast wie ein Flirtversuch geklungen. Ella sah, wie Martin sie für den Bruchteil einer Sekunde mit einem merkwürdig verwirrten, fast betroffenen Gesichtsausdruck ansah. Aber vielleicht täuschte sie sich auch. Ja, ganz bestimmt sogar. Denn als er ihr antwortete, war sein Tonfall eher amüsiert und überheblich.

»Von mir aus gerne. Ich hatte nur befürchtet, du seist schon zu erwachsen, um mit mir zu spielen.«

Hatte er das gerade eben wirklich gesagt? Doppeldeutiger ging es ja wohl kaum. Und als wäre das nicht schon provokant genug, zog er sich direkt im Anschluss sein dünnes Sweatshirt über den Kopf. Du meine Güte, das war ja wie in einem Kitschroman oder in einem Werbespot für ungesunde Erfrischungsgetränke. Mehr schlecht als recht von einem lockeren Achselshirt bedeckt, zeigte sich ein schlanker, durch und durch definierter Athletenkörper. Konnte er nicht kümmerlich dünne Arme haben, vollkommen behaart oder von Pickeln übersät sein? Was hatte Antje noch gesagt? Dass sie etwas unschöne Wirklichkeit bräuchte, um ihre Schwärmerei in den Griff zu bekommen? Lief dann nicht etwas gewaltig schief, wenn die Wirklichkeit die Fantasie noch überflügelte? Nun wusste Ella weder, wohin sie ihre Blicke richten, noch wie sie ihre Atmung unter Kontrolle bringen sollte. Angestrengt bemühte sie sich, nach außen hin ruhig zu bleiben und nicht wie ein nasser Sack auf den Sand zu kippen.

Um sie herum fingen die Kinder an zu brüllen. »Lehrer gegen Schüler! Lehrer gegen Schüler!«

Ella zuckte mit den Schultern und schaffte es irgendwie, ihn anzugrinsen. Und dann tat sie etwas, was sie selbst am allermeisten überraschte: Wie kurz zuvor Martin zog nun auch sie mit einer schnellen Bewegung ihr lockeres Shirt aus, sodass sie plötzlich nur noch in Bikini-Oberteil und kurzen Shorts vor ihm stand. Zwar war es ein sportliches Bustier-Top, das sie auch manchmal im Fitnesskurs trug, aber trotzdem war sie auf einmal halbnackt. Vor *ihm*. Was tat sie hier? Obwohl sie gut trainiert war und sich nicht zu verstecken brauchte, fühlte sie sich auf einmal extrem verlegen, als wäre sie nicht an einem großen Strand, wo die meisten Menschen mit noch weniger

Kleidung herumliefen als sie, sondern als stünden sie sich alleine in einem Schlafzimmer gegenüber und sie hätte ihn gerade zum nächsten Zug aufgefordert. Außerdem war sie nun mal doch eher vierzig als zwanzig. Noch einmal: Was tat sie hier? Es war wie in einem Traum, in dem man sich selbst bei den absurdesten Handlungen zusah.

Panisch vermied sie jeden Blick zu Martin, klatschte laut in die Hände und rief: »Wenn wir gewinnen, geht ihr alle mucksmäuschenstill um acht ins Bett.«

Martin biss fest die Zähne aufeinander. Wie kam sie dazu, sich vor ihm auszuziehen! Alleine schon die Bewegung, mit der sie ihr Shirt über den Kopf gezogen hatte, war unfassbar erotisch gewesen. Wobei das auch an seiner peinlichen Liebesfilm-Zeitlupen-Wahrnehmung liegen konnte. Was auch immer. Er konnte sich jedenfalls nicht erinnern, jemals zuvor derart auf eine Frau reagiert zu haben. Vielleicht lag das auch nur daran, dass sie von innen heraus zu strahlen schien. Als würde sie eine goldene Aura umgeben. Eine goldene Aura? Mann, er drehte echt langsam durch.

Um Haltung bemüht, folgte er ihr schließlich auf das Spielfeld. Ella hatte sich vorne am Netz positioniert. Also stellte er sich hinten an der Linie auf und hatte sie genau in seinem Blickfeld. Wie sollte er sich so auf das Spiel konzentrieren? Er hatte ursprünglich vor den Schülern etwas angeben, seinen Platz im Rudel deutlich machen wollen. Und jetzt das. Diese Frau … Da sauste auch schon der Ball auf ihn zu. Das Spiel hatte bereits angefangen? In letzter Sekunde hechtete er zum Ball und spielte ihn senkrecht in die Luft. Ella rannte auf ihn zu, um den Ball über das Netz zu spielen. Fasziniert sah er ihr dabei zu. Sie hatte es geschafft. Der Ball flog auf die andere Seite und er hatte kurz Zeit, sich aufzurappeln. Zack, da kam der Ball schon wieder. Die waren wirklich gut, die Kleinen. Ella lief einige Schritte rückwärts, um den Ball zu erwischen. Und weil er wie hypnotisiert ihre wohlproportionierte, zierliche Gestalt anstarrte, wich er zu spät aus. Sie prallte gegen ihn und riss sie beide um. Martin keuchte auf und umschloss sie beim Fallen instinktiv mit den Armen, während der Ball über sie hinweg flog. Dann lag er unten und sie mit dem Rücken auf ihm. Ihre nackte Haut berührte seine, ihre blonden

Locken streichelten seine Wange. Unter ihm schmiegte sich der feine, warme Sand an seinen Körper. Auf ihm lag sie, hielt ganz still und gab keinen Laut von sich. Ein leichter Duft nach Honig stieg ihm in die Nase und vermischte sich mit dem Geruch nach Meer und Sonnencreme. Er hörte die rauschenden Wellen, die Möwenschreie und ihren Atem und dann – wie aus weiter Ferne – die lachenden, schreienden, spottenden Stimmen der Kinder. Verwirrt bemerkte er, dass er sie noch immer in den Armen hielt. Wie lange schon? Vorsichtig entließ er sie aus seiner Umarmung und half ihr beim Aufstehen, indem er sie sanft von sich schob.

»Alles okay?«, fragte er und hörte selbst, wie rau seine Stimme dabei klang. Sie nickte nur, ohne sich umzudrehen, und machte Anstalten zurück an ihren Platz zu gehen. Da würde sie dann wieder direkt vor seiner Nase in ihrer knappen Kleidung herumlaufen und ihn durcheinanderbringen. So funktioniert das nicht, dachte er genervt. Kurzentschlossen beugte sich Martin zu ihr hinunter und sagte ihr leise ins Ohr: »Wenn wir auch nur einen einzigen Punkt machen wollen, kann ich nicht hinter dir spielen. Das lenkt mich ab. Also lass uns bitte die Positionen tauschen, ja?«

Jetzt drehte sie sich doch zu ihm um und ihr überraschter Blick bohrte sich in seinen. Hilflos lächelte er sie an und zuckte entschuldigend mit den Schultern. Sie starrte ihn nur stumm und mit großen Augen an. Mit unfassbar schönen, grünen Augen. Moosgrün ... oder eher wie mystische Waldtümpel im Sonnenschein, irgendwie tief und ... Schluss jetzt! Er musste sich konzentrieren! Kaum war Ella zum hinteren Spielfeldrand gegangen, klopfte Martin sich so energisch den Sand von der Kleidung, als wollte er das Gefühl von ihrem Körper auf seinem damit totschlagen. Diese Frau ... Er schüttelte den Kopf. Fang nichts an, was du nicht durchziehen willst, ermahnte er sich in Gedanken und marschierte nach vorne zum Netz. Ab jetzt würde er sich einzig und allein aufs Spiel konzentrieren.

Ella lag auf dem durchgelegenen Bett der Jugendherberge und dachte nach. Eigentlich hätten sie gewinnen müssen. Martin spielte wirklich gut und sie hatten bis auf den kleinen Unfall am Anfang perfekt harmoniert. Aber er hatte immer wieder Punkte verschenkt, um die

Kinder aufholen zu lassen. Und dann hatte er den entscheidenden Ball mit einem verschmitzten Lächeln weit ins Aus gefeuert. Die Kinder hatten vielleicht gejubelt. Endlich hatten sie ihr Lagerfeuer. Ella seufzte resigniert auf. Lagerfeuerromantik mit Martin. Das war das Letzte, was sie jetzt gebrauchen konnte. Ach, egal. Ella regte gerade gar nichts mehr auf. Sie hatte das Gefühl, dass ihr inneres System wegen anhaltender Überreizung zusammengebrochen war. Es fühlte sich so ein bisschen wie die sprichwörtliche Ruhe im Auge des Tornados an. Alles entglitt ihr. Was halfen all die guten Vorsätze, ihre Vernunft und ihre Angst davor, etwas Falsches zu tun, wenn sie es gar nicht in der Hand hatte? Dieser Mann erschien ihr nicht bloß wie eine Prüfung des Schicksals, nein, er war das Schicksal selbst. Ihr Schicksal. Eine leichte Hitze stieg ihr in die Wangen, als sie an ihren kleinen Zusammenstoß beim Volleyballspiel zurückdachte. Er hatte sie im Arm gehalten, und zwar deutlich länger als eine Schocksekunde. Oder doch nicht? Vielleicht bildete sie sich das auch nur mal wieder ein, weil sich ein vollkommen kranker, biochemisch verwirrter Teil in ihr genau das wünschte. Für sie hatte die Zeit einen Augenblick lang stillgestanden. Ihre Hautzellen waren wie elektrogeschockt gewesen, hatten gekribbelt und sich taub angefühlt. Und dann hatte sie ihn einfach nur intensiv gespürt, mit jeder Faser ihres Körpers. Seinen Herzschlag an ihrem Rücken, seinen Atem an ihrer Wange … Ganz bestimmt hatte sie sich die zu lange Umarmung nur eingebildet. Das war diese Limerenz. Sonst nichts. Noch drei Tage, dann hatte sie es überstanden und dann würde sie ein für alle Mal mit dieser Besessenheit Schluss machen. Und das war auch allerhöchste Zeit.

Ella schlug die Hände vors Gesicht. Wie konnte sich etwas, das so falsch war, nur so gut anfühlen? Vielleicht ist es ja gar nicht falsch, dachte Ella. Sie schaute auf die Uhr. Noch zehn Minuten, dann trafen sie sich mit den Kindern auf dem Lagerfeuerplatz. Vielleicht sollte ich aufhören, nur in Schwarz und Weiß zu denken, überlegte sie. Affären, Trennungen, Patchworkfamilien – das ist doch überall auf der Welt allernormalster Alltag. Vielleicht hat Antje recht und ich mache vollkommen unnötig einen Akt daraus … Warum mache ich das? Ella starrte an die Decke und gab sich flüsternd selbst die Antwort: »Weil ich Fjonn, Nils und Lasse nicht wehtun will.«

Ella kannte mittlerweile zahlreiche Paare mit Kindern, die sich getrennt hatten. Ja, ihre eigenen Eltern waren getrennt. Und sie hasste ihren Vater noch immer für das, was er ihrer Mutter angetan hatte. Scheidungen schienen mittlerweile zwar ganz normal zu sein, aber das waren sie nicht oder zumindest sollten sie es nicht sein. In Ellas Gedanken tauchte das Gesicht ihrer Fitnesstrainerin Meike auf. Meike hatte gerade die Scheidung hinter sich. Ihre Kinder waren schon vierzehn und achtzehn Jahre alt und die Ehe war laut Meikes Erzählung nur noch Fassade gewesen. Sie und ihr Mann hatten sich seit Ewigkeiten nicht mehr gut verstanden, keine Zärtlichkeiten ausgetauscht und kaum miteinander gesprochen. Trotzdem hatten beide Kinder wie die Schlosshunde geweint, als die Eltern sie über ihre Trennung informiert hatten. Ella schüttelte mit einem unglücklichen Gesichtsausdruck den Kopf. Wie könnte ich glücklich sein mit etwas, das die liebsten und besten Menschen in meinem Leben unglücklich macht und außerdem einfach falsch ist, fragte sie sich und seufzte gequält auf. Ich habe in meinem Leben wirklich schon mehr als genug angestellt, auf das ich nicht stolz bin. Aber das ist vorbei. Jetzt bin ich treu und anständig. Basta.

Als Ella auf dem Lagerfeuerplatz ankam, war Martin bereits eifrig dabei, das Feuer zu entzünden. Ella mochte es, wenn Männer praktische Fähigkeiten hatten. Es war vielleicht ein wenig primitiv und auch nicht gerade im Sinne der Emanzipation, aber es gefiel ihr ungemein, wenn ein Mann Feuer entfachen, ein Blockhaus bauen oder Fische mit bloßen Händen fangen konnte. Nun, das mit dem Feuer beherrschte er offensichtlich. Die ersten Flammen züngelten bereits empor und Martin, in einem ärmellosen Shirt, das seine Arme fast grotesk schön in Szene setzte, warf ihr ein zufriedenes Lächeln zu. Ella schnaubte. War das nicht ein bisschen viel des Guten? Sie kam sich langsam vor wie in ihrer persönlichen Version der ›Truman Show‹, wo gerade eifrig alles dafür arrangiert wurde, dass sie sich an Martins Hals warf. Moralische Verwerflichkeit hob bekanntermaßen die Quoten. Sie hatte von dem ständigen Kampf zwischen Verlangen und Vernunft in diesem Moment dermaßen die Nase voll, dass sie es schaffte, Martin nur nüchtern zuzunicken und zu

Melli hinüber zu schlendern, die mal wieder ganz alleine am Rand des Geschehens saß.

»Hallo Melli. Darf ich mich zu dir setzen?«

Melli schaute erschreckt hoch. Auf ihrem Gesicht spiegelte sich ein Widerstreit zwischen Freude, Ärger und Misstrauen. Schließlich nickte sie nur und rückte ein kleines Stück zur Seite.

»Magst du Lagerfeuer?«, fragte Ella.

Wieder blieb Melli ihr eine Antwort schuldig und zuckte lediglich mit den Schultern.

»Also, ich finde Lagerfeuer toll. Wir haben Stockbrot, Würstchen und Marshmallows. Und Jonas hat sogar seine Gitarre dabei. Vielleicht können wir nachher ja noch alle zusammen etwas singen. Was meinst du?«

»Ich kann nicht singen«, sagte Melli und schwieg erneut.

Na, die ist ja drauf, dachte Ella und startete einen weiteren Versuch. Aber Melli zuckte wieder nur mit den Schultern und sah stur auf das Feuer. Ella plapperte noch ein wenig weiter, aber als nach einigen Minuten immer noch nichts kam, gab sie schließlich auf.

»Ich schau' mal nach den anderen«, sagte sie seufzend und ging zu der nächsten kleinen Gruppe.

Später sangen sie tatsächlich alle zusammen, aßen Würstchen, Stockbrot und geschmolzene Marshmallows, und die Kinder lachten und erzählten wild durcheinander. Ella spürte, dass Martin sie ab und zu ansah, vermied es aber sorgfältig, in seine Richtung zu schauen. Trotzdem fühlte sie seine Gegenwart überdeutlich und ihr Herz klopfte in einem so schnellen Rhythmus, dass sie sich ohne schlechtes Gewissen gleich noch ein paar Marshmallows mehr in den Mund stopfte. Bei den Kalorien, die sie hier wegen akuten Gefühlsstresses verbrannte, kam davon garantiert nichts bei ihren Hüften an.

Als dann die Dämmerung einsetzte und der fast volle Mond schon deutlich zu sehen war, standen plötzlich Nils und Lasse wie aus dem Boden gewachsen neben ihr und zischten: »Los, komm mal mit.«

Schmunzelnd folgte Ella ihren Söhnen an den Rand des Platzes, wo sie sich im Schatten der Bäume vor ihr aufbauten.

»Also, Ma, du hast doch versprochen, uns nicht zu blamieren«, setzte Nils empört an.

»Ja, Mom, das hast du«, sagte Lasse in einem zurechtweisenden Ton und mit vor der Brust verschränkten Armen.

Ella schaute ihre Söhne fragend an. »Wieso? Ich habe mich an alles gehalten, was ihr gesagt habt. Nicht knutschen, nicht kuscheln und keine Muttisprüche.«

»Na gut, Ma, dass du dich nicht halbnackt auf unseren Lehrer schmeißen sollst, haben wir jetzt nicht ausdrücklich gesagt. Aber das versteht sich doch wohl von selbst«, sagte Nils mit hochgezogenen Augenbrauen. Lasse nickte heftig. Ella stieß zischend die Luft aus. Im gleichen Maße, wie sie sich schuldig und bei etwas Verbotenem ertappt fühlte, wurde sie wütend. Was fiel den beiden eigentlich ein!

»Jetzt macht mal einen Punkt, Jungs. Wir haben Beachvolleyball gespielt. Ich hatte Shorts und ein Sport-Top an. Das ist doch nicht halbnackt. Außerdem war das anfangs gar nicht meine Idee, dass ich mitspiele. Und für das Stolpern konnte ich nichts, schließlich habe ich keine Augen im Hinterkopf.« Ella blitzte ihre Söhne zornig an.

»So haben wir das ja auch gar nicht gemeint«, druckste Lasse ein wenig herum, »aber trotzdem ist das voll peinlich. Erst sehen dich die Jungs aus unserer Klasse so … so nackt und reißen ihre Sprüche …«

»Ich konnte Lasse gerade noch davon abhalten, eine Prügelei anzufangen«, fiel Nils grinsend ein. »Und alle Mädchen hassen dich jetzt, weil du Körperkontakt mit Herrn Westfal hattest.«

»Die sind doch alle verknallt in den«, bestätigte Lasse mit einem theatralischen Seufzer. »Und weil sie dich jetzt hassen, können sie uns auch nicht mehr leiden.«

»Na, das erklärt, dass Melli nicht mehr mit mir gesprochen hat«, sagte Ella nachdenklich und sah ihre Söhne dann schuldbewusst an. »Tut mir leid, Jungs. Das war echt keine Absicht. Es war doch nur ein Volleyballspiel. Dass ihr deswegen jetzt Ärger habt … Also, ich verspreche hoch und heilig, mich ab jetzt nicht mehr halbnackt auf Herrn Westfal zu werfen und mich auch sonst noch mehr zurückzuhalten. Okay?«

Nils und Lasse nickten beruhigt und ließen sie genauso plötzlich stehen, wie sie aufgetaucht waren.

Mit hängenden Schultern blieb Ella, wo sie war, und fühlte sich irgendwie beschämt. Na toll. Das lief alles überhaupt nicht so, wie sie wollte. Hoffentlich erzählten die kleinen Zicken zu Hause nicht irgendwelche aufgebauschten und verdrehten Geschichten über das Volleyballspiel. Wie würde sie dastehen, wenn die anderen Eltern dachten, sie hätte sich leicht bekleidet auf den jungen Klassenlehrer gestürzt? Plötzlich hörte sie hinter sich Zweige knacken und dann eine nur allzu bekannte Stimme sagen: »Und was ist, wenn es Herrn Westfal sehr gut gefällt, wenn du dich halbnackt auf ihn wirfst?«

Ella erstarrte. Das war nicht wahr, oder? Kurz war sie versucht, den Wald nach versteckten Kameras zu durchforsten. Vielleicht war sie ja doch der Star einer Realityshow und – ohne es überhaupt zu wissen – das Opfer einer perfekt durchgeplanten Seitensprung-Soap. Verzweifelt fragte sie sich, wo nur die Kinder waren, wenn man sie brauchte? Hinter sich hörte sie das Gras rascheln und sie spürte, wie er langsam immer näherkam. Ihr Herz raste, ihre Wangen glühten heiß und sie überlegte fieberhaft, was sie antworten sollte. Dabei vermied sie es bewusst, sich umzudrehen. Wenn sie ihn jetzt noch ansehen musste, würde all der aus ihrer Wut über ihre unfreiwilligen Gefühle aufgebaute Widerstand einfach so dahinschmelzen.

»Dann weiß Herr Westfal wohl nicht, was gut für ihn und alle Beteiligten ist«, antwortete sie schließlich mit zitternder Stimme und machte Anstalten, diesen gefährlichen Ort zu verlassen. Doch Martin griff schnell nach ihrer Hand, zog sie sanft, aber bestimmt aus dem schwach flackernden Lichtschein des Feuers in den Sichtschutz eines Baumes und sah ihr in die Augen. Dabei hielt er ihre Hand weiter in seiner, was Ella nur zu deutlich bewusst war. Die Berührung brannte geradezu auf ihrer Haut und ihre Hand wurde so heiß, als würde sämtliches Blut ihres Körpers dorthin fließen.

»So langsam ist es mir vollkommen egal, was gut für mich und alle Beteiligten ist«, sagte er leise und sah ihr in die Augen. Sah sie direkt an. Sie. Mit diesen Augen, die aussahen wie die Nordsee bei Sturm, wie ein Meer, in dem sie sich fast wünschte, zu ertrinken. Ella stöhnte gequält auf. Es wurde einfach immer schlimmer und schlimmer. Ihr Herz pochte wild und laut und platzte fast vor Freude und Erregung, während ihr Verstand ängstlich vor sich hin wimmerte.

»Bitte nicht«, antwortete sie schließlich flüsternd und fügte nach einer Weile fast weinerlich hinzu: »Es wäre doch nicht richtig.«

Martin strich sanft mit dem Daumen über ihren Handrücken und ließ ihre Hand dann langsam los. Doch als sie sich gerade wegdrehen und zu den Kindern zurückeilen wollte, griff er blitzschnell erneut nach ihr und Ella blieb zitternd stehen.

»Wie gesagt«, stieß er kaum hörbar hervor, »das ist mir langsam vollkommen egal.«

Er zog sie an sich heran, legte eine Hand an ihre Wange und strich mit einem schwer zu deutenden Blick über ihr Gesicht, bis dieser schließlich an ihren Lippen hängenblieb. Endlos lange Sekunden verharrten sie so. Dann senkte er in Zeitlupentempo seinen Kopf, sodass sie seinen warmen Atem wie ein Streicheln auf ihrer Haut spürte, bevor sich unmittelbar danach seine Lippen auf ihre senkten. Ella war von der Situation viel zu überrumpelt, um darauf anders als mit einem tiefen Seufzen zu antworten. Instinktiv schlang sie ihre Arme um seinen Nacken und ließ sich ganz ohne Rettungsleine in die so lang ersehnte Berührung fallen. Der Geruch des Lagerfeuers drang zu ihnen herüber. Es roch nach Rauch und gebratenen Würstchen. Die Stimmen der Kinder und leise Gitarrenmusik zogen in dumpfen Schwaden durch die warme Luft des Sommerabends. Irgendwo musste ein kleiner Tümpel sein, in dem ganze Heerscharen von Fröschen um die Wette quakten. Und aus dem hohen Gras mischte sich dazu das Zirpen unzähliger Grillen. Der Kuss war wie ein Sprung aus einem Flugzeug, so aufregend und überwältigend, dass ihr schier die Luft wegblieb. Und sie fiel und fiel und flog.

Plötzlich hörte sie aus dem entfernten Stimmenwirrwarr der Kinder Nils heraus: »Ma? Wo bist du?«

In einem geradezu panischen Reflex schubste Ella Martin grob von sich und stolperte heftig atmend ein paar Schritte von ihm weg. Du meine Güte, was tat sie hier? Ohne sich noch einmal zu ihm zu drehen, sagte sie mit gebrochener Stimme: »Das ist nicht richtig«, und schritt hastig zurück in den flackernden Lichtkreis des Lagerfeuers.

»Hier bin ich«, sagte sie betont fröhlich und hoffte, dass niemand das Zittern in ihrer Stimme bemerkte. »Ich habe im Wald nur ein bisschen dem Froschkonzert zugehört.«

Dabei hatte Ella das Gefühl, dass alle ihre Lüge durchschauten und sie misstrauisch und verächtlich anschauten. Ihr wurde abwechselnd kalt und heiß und ihr Herz raste, dass es ihr fast aus der Brust sprang. Was hatte sie nur angestellt?! Sie hatte einen schrecklichen Fehler gemacht. Wenn Fjonn, Nils und Lasse das wüssten! Ella wurde schwindelig bei dem Gedanken. Sie wären so unsagbar enttäuscht und wütend.

Martin stand in dem kleinen, dunklen Wald und starrte verwirrt auf den Baum vor sich. Eben noch hatte er hier mit Ella in den Armen gestanden und seine Lippen auf ihren gefühlt. Als sie ihn von sich gestoßen hatte, war es, wie mit eiskaltem Wasser übergossen zu werden. Zum Teufel! Er hätte sich niemals so vergessen dürfen. Was war bloß in ihn gefahren? Er wollte das doch gar nicht durchziehen … Wie hatte er nur so die Kontrolle verlieren können? Ach, er wusste genau, was los war. Seit diesem vermaledeiten Volleyballspiel, seit er seine Arme um sie geschlossen hatte, befand er sich in einer Art Ausnahmezustand. Irgendwelche primitiven Instinkte hatten in ihm die Herrschaft übernommen und gesagt: »Will Ella. Nehmen. Jetzt.« Sein Herz hüpfte noch immer wie betrunken in seinem Brustkorb herum, als hätte ihn der Kuss in einen Vollrausch versetzt. Er dachte an ihre Worte: ›Es ist nicht richtig‹ und fühlte sich auf einmal schrecklich hilflos. Warum sagte sie so etwas, nachdem sie seinen Kuss auf diese Weise erwidert hatte? Was sich so anfühlte, konnte gar nicht falsch sein. Oder doch?

3. Wo lang?

Ella stand während der Inselrallye vor einem seltsamen Bauwerk aus roten Ziegelsteinen und hatte ihren Blick unverwandt auf die Infotafel davor gerichtet. Sie hatte den Text schon längst durchgelesen und konnte ihre Augen dennoch nicht abwenden. Das Gebilde, das wie eine Mischung aus Pyramide, Torbogen und Turm aussah, war ein Seezeichen zur Navigation und hieß genau wie sie: Kaap. War das ein Wink des Schicksals? Fjonn hatte damals gewollt, dass sie seinen Namen übernahm. Aber aus irgendeinem unerfindlichen Grund hatte sie sich mit einem für sie vollkommen untypischen Starrsinn dagegen gewehrt. Sie hatte ihren Namen behalten wollen. Basta. Dabei war sie doch schon immer der Inbegriff der Orientierungslosigkeit gewesen. Und jetzt, wo sie verwirrter war als je zuvor, stand sie vor einem leibhaftigen Navigationszeichen mit ihrem Namen. War das ein Zeichen dafür, dass sie an einem Scheideweg stand und sich für eine Richtung entscheiden musste? Ja, aber wie sollte sie sich für einen Weg entscheiden, wenn sie gar nicht wusste, wohin sie wollte? Sie hatte absolut keine Ahnung. In ihr waren nur Chaos und Angst. Sonst nichts. Kein Weg, kein Ziel und ganz bestimmt keine Entscheidung. Über den grauen Himmel jagten sich helle und dunkle Wolkenfetzen. Das Meer schlug in krachenden Wellen auf den Strand, und die Möwen stießen unablässig ihre hohen Schreie aus. Ella verschränkte fröstelnd ihre Arme und hob ihren Blick zu dem Kaap. Da stand es.

Irgendwie ganz schön selbstgerecht, wie es da einfach so rumsteht und davon ausgeht, dass seine bloße Existenz ausreicht, um den richtigen Weg zu finden, dachte Ella. Zu Füßen des Kaaps wucherte der Strandhafer auf welligen Sandflächen und wurde vom Wind wild hin- und hergeschüttelt. Als die Erinnerung an den Kuss in ihrem Kopf auftauchte, schloss sie die Augen. Nein, das war falsch, ganz und gar falsch gewesen. Das war das Gegenteil von Kontrolle und Sicherheit und damit das Gegenteil von dem, was sie brauchte. Sie brauchte eine Welt, in der sie sich auskannte, ruhig, überschaubar, sicher. Sie brauchte Fjonn. Vielleicht war es doch gar nicht so schwer, sich für eine Richtung zu entscheiden. Was auch überhaupt für eine Entscheidung? Sie wusste ja gar nicht, was Martin von ihr wollte. Und sie wollte es auch gar nicht wissen. Ella atmete tief durch und sah sich um. Der Wind zerrte an ihren Haaren und trug die lauten Stimmen der Kinder mit sich.

»Hast du das jetzt endlich eingetragen, Mann?«

»Nerv' nicht, sag' mir lieber, was ich schreiben soll.«

»Steht doch da, du Lauch. Anderes Wort für Kaap ist Bake. B-A-K-E. Hey Frau Kaap, sollen wir Sie ab jetzt Frau Bake nennen?«

Ella lächelte gezwungen. »Nur, wenn ich dich dann ab jetzt Lauch nennen darf.«

Die anderen Kinder johlten und schrien wild durcheinander.

»Ey, wenn Tobi jetzt Lauch ist, dann ist Jonas Herr von und zu Knoblauch. Jedenfalls riecht der immer so.«

»Haha. Wenn's nach Ähnlichkeit geht, was bist du dann? Ein Kürbis?«

»Mann, echt, ihr seid solche Freaks. Beruhigt euch doch mal. Wir müssen jetzt weiter, sonst sind die anderen vor uns fertig.«

»Haben wir hier denn alles?«

»Wohin müssen wir überhaupt?«

»Ich glaub' da lang.«

»Ach Quatsch. Da geht's lang.«

»Beeilt euch, Leute. Sonst gewinnen die anderen.«

»Mann, jetzt lies endlich die nächste Frage vor, Sofia!«

Martin sah vollkommen perplex auf die Postkarten, die ihm seine Schüler entgegenstreckten, damit er sie gesammelt zur Post brachte. Wahnsinn, was Ella in nur zwei Stunden mit den Kindern auf die Beine gestellt hatte. Die sahen wie Karten aus, für die andere Leute Geld bezahlten. Auf jeden Fall musste er davon ein Bild in der ›Retsi‹ abdrucken. Er legte die Karten aus und schoss mit seinem Smartphone einige Fotos. Irritiert stellte Martin dabei fest, dass er wegen der Postkarten tatsächlich so etwas wie Stolz empfand. Dabei hatte er doch gar nichts dazu beigetragen. Freute er sich nur über die Leistung der Kinder oder hatte das etwas mit Ella zu tun? Vielleicht, weil sie so begabt war und das auf ihre besondere Art an die Kinder weitergab?

Er sah zu ihr hinüber und spürte einen unangenehmen Stich in der Brust, als sie seinem Blick auswich. So ging es seit diesem Kuss die ganze Zeit. Fast wünschte er sich, er hätte sie nicht geküsst. Fast. Denn dann hätte er auch den besten Kuss seines Lebens verpasst, der es irgendwie wert war, sich dafür konstant elend zu fühlen.

»Herr Westfal, jetzt sagen Sie doch mal«, Charleene zupfte ungeduldig an seinem Ärmel, »sind die nicht voll gut geworden?«

Martin nickte schmunzelnd. »Ich bin sehr beeindruckt.«

»Ja, ich auch, ey. Von mir selbst! Abgefahren, oder? Wissen Sie, ich hab' echt nicht gewusst, dass so eine Hardcore-Künstlerin in mir steckt. Ich bin voll die Mona Lisa, oder?«

»Das ist nur der Name für ein Bild, du Hohlbirne.« Marvin sah Charleene mit hochgezogenen Augenbrauen an. »Und dabei ist Mona Lisa noch nicht mal der richtige Name, sondern beruht nur auf einem Übersetzungsfehler. Wissen Sie, Herr Westfal, eigentlich heißt das Bild nämlich ›La Gioconda‹ und wurde von Leonardo da Vinci mit Ölfarbe auf dünnes Pappelholz gemalt. Ich war letztes Jahr mit meinen Eltern in Paris und da haben wir uns das Gemälde im Louvre angeschaut. Das war wirklich sehr interessant. Jedenfalls hat Leonardo da Vinci bei der ›Mona Lisa‹ die sogenannte Sfumato-Technik eingesetzt, sodass man alles wie durch einen Dunstschleier sieht.« Marvin machte eine kurze, dramatische Pause und wandte sich zu Charleene. »Das hat ja wohl nicht das Geringste mit unseren grafischen Postkarten zu tun, du Hardcore-Künstlerin.«

»Laber' mich nicht voll, du Nerd«, antwortete Charleene darauf harsch. Während Marvins Vortrag hatte sie sich auffällig zur Seite gedreht und wandte sich nun mit einem breiten Grinsen wieder an ihren Lehrer: »Sie finden mich doch auch voll talentiert, oder?«

»Unbedingt. Marvins Wissen finde ich aber auch bemerkenswert.«

»Phh«, machte Charleene, »das weiß doch wohl jeder. Genauso wie, dass das Lächeln der Mona Lisa ein Ausdruck für undurchschaubares Verhalten ist, so literaturmäßig …«

Martin sah, wie Charleene versuchte, ihr Smartphone unauffällig im Ärmel zu verstecken und musste grinsen. »Klar, das weiß doch jeder. Ich muss jetzt los, sonst hat die Post gleich zu. Also, bis gleich. Und … streitet euch nicht.«

Martin drehte sich um und warf dabei einen Blick zu Ella, die mit einem dünnen Lächeln auf den Lippen gerade die Zeichensachen wegräumte. Mona Lisas Lächeln, dachte er und unterdrückte mühsam ein Seufzen. Was ging in dieser Frau vor? Warum hatte sie den Kuss ›falsch‹ genannt? Weil er der Lehrer ihrer Söhne war? Oder weil sie verheiratet war? War sie doch, oder? Immerhin hatte der Vater der Jungs alle drei zum Bahnhof gebracht und Ella zum Abschied umarmt. Andererseits trug sie weder den gleichen Nachnamen wie er, noch hatte sie ihn bisher ein einziges Mal erwähnt oder trug einen Ring. Vielleicht waren sie getrennt, verstanden sich aber noch immer gut? Die Erzählungen der Jungs konnte man jedenfalls so oder so interpretieren. Vielleicht störte es sie auch, dass er jünger war. Waren Ort und Zeit falsch gewesen? Oder stand sie einfach nicht auf ihn? Er wusste ja selbst, dass das zwischen ihnen nicht ideal war und kannte auch ganz genau die Gründe, aus denen er bisher nicht vorgehabt hatte, das durchzuziehen. Aber was waren ihre? Moment mal. *Bisher* nicht vorgehabt?! Was war bloß mit ihm los? Er verlor ja total die Kontrolle. Zum Glück konnte er jetzt Fahrrad fahren. Alleine und in einem so halsbrecherischen Tempo, dass er dabei garantiert nicht zum Grübeln kam.

Ella hatte es bald geschafft. Dann konnte sie in ihr sicheres Zuhause zurückkehren, durchatmen und vielleicht auch endlich mal wieder schlafen. Sie musste nur noch die Abschlussunternehmung überstehen. Heute Abend würde sie früh ins Bett gehen und morgen dann mit der ersten Fähre zurückfahren. Endlich! Dann war Schluss mit diesem emotionalen Ausnahmezustand in seiner Nähe, dem pochenden Verlangen nach einem Mann, den sie nicht haben durfte und den ständigen Gedanken an diesen unglaublichen Kuss, diesen unglaublich falschen Kuss, der sich zu ihrer großen Bestürzung einfach nicht falsch anfühlen wollte.

Aber zuerst stand noch die Wattwanderung auf dem Programm. Nachdem sie Martin die letzten beiden Tage konsequent ignoriert hatte – was alles andere als leicht gewesen war –, waren auch die Mädchen wieder mit ihr versöhnt. Jetzt kreischten und gackerten sie, als sie den weichen, kühlen und etwas glitschigen Meeresboden an ihren nackten Füßen spürten. Wegen des guten Wetters hatten sie sich darauf geeinigt, auf Gummistiefel zu verzichten und barfuß in das Watt zu marschieren. Auch ihr Wattführer Enno Ackermann stand mit nackten Füßen und hochgekrempelten Hosen vor ihnen. Im Gesicht wucherte ihm ein wildes Bartgestrüpp, in seinen Augen blitzte es fröhlich und seine bullige Gestalt warf einen breiten Schatten auf das nass glänzende Watt. Über ihnen schrien die Möwen ihre übliche, monotone Melodie und der weiche, von der Ebbe freigelegte Meeresboden drang schmatzend in die Zwischenräume ihrer Zehen. Obwohl es noch früher Vormittag war, brannte die Sonne schon heiß vom Himmel und wurde nur durch die typische, kühle Brise an der Küste abgemildert.

»Wenn sich die jungen Deerns dann beruhigt haben, sag ich mal Moin Moin allerseits.« Enno Ackermann schmunzelte in die Runde.

»Moin«, klang es im Chor zurück. Von den einen vollkommen enthusiastisch, von anderen demonstrativ gelangweilt und die extra Coolen verzichteten zur Sicherheit lieber ganz auf eine Begrüßung. Ella musste grinsen und sah beruhigt, dass sich die Coolness ihrer Jungs in Grenzen hielt.

»Ich bin euer Wattführer Enno und werde jetzt mit euch ein wenig in die Wunderwelt Watt hineinmarschieren«, begann er seinen Vortrag. »Aber vorher muss ich euch noch warnen. Hier im Watt befinden sich einige Schlicklöcher, die so tief sind, dass man da mit Haut und Haar drin verschwinden kann. Das dauert circa neunzig Sekunden. Also, verlasst am besten nicht die Gruppe. Und wenn ihr doch auf einmal versinkt, würd' ich mal vorschlagen, ihr schreit, was das Zeug hält.«

Ein Raunen und einige Lacher gingen durch die Gruppe. Enno drehte sich um und wanderte munter drauflos. Die Klasse folgte ihm. Zwischendurch kreischten immer wieder einige Mädchen laut »Ih!«, weil sie auf eine Alge traten oder etwas tiefer in den Schlick versanken, bis sich irgendwann Enno umdrehte und sie mit seiner brummigen Stimme amüsiert zurechtwies: »Im Watt gibt's keine Ihs und Bähs, nur Ahs und Ohs.«

Kurze Zeit später hielt er an und erzählte ihnen etwas über Wattwürmer, von denen ein einziger im Jahr fünfundzwanzig Kilo Watt filtern würde, und von dem Watt als Kinderstube der Nordsee. Dann wühlte er mit ihnen kleine Muscheln aus dem Watt, denen sie im Anschluss dabei zuschauten, wie sie sich zuckend wieder in den Boden hineinbohrten. Bei einem kleinen Muschelwettrennen ging es hoch her und selbst die Coolen feuerten ihre Muscheln lautstark an.

Ella achtete darauf, sich immer möglichst weit entfernt von Martin aufzuhalten. Das gab ihr das gute Gefühl von Kontrolle und langsam gewann sie den Glauben daran zurück, das alles doch noch einigermaßen unbeschadet überstehen zu können. Sie war verheiratet mit einem tollen Mann, sie hatte zwei großartige Söhne und ein wunderschönes Zuhause. Was wollte sie eigentlich mehr?! Sie hatte doch alles, um rundum glücklich zu sein. Wie eine Beschwörungsformel kreiste dieser Satz unaufhörlich in ihrem Kopf und überzeugte sie von Minute zu Minute mehr. Ja, genau. Sie hatte alles und war rundum glücklich. Definitiv. Ella atmete tief durch. Sie mochte es, wie sich der Schlick zwischen ihren Zehen anfühlte. Die salzige Nordseeluft strich über ihre Haut und zupfte zärtlich an ihren Locken, und abgesehen von dem Gekreische und Gejohle der Kinder war es wunderbar ruhig. Gedankenverloren schaute Ella in den sattblauen Himmel und verfolgte den Flug von zwei Möwen, die sich vor dem leuchtenden Blau durch die Lüfte jagten. Es ging doch, sie hatte alles im Griff. Sie hatte sich ganz umsonst verrückt gemacht. Nichts, rein gar nichts entglitt ihr hier. Sie würde diese Phase überstehen. Das war nur eine Limerenz. Biochemie. Mehr nicht. Morgen würde alles vorbei und sie wieder in Sicherheit sein.

Martin fühlte sich genauso miserabel wie gestern und wie am Tag davor. So, wie er sich seit dem Augenblick fühlte, in dem sie ihn von sich gestoßen hatte. Am liebsten würde er Ella komplett aus seinen Gedanken streichen. Trotzdem musste er fast zwanghaft ständig zu ihr hinüberschauen. In den letzten Tagen hatte ihre Haut einen hellen Bronzeton angenommen und ihre Locken waren noch ein wenig blonder geworden. Heute trug sie kurze, rote Shorts und ein lockeres Ringelshirt mit einem weiten Ausschnitt, ganz normale Kleidung eben. Nur wirkte an ihr nichts, rein gar nichts, ›ganz normal‹, Kleidung schon gar nicht, die ihn immer wieder daran erinnerte, dass sie einen Körper besaß, einen, den er vor wenigen Tagen erst berührt hatte. Er konnte fast noch an seinen Händen spüren, wie er sich angefühlt hatte, die weichen Rundungen, die zierliche Taille. Seine Lippen erinnerten sich jede einzelne Sekunde an ihren Mund, schmeckten und fühlten ihn so intensiv, dass er ständig in Versuchung war, seine Augen zu schließen. Genervt fuhr er sich mit der Hand durch die Haare und beobachtete aus den Augenwinkeln, wie sie genüsslich ihre Zehen in den Schlamm bohrte und dann mit einem Lächeln in den Himmel schaute, als sie weiterging. Plötzlich wurde ihm bewusst, dass er starrte, und er zwang sich, den Blick abzuwenden und sich auf die Kinder und die Wattwanderung zu konzentrieren. Enno Ackermann erzählte gerade etwas von dem Watt als Weltnaturerbe und über irgendwelche Schutzbestimmungen. Martin versuchte, aufmerksam zuzuhören. Schließlich wollte er das mit den Kindern in der Schule noch einmal aufarbeiten. Aber er konnte sich unmöglich konzentrieren.

Ach was soll's, dachte er, nachdem er es eine Weile vergeblich versucht hatte, das kann ich auch alles noch nachlesen. Er wandte seinen Blick vom Wattführer ab und wollte kurz nach Ella sehen. Nur ganz kurz. Eine Sekunde, nicht länger. In dem Moment hörte er sie aufschreien.

Die Kinder entdeckten sie schneller als er und zeigten aufgeregt durcheinander rufend auf Ella, die in ungefähr hundert Metern Entfernung bis zu den Oberschenkeln eingesunken war. Martin hielt erschrocken inne und dachte an Ennos Warnung mit den neunzig Sekunden. Hatte der das ernst gemeint? Einige Schüler fingen an, schadenfroh zu feixen und zu lachen. Er warf ihnen einen bitterbösen Blick zu und wollte sie gerade scharf zurechtweisen, da sah er, wie Lasse und Nils zu Ella rennen wollten. Doch Enno Ackermann hielt sie noch rechtzeitig fest. »Nee, Jungs, das lasst man lieber. Sonst steckt ihr auch bald drin.«

Enno öffnete seinen Rucksack, holte ein Seil heraus und winkte Martin zu sich. Martins Kehle war wie zugeschnürt und er konnte kaum auf das achtgeben, was Enno ihm zu erklären versuchte. Reiß dich zusammen, ermahnte er sich still und rief seine Klasse zusammen. Nils und Lasse nahm er direkt neben sich, legte seine

Hände fest auf ihre Schultern und erklärte seinen Schülern dann, wie die Rettungsaktion ablaufen sollte. Währenddessen hatte sich Enno so weit wie möglich Richtung Ella vorgewagt.

»Bleiben Sie ganz ruhig, junge Frau. Dann haben wir Sie im Handumdrehen wieder aus dem Schlickschlamassel rausgezogen«, rief er zu ihr hinüber. »Ich werde jetzt ein Seil zu Ihnen werfen und Sie werden es sich um den Bauch binden und dann mit den Händen daran festhalten. Achten Sie bitte darauf, sich möglichst nicht zu bewegen, damit Sie nicht noch tiefer einsinken. Alles verstanden?«

Martin hörte, wie Ella ihm ein klägliches »Ja« zurief, und sah, wie Enno das Seil warf. Vorsichtig ging er mit seinen Schülern etwas näher auf Enno zu, um gleich dabei zu helfen, Ella herauszuziehen.

Ella konnte es nicht fassen. Bis über die Knie steckte sie in einer schwarzen, glitschigen Masse, die sie unerbittlich festhielt und bei jeder Mini-Bewegung immer weiter in die Tiefe zog. Und als wäre das nicht schon schlimm genug, stank der schwarze Schlamm auch noch so, als stammte er aus einer Kleinstadt mit kollektiver Abführmittel-sucht. Zum Glück war sie nicht alleine hier, wie hätte sie dann herauskommen sollen? Andererseits war es ihr auch schrecklich pein-lich, dass gerade sie als Aufsichtsperson nicht aufgepasst hatte und vermied krampfhaft den Blick zu Martin. Da flog endlich das Seil auf sie zu. Es landete ein Stück weit von ihr entfernt und sie streckte sich nach vorne, um es zu erreichen. Unwillkürlich entfuhr ihr ein spitzer Schrei, weil sie durch die Bewegung einige Zentimeter tiefer gerutscht war. Das Seil war viel zu weit weg gelandet.

»Ich komm' nicht dran«, rief sie Enno zu.

Daraufhin zog er das Seil wieder ein. Der Schlamm war ganz schön kalt und reichte ihr mittlerweile bis zur Hüfte. Langsam bekam sie wirklich Angst. *Todesfall auf Klassenreise* las sie in Gedanken bereits die Schlagzeile und sah Bilder von Fjonn, Nils und Lasse in schwar-zen Anzügen und mit gesenkten Köpfen vor ihrem inneren Auge. Und dann dachte sie zu ihrem Entsetzen tatsächlich an den Kuss von Martin. War *das* etwa ihr letzter Gedanke, bevor sie starb?

»Ginge das vielleicht etwas schneller?«, rief sie schrill und alles andere als cool. Sie sah Enno und Martin miteinander diskutieren und wurde immer ungeduldiger. »Jetzt werft mir endlich dieses scheiß Seil zu!«, schrie sie mit einer deutlich hörbaren Hysterie in der Stimme. Sie sah, wie Martin Enno das Seil aus der Hand riss, es ein paarmal wie ein verkannter Cowboy um seinen Kopf schwang und es dann in ihre Richtung fliegen ließ. Es landete fast direkt in ihrer Hand und Ella seufzte erleichtert auf. Langsam und vorsichtig schlang sie das Seil um ihren Oberkörper, verknotete es zweimal und hielt sich dann mit ihren Händen krampfhaft daran fest.

»Okay, ich bin soweit«, rief sie und stöhnte gequält auf, als das Seil ruckartig an ihr zog. Autsch. Sie sah, wie die ganze Klasse sich an dem Seil aufreihte, um beim Ziehen zu helfen. Meine Güte, ich bin doch kein versunkener Elefant, dachte sie leicht beleidigt, obwohl sie eigentlich nur unendlich froh war, aus diesem Teufelszeug befreit zu werden. Zentimeter für Zentimeter wurde sie wie ein nasser Sack aus dem Schlick herausgezogen. Dabei war ihr nur allzu deutlich bewusst, dass es Martin gewesen war, der ihr das Seil zugeworfen hatte. Jetzt rettete er sie auch noch! Wenn das Seil nicht so wehgetan, der Schlick nicht so gestunken hätte und die ganze Situation nicht so demütigend gewesen wäre, hätte sie verzweifelt aufgelacht.

»Oh. Mein. Gott. Frau Kaap. Wir hatten voll Angst um Sie.«

Die Mädchen rannten auf sie zu und blieben dann ruckartig stehen. »Ih, was riecht denn so eklig? Das ist ja voll widerlich. Wie im Kuhstall oder so.« Mit gerümpfter Nase starrten sie Ella an, die über und über mit schwarzem, stinkendem Schlamm beschmiert war. Und als sich Melli dann zaghaft nach vorne drängte und Ella mit einem besorgten Lächeln eine Packung Taschentücher hinhielt, löste sich Ellas Anspannung in einem lauten, vielleicht etwas irre wirkenden Lachen. Sie konnte gar nicht mehr aufhören zu lachen, und nach und nach stimmten die meisten mit ein, allen voran ihre beiden Söhne, denen sie an der Nasenspitze den überstandenen Schrecken ansehen konnte. Nur Martin lachte nicht mit, sondern sah sie ernst, fast böse an.

Kurz darauf trottete die Gruppe schon wieder weiter, nun langsam auf dem Rückweg. Als sie an einem flachen Priel vorbeikamen, setzte sich Ella kurzerhand hinein und wusch sich den schwarzen Schlamm vom Körper. Klitschnass, aber immerhin schlammfrei, wollte sie gerade hinter der Gruppe her laufen, als Martin ihr seine Hand auf die Schulter legte. Ella zuckte erschrocken zusammen. Er fasste sie an!

»Hey, geht es dir gut?«, fragte er.

Ella nickte verlegen. Einen Moment später antwortete sie durch ihre plötzlich viel zu enge Kehle: »Ich habe mich noch gar nicht bei dir bedankt. Entschuldige. Das mit dem Schlickloch war wirklich ganz schön dämlich von mir. Ich habe ein wenig vor mich hin geträumt und auf einmal steckte ich fest. Und wenn du mir das Seil nicht so gut zugeworfen hättest, wäre ich jetzt vielleicht schon Wattwurmfutter.« Ella versuchte sich in einem Lächeln. »Also: Danke für die Rettung.«

Martin sah sie mit zusammengepressten Lippen an, die er nach einer Weile zu einem leicht gequälten Grinsen verzog.

»Na, du hast uns allen einen ganz schönen Schrecken eingejagt. Zum Glück ist die Geschichte gut ausgegangen.« Er schüttelte leicht den Kopf, als wollte er eine schlimme Erinnerung loswerden. Dann atmete er geräuschvoll aus und sah sie mit einem seltsamen Ausdruck an. Erleichterung? Freude? Übermut? »Und weißt du was, darauf sollten wir definitiv anstoßen.«

Ella spürte, wie ihre Wangen heiß wurden und sie überlegte verzweifelt, was sie antworten sollte. »Ähm.«

»Komm schon, Ella, das ist sozusagen der offizielle Schlickloch-Befreiungs-Tarif.«

»Ach, und im Tarifvertrag gibt es keinen Verhandlungsspielraum?« Ella bemühte sich, auf seinen scherzhaften Ton einzugehen, um sich ihre panische Aufregung nicht anmerken zu lassen.

Martin hob abwehrend beide Hände in die Luft und sagte: »Am offiziellen Wattenmeer-Tarifvertrag ist leider nicht zu rütteln. Der steht so fest wie die Gezeiten.« Er schüttelte mit einem gespielten Bedauern den Kopf.

Ellas Herz hämmerte in einem wilden Rhythmus in ihrer Brust und sie versuchte krampfhaft, einen klaren Gedanken zu fassen. Sie konnte sich doch nicht mit ihm auf einen Drink verabreden. Das war eine sensationell dumme Idee. Da konnte sie auch ohne Fallschirm aus einem Flugzeug springen oder zur Abendunterhaltung russisches Roulette spielen. Aber sie fühlte sich auch irgendwie schuldig. Immerhin hatte er sie quasi gerettet. Und was war schon dabei? Sie konnte sich ja kurz hinsetzen, ein Getränk hinunterstürzen und dann schnell wieder verschwinden. Alles ganz harmlos. Ein Drink unter Kollegen. Mehr nicht.

»Na dann«, sagte sie schließlich mit unnatürlich hoher Stimme und nickte ihm ernst zu, bevor sie im leichten Dauerlauf hinter den Kindern her joggte.

Martin war nervös. Irgendwie hatte er das nicht richtig durchdacht. Was sollte er ihr sagen, worüber sollten sie sprechen? Und was am wichtigsten war: Worauf sollte das hinauslaufen? Anziehung hin oder her, sie wollte ihn offensichtlich nicht. Vielleicht war sie auch tatsächlich vergeben, oder sie hatte nach der Geburt ihrer Kinder ein religiöses Keuschheitsgelübde abgelegt, oder sie stand in Wirklichkeit auf Frauen. Er hatte keine Ahnung. Aber dass sie das zwischen ihnen für falsch hielt, das wusste er. Ebenso wie er wusste, dass er nicht ernsthaft vorhaben konnte, etwas mit ihr anzufangen. Und jetzt hatte er Idiot sie zu einem gemeinsamen Drink überredet. Na ja, wenigstens die Getränkefrage hatte er geklärt. Weil sie nicht einfach die Kinder in der Jugendherberge schlafen lassen und in irgendeine Bar gehen konnten, hatte er sich für eine ziemlich üppige Liefergebühr von dem Sohn des Herbergsleiters verschiedene Getränke besorgen und in einer Kühlbox kalt stellen lassen. Und da er während seines Studiums als Barkeeper gejobbt hatte, hatte er auch so einige Cocktailrezepte auf Lager. Cocktails mit Ella? Mann, was veranstaltete er hier eigentlich?! Martin seufzte und drängte die unangenehme Frage gewaltsam beiseite. Jetzt war es erst mal Zeit für seine Abendrunde durch die Schlafräume der Kinder.

Eine Stunde später saß er auf der Terrasse und wartete. Er sah auf die Uhr. Eine Minute, dreißig Sekunden nach dem vereinbarten Zeitpunkt. Eine Minute, fünfundvierzig Sekunden. Zwei Minuten. Sie kommt nicht, dachte er. Martin spürte, wie sich in ihm eine Mischung aus Enttäuschung und Erleichterung breitmachte. Morgen fuhren sie wieder zurück. Gut so. Mit der Zeit würde sie sicherlich aus seinen

Gedanken verschwinden. Vielleicht sollte er das beschleunigen, indem er einige seiner alten Freundinnen anrief, diejenigen, die besonders offen und experimentierfreudig waren und genauso wenig Interesse an etwas Verbindlichem hatten wie er. Doch ganz gleich, an wen Martin dachte, immer wieder drängte sich das Bild von Ella davor. Entnervt beugte er sich zur Seite und kramte in der Kühlbox nach einem alkoholfreien Bier.

»Hey«, hörte er da auf einmal Ellas Stimme hinter sich. Martin drehte sich ruckartig um. Da stand sie. Ella war tatsächlich gekommen. Schnell sprang er auf, um sie mit dem Anstand zu begrüßen, den seine Eltern ihm beigebracht hatten. Doch da Ella direkt neben seinem Stuhl stand, prallte er fast gegen sie und beide kamen ins Straucheln. Schnell griff er nach Ellas Arm, um sie zu stützen.

»Entschuldige«, sagte er.

»Schon in Ordnung«, erwiderte sie, jeden Blickkontakt vermeidend, und ging auf die andere Seite des Tisches, um sich zu setzen.

»Also, wo ist nun der tarifvertraglich geregelte Befreiungstrunk?«, fragte Ella nach einer gefühlten Ewigkeit und ergänzte kurz danach: »Schließlich sollten wir so schnell wie möglich ins Bett.«

Martin starrte sie stumm an. Er wusste, dass sie es nicht so gemeint hatte, aber ... Jetzt hatte er diese Bilder in seinem Kopf!

Ella guckte ihn etwas irritiert an. Dann schien ihr die Doppeldeutigkeit ihrer Bemerkung aufzugehen, denn sie lief puterrot an und begann, sich stotternd zu korrigieren: »Also schlafen gehen, meinte ich. Getrennt natürlich ... Jeder für sich ... In seinem eigenen Bett. Weil wir doch morgen wieder zurückfahren ... Und ... und ... die Fähre fährt ja ganz schön früh. Um acht ist Abfahrt, nicht wahr? Und wir müssen vorher noch alles kontrollieren. Ich meine ... Also, da müssen wir doch ausgeruht sein. Wir haben schließlich die Verantwortung für die Kinder, weil ...« Ella war immer leiser geworden und schaute mittlerweile auf den Tisch vor sich. »Das mit dem Drink war eine blöde Idee. Ich sollte jetzt besser gehen«, sagte Ella schließlich und riss Martin damit aus seiner Starre.

»Quatsch«, antwortete er impulsiv. »Du willst dich doch wohl nicht mit den Wattenmeer-Gewerkschaftlern anlegen. Die verstehen echt keinen Spaß, wenn's um ihren Tarifvertrag geht.«

Martin bemühte sich um ein zwangloses Grinsen und zeigte dann auf seine Kühlbox. Vielleicht wäre es wirklich besser, wenn sie ginge. Ihre Nähe brachte ihn vollkommen durcheinander. Aber in ihm meldete sich mit aller Macht der Wunsch, sie ein einziges Mal für sich alleine haben, sich ganz ungestört mit ihr unterhalten und sie dabei ansehen zu können. Und dann würde er sie sich aus dem Kopf schlagen. Definitiv. Endgültig. Martin räusperte sich.

»Außerdem habe ich hier eine halbe Bar angeschleppt, weil ich nicht wusste, was du so magst.«

Ella legte den Kopf leicht schief und sah Martin mit gerunzelter Stirn an. »Sag' mal, hätte nicht eigentlich ich dich einladen müssen, wo doch du der heldenhafte Schlicklochretter bist und ich nur die dämliche Maid, die sich fast vom Wattdrachen hat fressen lassen?«

Martin lachte und sagte dann: »Ach, das ist in dem Tarifvertrag nicht eindeutig geregelt. Wichtig ist nur, dass man auf die erfolgreiche Rettung gemeinsam anstößt.«

»Na gut. Wer bin ich, dass ich mit einem Ritter streite, hinter dem eine ganze Gewerkschaft steht. Also, was hast du denn so in deiner Zauberbox?«

»Alkoholfreies Bier und Traubensaft als Weinersatz. Außerdem kann ich verschiedene Cocktails anbieten. Wie wäre es zum Beispiel mit einer jungfräulichen Piña colada oder einem eigens kreierten Schlickloch-Daiquiri? Natürlich auch ohne Alkohol.«

»Ein Schlickloch-Daiquiri?«, fragte Ella erstaunt. »Was soll das denn sein?«

»Lass dich vom Meister der Improvisation überraschen«, antwortete Martin grinsend und zog aus einem Korb neben der Kühlbox einen kleinen Küchenmixer hervor. Ella lachte auf und dieses hell perlende Geräusch fuhr ihm mitten in seine Brust, wo es ihm für einen kurzen Augenblick den Atem raubte.

»Na dann, Meister der Improvisation und Ritter des Wattenmeers, nehme ich selbstverständlich den geheimnisvollen Schlickloch-Daiquiri.«

»Zu Befehl, holde Maid«, sagte Martin, noch immer etwas atemlos, und füllte Aprikosen, Zitronensaft, Minze, Kakaopulver und braunen Zucker in den Mixer.

»Unselig dämliche Maid«, korrigierte Ella. »Ich lege Wert auf die korrekte Anrede, bitte.«

Martin schüttelte leicht den Kopf, während er den Mixer in Betrieb nahm. Jetzt war sie auch noch witzig. Dann zuckte er zusammen. Mann, war das Ding laut. Den konnte man ja noch auf dem Festland hören. Auch Ella guckte ihn erschreckt an. Schnell schaltete Martin den Mixer wieder aus und lauschte in den Abend. Hatten sie jemanden geweckt? Nein, alles war ruhig. Etwas ratlos schaute er Ella an. »Da muss noch Crushed Ice zu.« Er machte eine kurze Pause. »Dann wird es noch lauter.«

Ellas Mundwinkel zuckten, als stünde sie kurz vor einem Lachanfall und Martin betrachtete sie einen Augenblick lang versonnen, bevor er sich dazu zwang, sich auf eine Lösung für das Mixerproblem zu konzentrieren. Nachdenklich zog er die Augenbrauen zusammen und sah sich suchend um. Irgendwie musste sich der Lärm dieser Steinzeitmaschine doch dämpfen lassen. Da fiel sein Blick auf die Aufbewahrungsbox für die Gartenstuhlpolster. Kurzentschlossen sprang er auf, hievte die Box hoch und rückte sie so nahe an das Gerät heran, dass die Stromkabellänge ausreichte. Dann füllte er den Mixer randvoll mit Eis und stellte ihn in die Box hinein. Die Auflagen drapierte er um ihn herum und legte sogar noch einige oben drauf. Als er mit seinem Werk fertig war, nickte er zufrieden, griff zwischen die Polster und schaltete den Mixer ein. Schnell schlug er den Deckel zu. Und tatsächlich war das ohrenbetäubende Geräusch, das jeden V8-Motor wie das Schnurren einer Katze klingen ließ, nun einigermaßen erträglich. Nach einer halben Minute öffnete er den Deckel und schaltete den Mixer blitzschnell aus. Er zog zwei schlichte Gläser aus dem Korb neben der Kühlbox, die er sich – wie auch alles andere – unter Aufbietung seines ganzen Charmes aus der Jugendherbergsküche geliehen hatte, und schenkte den Schlickloch-Daiquiri ein. Wie der wohl schmeckte? Na, zumindest optisch hielt er voll, was der Name versprach. Er dekorierte jedes Glas noch mit einer Aprikosenhälfte, einem Minzblatt und einem Cocktailschirmchen. Fertig.

Ella lächelte gerührt in sich hinein und ihr Herz fühlte sich an, als wäre es vor lauter Gefühl auf die doppelte Größe angeschwollen. Ein

66

Schlickloch-Daiquiri? Martin war einfach zu gut, um wahr zu sein, und … mochte sie offensichtlich. Irgendetwas musste mit ihm nicht stimmen. Vielleicht sammelte er ausgestopfte Kanarienvögel. Oder er war ein Serienmörder, der ganz auf normal machte, so wie ›Dexter‹ in dieser TV-Serie. Und statt Blutstropfen als Trophäen zu sammeln, entwarf er für jedes Opfer ein eigenes Cocktailrezept. Ach … selbst wenn er wirklich so perfekt sein sollte – sie hatte bereits einen Mann. Einen ganz tollen Mann. Sie hatte alles, um rundum glücklich zu sein. Einfach alles. Die Sache mit Martin musste Fantasie bleiben, Träumerei. Und auch die sollte sie schnellstmöglich abstellen. Ella unterdrückte ein Seufzen und schluckte gegen ihren Kloß im Hals an.

»Holde Maid, der Trunk ist bereitet.« Martin reichte ihr mit einer kleinen Verbeugung das Glas.

»Werten Dank, edler Retter«, erwiderte Ella und nippte an dem schokoladig schlammigen Getränk. Woher sie die ganze Zeit ihren lockeren, scherzhaften Ton nahm, war ihr ein absolutes Rätsel … Sie war so nervös! Sogar zu nervös, um irgendetwas zu schmecken. Aber, der Cocktail war bestimmt großartig. Martin hatte ihn ja für sie gemacht. Nur für sie. Sie nahm noch einen Schluck und sah über den Glasrand zu ihm hinüber. Diesen Mann da vor sich hatte sie geküsst. Im Wald. Leidenschaftlich. Mühsam hielt sie sich davon ab, sich die Lippen zu befeuchten. Dieser Kuss! So sollte ein Kuss nicht sein dürfen, wenn man mit jemand anders verheiratet war. Was mache ich bloß, dachte sie verzweifelt. Ganz einfach, antwortete der rationale Teil in ihr bissig: Ich reiße mich zusammen und verhalte mich meinem Alter entsprechend. Den Kuss hat es nie gegeben. Wir sind Kollegen auf einer Klassenreise und er ist ein Mann, den man offensichtlich daran erinnern muss, dass es Grenzen gibt.

»So, junger Mann«, sagte sie nach einer Weile und sah, wie Martin dabei zusammenzuckte. Ich bin echt fies, dachte sie, witzelte aber trotzdem unter Aufbietung all ihrer rationalen Kräfte weiter: »Da du ja schon so hervorragend auf die Getränkefrage eingerichtet warst … Hast du auch Gesprächsthemen auf Karteikarten vorbereitet?«

Martin guckte sie mit einem seltsamen Gesichtsausdruck an. War er jetzt etwa sauer wegen des ›jungen Mannes‹? Fühlte er sich von ihr verspottet? Na ja, es war doch mal notwendig, ihn und auch sich selbst auf die Gegebenheiten hinzuweisen, oder nicht? Er war ein junger Mann! Dafür konnte sie doch nichts. Und immerhin hatte er eine zwölf Jahre ältere und verheiratete Kollegin geküsst. Das war ja nun nicht gerade ein reifes Verhalten, oder? Eigentlich war das sogar ein vollkommen unmögliches Benehmen. Er konnte sie doch nicht einfach so küssen! Du meine Güte … Was war denn jetzt so schlimm daran, dass sie ihn ›junger Mann‹ genannt hatte? Konnte er mal etwas sagen! Langsam wurde das hier ein bisschen seltsam. Warum sah er sie so komisch an?

Dann, nach einer gefühlten Ewigkeit, in der er sie mit diesem unbestimmbaren Blick gemustert hatte, hob er die Hände und tat so, als würde er von Karteikarten ablesen:

»Traumatisierende Küsse hätte ich im Angebot.« Er zog eine neue, unsichtbare Karte hervor. »Oder verstörende Verliebtheit.«

Ella wurde blass.

»Verzehrendes Begehren gibt es auch noch.«

Ella versteinerte. Einen Frontalangriff hatte sie nicht erwartet.

»Wir können uns auch über ›Harold und Maude‹ unterhalten«, sagte er nach einer kurzen Pause mit herausfordernd blitzenden Augen. »Großartiger Film.«

Als Ella an die Liebesgeschichte zwischen der achtzigjährigen Maude und dem zwanzigjährigen Harold dachte, schlich sich trotz ihrer Erstarrung ein dünnes, unsicheres Lächeln auf ihre Lippen.

»Sehr schmeichelhaft«, sagte sie mit leicht schriller Stimme. Ihr Herz schlug in einem wilden Trommelrhythmus und ihre Hände zitterten. Sie sollte sofort gehen. Er saß direkt vor ihr. In der Realität! Und er wollte sie. In der Wirklichkeit! Das hatte er doch gerade gesagt. Oder nicht? Die Bilder ihrer Tagträume fluteten ihr Gehirn. Ihr Mund war staubtrocken und überall in ihrem Körper pulsierte es heiß. Sie sollte sich höflich für den Daiquiri bedanken und gehen. Und seine idiotischen Karteikarten sollte sie ignorieren. Nur weg von hier, irgendwohin, wo sie in Sicherheit war. Doch stattdessen tat sie etwas vollkommen Verrücktes. Etwas, das sie sonst niemals tat. Etwas, das gar nicht zu ihr passte: Sie stellte sich und schlug zurück.

»Ich hätte da auch noch ein paar Themen, Herr Westfal. Unfreiwillige Anziehung zum Beispiel oder ehebrecherische Hirngespinste.

Oder wie wär's mit: Falsche Entscheidungen? Du hättest mich nicht küssen dürfen, Martin.«

Martin sah sie mit unbewegtem Gesicht an und seine graublauen Augen blitzten ihr entgegen. »Ich würde es jederzeit wieder tun«, antwortete er und Ella hatte Angst, gleich wie flüssiges Wachs auf dem Stuhl zu zerfließen.

»Das ist wirklich eine blöde Antwort«, keifte sie vor Aufregung. »Weißt du nicht, wie absurd das alles ist? Ich meine, ich hab' meinen Mann kennengelernt, da warst du … «, Ella dachte kurz nach, »da warst du zehn. Du warst zehn Jahre alt und ich zweiundzwanzig. Wir leben in vollkommen unterschiedlichen Welten, Martin.«

Ella sah, dass Martin kurz die Zahlen überschlug und trocken schluckte. Doch dann schob sich ein trotziger Ausdruck in sein Gesicht: »Na und?«

»Na und?« Ella konnte es nicht fassen. »Was heißt hier ›na und‹? Was willst du eigentlich von mir?«

Martin fuhr sich mit beiden Händen durch die Haare und sah ihr dann fest in die Augen. »Na und heißt, dass das Alter ja wohl das kleinste Problem ist. Ich hätte gedacht, du sagst zuerst, dass du deinen Mann liebst oder überhaupt erst mal, dass du verheiratet bist, oder dass es ein Problem ist, dass ich der Klassenlehrer deiner Söhne bin … Oder dass du irgendein religiöses Gelübde abgelegt hast, dass dir das hier verbietet. Aber das Alter …«, Martin zog die Schultern hoch und zog ein gleichgültiges Gesicht, »als wäre das wirklich ein Hindernis. Und was ich von dir will?« Martin machte eine kurze Pause und schüttelte ratlos den Kopf. »Ich habe nicht die geringste Ahnung.« Er seufzte und seine dunklen Haare fielen ihm tief in die Stirn. »Ich weiß nur, dass ich mich in einem absolut erschreckenden Maße in dich verliebt habe.«

Wortlos sahen sie sich eine Weile an. Offensichtlich wusste keiner von ihnen, was er jetzt tun sollte. Schließlich stützte Ella ihr Gesicht in beide Hände und schloss die Augen. »Martin, du … ich …«, setzte sie zu reden an und schwieg dann wieder. Sie hatte Angst, panische Angst vor dem, was hier passierte und gerade dabei war, ihre sichere Welt in Schutt und Asche zu legen. Ihr Atem ging flach und hektisch. Trotzdem hatte sie das Gefühl, keine Luft mehr zu bekommen. Ihr Körper schmerzte vor Erregung und in ihrem Kopf tobten die Gedanken wütend durcheinander. Sie sollte sagen, dass sie nichts für ihn empfand, sie bei dem Kuss nur geistig verwirrt gewesen war oder sich schlicht von dem Interesse eines jungen, attraktiven Mannes geschmeichelt gefühlt hatte und ihm ab jetzt aus dem Weg gehen würde. Aber als sie den Mund öffnete, drängten eigenmächtig und gewaltsam ganz andere Worte aus ihr heraus: »Martin, ich … du machst mich vollkommen verrückt … vollkommen verrückt, weil ich dich wirklich … mag. Viel mehr mag, als gut oder richtig wäre.«

Zaghaft öffnete Ella die Augen, sah aufgewühlt zu Martin und atmete zittrig ein. Seine Augen glänzten wie fiebrig und seine Lippen schienen sich nicht entscheiden zu können, ob sie lächeln, grinsen oder sich angespannt aufeinanderpressen wollten.

»Und jetzt?«, fragte Ella nach einer Weile kläglich. »Selbst wenn wir das Alter ignorieren, was ich übrigens nicht kann, bleiben noch mein Mann, den ich, nebenbei erwähnt, tatsächlich liebe, und der Umstand, dass du der Lehrer von Nils und Lasse bist.«

Martin schien nichts sagen zu können oder zu wollen. Er sah sie einfach nur mit einem Blick an, der so angefüllt mit wütender Sehnsucht war, dass er ihr körperlich wehtat. Traurig schüttelte Ella den Kopf. »Es gibt überhaupt keine Basis für das hier.« Sie wedelte mit dem Finger zwischen Martin und sich hin und her. »Und deswegen ist es besser, wenn wir uns nach dieser Reise einfach gar nicht mehr sehen.« Sie holte einmal tief Luft und sagte dann leise: »Ich werde die Grafik-AG nach dem Sommer nicht fortführen und in Zukunft meinen Mann zu den Elternabenden schicken. Ich habe gelesen, dass die Gefühle mit der Zeit einfach verschwinden sollen. Vorausgesetzt, man sieht den anderen nicht mehr.«

Martins angespanntes Gesicht nahm einen leicht spöttischen Zug an. Aber er schwieg weiter.

»Also dann«, sagte Ella mit zittriger Stimme. »Vielen Dank für die Rettung und den Daiquiri und gute Nacht.« Sie stand auf und ging hastig zur Terrassentür, den Flur hinunter, bog nach rechts ab, dann nach links und nach einigen weiteren Schritten war sie endlich in ihrem Zimmer angekommen. Halb hoffte sie, halb fürchtete sie, dass er hinter ihr herkommen würde. Aber alles blieb still. So wichtig war sie ihm wohl doch nicht. Mit fahrigen Bewegungen machte sich Ella bettfertig und begann, kaum hatte sie sich hingelegt, hemmungslos zu schluchzen. Sie bekam einen regelrechten Weinkrampf und konnte lange nicht damit aufhören. Irgendwann, als ihr Gesicht sich heiß und aufgedunsen anfühlte, ihre Nase dick und zugeschwollen und der Boden mit Taschentüchern bedeckt war, versiegte der Tränenstrom. Zusammengekauert lag Ella in dem schmalen Bett und starrte in die Nacht. Sie musste mit Fjonn reden. Alleine wurde sie damit nicht fertig. Sie musste ihm alles erzählen und darauf hoffen, dass er sie nicht verlassen würde. Aber das würde er doch auch nicht. Niemals. Oder?

4. Die Rechnung, bitte!

Ella fühlte sich überfordert. Fjonn reagierte auf ihr Geständnis gar nicht. Es war, als wäre sein Körper nur noch eine Hülle, und er hätte sich für eine Beratung in sein Innerstes zurückgezogen. Ella gruselte sich ein wenig, war zugleich ratlos, neugierig und ängstlich. Einfach still sitzen und warten, sagte sie sich, irgendwann wird er schon reagieren. Nicht allzu böse, bitte. Und bitte, bitte nicht so verletzt.

»Ja, jetzt erklärt sich einiges«, sagte er Minuten später plötzlich. Er machte eine kurze Pause, räusperte sich und fragte: »Warum hast du mir denn nicht früher etwas gesagt? Du hast mir ja gar keine Chance gegeben, um dich zu kämpfen.«

Überrascht schaute sie ihn an. »Um mich zu kämpfen? Ich dachte, wenn ich dir erzähle, dass ich für einen anderen Mann Gefühle habe, wärst du so verletzt und wütend, dass du einfach deine Sachen packst und gehst.«

Fjonn räusperte sich noch einmal. »Willst du denn, dass ich meine Sachen packe?«

Ella schüttelte stumm den Kopf. Dann sagte sie zögerlich: »Nein. Ich will nicht, dass du gehst. Ich liebe dich. Ich weiß aber auch nicht, was ich mit meinen Gefühlen für den anderen machen soll.«

»Deine Gefühle für den anderen«, wiederholte Fjonn leise und das erste Mal in diesem Gespräch sah Ella einen Anflug von Bitterkeit über sein Gesicht huschen.

Eine Zeit lang schwiegen sie.

»Tja, was machen wir jetzt?«, sagte er schließlich, während er auf den Boden schaute. »Du wirst ihn doch nicht weiterhin sehen, oder?«

»Nein. Jedenfalls nach den Sommerferien nicht mehr. Bis dahin muss ich noch meine AG geben. Aber den Vertrag für das nächste Schuljahr habe ich schon abgelehnt.« Dann konnte sie nicht mehr anders und fing an zu weinen. Immer wieder unterbrochen von kleinen Schluchzern sagte sie: »Ich habe mir das doch nicht ausgesucht. Ich wollte immer nur mit dir zusammen sein. Aber ich kann meine Gefühle nicht abstellen und … weil … Sie sind eben ziemlich stark.«

Unsicher blickte Ella Fjonn durch einen Tränenschleier hindurch an. Sie hatte furchtbare Angst davor, ihm wehzutun, obwohl sie wusste, dass sie es nicht vermeiden konnte, wenn sie ehrlich war. Fjonn blickte mit steinernem Gesicht vor sich hin. Dann stand er auf, griff nach seiner Jacke, die über der Stuhllehne lag, und sagte, ohne sich noch einmal umzudrehen: »Ich muss hier weg.«

Ella holte tief Luft. Was würde jetzt passieren? Es fühlte sich an, als würde alles zusammenbrechen, als wäre alle Sicherheit fort und nichts würde sie mehr schützen vor … vor … vor was auch immer. Lange saß sie nur da, die Beine auf dem Stuhl eng an sich herangezogen und mit den Armen umschlungen. In ihrem Kopf herrschte das reinste Chaos. Es gelang ihr nicht, auch nur einen einzigen klaren Gedanken zu fassen.

Schließlich stand sie auf, löschte das Licht und ging nach oben zu den Schlafzimmern. Ihre Jungs waren unzertrennlich, auch bei Nacht, vielleicht, weil sie Zwillinge waren. Nach wie vor teilten sie sich ein Schlafzimmer und das, obwohl sie nächste Woche schon unglaubliche dreizehn Jahre alt sein würden. Ella ging leise hinein und wollte das Licht ausknipsen. Sie schaute Lasse ins Gesicht, ließ dann doch das Licht brennen und setzte sich zwischen den Betten auf den Boden. Abwechselnd betrachtete sie ihre Söhne, stierte sie regelrecht an, als könnte sie in ihren Gesichtern die ultimative Patentlösung finden. Nach einer Weile legte sich ihre Aufregung. Noch immer entschlüpfte ihr jeder Gedanke, sodass sie keinen einzigen fassen und in Ruhe betrachten konnte. Aber hier war ein eindeutiges Gefühl. Sie war eine Mutter und wollte ihre Kinder um jeden Preis beschützen.

Es wurde keine ruhige Nacht. Ella schlief wenig und schlecht. Fjonn kam erst um drei Uhr morgens nach Hause, plumpste angezogen und wortlos neben ihr ins Bett und verströmte einen üblen Geruch nach Alkohol. Am nächsten Morgen stand er früh auf, duschte und fuhr, ohne ein Wort zu sagen, zur Arbeit. Ella verabschiedete die Jungs in die Schule und blieb dann wie versteinert sitzen. Sie hatte einen Haufen Dinge zu erledigen, fühlte sich aber außerstande, irgendetwas davon anzugehen. Noch immer rasten die Gedanken in ihrem Kopf umher und sie wusste nicht, was sie tun sollte. Sie fühlte sich schrecklich schuldig und hatte ständig Fjonns

Gesichtsausdruck vor Augen: verletzt, verärgert, verbittert. Würde er sie jetzt verlassen? Der Gedanke daran ließ sie vor Angst erstarren. Zwischendurch tauchte aber auch immer wieder die Erinnerung an ihren Kuss mit Martin in ihr auf und dabei überrollte sie eine Welle der Sehnsucht, die ihr fast den Atem raubte. Oh, wie sie sich dafür hasste.

Fjonn saß an seinem üblichen Tisch im ›Le Jardin‹ und stocherte lustlos im Essen herum. Er nahm fast immer das Tagesgericht. Heute war das eine Quiche Lorraine an grünem Salat. Normalerweise hätte er sich darüber gefreut und die Mahlzeit mit Genuss zelebriert. Er liebte seine Gewohnheiten und er hatte eine Leidenschaft für gutes Essen. Gemeinsam mit Ella ein mehrgängiges Menü zu kochen und dann zusammen mit ihr zu essen, an einem sorgfältig gedeckten Tisch mit einem vollmundigen Wein, bescherte ihm tief empfundene Glücksmomente. Ella! Bei dem Gedanken an sie schob er den Teller missmutig von sich und warf seine Serviette darauf.

Bekka, die junge, kurvige, stets rotwangige und wie zwanghaft lächelnde Bedienung, kam an den Tisch und warf ihm einen irritierten Blick zu. »Ist etwas mit dem Essen nicht in Ordnung, Herr Soost?«

»Nein, nein, Bekka, alles ist wie immer hervorragend. Ich fühl' mich nur nicht so gut. Vielleicht habe ich einen leichten Infekt.«

»Ach je, das tut mir aber leid. Falls es nicht schnell wieder besser ist, gehen Sie lieber zum Arzt. Meine Tante Frieda hat mal so einen Magen-Darm-Infekt verschleppt und …«

»Ja, Bekka, mach' ich«, unterbrach Fjonn ihren Redefluss. »Machen Sie mir doch bitte die Rechnung fertig, ja?«

Fjonn strich über die Tischplatte aus poliertem Eichenholz und folgte der Bewegung seiner Hände mit den Augen. Da entdeckte er einen kleinen Wachsfleck auf der glatten Oberfläche. Vorsichtig strich er darüber und begann zaghaft, daran herumzukratzen. Dann kratzte er immer stärker und schneller. Er kratzte und rieb und polierte, bis von dem Fleck nicht die kleinste Spur mehr zu sehen war. Dabei hatte sich sein Mund zu einem verbissenen Strich zusammengepresst. Das würde er mit dem Knilch, der seiner Frau den Kopf verdreht hatte, auch gerne machen. Was bildete sich der

Bursche eigentlich ein! Sich in eine glückliche Ehe zu drängen, seine Frau anzumachen, sie sogar zu küssen. Vielleicht sollte er dem Möchtegern-Casanova mal einen Besuch abstatten und eine Lektion erteilen. Ihn zerquetschen, zermalmen, pulverisieren. Er sollte ihn feuern lassen, seine Existenz vernichten, ihn vom Angesicht der Erde tilgen. Fjonn lachte kurz und böse auf. In dem Moment trat Bekka erneut an den Tisch und musterte ihn mit einem besorgten Blick.

»Herr Soost, Sie sehen wirklich nicht gut aus. Soll ich Ihnen vielleicht gleich ein Taxi zum Arzt bestellen?« Sie lächelte ihn mit ihren roten Lippen an und klimperte etwas mit den Wimpern. »Falls Sie möchten, kann ich Sie auch begleiten. Ich meine nur. Sie sehen nicht gut aus und ich bin eine echt tolle Krankenpflegerin. Heute ist nicht viel los, da könnte mich die Chefin sicherlich entbehren.«

Fjonn lächelte etwas gequält zurück und schüttelte den Kopf.

»Vielen Dank, Bekka. Aber das wird nicht nötig sein. So schlimm ist es nicht.« Er schob ihr den Rechnungsbetrag mit einem wie üblich üppigen Trinkgeld zu und stand auf. »Bis morgen dann.«

»Ja, bis morgen. Und gute Besserung noch mal. Und falls Sie mich brauchen … Sie wissen ja, wo Sie mich finden.«

Fjonn nickte mit einem falschen Lächeln und hob abschließend grüßend die Hand. Vor dem Lokal hielt er kurz inne und atmete tief ein. Seine Hände fuhren durch sein Gesicht und fühlten die Stoppeln eines Dreitagebartes. Unrasiert. Das mochte er gar nicht. Er hatte mal einen Käpt'n-Ahab-Bart getragen, schön gepflegt, die Oberlippe frei. Das war etwas anderes gewesen. Den … Egal, was interessierten ihn jetzt irgendwelche Bärte. Fjonn rieb sich über die Augen und strich durch seine dichten, akkurat geschnittenen, blonden Haare. Er richtete sich gerade auf und bewegte einige Male die Schultern im Kreis. Es fühlte sich an, als läge ein riesiger Felsbrocken auf seinem Rücken. Ach was, Felsbrocken, Fjonn fühlte sich, als wäre er lebendig unter den Alpen begraben. Spontan tauchte in seinem Kopf ein Bild von Ella mit einem großen Rucksack auf. Unter ihrer Mütze quollen die blonden Locken hervor und ihre Wangen waren von der Anstrengung gerötet. Es war ihre letzte gemeinsame Reise gewesen, bevor Ella schwanger geworden war. Sie hatten eine Tour auf die Zugspitze gemacht. Er dachte daran zurück, wie sie gemeinsam auf dem Gipfel gestanden hatten, Ella fest in seine Arme gekuschelt. Vor ihnen hatte sich ein blau-weißes Panorama erstreckt wie ein Ausblick in eine andere Welt. Über ihnen hatte der Himmel in einem tiefen Blau gestrahlt und unter ihnen hatte sich eine weiße Wolkendecke wie ein nebeliges Meer um schroffe, graue Gipfel geschmiegt. Die frische Bergluft, das Gefühl von Freiheit und Sieg und die Verbundenheit zwischen ihnen würde er nie vergessen. Er hatte Ella ein wenig zu der Reise überreden müssen. Sie mochte keine Höhe. Aber er war sich sicher, dass sie den Trip dann genauso genossen hatte wie er. Seine süße, ängstliche Ella.

Ja, sie hatten schon gemeinsam Berge bestiegen. Das jetzt würden sie auch bewältigen. Er schreckte vor keiner Herausforderung zurück. So ein lächerlicher Lehrerbubi. Was sollte der dem Fjonn-Ella-Team schon anhaben? Das wäre ja gelacht. Im Handumdrehen hatte er ihn weggekratzt, weggerieben, wegpoliert. Und dann wäre alles wieder so, wie es sein sollte in seiner Familie.

Ella rührte nachdenklich in ihrem Kaffee herum.

»Möchtest du ein Wasser dazu?«, fragte Antje aus der Küche.

»Gerne«, antwortete Ella und wartete, bis Antje sich endlich zu ihr setzte. Ella war einfach unangemeldet bei ihr aufgetaucht. Anders bekam sie ihre Freundin auch nie zu Gesicht. Antje hatte vier Kinder zwischen sieben und fünfzehn und verkaufte im Internet handgearbeitete Taschen, Mützen Schlüsselanhänger, Kissen und so einiges mehr. Außerdem hatte sie einen Hund, zwei Meerschweinchen und im Garten auch noch Hühner und Kaninchen. Ihr Mann Jörg war Pilot und ständig unterwegs. Deswegen kümmerte sich Antje um alles alleine. Sich mit ihr zu verabreden, war fast unmöglich.

Endlich ließ Antje sich ihr gegenüber auf einen Stuhl plumpsen, schob ihr ein Glas Wasser herüber und blickte sie über den Rand ihres Kaffeebechers hinweg an. »Erzähl«, forderte Antje sie auf, »wie war die Klassenreise?« Dabei wackelte sie bedeutungsvoll mit den Augenbrauen.

Ella fixierte ihren Kaffee, als wäre er das achte Weltwunder, und merkte, wie ihr das Blut in die Wangen schoss. Antje beobachte sie eine Weile und sagte schließlich mit einem Gesichtsausdruck, in dem sich Überraschung, Entsetzen und Sensationslust mischten: »Nee, oder? Du bist doch nicht wirklich mit ihm ins …?«

Ella schüttelte energisch den Kopf. Eigentlich wollte sie darauf auch gar nicht antworten. Das, was zwischen Martin und ihr passiert war, war falsch. Trotzdem fühlte es sich für sie an wie ein Schatz, den sie mit niemandem teilen wollte. Andererseits war sie von der Situation mit Fjonn total überfordert und musste sich dringend mit jemandem aussprechen, der sie gut kannte, auch wenn die pragmatische Antje für ihre extremen Gefühle wahrscheinlich nicht allzu viel Verständnis aufbringen würde.

»Echt, Antje, du bist unmöglich. Nein, ich bin natürlich nicht mit ihm ins Bett gegangen.«

Antje zog fragend die Augenbrauen hoch und nippte an ihrem Kaffee. Ihr magentafarbenes Top leuchtete mit ihren hennaroten Haaren um die Wette, die sie zu einem dicken Zopf geflochten hatte. Und ihre hellblauen Augen sahen Ella mit einem stechenden Röntgenblick an.

»Wir haben uns geküsst, okay?«

Antje lachte auf und es kam Ella vor, als schwänge in ihrem Lachen ein Hauch von Befriedigung mit. »Brauchst ja nicht gleich zickig zu werden. Ist doch nicht schlimm. Ich hätte ihn an deiner Stelle wahrscheinlich schon vor Monaten flachgelegt. Im Abstellraum der Schule oder so. Solche Gelegenheiten kommen nicht oft im Leben, Ella. Im Handumdrehen sind wir alt und faltig und kein Mann interessiert sich mehr für uns.«

Ella schüttelte den Kopf. »Antje, echt! Ich finde es schon schlimm genug, dass ich Martin geküsst habe. Na ja … Eigentlich hat er mich geküsst und ich habe es erwidert. Aber selbst das hätte ich niemals tun dürfen. Damit habe ich Fjonn schrecklich verletzt.«

»Wieso hast du Fjonn verletzt? Du hast es ihm doch nicht etwa gesagt?« Antje musterte Ella mit weit aufgerissenen Augen und schlug dann entsetzt die Hand vor den Mund. »Bist du irre? Die Lady genießt und schweigt. Weißt du doch. Du musst doch keine schlafenden Hunde wecken.« Sie sah Ella kopfschüttelnd an. »Na ja. Jetzt ist das Kind ja schon in den Brunnen gefallen.« Antje zuckte mit den Schultern. »Hat es sich denn wenigstens gelohnt? Erzähl' doch mal und lass dir nicht jede Kleinigkeit einzeln aus der Nase ziehen. Wie war es denn?«

»Gut«, antwortete Ella abweisend und fand auf einmal ihren Kaffeebecher wieder sehr interessant.

»Gut, ja?« Antje trommelte mit ihren dunkelrot lackierten Fingernägeln auf den Tisch und sah Ella enttäuscht an. »Toll, das erzählen mir meine Kinder auch immer, wenn ich sie frage, wie es in der Schule war.«

Ella seufzte tief auf, schloss kurz die Augen und warf Antje dann einen unschlüssigen Blick zu. Schließlich gab sie sich einen Ruck.

»Okay. Stell' dir einen Liebesroman vor, wie er kitschiger nicht sein könnte. Mit Seelenverwandten und Geigen in der Luft und einer Welt, die aufhört, sich zu drehen, ja?«

Antje nickte entgeistert.

»So. Und dazu dann noch derselbe Humor, eine unfassbar erotische Anziehungskraft, eine dramatische Lebensrettung, romantische Gesten zum Dahinschmelzen, gegenseitige Liebesgeständnisse und eine durchheulte Nacht, dann hast du die desaströse Klassenreise in Kurzform.«

Antje klappte der Unterkiefer herunter. »Ist nicht dein Ernst.«

Ella nickte betrübt.

»Scheiße«, flüsterte Antje.

»Ja, Scheiße.«

»Und was ist mit Fjonn?« Antje sah Ella jetzt in voller Alarmbereitschaft an. Zum Glück war sie nicht so ein emotionaler Typ wie Ella. Sie hätte einfach nur ihren Spaß gehabt und dann die Sache abgehakt, so, wie Jörg das mit seinen Stewardessen wahrscheinlich auch machte. Zwar fände sie es ganz schön, wenn ihr Mann treu wäre, aber sie machte sich keine Illusionen über die menschliche Natur. Also hatte sie mit ihm noch vor der Hochzeit einen Deal gemacht. Er hatte alle Freiheiten, solange er sie nicht damit kompromittierte und sich gegen Geschlechtskrankheiten und Schwangerschaften absicherte. Tat er das nicht, würde sie ihn sofort verlassen und ihn vor Gericht bis aufs letzte Hemd ausziehen. Damit konnte sie gut leben. Sie mochte ihren Mann und auch im Bett hatte sie nach all den Jahren noch immer reichlich Spaß mit ihm. Aber das, was Ella mit Fjonn hatte, hatte sie nie erlebt. Wenn sie auf irgendetwas bei Ella je neidisch gewesen war, dann auf die liebevollen Blicke, die Fjonn ihr ständig zuwarf. Immerzu fasste er sie an, nahm sie an der Hand oder zog sie in seine Arme. Er strich Ella eine Locke aus der Stirn oder gab ihr einen Kuss. Auch nach sechzehn Jahren hielt er mit ihr bei Spaziergängen Händchen. Und wenn sie Ella etwas angefeuert hatte, mit Martin fremdzugehen, dann vielleicht genau deswegen. Aber nie hätte sie gedacht, dass der junge Lehrer eine ernsthafte Bedrohung für die Ehe ihrer besten Freundin sein könnte. Nie.

Ella zuckte mit den Schultern und auf einmal liefen ihr Tränen über die Wangen. »Fjonn hat kein Wort mehr mit mir geredet, seit ich es ihm erzählt habe«, sagte sie schniefend. »Ich weiß nicht, ob er mir das verzeihen kann.«

Antje hatte sich neben ihre Freundin gesetzt und streichelte ihr sanft über den Rücken. Doch damit hörte sie sofort auf, als Ella sagte: »Und ich weiß auch gar nicht, ob ich das will.«

»Jetzt spinnst du aber«, antwortete Antje tonlos.

Ella kniff die Lippen zusammen und zuckte erneut mit den Schultern.

»Nein, nein, nein. Ella Kaap, das darf nicht wahr sein. Ich verbiete dir jeden weiteren Kontakt mit diesem Lehrer, hörst du? Das, was du und Fjonn, was ihr habt, das gibt man nicht auf. Das gibst du nicht auf. Basta. Und denk' an eure Kinder. Das tust du denen nicht an, sonst spreche ich kein Wort mehr mit dir. Hast du mich verstanden?« Antje war immer lauter geworden und Ella starrte sie erschreckt an.

Mit allem hatte sie gerechnet, aber damit, dass Antje so vehement für ihre Ehe und für Fjonn eintreten würde, nicht. Eingeschüchtert nickte sie nur und zog wie ein kleines Mädchen die Nase hoch. Okay, noch ein Grund, der gegen sie und Martin sprach.

Martin lief. Der dumpfe Ton seiner Schritte auf dem Waldboden vereinte sich mit seinem keuchenden Atem zu einem beruhigend eintönigen Rhythmus. Einatmen, ausatmen, rechts, links, rechts, links. Er schloss für einen kurzen Moment die Augen und hörte nur auf den stetigen Takt seines Körpers. Ein Vogel stieß einen Warnruf aus, neben dem Weg raschelte es, ein leichter Wind brachte die dichten Baumkronen über ihm zum Rauschen. Martin öffnete seine Augen wieder und atmete bewusst ein. Die Bäume formten vor ihm einen Tunnel, durch den vereinzelte Lichtstrahlen unregelmäßige Kreise auf den Boden malten. Buchen-, Eichen- und Eschenblätter schillerten in unterschiedlichen Grüntönen. Hinter den Baumstämmen breitete sich eine Wiese aus, die nassen Grashalme funkelten im Licht. Einatmen, ausatmen, rechts, links, rechts, links. Er beschleunigte die Schritte. Seine Beine fühlten sich an wie Stein und schmerzten von der Anstrengung. Martins angewinkelte Arme bewegten sich gleichmäßig wie Uhrenpendel, vor und zurück. Sein Körper wollte mehr, wollte Anstrengung, damit sich die innere Anspannung endlich löste. Kurzer Sprint zur Klimmzug-Station. Schwer atmend kam er zum Stehen. Sein Shirt war schweißnass. Er streckte die Arme nach oben, fasste die Stange und zog sich hoch. Dabei winkelte er die Beine leicht nach hinten ab und verhakte sie an den Knöcheln. Langsam ließ er sich wieder herunter, zog sich erneut nach oben. Er spürte ein Brennen in den Armen, in den Schultern, in der Brust, im Rücken. Ja, genau das wollte er. Nur das half im Moment gegen diesen Druck in ihm, gegen das Gefühl, fast zu zerplatzen. Weiter nach oben, nicht nachlassen, ziehen, anspannen, den einen Schmerz mit dem anderen verbrennen. Und wieder laufen. Einatmen, ausatmen, rechts, links, rechts, links. Martin roch die frische Luft und versuchte, nur hier zu sein, nur im Jetzt zu sein, nur zu laufen, sonst nichts. Aber Ella war trotzdem immer da. Mal undeutlich im Hintergrund, mal alles überstrahlend vor seinem inneren Auge. Schneller. Schneller laufen, schneller atmen, den Körper spüren, den Wald hören, sehen, riechen. Ella aus dem Kopf bekommen. Übermorgen würde sie zum letzten Mal ihren Grafik-Kurs geben und Ende der Woche fingen die Sommerferien an. Wenn er nichts tat, würde er sie nicht wiedersehen. Dann wäre sie weg.

Seit der Klassenreise waren fünf Wochen vergangen. Fünf Wochen, die ihm so lang erschienen waren wie Jahre. Fünf Wochen, in denen er kaum eine Minute nicht an sie gedacht hatte und verbissen nach einer Lösung, nach einer Entscheidung gesucht hatte. Aber in ihm stritten Verstand und Gefühl so entnervend gleichwertig miteinander, dass es bis jetzt keine Aussicht auf einen Sieger gab. Sie war verheiratet und hatte zwei Kinder. Wollte er Verantwortung für Kinder übernehmen? In der Schule war das sein Job, aber in seinem Privatleben konnte er sich das absolut nicht vorstellen. Und zwölf Jahre … Zwölf Jahre waren zwölf Jahre. Er dachte an seine Freunde, die so ziemlich jedes Klischee von Jungs, die nicht erwachsen werden wollten, erfüllten. Was würde Ella von seinem Kumpel Joshi halten, der fast mit seiner Spielkonsole verwachsen war und noch immer im Kellergeschoss seiner Eltern wohnte?

Verflucht, was wollte er überhaupt von ihr? Warum sie? Er kannte sie doch gar nicht richtig. Martin zog sein Lauftempo weiter an. Sein Atem reichte kaum noch, um sein heftig schlagendes Herz mit Sauerstoff zu versorgen. Seine Gedanken drehten sich die ganze Zeit im Kreis. Ella … Tja, sie war es einfach. Sie war diejenige, welche. Wenn sie da war, war das Licht heller, die Luft klarer. Alles war besser, vollständiger, richtiger. Ach, zum Teufel … Er dachte, wie unzählige Male zuvor, an den Kuss, fühlte ihre Lippen auf seinen, und kam sich vor, als würde er abheben und fliegen, bis ihn plötzlich ein schmerzhafter Aufprall auf den Waldboden in die Realität zurückholte. Wo kam denn die Baumwurzel auf einmal her! Martin blieb keuchend liegen und rollte sich auf den Rücken. Er starrte nach oben in das bewegte Blätterdach und versuchte nachzudenken. Sollte er sie vergessen oder um sie kämpfen? Er hatte nicht die geringste Ahnung. Würde er sich das jemals verzeihen können, sie einfach so gehen zu lassen? Nein. Aber wollte er sich wirklich in eine Beziehung, in eine Familie drängen? Ganz bestimmt nicht!

5. Mein perfekter Sommer

Martin hatte die letzten Tage ununterbrochen darüber nachgedacht, wie er sich heute Ella gegenüber verhalten sollte. Er hatte im Kopf unendlich viele Szenarien durchgespielt. Doch das hatte alles nichts geholfen. Martin hatte noch immer nicht den Hauch einer Ahnung, was er tun sollte. Er schaute auf die Uhr. In zwei Stunden fing Ellas letzte AG-Stunde an. Danach waren Sommerferien und er würde sie ewig nicht wiedersehen, vielleicht sogar nie wieder. Er biss die Zähne fest aufeinander, sodass seine Kiefermuskeln deutlich hervortraten, und unterdrückte in letzter Sekunde den Impuls, nervös mit dem Bleistift auf den Tisch zu klopfen.

Martin sah hoch und blickte auf seine Klasse. Einige hatten den Kopf nach unten gebeugt und schrieben konzentriert. Andere schauten gedankenverloren nach oben, stützten ihr Kinn auf die Hand oder kauten mit geistesabwesendem Blick auf einem Stift herum. Er war gespannt, was er da zu lesen bekommen würde. Ihre Aufgabe war es, ein kurzes Essay zu schreiben zu dem Thema: mein perfekter Sommer. Er hoffte auf lauter positive, motivierende und unterhaltsame Texte. Doch dann sah er zu Melli. Sie schaute regungslos auf ihren Zettel und sah dabei schrecklich unglücklich aus, so wie meistens. Falls sie überhaupt etwas abgeben würde, dann bestimmt irgendeinen bedrückenden Text über Einsamkeit und Sinnlosigkeit. Er wusste, dass ihre Eltern geschieden waren und sie mit der Situation überhaupt nicht umgehen konnte. Melli lebte bei ihrer Mutter, die seit der Scheidung wieder in Vollzeit arbeitete, um über die Runden zu kommen. Mit ihren knapp dreizehn Jahren war Melli bereits in einer Psychotherapie. Aber dass die etwas bringen würde, konnte Martin bisher nicht feststellen. Sie war noch immer das leicht pummelige Außenseitermädchen der Klasse. Unauffällig, still, traurig, die ›melancholische Melli‹ eben. Sie tat Martin leid. Aber wenn er ehrlich war, ging er ihr auch lieber aus dem Weg. Sie war der Weltschmerz in Person und gab jedem das Gefühl, an ihrem Unglück mitschuldig zu sein. Eine Ausnahme war Ella gewesen. In ihrer Nähe hatte er

Melli sogar lachen gesehen. Automatisch sah Martin zu Nils und Lasse hinüber. Beide kritzelten eifrig auf ihren Zetteln. Offensichtlich sprudeln sie nur so über vor Ideen für den Sommer, dachte er mit einem Anflug von Bitterkeit. Vor seinem inneren Auge spielte sich sofort ein kleiner Film ab. Darin sprangen die Jungs ausgelassen über einen Strand auf ihre Eltern zu, die ihnen eng umschlungen und mit einem glücklichen Lächeln entgegensahen. Ella und dieser blonde – was war er noch? – Marketingchef, oder so. Ein echtes Traumpaar. Was für ein glückliches Familienidyll!

Plötzlich krachte es laut und Martin spürte, wie sich die scharfen Spitzen des zerbrochenen Bleistifts in seine geballte Faust bohrten. Die Kinder schauten erschreckt hoch. Martin grinste gezwungen und bemühte sich um einen lockeren Spruch. »Tja, ich muss wohl noch lernen, meine unvorstellbaren Superheldenkräfte besser zu beherrschen«, kam schließlich heraus. Er erntete nur einige hochgezogene Augenbrauen und ein paar müde Lächler. Na gut, der Spruch war nicht so besonders, dachte Martin. Aber ich bin ja auch nicht hier, um witzige Sprüche zu klopfen. Er räusperte sich und schaute demonstrativ auf die Uhr.

»Das war allerdings auch ein gutes Signal für euch, euer Essay zum Abschluss zu bringen und die Reinschrift zu machen. Geht alles noch einmal durch. Denkt an die Dreiteilung Einleitung, Hauptteil und Schluss. Die Fragestellung gehört in die Einleitung und wird im Schlussteil wieder aufgegriffen. Achtet auf euren Stil und verwendet möglichst einige von den rhetorischen Figuren, die ihr gelernt habt. Seid originell und versucht einen neuen Blick auf das Thema zu werfen. Fragt euch, was Perfektion eigentlich ist. Gibt es so etwas wie einen perfekten Sommer überhaupt?« Martin musterte seine Klasse. »Und – um alles in der Welt, Leute – versemmelt nicht wieder Rechtschreibung und Zeichensetzung. Das gibt doppelten Punktabzug wegen Lehrerfolter.« Er zwinkerte seinen Schülern zu. Ein kollektives Aufstöhnen antwortete ihm und er schaute auf die Uhr. »Noch zwanzig Minuten. Legt euch ins Zeug. Morgen ist der letzte Schultag, dann könnt ihr euch ausruhen.«

Martin lehnte sich zurück. Dann hatte er plötzlich eine Idee, griff sich seinen Block und begann selbst zu schreiben.

Mein perfekter Sommer
von Martin Westfal

Heute habe ich meine Klasse gefragt, ob es so etwas wie einen perfekten Sommer
überhaupt geben kann. Denn was ist schon perfekt? Ist etwas vollkommen, nur
weil es frei von Mängeln ist? Oder ist etwas nicht erst gerade dadurch
vollkommen, dass es alles umschließt, auch das Fehlerhafte? Oder ist das Perfekte
immer nur ein winziger Teil des großen Ganzen, der in einem Moment alles
andere überstrahlt? Wer entscheidet überhaupt, was perfekt ist? Familie und
Freunde? Oder Nachbarn, Bekannte und Prominente? Die Gesellschaft? Die
Medien? Meiner Meinung nach ist Vollkommenheit eine rein persönliche
Empfindung, abhängig allein vom Auge des Betrachters. In meinen Augen
bräuchte der Sommer zum Beispiel kein schönes Wetter oder einen bestimmten
Ort, um perfekt zu sein. Sonne, Strand, Meer – nichts davon gäbe mir das
Gefühl von Vollkommenheit. Es müsste nur ein einziger besonderer Mensch bei
mir sein. Jemand, der aus einem Schlickloch einen abenteuerlich-romantischen Ort
macht und ein Volleyballspiel in ein erotisches Ereignis verwandelt. Ein Jemand
mit faszinierenden, grünen Augen und den zartesten Lippen, die ich jemals
geküsst habe. Mein perfekter Sommer ist der Traum von einer Frau, mit der ich
zusammen sein sollte, mit der ich zusammen sein muss, um mich wirklich
vollkommen zu fühlen.

Es klingelte zur Pause und Martin zuckte zusammen. Vor ihm lag
schon ein Stapel Zettel und die meisten hatten die Klasse pünktlich
mit dem Klingeln verlassen. Einige räumten gerade ihre Schreib-
sachen zusammen und packten sie in die Rucksäcke. Nur Melli saß
noch immer vor ihrem Blatt Papier und machte nicht die geringsten
Anstalten, sich zu bewegen. Seufzend stand Martin auf und ging zu
ihr hinüber. »Melli, es ist Pause. Gib' einfach ab, was du bis jetzt hast.
Es ist nur eine Übung.«

Melli sah kurz zu ihm hoch, wurde ein wenig rot und zuckte mit
den Schultern. Dann faltete sie schnell ihr Blatt zusammen, raffte
ihren Rucksack an sich und verließ mit gesenktem Blick die Klasse.
Den Zettel ließ sie einfach auf dem Tisch liegen. Mit einem unguten
Gefühl griff Martin danach und klappte ihn auseinander.

Der perfekte Sommer
von Melanie Schmidt

Was ist ein perfekter Sommer? Nach einem perfekten Sommer können nur Leute fragen, die vom echten Leben keine Ahnung haben. Von einem perfekten Sommer zu reden, ist genauso dumm, wie einen glühenden Gasball, der irgendwann explodieren und alles vernichten wird, schön zu finden, und sich in seiner Hitze zu braten, bis man Hautkrebs bekommt. In Wirklichkeit gibt es kein Happy End und kein Für-immer-und-ewig. In der Wirklichkeit tun Menschen sich weh und sind rücksichtslos und verlassen sich. Sie lassen einen im Stich. Perfekt wäre es, wenn sie das nicht tun würden. Aber das ist ja nur eine dämliche kontraproduktive Wunschvorstellung, wie gewisse Leute sagen. In Wahrheit gibt es keinen perfekten Sommer, sondern nur eine Woche hier und eine Woche da und einen total unperfekten Sommer in irgendwelchen Ferienlagern.

Ende

Martin seufzte und fuhr sich mit der Hand durch die Haare. Was sollte er bloß tun? Er konnte doch nicht ignorieren, wie sich ein junger Mensch direkt vor seiner Nase so vom Leben abwandte, so frustriert und resigniert und fast zynisch war. Er würde noch einmal mit der Schulpsychologin über Melli reden. Irgendetwas musste man da doch machen können. Dann dachte er an sich und Ella und an Nils und Lasse. Hatte er nicht gerade vor, den beiden Jungs genau das anzutun, worunter Melli so litt? Er versuchte, sich vorzustellen, wie sein eigenes Leben verlaufen wäre, wenn seine Mutter sich von seinem Vater wegen eines anderen getrennt hätte. Ihm wurde schlecht. Und auf einmal war all das Rätseln der letzten Wochen vorbei. Mellis Text machte es für ihn nur allzu offensichtlich, was das Richtige war. Gefühle hin oder her, er wollte auch in Zukunft in den Spiegel schauen können, ohne sich schämen zu müssen. Martin sah hinüber zum Lehrerpult, auf dem sein Block lag und überlegte kurz. Dann ging er hin, setzte sich und ergänzte das bisher Geschriebene mit einem ebenso gequälten wie entschlossenen Gesichtsausdruck um einen weiteren Absatz.

Doch es gibt immer einen Haken, oder? Erst recht bei der Perfektion. Der Gedanke von einem gemeinsamen Sommer mit dir fühlt sich vollkommen an. Aber wirklich perfekt ist er nur im Traum. In der Realität spielt das Drumherum eben doch eine Rolle. Das habe ich jetzt verstanden. Es tut mir unendlich leid, schon so viel durcheinandergebracht zu haben, und ich hoffe, dieses Durcheinander lässt sich restlos wieder in Ordnung bringen. Vielleicht wird mein Sommer schon dadurch perfekt, dass ich das Richtige tue und freiwillig auf etwas verzichte, das ich ohne das Unglück anderer nicht haben könnte. Vielleicht reicht es aus, dass du glücklich bist, um meinen Sommer vollkommen zu machen. Ja, je länger ich darüber nachdenke, umso sicherer bin ich mir, dass es das tut.

Leb' wohl und werde glücklich. Denn genau das würde meinen Sommer perfekt machen!

Eine Stunde später wartete Martin im Lehrerzimmer, wo sich einige Lehrer verabredet hatten, um Ella zu verabschieden.

»Ein Jammer ist es, nicht wahr?«, sagte Jochen Schröder näselnd, der vertraulich nahe an ihn herangerückt war. Er seufzte betrübt auf und Martin musterte ihn neugierig von der Seite. Das klang ja so, als würde ihn die Kündigung von Ella richtig betroffen machen. »So eine schöne Frau ist die Ella. Findest du nicht auch?«

Martin nickte mit einem wehmütigen Lächeln.

Jochen sah gar nicht zu ihm hin, sondern redete nach einer Pause einfach weiter: »Na ja, du hast da vielleicht nicht so den Blick für. Die Ella ist ja auch nicht ganz … nun ja … deine Generation. Aber ein reifer Mann wie ich, der erkennt, was für eine Leidenschaft bei dieser Frau unter der Oberfläche brodelt. Wie eine Wildkatze ist die Ella.«

Martin fühlte sich von diesen Ausführungen extrem unangenehm berührt und überlegte, wie er seinen Kollegen davon abhalten konnte, weiter über Ella zu sprechen. Doch da redete Jochen schon weiter, nun mit leiser, klagender Stimme.

»Weißt du, mein junger Freund, wir stehen uns wirklich sehr nah, die Ella und ich. Gerade erst hat sie überaus reges Interesse an meiner Theatergruppe gezeigt. Wir sind da, so rein künstlerisch meine ich, unglaublich auf einer Wellenlänge. Fast schon wie Seelenverwandte, verstehst du?«

Er sah zu Martin und zog seinen Mund in die Breite, als hätte er schreckliche Schmerzen. Martin bewahrte mit Mühe einen möglichst neutralen Gesichtsausdruck, während er eine irrationale Wut in sich aufsteigen spürte. Am besten er brachte möglichst schnell möglichst viel Abstand zwischen sich und seinen Kollegen.

»Entschuldige, ich muss da noch kurz was erledigen«, murmelte er und wandte ihm den Rücken zu.

»Ja, tu das nur. Ich halte hier die Stellung«, antwortete Jochen Schröder und atmete geräuschvoll aus.

Ella hatte mit einer großen Portion Wehmut gerade ihre letzte AG zu Ende gebracht. Die Schüler hatten sich unheimlich lieb von ihr verabschiedet und sogar ein Abschiedsgeschenk für Ella gebastelt. Sie hatten ein eigenes Logo für ihre AG entworfen und es auf eine Karte gedruckt. Und auf der Rückseite stand: *Frau Kaap, Sie sind die Beste. Wir werden Sie vermissen.* Und dann hatten alle Schüler unterschrieben.

Traurig und gedankenverloren schlenderte Ella zum Lehrerzimmer, um sich auch dort noch einmal zu verabschieden. Bei dem Gedanken daran, dass sie Martin vielleicht gleich zum letzten Mal sehen würde, zog sich ihr Herz schmerzhaft zusammen und der Kloß in ihrem Hals schwoll weiter an.

Eine Stunde später ging Ella zum Fahrradstand, holte ihr cremefarbenes Hollandrad und fuhr los. Die Sonne schwebte wie ein glühender Feuerball am Himmel und ließ sie träge und schlaff werden. Langsam trat sie in die Pedale und steuerte auf den kleinen Wald zu. Die Straße dorthin war staubig und trocken, die Luft flirrte leicht. In ihrem Kopf prickelten die zwei Gläser Sekt, zu denen sie sich hatte überreden lassen. Oder waren es drei gewesen? Am Straßenrand wiegten sich die Blumen der Vorgartenbeete wie Schlangen zur hypnotischen Melodie eines Flötenspielers. Ella fühlte sich innerlich wie betäubt. Ihre Beine trieben gleichmäßig und langsam die Pedalen an. In ihrem Kopf spürte sie eine dumpfe Leere. Wäre nicht der Brief in ihrer Tasche gewesen, der wie ein brennender Felsen in ihre Seite drückte, hätte sie ewig so weiterfahren können. Sie erreichte die ersten Bäume des Waldes, die einen löchrigen Schatten spendeten, und fuhr in einem schleppenden Tempo über den unebenen Weg. Als links von ihr eine große, grasbewachsene Lichtung auftauchte, hielt sie spontan an, lehnte ihr Fahrrad an einen Baum und betrat mit zögernden Schritten die Wiese. Schließlich setzte sie sich in das hohe Gras und sah eine Weile den Insekten zu, die um sie herum krabbelten und flogen. Niedrig wachsende Wildblumen zogen Bienen an und sprenkelten das trockene Gras mit bunten Farbtupfen. Noch immer fühlte sie den Brief wie ein glühendes Gewicht in ihrer Tasche. Am liebsten hätte sie ihn noch im Lehrerzimmer geöffnet, um zu erfahren, was Martin ihr sagen wollte. Er hatte so eigenartig geschaut, fast traurig. Gleichzeitig hatte sie den Eindruck gehabt, dass es ihn furchtbar gestört hatte, als der aufdringliche Herr Schröder sich dicht an sie herangestellt hatte, um ihr irgendwelche schmalzigen Komplimente zuzuraunen. Sie wollte den Brief lesen, es schrie in ihr danach, ihn sofort zu öffnen und jedes einzelne Wort zu verschlingen. Aber sie hatte auch Angst davor. Angst, dass ihr nicht gefallen würde, was er ihr schrieb. Angst, dass es ihr viel zu sehr gefallen würde, was er schrieb. Sie sollte ihn nicht lesen, sondern einfach wegwerfen. Unschlüssig drehte sie den Brief hin und her. Es war ein schmuckloser Schulbriefumschlag aus grauem Umweltpapier ohne jede Beschriftung. Die Sonne brannte auf ihre blonden Locken, während sie den schlichten Umschlag musterte und darüber nachgrübelte, ob sie ihn öffnen sollte oder nicht. Ach, sie sollte es lieber nicht tun. Die letzten fünf Wochen waren schlimm genug gewesen. Schon die Zeit davor, als das zwischen Martin und ihr nur eine fixe Idee in ihren Träumen gewesen war, hatte sie das Familienleben kaum ertragen. Aber jetzt, nachdem es diesen Kuss gegeben und er ihr gesagt hatte, dass er in einem absolut erschreckenden Maße in sie verliebt war … Ja, das waren seine Worte gewesen: ›in einem absolut erschreckenden Maße verliebt‹.

Ellas Brustkorb fühlte sich unvermittelt an, als wäre er viel zu eng, um zu atmen. Sie wollte mit Fjonn verheiratet sein und natürlich wollte sie mit ihren Söhnen zusammen sein und sie brauchte Sicherheit und dass alles so war, wie es sich gehörte. Trotzdem hielt sie diese gespielte Normalität kaum aus und war jedes Mal unendlich erleichtert, wenn sie alleine war. Noch viel mehr als sonst. Dabei hatte sie Martin in den letzten fünf Wochen gar nicht gesehen und nicht ein Wort mit ihm gesprochen. Erst bei der Verabschiedung heute hatte er auf einmal vor ihr gestanden und sie mit seiner Präsenz fast umgeworfen. In ihrem Kopf waren sofort die leidenschaftlichen Klänge der ›Mariage d'amour‹ aufgebrandet und in seinen meergrauen Augen war sie versunken wie in einem seidenweichen Traum, in dem man untergehen und nie wieder auftauchen möchte. Sie hatte ihm gegenüber kaum ein Wort herausgebracht und auch er war stumm geblieben, hatte ihr nur diesen Briefumschlag aus hässlich grauem Umweltpapier entgegengestreckt und sich dann weggedreht.

Ach, sie sollte ihn nicht lesen. Trotzdem begann sie ihn zaghaft und mit zitternden Fingern zu öffnen. Noch bevor sie die Worte las, berührte seine Handschrift sie auf eine eigentümliche Weise. Welcher Mann schrieb denn so? Mit großen, altmodisch geschwungenen Buchstaben, sodass der Brief aussah wie ein Gemälde aus sorgsam miteinander verflochtenen Linien.

Wenige Augenblicke später seutzte sie gequält auf und zwei schimmernde Linien liefen über ihre Wangen.

Die Sonne erreichte langsam die Wipfel der hohen Bäume und breitete einen lichten Blätterschatten über Ella aus. Sie ließ sich nach hinten sinken, presste den Brief auf ihre Brust und gab ihren Tränen freien Lauf. Er hat recht, dachte sie. Es konnte nur im Traum funktionieren und ich muss jetzt endlich wieder in der Wirklichkeit ankommen. Abwechselnd starrte sie zur Seite und beobachtete das emsige Werken der Ameisen, Käfer und Fluginsekten um sich herum oder schloss die Augen und schluchzte leise in sich hinein.

Martin lief deutlich über seinem Limit. In seine Seiten drang jeder Atemzug wie ein Messerstich, die Luft brannte in der Lunge und sein Herz hämmerte in einem rasenden Rhythmus gegen seinen Brustkorb. Er musste loslassen. Sie war jetzt weg und er musste das akzeptieren. Nach vorne schauen. Es war das einzig Richtige. Keuchend atmete Martin die Luft ein und aus und setzte zu einem Sprint an. Er musste seinen Körper fühlen, jeden einzelnen Muskel. Das brauchte er jetzt, um nicht durchzudrehen. Sofort nach Schulschluss hatte er seine Laufsachen angezogen und war losgerannt, gerannt wie auf der

Flucht. Wie dieser Hanswurst sich an sie herangeschmissen hatte. Und er hatte einfach nur dagestanden und seine Augen nicht eine Sekunde von ihr wenden können. Sonst nichts. Als hätte er nichts mit ihr zu tun. Als würde sie ihn nicht das Geringste angehen. Richtig hin oder her, das hatte sich definitiv falsch angefühlt. Links, rechts, links, rechts, schneller, schneller. Warum musste sie auch so sein? So … Wie sie dagestanden hatte mit ihrem goldenen Leuchten und ihren grünen Augen, ihren hinreißenden Locken und ihrem traurigen Blick, den außer ihm niemand zu bemerken schien. Und er hatte sie gehen lassen. Nicht nur das, er hatte sie mit seinem Brief sogar weggeschickt, um alles in Ordnung zu bringen. Nur er würde nie wieder in Ordnung kommen. Zumindest fühlte es sich so an. Martin rannte wie besessen und hatte das Gefühl, kaum noch Luft zu bekommen. Sein Brustkorb hob und senkte sich in einem schmerzhaften Tempo und sein Herz schlug so schnell, als würde es gleich explodieren. Schließlich kam er stolpernd zum Stehen und stützte sich schwer atmend auf seinen Knien ab. Er schloss die Augen und versuchte, sich zu sammeln, all die dunklen Gefühle abzuschütteln. Es hatte nicht sein sollen. Damit musste er jetzt nun mal leben. Was stellte er sich eigentlich so an? Mann, er war noch nicht einmal mit ihr zusammen gewesen. Ein Kuss, ein lächerlicher Kuss, mehr war nie gelaufen.

Als er seine Augen wieder öffnete, sah er aus den Augenwinkeln ein Fahrrad an einem Baumstamm lehnen, das ihm irgendwie bekannt vorkam. Martin schaute genauer hin und stutzte. War das Ellas Rad? Langsam und noch immer schwer außer Atem ging er darauf zu und ließ seinen Blick dabei suchend umherschweifen. Rechts von ihm war die kleine Wiese. Da lag jemand. Was zum …? Konnte das sein? Das glaube ich jetzt nicht, dachte Martin und ging näher heran. Er fuhr sich mit der Hand durch die Haare und schüttelte fassungslos den Kopf. Zögernd ging er weiter auf die Gestalt zu, bis er direkt vor ihr stand. Es war tatsächlich Ella. Sie war es. Hier. Jetzt. Sie schlief, und die Sonne malte durch die Bäume hindurch lebendige Muster auf ihren ausgestreckten Körper im apfelgrünen Sommerkleid. Um sie herum blühte und summte es, ihre blonden Haare schlängelten sich in die hohen Gräser rings um ihren Kopf. Martins Blick wanderte langsam über sie hinweg, als könnte er nicht glauben, was er da sah. Sie war nicht weg. Sie war hier, direkt vor ihm. Er sah, dass sie geweint hatte und seinen Brief noch im Schlaf fest an sich presste. In ihm zog sich etwas schmerzhaft zusammen, gleichzeitig war ihm nach einer Art Siegesschrei zumute. Seine Brust hob und senkte sich noch immer in einem schnellen Rhythmus, sein Shirt klebte schweißnass an seinem Oberkörper. Sie lag da für ihn. Das konnte kein Zufall sein. Er war bereit gewesen, auf sie zu verzichten. Für sie, für ihre Kinder hatte er das Richtige tun wollen. Aber nichts und niemand auf dieser Welt konnte von ihm verlangen, diesen Wink des Schicksals zu ignorieren.

Ella fühlte, wie ein Grashalm sie im Gesicht kitzelte. Noch mit geschlossenen Augen versuchte sie, ihn wegzuwischen, aber es gelang ihr nicht. Unwillig öffnete sie die Augenlider einen Spalt. Der Schlaf war so friedlich gewesen, ganz ohne unerfüllte Sehnsucht und gebrochenes Herz. Neben ihr lag Martin im Gras, seitlich aufgestützt, mit einem Grashalm in der Hand. Er lachelte nicht, sondern blickte ernst und heftig atmend auf sie herunter. Ella sah ihn unbewegt an. Ach, sie träumte noch? Dann war es ja gut. Sie seufzte wie befreit auf und schlang ihre Arme um seinen Hals, um ihn an ihre Lippen zu ziehen. Sie schloss wieder die Augen und ließ sich in die Berührung mit all ihrer Hingabe hineinfallen, frei und ungehemmt, wie es nur im Traum möglich ist und wie sie es dort schon unzählige Male getan hatte. Sein Nacken war nass von Schweiß und seine Lippen, die ihre jetzt stürmisch in Besitz nahmen, schmeckten intensiv salzig, als würde sie einen Meermann küssen. Das irritierte und verunsicherte sie. Wieso sollte sie so etwas träumen? Verwirrt öffnete sie wieder die Augen, sah sein Gesicht Millimeter vor sich, spürte seinen Körper, der sich langsam auf ihren schob, roch seinen männlich herben Schweißgeruch. Moment. Das war gar kein Traum. Das war real. Was machte Martin hier? Und was tat sie hier? Ella fühlte sich vollkommen überrumpelt, überwältigt, überschwemmt, schon unumkehrbar und mitten drin in ihren leidenschaftlichen Gefühlen. Um sie herum schwirrte und summte es. Der lichte Blätterschatten tanzte über sie hinweg, die Luft war heiß und angefüllt mit dem Duft der Wiese. Sie hüllte sie ein, machte sie zu einem Teil von allem, wischte alles Nachdenken fort, ließ sie nur noch sein. Ella hörte seinen keuchenden Atem, in den sich das Geräusch ihres leisen Stöhnens mischte. Martins Hände strichen über sie hinweg, fassten sie, nahmen und hielten sie und Ella genoss seine Nähe und Berührungen so sehr, dass sie hätte weinen oder schreien oder lachen können.

Irgendwann – Minuten, Stunden oder Tage später, wer konnte das schon mit Sicherheit sagen – lagen sie nebeneinander auf der Wiese, inmitten von all dem summenden und duftenden Leben und sahen sich in die Augen. Ihre Hände waren miteinander verschränkt und dabei ständig in Bewegung, streichelten sich, rieben sich, verwoben sich neu. Ella traute sich nicht, irgendetwas zu sagen. Was sollte sie auch sagen, was den Zauber des Moments nicht kaputt gemacht hätte? Und dass es etwas Magisches gewesen war, es noch in diesem Augenblick war, das stand für sie fest. Sie sah ihn an, so gründlich es nur ging und studierte sein Gesicht in allen Einzelheiten.

An seinem Kinn hatte er eine kleine Narbe und sein Nasenrücken war so gerade, wie mit dem Lineal gezogen. Sein dunkles Haar fiel ihm bis über die Brauen, wenn er es nicht aus dem Gesicht strich. Und seine graublauen Augen hatten sich bei der Begegnung am Kopierer sowieso unauslöschlich in ihr Gedächtnis gegraben. Jetzt wurde ihr Blick jedoch immer wieder auf seine Lippen gelenkt. Die Konturen waren wie gezeichnet und hatten einen geradezu eleganten Schwung. Aber so richtig schön wurden sie erst in der Bewegung, wenn er sprach, lachte, seinen Mund zu einem schiefen Grinsen verzog. Gebannt sah sie zu, wie sich seine Lippen jetzt in Bewegung setzten und ihren Namen formten.

»Ella«, sagte er. Sonst nichts. Nur immer wieder: »Ella … Ella … Ella«, mit einer trägen und satten Stimme, der man das breite Grinsen anhörte. Sie musste diese Lippen einfach küssen. Und dann musste sie gehen.

Martin sah ihr dabei zu, wie sie ihre Kleidung richtete, sich Grashalme aus den Haaren zupfte und mit den Fingern vorsichtig hindurchfuhr. Selten in seinem Leben, vielleicht sogar noch nie, hatte er sich so gefühlt, so vollständig und angekommen. Er genoss die warme Luft auf seiner bloßen Haut und atmete tief den Geruch der trockenen Wiese ein. In sich spürte er eine tiefe Ruhe, von der wochenlangen Anspannung war er wie erlöst. Selbst die piksenden Grashalme fühlten sich wahnsinnig gut an. Da sah Ella zu ihm hin und lächelte ihn an. Sie drehte sich auf alle viere und bewegte sich langsam auf ihn zu. Sein Herz schlug ein paarmal außerhalb seines normalen Taktes. Er streckte sich ihr entgegen und zog sie mit einem Ruck auf sich. Ella quiekte kurz auf, schmiegte sich dann aber eng an ihn. Sie passte perfekt zu seinem Körper, als würden zwei Puzzleteile zusammengefügt. Martin vergrub die Nase tief in ihren Haaren, atmete ihren Duft nach Honig und irgendwelchen Kräutern ein und drückte sie fest an sich. Schließlich stemmte sie sich leicht nach oben und legte ihre weichen Lippen auf seine. Erst ganz zart, dann zunehmend leidenschaftlich küsste sie ihn. Irgendwann löste sie sich ruckartig von ihm und schlenderte mit einem geflüsterten »Ich muss los« zu ihrem Fahrrad.

Martin sah ihr glücklich hinterher. »Ich laufe hier übrigens jeden Tag um diese Zeit entlang«, rief er ihr nach.

Ella blieb kurz stehen, drehte sich aber nicht mehr um. Kurz darauf war sie verschwunden und Martin sank noch einmal zurück auf die Wiese, die Arme hinter dem Kopf verschränkt und lachte in den Himmel. Noch vor einigen Stunden hatte er gedacht, sie für immer verloren zu haben und jetzt waren sie sich näher als jemals zuvor. Und obwohl sie kein Wort darüber verloren hatte, war er sich sicher, dass sie sich hier auf dieser Wiese schon morgen wiedersehen würden.

6. Nenn' mich Effi

Martin war in seinem Leben noch nie mit so viel Vorfreude in den Wald gegangen. Die Wiese wurde ihr Treffplatz, ihr kleines Paradies, und wenn er dort ankam, wartete sie meist schon auf ihn. Weil Sommerferien waren, konnte er bereits am Vormittag laufen, sodass er am Nachmittag, wenn er zu ihr ging, frisch geduscht war. Er liebte es, wie ihre Augen aufleuchteten, wenn sie ihn zwischen den Bäumen hervortreten sah. Sein Herz klopfte dann wie verrückt und er kam sich wie berauscht vor. Und jeder Gedanke an Konsequenzen rückte sofort in weite, weite Ferne. Er fühlte sich wie ein Schuljunge, der zum ersten Mal in seinem Leben verliebt ist. Vielleicht war er das ja auch. Zum ersten Mal im Leben so richtig verliebt. Schnell lief er auf sie zu und schloss sie in die Arme, wirbelte sie herum, atmete ihren Duft und spürte ihren schmalen, weichen Körper an seinem. Manchmal fielen sie wie ausgehungert übereinander her, küssten sich atemlos und pressten sich fest aneinander. Manchmal hielten sie sich nur in den Armen und flüsterten sich unfassbar kitschige Sätze ins Ohr. Wenn es regnete, schlichen sie zu seiner Wohnung am Waldrand, wie Verbrecher darauf bedacht, bloß niemandem zu begegnen. Dabei kicherten sie wie Teenager. Doch kaum fiel die Tür hinter ihnen ins Schloss, wich das Lachen einem geradezu heiligen Ernst, mit dem sie sich betrachteten, berührten und liebten.

Ella fühlte sich wie auf einem steuerlosen Floß, das in der Mitte eines breiten Stromes auf einen Wasserfall zutrieb. Natürlich wusste sie, dass sie sich falsch verhielt, ihren Mann hinterging, ihre Familie verriet und genau das tat, was sie ihrem Vater bis heute nicht verziehen hatte. Und trotzdem tat sie es. Manchmal war es, als würde sie sich selbst wie einem fremden Menschen dabei zuschauen, wie sie mit ihren Söhnen plauderte, Fjonn nach seinem Tag fragte, den Haushalt und ihre Arbeit erledigte und zwischendurch mit ihrem Fahrrad zur Wiese fuhr. Die ersten Ferientage hatte sie sich noch irgendwelche Ausreden einfallen lassen, um Martin zu treffen. Dass sie einkaufen müsse oder ein Kundengespräch hätte, dass sie ins Fitnessstudio gehen oder Antje besuchen würde. Aber dann waren Nils und Lasse in ein zweiwöchiges Feriencamp und anschließend für den Rest der Ferien zu ihren Großeltern gefahren. Und Fjonn machte immerzu Überstunden. Vielleicht wäre alles anders gelaufen, wenn sie mit Fjonn, Nils und Lasse ständig zusammen gewesen wäre und sich ernsthaft um ihre Ehe bemüht hätte. Aber so war es nicht. Stattdessen wurde das Familienleben für Ella immer unwirklicher, zu einer Realität zweiter Klasse. Traum und Wirklichkeit hatten sich vertauscht.

Manchmal hatte Ella auch ihre ›klaren Augenblicke‹, wie sie sie nannte. Dann versank sie in einem Sumpf aus Scham und Schuld und fühlte sich unerträglich schmutzig und verloren. In diesen Momenten schwor sie sich, alles wieder in Ordnung zu bringen und ihr Leben von jetzt an einzig und allein auf das Glück ihrer Söhne und ihres Mannes auszurichten. Doch kaum rückte die Stunde des nächsten Treffens näher, fühlte sie sich von einem übermächtigen Drang angetrieben, dem sie mal nicht widerstehen konnte und mal nicht widerstehen wollte. Es fühlte sich wirklich an wie auf einem Floß ohne Ruder, und je mehr sie sich nach einer imaginären Rettungsleine streckte, umso tiefer schien es sie in die Fluten zu ziehen.

»Nenn' mich Effi«, sagte sie eines Nachmittags zu Martin, als sie an seine nackte Brust geschmiegt in seinem Bett lag, während kleine Regentropfen gegen die Fensterscheibe klopften.

»Bitte wie?« Martin rückte ein Stück ab und sah sie fragend an.

»Ich dachte, du hast Deutsch studiert. Na, an der Uni lernt man heutzutage wohl auch nichts mehr, was?« Ella grinste ihn melancholisch und mit hochgezogenen Augenbrauen an. »Sagt dir ›Effi Briest‹ von Fontane nichts? Die mit dem Verhältnis, aus dem sie sich den einen Tag nicht befreien kann, den anderen Tag nicht lösen will?«

»Du und Effi Briest?« Martin lachte.

»Hey, was gibt's da zu lachen?«, fragte Ella empört und knuffte ihn spielerisch in die Seite.

»Ach, es beruhigt mich nur, dass du mit unserem lächerlichen Altersunterschied offensichtlich keine Probleme mehr hast.« Martin grinste sie breit an. »Effi war fast noch ein Kind, als sie geheiratet hat, und zwar einen Mann, der doppelt so alt war wie sie. Und der Typ, mit dem sie ihn dann betrogen hat, war auch nicht jünger.«

Ella zuckte mit den Schultern. »Na und«, sagte sie. »Bei uns ist das mit dem Alter eben umgekehrt.«

»Na, dann hoffe ich zumindest, dass du es aus anderen Gründen tust als Effi. Die hat sich nämlich mehr oder weniger nur aus Langeweile auf den Mann eingelassen.« Martins Blick wischte über ihr Gesicht.

»Mmh«, antwortete Ella und räkelte sich so ausgiebig, dass die Bettdecke von ihren nackten Brüsten rutschte. »Vielleicht … vielleicht auch nicht …«, sagte sie schließlich gedehnt und mit einem übermütigen Funkeln in den Augen.

»Ach so?«, fragte Martin mit rauer Stimme und strich dabei sanft über ihr Dekolleté, bevor er sich mit einer schnellen Bewegung über sie schwang und jeden Protest in einem stürmischen Kuss erstickte.

Fjonn saß im Auto und raste über die Autobahn. Wieder hatte er den ganzen Tag im Meeting mit einem potenziellen Kunden sitzen müssen. Wenn er nach Hause kam, würde Ella garantiert schon im Bett liegen und schlafen. So ging es bereits seit Wochen. Sie sahen sich kaum und kamen erst recht nicht zum Reden oder zu sonst irgendetwas. Fjonn umklammerte fest das Lenkrad und drückte das Gaspedal noch ein wenig weiter nach unten. Dabei wäre es gerade jetzt wichtig gewesen, viel zusammen zu sein, zu reden, sich wieder näher zu kommen und neu zu finden. Nach dieser Sache mit dem Lehrerbubi. Er hatte das Gefühl, dass sie ihm entglitt und er war nicht da, um sie festzuhalten. Wütend schlug er auf das Lenkrad, als vor ihm ein Auto unvermittelt auf die linke Spur ausscherte und ihn zum starken Bremsen zwang. Als Fjonn endlich die Ausfahrt nach Retsum erreichte, fuhr er kurz entschlossen an die Tankstelle und kaufte sich ein Sixpack Bier. Er konnte jetzt nicht nach Hause, wieder nur schlaflos neben Ella liegen und auf ihren Rücken starren. Fünfzehn Minuten später war er an ihrem Haus vorbeigefahren und hielt am Rand von einem kleinen Waldgebiet. Er nahm den Träger Bier aus seinem Auto und stapfte in den Wald. Früher war er häufig hier gewesen. Es gab auch einen Trimm-dich-Pfad, den er damals, als es die Jungs noch nicht gegeben hatte, regelmäßig gelaufen war. Er hatte es gemocht, dass er hier meist ganz alleine gewesen war. Kaum jemand nutzte den Wald. Ob diese Wiese noch da war? Ihm war jetzt danach, sich an ihren Rand zu setzen und sich volllaufen zu lassen. Es war stockdunkel im Wald und er stolperte einige Male auf dem Weg. Im Gehölz knackte es, die Blätter der Bäume rauschten im leichten Wind und er war eine Zeit lang etwas orientierungslos. Doch nach einigem Herumirren fand er die Wiese. Seine Augen hatten sich mittlerweile an die Dunkelheit gewöhnt und er entdeckte im fahlen Licht der Mondsichel einen umgestürzten Baumstamm, auf den er sich setzen konnte.

Fjonn öffnete die erste Flasche Bier und schaute aus dem Schatten des Waldes in den Ausschnitt des Sternenhimmels. Romantisch, dachte er und seufzte. Wie oft er mit Ella die Sterne angeschaut hatte. Er nahm einen tiefen Zug und erinnerte sich an Ellas und seine erste Rucksackreise. Sie waren in Skandinavien gewandert und hatten unzählige Male abends am Lagerfeuer gesessen, über sich den schwarzen Himmel mit den Millionen leuchtenden, milchweißen Punkten. Ella hatte vor der Reise zwar gesagt, sie sei nicht so der Typ für Camping und Rucksack, aber dann hatte sie es genauso toll gefunden wie er. Alleine mitten in der Natur, das knisternde Feuer vor sich und die stummen Sterne über sich – das war für ihn der Inbegriff von Idylle und Romantik, auch weil sich Ella bei jedem Knacken im Wald ängstlich an ihn gedrückt hatte. Er brauchte das Reisen. Das war für ihn wie die andere Hälfte seines Wesens, durch die er erst ganz wurde. Die Listen und sein Hang, alles bis ins letzte Detail zu organisieren, waren sein Yang, und seine Abenteuer mit der Nähe zur Natur waren sein Yin.

In einer dieser Nächte in Skandinavien hatte Fjonn Ella den Antrag gemacht, ausnahmsweise vollkommen ungeplant, einfach nur, weil er sich nicht vorstellen konnte, jemals wieder ohne sie zu sein. Am Nachmittag hatte er auf dem Waldboden die gut erhaltene Kappe einer Eichel vom letzten Jahr gefunden und mit seinem Taschenmesser den Hut entfernt, sodass nur noch der Rand stehen geblieben war. Und mit diesem Ring in der Tasche hatte er sie dann in der

Nacht gebeten, seine Frau zu werden. Ella hatte ihn mit großen Augen angeschaut. Und als er dann den Ring aus der Tasche gezogen hatte, war sie mit einem lauten Kreischen in seine Arme gesprungen. Ihr Schwung war dabei so groß gewesen, dass sie gemeinsam umgefallen waren und sich lachend und küssend auf dem Waldboden gewälzt hatten.

Und heute war der größte Ausdruck an Emotionen von ihr ein müdes Lächeln und Sätze wie ›Du siehst aus wie ein Waldschrat‹. Fjonn trank den letzten Schluck von Flasche vier und fühlte sich schon deutlich benebelt. Er müsste eine Reise mit ihr machen. Ja, genau das wäre es, dachte er. Auf einer Reise würde sie wieder ganz eng an mich heranrücken. Fjonn lächelte erst und schnaufte dann verärgert auf. Und ausgerechnet diesen Sommer kann ich wegen der Arbeit nicht weg. Fjonn fuhr sich mit beiden Händen durchs Gesicht. Dann vielleicht im Herbst. Er holte tief Luft, kniff die Augen zusammen, und während er langsam wieder ausatmete, flüsterte er in den nächtlichen Wald: »Wenn ich sie bis dahin nicht schon vollkommen verloren habe.«

Schluss mit der Gefühlsduselei und den trüben Gedanken, dachte er. Zeit, schlafen zu gehen. Er sammelte die leeren Flaschen ein und machte sich leicht schwankend zu Fuß auf den Weg nach Hause.

Ella saß vor ihrem Computer und versuchte, sich auf ihren Auftrag zu konzentrieren. Ihr Kunde war ein erfolgreicher Onlinehandel für Handarbeitszubehör, der sie mit dem kompletten Corporate Design beauftragt hatte: Firmenlogo, Visitenkarten, Briefkopf etc. Sie hatte bisher jedoch noch nicht einmal ihr Grafikprogramm geöffnet. Stattdessen starrte sie auf den Bildschirm, von dem ihr Fjonn, Nils und Lasse entgegenlachten. Das Foto, das sie als Bildschirmhintergrund verwendete, war letztes Jahr auf ihrer Abenteuerreise entstanden. Und wie ein Film in einer Dauerschleife spielte sich die Erinnerung daran nun immer und immer wieder vor ihrem inneren Auge ab.

›Sie sind im Bayerischen Wald, auf einer langen Wanderung. Nils und Lasse wünschen sich Wanderstöcke und beknien ihren Vater, ihnen welche zu schnitzen. Einen passenden Stock entdeckt Fjonn schnell und macht ihn für Lasse fertig. Aber dann findet er nicht sofort einen zweiten Stock und Nils beginnt zu quengeln. Irgendwann ist Fjonn so genervt, dass er den Weg verlässt, um im Unterholz auf die Suche zu gehen. Es kracht, es platscht und Ella, Lasse und Nils hören Fjonn lauthals fluchen. Kurz darauf finden sie ihn in einem kleinen Bach. Klitschnass und in der Hand einen langen Ast schwenkend. Es sieht zu witzig aus! Ella, Nils und Lasse prusten los, während Fjonn noch immer flucht und schimpft, dass es selbst Rumpelstilzchen das Blut in die Wangen getrieben hätte. Doch schließlich muss Fjonn selber grinsen und stimmt kurz darauf in das Gelächter seiner Familie ein. Die Jungs gehen kichernd zu ihrem Vater, um ihm aus dem Bach zu helfen. Ella kann nicht widerstehen und zückt mit Lachtränen in den Augen ihr Smartphone. Sie schießt eine ganze Serie von Bildern. Kaum ist Fjonn aus dem Bach heraus, jagt er sie mit nassen Kleidern durch den Wald, um sie für ihr freches Benehmen zu bestrafen. Doch als er sie einfängt, besteht die Strafe lediglich aus einem langen und zartlichen Kuss, bei dem er sie so eng an sich drückt, dass auch ihre Kleidung unangenehm feucht wird.‹

Ella sah mit tränengefüllten Augen auf das Bild. Solche Momente waren ihre heimlichen Höhepunkte im Leben mit Fjonn: Wenn seine Pläne ausnahmsweise nicht aufgingen, weil etwas Unvorhergesehenes passierte, so wie auch bei diesem Gewitter und dem spontanen Liebesakt im Zelt. In solchen Momenten war sie ihm näher als sonst. Natürlich fühlte sie sich ihm immer irgendwie verbunden, er war ja ihr Ehemann … aber in solchen Situationen eben auf eine Art und Weise, bei der sie nur sie selbst sein konnte. Sonst nichts.

Das mit Martin ist falsch, dachte sie. Das ist einfach nur falsch. Wenn Fjonn ein schrecklicher Mann wäre, dann wäre mein Verhalten vielleicht ja noch irgendwie zu rechtfertigen. Aber so? Ich verletze meine Familie und riskiere, sie zu verlieren für etwas, das überhaupt keine Zukunft hat. Du meine Güte, Martin ist zwölf Jahre jünger als ich. Zwölf Jahre! Weiß ich überhaupt noch, was ich vor zwölf Jahren gemacht habe, als ich so alt war wie er jetzt? Ja, natürlich weiß ich das. Nils und Lasse waren gerade ein Jahr alt. Meine kleinen Babys. Und ich war so jung und so unsicher und Fjonn war immer da, um mir zu helfen. Er war einfach immer für mich da. Und was tue ich? Und wofür? Wie sollte ich mit so einem jungen Menschen jemals eine ernsthafte Beziehung führen? Ich bin ja fast alt genug, um seine Mutter zu sein. Bei dem Gedanken daran, dass sie irgendwann die Eltern von Martin kennenlernen müsste, wenn sie offiziell mit ihm zusammmen wäre, wurde ihr schlagartig übel. Ella stöhnte auf und ließ ihren Kopf auf den Schreibtisch vor sich fallen. Autsch, das tat weh! Gut so, dachte sie, das habe ich verdient. Sie schielte auf das Bild auf dem Monitor und presste dann fest die Augenlider zusammen. Könnte ich das doch nur alles rückgängig machen, dachte sie.

»Aber das geht nun mal nicht«, sagte sie leise zwischen ihren zusammengepressten Zähnen hindurch. »Ich kann es nur beenden und danach versuchen, alles wieder gutzumachen.« Ich werde das mit Martin ein für alle Mal abschließen, beschloss sie. Und dann wird es bald nur noch eine Erinnerung sein, ein Geheimnis, das ich für den Rest meines Lebens für mich bewahren werde, wie in diesem Film ›Die Brücken am Fluß‹. In zwei Tagen kommen die Jungs zurück. Bis dahin ist alles aus und vorbei. Basta.

Ella hatte das Gefühl, nun einen Entschluss gefasst zu haben. Endlich! Sie wollte jetzt das Richtige tun. Sie musste das Richtige tun. Das war sie Fjonn und ihren Kindern schuldig. Sie hatte in ihrem Leben schon genug zweifelhafte Dinge getan. So wollte sie nicht mehr sein.

In dieser Nacht kuschelte sie sich seit Ewigkeiten das erste Mal wieder eng an Fjonn. Die letzten Wochen hatte sie sich laufend schlafend gestellt und weit, weit abgerückt von ihm gelegen. Jetzt rutschte sie nah an ihn heran und entspannte sich bei dem vertrauten Gefühl. Fjonn war warm und roch wie immer nach einer Mischung aus ›frisch gewaschen‹ und herbem Männerparfum. Ella atmete tief ein. So ist es richtig, dachte sie und rieb sich unwillig über ihre feuchten Augen.

Am nächsten Tag ging sie zur üblichen Zeit zur Wiese. Sie hatte überlegt, ob es nicht besser wäre, sich mit Martin diesmal in der Öffentlichkeit zu treffen, damit keine intime Stimmung aufkommen konnte. Aber sie wollte nicht, dass irgendjemand sie gemeinsam sah. Also saß Ella, wie schon viele Male zuvor, auf dem Baumstamm am

Rand der Wiese. Es war ein schwüler Spätsommertag und die Sonne brannte von einem strahlendblauen Himmel auf sie herunter. Ihr war schlecht vor Angst und sie fühlte sich in der Hitze ganz schlaff und kraftlos. Die Luft erschien ihr dick und sämig, als könnte man sie anfassen und ihr war, als würden die um sie herum brummenden Insekten eher hindurchtauchen als fliegen.

Auf einmal stand Martin vor ihr und Ella zuckte erschreckt zusammen. In ihrem Gefühlsaufruhr hatte sie ihn gar nicht kommen hören. Am Vormittag hatte sie sich auf das Treffen vorbereitet, sich Worte zurechtgelegt, sogar Gesten und Blicke probiert. Jetzt war alles weg. Martin zog sie mit einem strahlenden Lächeln in seine Arme und presste sie fest an sich. Er roch frisch geduscht und sie spürte intensiv dem Gefühl seines Körpers auf ihrem nach. Eine dicke Hummel arbeitete sich durch die zähe Luft an ihnen vorbei. Ella wollte sich losmachen und es hinter sich bringen. Stattdessen bewegte sie sich keinen Millimeter und flüsterte nur mit erstickter Stimme seinen Namen: »Martin.«

Er sah zu ihr herunter und strich sanft über ihre Wange. Dann sagte er: »Moment mal.« Martin drehte sich um und holte hinter einem Baumstamm einen Strauß Wiesenblumen hervor, den er Ella jetzt mit einem glücklichen Funkeln in den Augen und einem fast schüchternen Grinsen entgegenstreckte. »Ein Mann, eine Frau, Romantik, Liebe … ich würde sagen, da gehört ein Strauß Blumen unbedingt dazu.«

Ella wusste absolut nicht, was sie jetzt tun sollte. Am liebsten wäre sie davongelaufen. Sie fühlte sich vollkommen überfahren von all diesen Gefühlen. Ihren Gefühlen für ihn, seinen Gefühlen für sie. Verzweifelt versuchte sie, sich an ihren Entschluss zu klammern. Sie musste das beenden. Wohin sollte das führen, was richtete sie an? »Martin«, sagte sie noch einmal. Aber mehr kam ihr nicht über die Lippen.

Martin hatte Ellas Mienenspiel besorgt verfolgt. Was war los? Sie sah aus, als müsste sie ihm eine schreckliche Nachricht überbringen, und wüsste nur nicht wie. War es das Ende der Sommerferien, die bevorstehende Rückkehr von Lasse und Nils? Hatte sie vor, das zwischen ihnen zu beenden, als wäre es nur eine belanglose Affäre? Vielleicht war ihr ja aufgefallen, dass er nicht nur jünger war, sondern auch arm. Er verdiente sicher nur einen Bruchteil dessen, was ihr Mann als Gehalt nach Hause brachte. Schließlich war er noch in der untersten Gehaltsstufe. Und selbst wenn er aufstieg, konnte sein Verdienst nicht mit den Gehältern in der freien Wirtschaft mithalten, vor allem nicht mit denen in der Führungsriege der Werbebranche. Sie wohnte in einem großen Haus, trug teure Kleider, hatte von ihrem Mann ein Auto geschenkt bekommen. War ihr aufgefallen, dass er ihr das alles nicht bieten konnte? Er hatte nur seine kleine Wohnung und ein Fahrrad. Ihm reichte das. Aber war eine Frau wie Ella damit zufrieden? Er hatte schon einige Nächte wachgelegen und darüber nachgedacht. Unbekannte Selbstzweifel hatten ihn mit seiner Berufswahl hadern lassen und ihm das unangenehme Gefühl von Unterlegenheit eingepflanzt.

Martin sah Ella forschend an und wischte alle Zweifel beiseite. Sie war die Richtige. Das zwischen ihnen war richtig. Er konnte nicht zulassen, dass sie ihn verließ. Impulsiv nahm er ihr Gesicht zwischen seine Hände und küsste ihre Lippen mit einer Intensität, als würde er sie nie wieder gehen lassen wollen. Und das wollte er auch nicht. Er wollte, dass sie bei ihm blieb, dass sie zu ihm gehörte, dass niemand anders sie je wieder anfasste. Martin ließ seine Hände langsam und mit leichtem Druck an ihrem Körper hinabgleiten. Sie ließ es geschehen und er drängte sie vorsichtig einige Schritte zurück, bis sie an einen Baumstamm stießen. Sein Herz klopfte laut, das Blut rauschte wild durch seinen Körper. Er unterbrach kurz den Kuss, um in ihrem Gesicht nach Zustimmung zu suchen. Ihre Augenlider flackerten leicht, ihre rot geschwollenen Lippen glänzten feucht und waren lasziv geöffnet. Er konnte den Blick kaum von ihr wenden. Da flüsterte sie kaum hörbar seinen Namen, grub eine Hand in seine Nackenhaare und zog seine Lippen wieder auf ihre. Mehr Zustimmung brauchte er nicht.

Ella kam langsam wieder zur Besinnung und registrierte, dass sie heftig atmend und halbnackt mit Martin auf dem Wiesenboden lag. Ein warmes, mattes Gefühl strömte durch ihre Adern. Dann dachte sie daran, warum sie hergekommen war. Sie dachte an die letzte Nacht, in der sie eng an ihren Mann geschmiegt dagelegen hatte, und an das Bild, das sie als Bildschirmhintergrund verwendete. Auf einmal begannen die Tränen zu fließen. Unaufhörlich rannen sie aus ihren Augen. Ihr Gesicht war ganz starr, nur aus ihren Augen lief ein steter, salziger Strom und versickerte im trockenen Wiesenboden. Sie war so eine Versagerin. Sie machte alles falsch und hatte gar nichts unter Kontrolle. Alles ging kaputt und sie war schuld. Sie konnte einfach gar nichts richtig machen. Ohne Fjonn war sie eine absolute Katastrophe. Ohne ihn hätte sie nicht einmal ihr Studium abgeschlossen. Ohne ihn hätte sie keine Aufträge, keine Kinder, keine Familie. Ohne Fjonn war sie nichts.

Als Martin merkte, dass sie weinte, setzte er sich vorsichtig auf und schloss sie sanft in seine Arme. Irgendwann beruhigte sich Ella wieder und Martin hob sie in einer fließenden Bewegung vom Boden hoch und setzte sich mit ihr auf den Baumstamm.

»Ella? Du willst doch nicht etwa mit mir Schluss machen, oder?«

Ella nickte, schüttelte den Kopf, nickte wieder und ihre Augen füllten sich abermals mit Tränen.

Martin seufzte und sagte: »Das geht nicht, Ella. Ohne dich höre ich auf zu sein. Ich kann dich nicht gehen lassen.« Seine Stimme klang trotzig und bestimmt und gleichzeitig sanft und etwas belegt.

Ella fühlte sich erneut wie überschwemmt von einer Gefühlswelle. Trotzdem. Es konnte nicht richtig sein, was sie hier tat.

»Martin«, sagte sie und ihr wurde bewusst, dass sie bisher noch nicht ein anderes Wort zu ihm gesagt hatte. »Martin, es kann einfach nicht funktionieren.« Sie senkte den Blick auf ihre Hände. »Ich habe so unendlich viel über uns nachgedacht. Und egal, von welcher Seite ich es betrachte, es spricht absolut alles gegen uns.«

Martin sah sie ernst an. »Deine Gefühle auch?«

Ella schüttelte irritiert den Kopf. »Nein, die nicht, aber …«

Martin unterbrach sie erneut: »Und das eben, das auch?«

Ella wurde ein wenig rot, verzog den Mund zu einem verlegenen Lächeln und schüttelte den Kopf.

»Und was ist damit, wie gut wir uns in allen Dingen verstehen? Dass wir beide Literaturklassiker und Sport lieben, über dieselben

Dinge lachen und uns unendlich viel zu sagen haben? Dass wir gemeinsam Wattdrachen und Höllenmixer bezwingen und auch miteinander schweigen können, ohne dass es jemals unangenehm wäre … Spricht das auch gegen uns?«

»Nein, aber …«

»Ich kenne deine ›Aber‹, Ella. Aber du bist verheiratet, aber du hast Kinder, aber du bist älter. Na und?«

»Was meinst du mit ›na und‹?«

»Mit ›na und‹ meine ich: na und. Andere kriegen es doch auch hin, warum nicht wir? Das, was uns verbindet, gibt es nicht oft. Das ist etwas Besonderes. Das gibt man nicht einfach so auf.«

»Einfach so gebe ich es ja auch nicht auf. Aber ich kann meinen Mann nicht verlassen und nicht das Leben meiner Kinder zerstören, nur weil ich das hier will.«

»Verdammt, Ella, du darfst auch mal nur an dich denken. Deine Kinder werden es überleben und dein Mann auch. Wenn irgendetwas passieren würde, auf das du keinen Einfluss hast, dann wäre es in Ordnung, wenn alles kaputtgehen würde, oder? Wenn dein Mann eine andere Frau kennenlernen würde, dann könntest du mit mir leben. Aber du willst nicht die Böse sein. Du hast Angst davor, die Verantwortung für deine Gefühle zu übernehmen und eine Entscheidung zu treffen. Deswegen flüchtest du dich in die Verantwortung als Mutter und Ehefrau. Du bist aber nicht nur Mutter und Ehefrau, so sicher du dich damit auch fühlen magst. In erster Linie bist du Ella und die darf auch etwas wollen, auch wenn das den Interessen von anderen entgegensteht.« Martin hatte sich in Rage geredet und seine Augen funkelten sie zornig an. Doch er spürte, dass er nicht zu ihr durchdrang. Wie eine kalte Klaue kroch die Angst in ihm empor und umschloss sein Herz. Was sollte er bloß tun? Voller Groll dachte er daran, dass nur die Jungs und dieser Mann sie von ihm fernhielten. Fjonn, was ist das überhaupt für ein Name? Und wenn die nun ganz zufällig einen Unfall hätten? Erschreckt beobachtete er, wie diese Gedanken in ihm auftauchten. Gleichzeitig half der aufkeimende Hass gegen das unerträgliche Gefühl der Hilflosigkeit.

»Ach, Ella. Was kann ich noch sagen? Ich liebe dich und ich will dich. Mit allem Drum und Dran.«

Ella hielt den Atem an. Ihre Gefühle zerrissen sie fast. Was sollte sie bloß tun? Dieser verstörend wundervolle Mann war gleichzeitig Himmel und Hölle für sie. Ihr Kopf war entschieden dafür, ihm für immer Lebewohl zu sagen. Aber der Rest ihres Körpers boykottierte diesen Entschluss vehement. Sie konnte ihn genauso wenig verlassen wie ihre Familie. Sie wusste einfach nicht, was sie tun sollte. Warum traf nicht jemand anders die Entscheidung?! Martin schlang seine Arme fest um sie.

»Verlass mich nicht«, murmelte er an ihren Lippen.

Ella sah ihm einen Augenblick lang unglücklich in die Augen und antworte leise: »Nein. Das kann ich nicht.«

Martin war unsicher. Was meinte sie damit? Konnte sie ihn nicht verlassen oder nicht nicht-verlassen? Aber anstatt nachzufragen, drückte er sie noch etwas fester an sich und atmete ihren süßlichen Elladuft ein, so tief es ging.

7. Entschieden ist entschieden

Fjonn saß bei der Arbeit, die ihm von Woche zu Wochen zunehmend schwerfiel. Er konnte sich schlecht konzentrieren, war unmotiviert und unkreativ. Die Sache mit Ella setzte ihm massiv zu. Es war ein Gefühl, als würde ihm jemand den Boden unter den Füßen wegziehen. Als wäre er dieser Situation hilflos ausgeliefert. Im Stich gelassen. Allein. Er sah auf seinen vollen Schreibtisch und war sich nur allzu bewusst, dass es höchste Zeit war, sich an die Arbeit zu machen. Aber er konnte nicht.

Fjonn war sich sicher, dass Ella ihn nicht mehr liebte. Als seine Ehefrau funktionierte sie nur noch. Mehr nicht. Alles an ihr wirkte so bemüht. Sex hatten sie das letzte Mal miteinander gehabt, bevor sie mit den Jungs und diesem Lehrerchen auf Klassenreise gefahren war. Fjonns Augenbrauen zogen sich zusammen. Seine Stirn kräuselte sich und er blickte ins Leere. Nach wie vor konnte er das alles nicht verstehen. Was wollte Ella mit so einem jungen Kerl? Das passte doch gar nicht zu ihr. Fjonn vermisste *seine* Ella. Von Anfang an hatte sie sich so gut an ihn angepasst, als wäre sie ein zusätzlicher Körperteil von ihm. Und jetzt? Jetzt war sie ihm fremd. Gar nicht mehr anwesend. Nur ein einziges Mal war es in den vergangenen Wochen so gewesen, wie es sein sollte. Da hatte sie sich in der Nacht an ihn geschmiegt und war wieder ganz nah bei ihm gewesen. Für diese eine Nacht hatte er seine Ella zurückbekommen. Doch kurz darauf war sie weiter weg gewesen denn je. Seine Ella-Liste hatte er nach ihrem Geständnis aus dem Buch herausgerissen. Aber selbst wenn er das nicht getan hätte, hätte er seitdem nichts Neues darauf eintragen können. Außer vielleicht ihr verkrampftes Verhalten an seinem Geburtstag und ihr auffällig unpersönliches Geschenk. Er hätte auch eine Strichliste beginnen können für jeden Tag ohne Sex. Aber Listen mit nichts außer vielen, vielen Strichen waren nicht sein Ding.

Fjonn starrte auf das Foto auf seinem Schreibtisch. Ella, Lasse und Nils lachten ihm darauf entgegen. Sein Herz zog sich schmerzhaft zusammen und ihm fiel auf einmal das Atmen schwer. Fjonn kippte das Foto mit dem Bild nach unten auf den Tisch und ging zum Fenster. Er öffnete es und blickte in den Herbst hinaus. Sein Büro lag im Schatten eines großen Bürokomplexes, der die leuchtenden Farben der Jahreszeit in ein dumpfes, schattiges Licht tauchte. Die großen Platanen im Hof verloren bei jedem Windzug einige Blätter, die schwankend zu Boden sanken, und in der kühlen Luft schwang der süße Duft von welkendem Laub mit.

Sie wird mich verlassen, dachte Fjonn. Sie wird mich verlassen! Er drehte sich um, ging zu seinem Schreibtisch zurück und betrachtete angewidert den Stapel Arbeit vor sich.

»So kann es nicht weitergehen«, sagte Fjonn dann auf einmal laut in die Stille des Büros hinein und seine Lippen pressten sich zu einem energischen Strich zusammen. »Ich muss das jetzt in die Hand nehmen. Ich werde nicht einfach dasitzen und abwarten, was passiert. Ella habe ich verloren. So viel steht fest. Aber die Jungs nicht. Ich bin nicht allein. Die Jungs und ich – wir halten zusammen!«

Ohne sich weiter zu besinnen, nahm Fjonn sein Smartphone in die Hand und wählte die Nummer von Florian, seinem alten Schulkameraden und bestem Freund. Der hatte Jura studiert und verdiente sich mittlerweile eine goldene Nase als Scheidungsanwalt.

»Hey Flo, Fjonn hier. Wie geht's? ... Ja, lange nichts gehört, das stimmt. Sag mal, ganz spontan: Hast du heute Zeit zum Mittagessen? Ich bräuchte dringend deinen juristischen Rat ... Ja, genau, es geht um Ella ... Ich weiß, ich auch nicht. Aber lass uns nicht jetzt darüber reden. Hast du Zeit? ... Gut, vielen Dank. Dann um eins in der Green Lounge am Markt? ... Perfekt. Bis dann, Flo.«

Fjonn drückte auf das rote Hörersymbol und legte mit zitternder Hand sein Smartphone zur Seite. Er würde es wirklich tun. Das wusste er jetzt. So konnte er einfach nicht mehr weitermachen. Es klopfte an die Bürotür und Fjonn wischte sich schnell durchs Gesicht, schluckte einmal trocken und rief: »Herein!«

Am Abend fuhr Fjonn den Weg nach Hause wie im Schlaf. Er nahm kaum etwas bewusst wahr und fühlte sich, als stünde er unter Betäubungsmitteln, dumpf und diffus. Zu Hause angekommen, parkte er mechanisch den Wagen. Zu Hause, dachte er, ich bin nach Hause gefahren, um es kaputt zu machen. Will ich das wirklich? Fjonn lehnte sich im Sitz zurück und schloss die Augen. Nein, hallte es in ihm. Ich will meine Frau wiederhaben, ich will meine Familie, ich will mein Leben behalten.

Fjonns Gesicht zuckte unkontrolliert. Dann atmete er tief ein, drückte seine Lippen fest aufeinander und dachte: Es ist schon alles kaputt. Ich habe meine Frau und mein Leben längst verloren. Aber die Jungs und ich, wir sind noch immer eine Familie. Er öffnete die Autotür und stieg aus. Jede Bewegung fiel ihm so schwer, als wäre er mit Bleigewichten behängt. Auf dem Carportdach über ihm floh etwas mit trippelnden Geräuschen in das Dickicht der angrenzenden Bäume. Vielleicht ein Eichhörnchen, das seinen Vorrat für die kalte Jahreszeit in Sicherheit brachte. Ein Windstoß fegte ihm einige bunt gefärbte Blätter vor die Füße und die Kühle der Herbstdämmerung strich über sein Gesicht. Fjonn schleppte sich zur Tür und öffnete sie. Ella stellte gerade die Schuhe der Jungs ordentlich weg. Als sie das Geräusch der Tür hörte, drehte sie sich um und schickte ihm zur Begrüßung ein automatisches Lächeln entgegen. Doch kaum hatte sie sein Gesicht gesehen, verwandelte sich ihr Automatenlächeln in einen fragenden und leicht irritierten Ausdruck.

Fjonn sah sie an und sagte angespannt: »Hallo.«

Ella stand auf, nahm ihm seine Jacke ab und antwortete: »Hallo, schön, dass du schon da bist. Ist irgendwas passiert? Du guckst so komisch.«

Fjonn biss die Zähne aufeinander und wiederholte sich immer wieder: Sie wird mich verlassen. Sie wird mich verlassen. Sie wird mich verlassen.

»Ich habe mich heute mit Flo getroffen … wegen uns«, sagte er schließlich und betrachtete kritisch und aufgewühlt zugleich ihre Reaktion. Ein Teil von ihm lechzte danach, einen Beweis dafür zu finden, dass sie ihn doch noch liebte. Ein Teil von ihm wollte sie leiden sehen, weil sie ihm alles genommen hatte, was ihm wichtig war. Ein Teil von ihm litt mit ihr, wollte sie in den Arm nehmen und gemeinsam mit ihr weinen. Einem Teil von ihm war alles egal.

Ella erstarrte und Fjonn konnte förmlich sehen, wie sie versuchte, die Dimension des Gesagten zu begreifen.

»Können wir bitte in Ruhe reden, ja?«, brachte sie schließlich mühsam hervor. Der mitleidende Teil in Fjonn gewann für den Moment und er nickte. Dann gingen sie wie viele hundert Male vorher gemeinsam die Treppe hoch, um Nils und Lasse Gute Nacht zu sagen. Es war alles so vertraut zwischen ihnen. Ein Handgriff des einen ging in den Handgriff des anderen über. Über ihnen tauchte die Deckenlampe alles in einen warmen, gelben Schein. Die Luft roch nach seinen Söhnen, nach Büchern, alten Socken und dem Waschmittel, das Ella immer benutzte. Auf dem Boden zog sich durch das gesamte Zimmer eine Spur aus schmutziger Kleidung, Zetteln, irgendwelchen Konstruktionsbauteilen und zerfledderten Comics. Normalerweise hätte Fjonn über dieses Chaos ärgerlich den Kopf geschüttelt und seinen Söhnen einen kleinen Vortrag über Ordnung gehalten. Doch heute lastete über allem eine bleierne Schwere. Ein Gewicht, das die Luft selbst drückend und eng und die Unordnung belanglos machte. Fjonn sah auf seine Söhne, die auf ihren Betten lümmelten und ihm und Ella fröhlich entgegensahen, und war voller widerstreitender Gefühle. Am liebsten würde er alles rückgängig machen. Diese Momente waren ihm so kostbar und jetzt wollte er das zerstören? Warum? Konnte nicht alles einfach so weiterlaufen?

»Warum schüttelst du denn den Kopf, Pa?«

»Ach, nur so«, antwortete Fjonn auf einmal sehr müde. »Mir gehen noch Gedanken vom Tag im Kopf herum. Ich hab' es nicht bewusst gemacht. Alles okay. Und jetzt schlaf gut! Ich hab' dich lieb.«

Ella und Fjonn tauschten ihren Platz an den Betten der Jungs. Sie wechselten noch einige Worte mit ihren Söhnen, gaben jedem einen Kuss und verließen dann gemeinsam das Zimmer.

Schweigend gingen sie nebeneinander die Treppe hinunter.

Ella fragte: »Soll ich uns einen Tee machen?«

Fjonn nickte und setzte sich an den runden Esszimmertisch. Ella hantierte stumm in der Küche herum und Fjonn hörte auf die bekannten klappernden, blubbernden und zischenden Geräusche. Ella stellte zwei Tassen, die Kanne und ein Stövchen auf ein Tablett und kam zum Tisch. Sorgsam stellte sie alles ab, schob die Blumen auf dem Tisch zur Seite und rückte alles so lange hin und her, bis Fjonn schließlich leise bat: »Setz dich doch, bitte.«

Ella blickte Fjonn scheu an. Bisher hatte sie krampfhaft vermieden, ihn anzusehen. Was würde jetzt kommen? Er war wegen ihnen bei Flo gewesen, der nicht nur ihr Freund, sondern auch ein Scheidungsanwalt war. Was sollte das bedeuten? Wusste er das von ihr und Martin? Hatte er herausgefunden, dass sie ihn bei jeder Gelegenheit betrog und sein Vertrauen missbrauchte?

Ella spürte, wie sich in ihrem Brustkorb eine beklemmende Schwere ausbreitete und die Luft auf einmal so dünn zu sein schien, dass ihr schwindelte. Sie setzte sich hin und schenkte mit zitternden Händen den dampfenden Tee ein. Die Flamme des Teelichts verbreitete ein unruhig flackerndes Licht, und über den Tisch leckten Schatten in zuckenden, hektischen Bewegungen.

Fjonn sah sie quälend lange an, bevor er sich schließlich räusperte und sagte: »Ella, so kann es nicht weitergehen. Ich habe das Gefühl, dass du hier nur noch durchhältst und gar nicht mehr wirklich da bist. Das will ich nicht. Ich habe kein Interesse daran, mit dir zusammenzuleben, wenn dich das unglücklich macht.«

Ella starrte auf ihre Teetasse auf dem Tisch. In ihrem Kopf wimmerte es: Oje, oje, oje … Sonst war da kein Gedanke, nur das immer lauter und panischer werdende ›Oje, oje, oje …‹ Gerade noch konnte sie sich davon abhalten, sich wie eine Verrückte auf dem Stuhl vor und zurück zu wiegen.

Fjonn fuhr fort: »Ich habe mir die Entscheidung nicht leicht gemacht und bin alles andere als glücklich damit, Ella. Aber es muss sein. Wir müssen uns trennen. So ist es unerträglich.«

Ella hörte das alles wie aus weiter Entfernung. Ihre Hände hielt sie auf ihrem Schoß unter dem Tisch verborgen. Dort knetete sie ihre Finger unablässig, während in ihrem Kopf das ›Oje, oje, oje …‹ immer lauter und lauter wurde und Fjonn weiterredete: »Ich weiß, dass du das nie wolltest, und ich weiß, dass du niemandem mit Absicht wehtun möchtest. Aber es tut weh. Ich weiß, dass du den anderen liebst. Immer noch. Und das kann ich nicht ignorieren. Es macht mich … Es tut mir … Ach, das ist jetzt nicht wichtig. Ich habe das Gefühl, dich schon längst verloren zu haben. Aber die Jungs, verstehst du, die kann ich nicht auch noch verlieren. Das geht nicht. Ella, wir müssen uns trennen und die Jungs müssen bei mir bleiben.«

Stunden später lag Ella im Bett, die offenen Augen starr in die dichte Dunkelheit gerichtet, die Hände in die Bettdecke gekrampft. Sie atmete angestrengt, während ein Teil ihres Selbst fast unbeteiligt den Kampf ihres Körpers mit einem Übermaß an Gefühl beobachtete.

Blei, dachte sie, ich bin voll mit Blei. Herz, Lunge, Bauch – alles voll mit Blei. So muss sich ein Reh im Todeskampf fühlen. Wobei das arme Reh ja vollkommen unschuldig an den Schrotkugeln verendet. Ich dagegen bin die Schuld in Person, eine brünstige, selbstsüchtige Hirschkuh, die absolut unkontrolliert einen jungen Bock bespringt. Und jetzt nimmt mir der Hirsch die Kälber weg. Mühsam rang Ella nach Atem. Idiotische Wildmetaphern. Meine Kinder. Ich verliere meine Kinder! Was habe ich bloß getan? Was habe ich getan, schrie es in ihr. Ich habe so einen wunderbaren Mann, fantastische Kinder. Ella wimmerte. Was stimmt nicht mit mir?

Gar nichts, würde Martin jetzt zu mir sagen. Dass ich gut so bin, wie ich bin, und auch mal an mich denken darf. Ach, was weiß der schon? Was weiß der schon vom Elternsein und davon, sechzehn Jahre Höhen und Tiefen mit ein und demselben Menschen zu teilen? Davon, Kinder zu gebären und sie aufwachsen zu sehen, für sie verantwortlich zu sein und sich nichts mehr als ihr Glück zu wünschen. Wenn Martin mich nicht geküsst hätte, wäre vielleicht alles noch in Ordnung. Ich hätte mich nach der Klassenreise wieder auf meine Familie konzentriert und Fjonn würde mich nicht verlassen. Diese schreckliche biochemische Limerenz!

Fjonn. Er will mich tatsächlich verlassen. Fjonn. Und dann war da kein Gedanke mehr. Alles in ihr verweigerte den Gedanken an ein Leben ohne Fjonn. Das ging nicht. Das gab's nicht. Das durfte nicht sein. Sagte man nicht, dass das Leben an einem vorbeizog, wenn man starb? Starb sie gerade? Sechzehn Jahre mit Fjonn hinterließen so viele Erinnerungen: Seinen Heiratsantrag auf dieser schrecklichen Campingreise, das gemeinsame Lernen für ihre Prüfungen, dieser Trip auf die Zugspitze, als sie dachte, sie müsse sterben vor Angst, Fjonn mit den neugeborenen Zwillingen auf dem Arm, die so winzig gewesen waren, so winzig, ihre kuscheligen Kaminabende zu zweit und ihre lauten Spieleabende mit den Kindern, Fjonn und die Jungs beim Fußballspielen, die nasse Umarmung im Bayerischen Wald …

Und dann begriff sie es: Nicht sie starb gerade, sondern ihre Ehe. Ihre Ehe war tot. Vorbei. Verloren. Kaputt. Auf einmal hatte Ella das Gefühl zu ersticken, als stünde sie über einem Abgrund und würde wie eine Zeichentrickfigur noch in der Luft verharren, bevor sie abstürzte. In einen unendlich tiefen, schwarzen Abgrund.

Ella stöhnte laut auf. Ich kann das nicht zulassen, dachte sie. Ein Funken Kampfgeist regte sich in ihr. Vielleicht sollte sie sich zu ihm aufs Sofa kuscheln und ihm ein flammendes Plädoyer für ihre Liebe ins Ohr flüstern. Vielleicht sollte sie mit einer heißen Verführung versuchen, ihre Ehe zu retten. Vielleicht … Schon war der Funken dabei, in einem tiefen, trüben Tümpel der Resignation zu verlöschen. Fjonn hatte doch seine Entscheidung längst getroffen. Und wenn Fjonn sich einmal entschieden hatte, dann … Ella ballte fest ihre Fäuste zusammen und schloss für einen kurzen Moment die Augen. Er hat sich sogar schon mit Flo getroffen. So ist er nun mal, dachte Ella. Nägel mit Köpfen. Einer der vielen, vielen Gründe, warum ich diesen Mann immer geliebt habe und auch jetzt noch liebe. Jetzt ist eben die Scheidung der Nagel. Knall, Bums, Zack – rein ins Holz und es ist für immer aus.

Ella öffnete wieder ihre Augen und atmete einige Male hektisch ein und aus. Wenn ich nur weinen könnte, dachte sie. Dann wäre der Klumpen aus Blei in mir nicht so groß und schwer. Ich krieg' keine Luft und es tut so furchtbar, furchtbar, furchtbar weh. Ella presste fest die Lippen aufeinander. Ach, dieses Gejammer, dieses Selbstmitleid. Ich bin wirklich verabscheuungswürdig. Als hätte Fjonn an dem, was hier passiert, auch nur das kleinste bisschen Schuld. Das alles geht doch ganz alleine auf mein Konto. Ja, nach dem, was ich getan habe, ist Fjonn viel zu gut für mich und die Kinder sind es auch. Ich bin ein Scheusal, hormongesteuerter Abschaum. Fjonn hat so viel mehr verdient. So viel mehr als mich. Ella biss sich auf die Lippen, so fest, dass sie kurz darauf Blut schmeckte.

In diesem Moment ihres Lebens hasste sich Ella voller Inbrunst selbst. Sie hasste es, in ihrem Ehebett zu liegen, das sie so viele Jahre glücklich mit Fjonn geteilt hatte. Sie hasste es, in dem Haus zu sein, in dem sie einst mit ihrem Mann und ihren Kindern eine heile Familie gewesen war. Es war, als würde sie all das durch ihre Gegenwart besudeln. Sie musste hier weg. Lautlos schlüpfte sie aus dem Bett und griff sich im Dunkeln wahllos irgendwelche Sachen. Dann schlich sie die Treppe hinunter. Die große Uhr im Esszimmer zeigte zwei Uhr nachts. Möglichst leise suchte sie ihre Schlüssel, nahm ihre Handtasche und zog kurz darauf die Haustür vorsichtig hinter sich zu.

Fjonn hörte Schritte die Treppe herunterkommen. Sein Herzschlag beschleunigte sich. Wollte Ella noch einmal mit ihm sprechen und versuchen, ihn umzustimmen? Was würde sie sagen? Könnte er ihr überhaupt widerstehen, wenn sie es wirklich versuchte? Was, wenn sie weinen würde oder … wenn sie nackt wäre? Fjonn hörte Ellas Schritte im Esszimmer. Sie war nur wenige Meter von ihm entfernt. Unwillkürlich sog er die Luft tief durch die Nase ein und hielt dann den Atem an. Sein Herz hämmerte. Trotz der Anspannung und der Dramatik des Tages musste Fjonn darüber schmunzeln, dass Ella immer noch diese Wirkung auf ihn hatte. Wie sehr wünschte er sich, dass sich ihr warmer, weicher Körper an ihn schmiegen und sie ihm unter Tränen und Küssen ihre Liebe beteuern würde. Aber würde das wirklich etwas ändern? Er hatte seine Entscheidung getroffen. Und wenn er einmal etwas entschieden hatte, dann … Entschieden ist entschieden. Nein, ich halte das nicht mehr aus, dachte er. Sie liebt einen anderen. Ich muss retten, was noch zu retten ist.

Was hat Ella bloß vor? Fjonn hörte das gedämpfte Klirren des Schlüsselbundes und dann das Öffnen und Schließen der Eingangstür. Nein, oder?! Fjonn fühlte sich von seinen eigenen Sehnsüchten bis ins Mark gedemütigt. Es war, als läge er im offenen Türspalt und würde von der sich sachte schließenden Tür unerbittlich zerquetscht. Jetzt geht sie zu ihrem Lehrerjüngelchen, dachte er und kniff die Augenlider zusammen. Aber das änderte nichts an den Bildern, die in seinem Kopf entstanden. Fjonn ächzte. Himmel noch eins, das schlägt mir auf den Magen, murmelte er und griff sich ans Herz. Durchatmen, Mann. Atme. Das Leben geht weiter. Ich übersteh' das. Die Jungs und ich. Die Jungs und ich. Wie ein Mantra wiederholte Fjonn den letzten Satz immer und immer wieder, bis sich sein Herzschlag normalisiert hatte und er endlich in einen tiefen, traumlosen Schlaf fiel.

Martin schielte verschlafen auf die Uhr. Es dauerte eine Weile, bis er wach genug wurde, um die Ziffern auf dem Digitalwecker am Bett lesen zu können. 02:15. Noch länger dauerte es, bis er realisierte, dass das penetrante Türklingeln nicht in seinem Traum geblieben war, sondern noch immer in regelmäßigen Abständen durch seine stille Wohnung schrillte.

Was zur Hölle? Wenn das wieder dieser Penner aus dem dritten Stock ist, der sich besoffen hat und nun vor der falschen Tür steht … Martin schwang die Beine aus dem Bett und ging zunehmend wütend zur Wohnungstür. Dieser Vollidiot kann sich auf etwas gefasst machen, dachte er. Wieder hallte die Klingel durch die Räume der Wohnung. Martin schaute durch den Spion. Doch im Treppenhaus war es stockdunkel und er konnte nichts erkennen. Schon wieder klingelte es. Kurzentschlossen riss Martin die Tür auf. Doch sein »Verdammt, was soll das?« wurde von einem kurzen Faustschlag gegen seine Schulter unterbrochen.

»Wie lange soll ich hier noch warten?«, fauchte Ellas Stimme in sein Ohr und ihr schmaler Körper schob sich an ihm vorbei in die Wohnung. Martin schloss verdattert die Tür und folgte Ella, die ins Schlafzimmer stapfte und sich dort aufs Bett warf.

»Hallo?«, fragte Martin irritiert. Doch Ella antwortete nicht. Sie lag mit über der Brust verschränkten Armen einfach nur da. Martin knipste das Licht der Nachttischlampe an und setzte sich neben Ella auf die Matratze. Verwundert ließ er den Blick über ihr seltsames Outfit aus Jogginghose, Seidentop und Parka wandern.

»Was ist denn los?«, versuchte er es erneut.

Ella blieb stumm.

In Martin stieg Ärger auf.

»Hör mal, was denkst du denn, wer ich bin? Der zu jeder Tages- und Nachtzeit verfügbare Lover, dem du nichts schuldig bist? Du kannst hier doch nicht einfach mitten in der Nacht auftauchen und nicht ein Wort sagen. So funktioniert das nicht.«

Als Ella immer noch nicht antwortete, wurde Martin wirklich sauer. Er stand auf und sagte: »So, entweder benimmst du dich jetzt wie eine Erwachsene und erweist mir ein Mindestmaß an Respekt oder du gehst wieder.«

Jetzt endlich richtete Ella ihren Blick auf Martin. Ihre Augen schwammen in Tränen. Er sah, wie sie einige Male schluckte. Dann öffnete sie den Mund und sagte leise: »Es tut mir leid.«

Sofort schmolz Martins Ärger dahin und er stieg über Ella ins Bett, um sich neben sie zu legen. Er löste ihr die Schuhe von den Füßen, zog sie mit sanfter Gewalt in seine Arme und küsste zärtlich ihr Gesicht und ihren Hals. »Sag mir, was los ist«, murmelte er in ihr Haar.

Ella wand sich aus seinen Armen heraus, zog ihren Parka und ihren Pullover aus und legte sich dann so hin, dass sie Martin in die Augen schauen konnte.

»Ich bin Abschaum«, sagte sie und Martin merkte, dass sie dabei mit den Tränen kämpfte. Dennoch hatte er Mühe, ein Grinsen zu unterdrücken.

»Aber ganz schön sexy Abschaum«, blödelte er und fuhr mit der Hand über ihren Rücken und ihren Po.

»Lass das«, fuhr Ella ihn an. »Deswegen bin ich doch Abschaum. Weil ich wie eine läufige Hündin bin, wenn du in meiner Nähe bist.« Nach einer kurzen Pause fügte sie mit trotzigem Ton hinzu: »Dann wärst du natürlich der Hund. Brünstige Hirschkuh kannst du auch zu mir sagen. In dem Fall wärst du der junge Bock.«

Ella seufzte schwer und Martin brauchte all seine Beherrschung, um nicht laut zu lachen. Dann, nach einem Moment des Schweigens, flüsterte sie, als würde sie sich kaum trauen, es auszusprechen: »Und jetzt verlässt mich meine Familie.«

Mit einem Schlag war Martin ernst, rückte ein Stück ab und sah Ella wachsam an. Er konnte die Situation schlecht einschätzen. Dabei wusste er, dass es jetzt wirklich wichtig war, wie er reagierte. Wenn Ella etwas von der Freude merkte, die diese Nachricht spontan in ihm hervorrief, würde sie sich dann nicht sofort von ihm distanzieren? Gleichzeitig wusste er, dass er ein miserabler Schauspieler war, und versuchte daher, möglichst neutral zu gucken, während seine Gedanken rasten. Kann es wahr sein? Kann sie jetzt wirklich mit mir zusammen sein? In seinem Kopf überschlugen sich Bilder von ihrem Sommer auf der Wiese. Und dann spürte er auf einmal ein schlechtes Gewissen in sich auftauchen. Die armen Jungs. Wussten sie, dass er der Grund für die Trennung ihrer Eltern war? Wie sollte er sich am nächsten Tag in der Schule verhalten? Plötzlich sah er wieder Mellis Essay ›Mein perfekter Sommer‹ vor sich und wurde sich bewusst, dass er jetzt tatsächlich eine Familie zerstört hatte. Mann, das war alles andere als eine Kleinigkeit und etwas, das er nie hatte tun wollen. War er so einer Verantwortung gewachsen? Martin spürte, wie sich sein Herzschlag rapide beschleunigte und sich eine nervöse Unruhe in ihm ausbreitete. Seine Gedanken nahmen wild an Fahrt auf und wirbelten in seinem Kopf unangenehm herum. In seiner Hilflosigkeit drehte er sich zur Seite, um die Lampe wieder auszuknipsen und zog dann im Dunkeln Ella an sich heran. Ella drückte ihren Kopf fest in seine Armbeuge und schlang ihre Arme um ihn.

»Stell den Wecker bitte auf fünf Uhr. Ja? Sei so lieb. Ich möchte wieder da sein, bevor die Jungs auf sind«, sagte sie schlaftrunken und war kurz darauf eingeschlafen.

Martin lächelte, obwohl sein Herz noch immer im Panikmodus schlug. Noch nie zuvor hatte sie bei ihm geschlafen. Er drehte sich vorsichtig weit genug, um die Lampe wieder anzustellen und ihr Gesicht in dem weichen Licht liebevoll zu studieren. Zwischen ihren Augen stand eine feine sorgenvolle Falte. Auch in den Augenwinkeln und um den Mund herum hatten sich zarte Linien in ihre Haut gegraben. Die Oberlippe ihres Mundes war voll und sanft geschwungen, die Unterlippe etwas schmaler. Er liebte diesen Mund und würde niemals davon genug bekommen, ihn zu küssen oder lachen zu sehen. Ellas Nase war klein mit einer süßen runden Spitze. Einige Sommersprossen sprenkelten zart ihren Nasenrücken. Martin zählte sie. Es waren zwölf. Jetzt in diesem Moment wirkte sie auf ihn wie ein zerbrechliches Fabelwesen. Gott, war sie schön. Martin seufzte tief, knipste das Licht wieder aus und zog sie noch enger an sich heran.

8. Nägel mit Köpfen

Fjonn und Ella beschlossen, gemeinsam mit ihren Söhnen über die Trennung zu reden und damit bis nach Weihnachten zu warten. Zum Glück boten die Feiertage mit ihren unzähligen Ritualen und ihrem festgelegten Ablauf eine Art von Rahmen, an dem man sich entlanghangeln konnte. Und so gelang es ihnen, ihren Kindern ein unbeschwertes Fest zu bereiten. Das verlangte ihnen zwar einiges ab, aber wenigstens war auf diese Weise das Weihnachtsfest für die Jungs nicht mit einer negativen Erinnerung verknüpft.

Während draußen die Natur in grauen Schneemassen versank, hatten sich Fjonn und Ella in den vergangenen Wochen mehrmals zusammengesetzt, um darüber zu reden, wie es jetzt weitergehen sollte. Auch mit Flo hatten sie bereits ein gemeinsames Gespräch geführt. Fjonn war froh, dass Ella so kompromissbereit war und versuchte, ihm die Gespräche so leicht wie möglich zu machen. Das merkte er. Doch wenn sie sich zwischendurch, wenn sie dachte, er würde es nicht bemerken, Tränen aus den Augenwinkeln wischte, zerriss es ihm jedes Mal das Herz. Jetzt, bei den Gesprächen über ihre Trennung, fühlte er sich ihr eigenartigerweise so nahe wie schon lange nicht mehr. Ihr ganzes Verhalten gab ihm das Gefühl, dass sie ihn schonen und schützen wollte ... ja ... sogar ein wenig, dass sie ihn liebte. Ihn und die Jungs natürlich. Himmel, war er dankbar, dass sie das alles im Interesse der Jungs so erwachsen angingen. Im Bekanntenkreis hatte er häufig genug ganz andere Trennungen erlebt. Voller Wut und Hass und auf dem Rücken der Kinder, so, als würden die Eltern nicht begreifen, dass ihr Verhalten etwas mit ihren Kindern machte. Ob diese Kinder später jemals selbst eine erfüllte Beziehung führen konnten?

Ella hatte über die Trennung ihrer Eltern kaum gesprochen. Aber als er sie kennengelernt hatte, war sie alles andere als beziehungsfähig gewesen. Sie hatte sich von einem One-Night-Stand zum nächsten treiben lassen, niemals Kinder bekommen wollen und ständig bei irgendwelchen dummen, riskanten Aktionen mitgemacht. Vielleicht hätte er wissen müssen, dass es mit Ella nicht ewig gut gehen würde. Umso mehr schätzte er jetzt ihr entgegenkommendes Verhalten. Sie hatten sich darauf geeinigt, dass sie noch keine Scheidung einreichen, sondern erst einmal nur getrennt leben würden. Ella hatte sich bereit erklärt, auszuziehen. Trotzdem würde sie sich weiterhin nach der Schule um die Jungs kümmern. Dafür hatte Fjonn zugestimmt, dass sie den Jungs noch nichts von der Sache mit ihrem Lehrer sagen würden.

Flo hatte sich im Gespräch als erstaunlich feinfühlig erwiesen. Sie kannten sich schon ewig. Früher, bevor die Jungs auf die Welt gekommen und sie nach Retsum gezogen waren, waren sie häufig zu dritt durch die Kneipen gezogen. Dazu hatten in jeder Bar unbedingt drei Kurze, eine Runde Dart und am Ende der Sonnenaufgang am Hafen gehört. Eine Rivalität um Ella hatte es dabei nie gegeben, obwohl Flo sonst jede schöne Frau im Umkreis von einem Kilometer anbaggerte. Das lag daran, dass Fjonn und Ella für Flo das Traumpaar schlechthin waren. Wie er im betrunkenen Zustand immer wieder lallend gesagt hatte: »Wisst ihr … ihr, ne … Also ihr seid ein so schön's Paar. Ich mein … also … ihr habt nie Streit, nie … und seid so harmonisch …« Dann hatte er um jeden von ihnen einen Arm geschlungen und fast schluchzend gesagt: »Ihr seid mein Ideal von der wahren Liebe, genau das seid ihr.«

Flo hatte keinen Zweifel daran gelassen, dass es ihm am liebsten wäre, wenn Fjonn und Ella sich wieder versöhnen würden. Doch es gab kein Zurück mehr. Er und Ella vermieden zwar, über dieses Lehrerbürschchen zu reden. Aber er war sich sicher, dass sie sich mit ihm traf und dass da mittlerweile sehr viel mehr gelaufen war als nur ein Kuss. Immer wieder schlich sie sich nachts davon und kam in den frühen Morgenstunden zurück. Darüber konnte und wollte er nicht hinwegsehen. Seine Frau betrog ihn und das mit einem halben Kind. Das war demütigend, verletzend und irgendwie abstoßend.

Fjonn saß am Esszimmertisch und hatte beide Ellbogen auf den Tisch gestützt. Er wollte seinen Söhnen nicht sagen, dass sich ihre Eltern trennen würden. Was würden sie damit bei ihren Kindern nur anrichten? In seiner Naivität hatte er gedacht, dass Ella und er bis ans

Ende ihrer Tage zusammen bleiben würden. Was war er nur für ein Trottel! Fjonn rieb sich mit seinen Händen über das Gesicht und fuhr sich durch die Haare. Da hörte er Ella und die Jungs. Jetzt wurde es ernst. Fjonns Kehle fühlte sich wie zugeschnürt an und in seinen Schultern pochte ein Schmerz, als würden seit Stunden riesige Bleigewichte auf ihnen lasten.

»Also, Jungs«, begann er, als Nils und Lasse endlich saßen und aufgehört hatten, sich gegenseitig in die Rippen zu boxen. »Eure Mutter und ich müssen mit euch etwas besprechen.«

»Was machst du denn für ein Gesicht, Pa! Wollt ihr euch etwa scheiden lassen, oder was?«, platzte Nils heraus und lachte. Als Fjonn und Ella nur einen schnellen Blick miteinander wechselten und dann betreten auf den Tisch schauten, sagte Nils genervt: »Das war ein Witz, okay?« Er stieß Lasse in die Seite und murmelte: »Was ist denn mit denen los? Der Spruch war doch witzig, oder nicht?«

»Halt den Mund«, zischte Lasse, der seine Eltern mit einem besorgten Gesichtsausdruck beobachtete.

»Was ist denn los?«, fragte Nils und schaute irritiert von einem zum anderen.

Fjonn räusperte sich. Sein Hals fühlte sich an wie mit Sandpapier ausgelegt. Er sah aus den Augenwinkeln zu Ella, die unbewegt die Tischoberfläche betrachtete und ihre Lippen so fest zusammenkniff, als wollte sie mit aller Kraft verhindern, dass eine Antwort auf Nils' Frage ihren Mund verließ. Fjonn schloss kurz die Augen und fing dann an zu erklären: »Jungs, es fällt mir ... Ich meine, es fällt uns wirklich nicht leicht, euch das zu sagen.« Er machte eine Pause und sprach dann das für ihn noch immer Unfassbare aus.

»Mama wird ausziehen.«

Fjonn sah, wie seine Söhne langsam die Information verarbeiteten, und anfingen, die Fassung zu verlieren. Ich mache es so kurz und schmerzlos wie möglich, dachte er und ergänzte: »Wir haben uns getrennt.« Fjonn bemerkte, wie Ella ihre zitternden Hände unter dem Tisch versteckte und die Luft anhielt.

»Ha, ha, ha, sehr lustig«, sagte Nils mit zittriger Stimme. »Ich hab' doch gesagt, dass es nur ein Witz war. War'n blöder Witz, ich geb's zu, okay?«

Lasse saß still da. Seine Unterlippe bebte und seine Augen füllten sich mit Tränen. Nach einer kleinen Weile fragte er stockend: »Ihr lasst euch scheiden?«

Fjonn schüttelte den Kopf. »Nein, erst mal nicht.«

»Echt jetzt? Das ist kein Scherz?«, fragte Nils weinerlich.

Nun ergriff Ella zum ersten Mal das Wort. Sie fasste über den Tisch nach Nils' Hand und sagte, langsam den Kopf schüttelnd: »Es tut mir so leid, mein Schatz.«

Nils brach in Tränen aus. »Wieso denn?«

Ella brauchte einige Momente, ehe sie darauf antworten konnte. »Papa und ich haben uns immer noch lieb. Daran liegt es also nicht und ganz bestimmt hat es auch nichts mit euch beiden zu tun. Ihr seid die tollsten Söhne, die man sich überhaupt wünschen kann. Aber wisst ihr …« Ella räusperte sich und sagte mit kratziger, zitternder Stimme: »Ich habe da jemanden kennengelernt … Na ja, und jetzt brauch ich eine gewisse Zeit, um mir über meine Gefühle klar zu werden. Und euer Papa …«, Ella warf Fjonn einen schnellen, unsicheren Blick zu, »euer Papa braucht diese Zeit auch, um für sich entscheiden zu können, wie es weitergehen soll.« Ella sah ihre Söhne ängstlich an und konnte ihre entsetzten Blicke kaum ertragen.

Nils schaute bestürzt zwischen ihr und Fjonn hin und her. »Du hast was?« Seine Stimme überschlug sich fast und schrillte unangenehm in den Ohren.

Ella zuckte hilflos mit den Schultern und warf einen schnellen, verzweifelten Blick zu Fjonn. Doch der saß nur in sich zusammengesunken da und starrte stumpf vor sich auf den Tisch. Da sprang Lasse auf einmal so heftig von seinem Stuhl auf, dass der umfiel, und fragte wütend: »Wer ist der Scheißkerl?«

»Lasse, beruhige dich.« Ella versuchte, nach Lasses Hand zu fassen. Doch der zog sie schnell weg und funkelte sie zornig an.

»Wie kannst du dir denn bitte über deine Gefühle klar werden müssen? Da gibt's nichts zum Klarwerden. Du hast schon einen Mann, den du liebst. Hast du das etwa vergessen?«

Ella schluckte. Was sollte sie dazu sagen? Zögernd und mit leiser Stimme setzte sie zu einer Antwort an.

Doch Lasse kam ihr zuvor und schrie: »Ach, vergiss es. Du hast alles kaputt gemacht. Jetzt gehören wir auch zu denen, und du bist schuld.« Dann rannte er aus dem Zimmer.

»Wen meint er denn mit ›denen‹?«, fragte Ella leise und ratlos und sah traurig zu Nils.

»Na, zu den Kindern mit getrennten Eltern. Du weißt schon … Eltern, die nicht mehr miteinander sprechen, geregelte Besuchszeiten, getrennte Ferien, zwei unterschiedliche Wohnungen … Die haben uns immer leidgetan«, sagte Nils schniefend, stand auf, blickte einen Augenblick unschlüssig vor sich hin, zog noch einmal geräuschvoll seine Nase hoch, seufzte und verließ dann ebenfalls den Raum.

»Du meine Güte, war das scheiße«, sagte Ella leise.

Als Fjonn nicht antwortete, sondern nur weiter auf seinem Stuhl saß und vor sich hin stierte, ging auch sie. Sie wollte zu Martin und sich daran erinnern, warum das hier passierte.

Eine Woche später hatte Ella die ersten Besichtigungstermine mit einer Maklerin. Im engen Bleistiftrock und auf Absätzen, die sie fast einen Kopf größer als Ella machten, stöckelte sie neben ihr her und ratterte die wichtigsten Informationen herunter. Ella hörte gar nicht hin. Der Gedanke daran, aus dem Haus ihrer Familie auszuziehen, fühlte sich furchtbar an und versetzte sie in Angst und Schrecken. Sie hatte noch nie alleine gewohnt, geschweige denn eine Wohnung alleine ausgesucht. Worauf musste man da achten? Na ja, bei ihrem knappen Budget würde sie wahrscheinlich sowieso nicht die große Auswahl haben. Wenn Fjonn nicht die Courtage übernehmen würde, hätte sie nicht einmal die Unterstützung der Maklerin gehabt. Ella sah sich gestresst um. Nein, das sah hier alles schrecklich aus. Und es roch so … Sie sah die Maklerin an und schüttelte mit gerümpfter Nase den Kopf. Als die Maklerin daraufhin ein etwas enttäuschtes, vielleicht sogar beleidigtes Gesicht zog, fragte sich Ella unsicher, ob sie einen Fehler gemacht hatte. Sie sollte vielleicht nicht so wählerisch sein. Vielleicht war das gar nicht angebracht. Außerdem würde die Wohnung ja auch anders aussehen, wenn sie sie erst mal eingerichtet hatte. Du meine Güte, wenn sie daran dachte, was sie alles noch besorgen musste. Die meisten Möbel blieben natürlich im Haus, auch wenn Fjonn sehr entgegenkommend war. Er würde ihr sogar einen Umzugswagen spendieren. Aber davon abgesehen, musste sie alles selbst machen und entscheiden. Noch hatte sie keine Ahnung, wie ihre erste eigene Wohnung aussehen sollte. Für die Jungs brauchte sie jedenfalls erst gar kein Zimmer einzurichten, weil sie ja ohnehin jeden Tag bei ihnen im Haus war. Außerdem hatte Lasse erklärt, dass er lieber sterben würde, als jemals einen Fuß in ihre Wohnung zu setzen. Ella schloss kurz die Augen und schluckte. Wenn ihr nichts anderes einfiel, würde sie die Räume einfach rosafarben streichen. Träumte davon nicht jedes Mädchen? Verhalten seufzend schlich Ella hinter der Maklerin her, die ihr noch eine letzte Wohnung zeigen wollte.

Auf der Autofahrt dahin wurde Ella hellhörig, als die Maklerin von ›Waldrandlage‹ sprach. »Es ist ein hübscher Backsteinbau aus den Sechzigerjahren, vollständig saniert natürlich. Die Wohnung liegt im dritten Stock, leider kein Fahrstuhl, aber das hält ja fit.« Die Maklerin lachte einmal gekünstelt auf. »Kleine Küche, kleines Bad und zwei weitere Zimmer. Alles nicht besonders groß, aber gemütlich. Und der Preis ist sensationell.«

Als die Maklerin parkte, klappte Ella fast die Kinnlade herunter. »In diesem Haus ist die Wohnung?«, fragte sie stotternd und zeigte auf das Wohnhaus, in dem Martin wohnte.

»Ja. Ist es nicht schnuckelig? Kommen Sie!« Die Maklerin sah sie auffordernd an und Ella stieg zögernd aus. Kam es überhaupt infrage, in das gleiche Haus wie Martin zu ziehen? War das nicht ein bisschen …? Ja, was denn eigentlich? Sie würde doch nicht in seine Wohnung ziehen. Wäre das nicht die perfekte Lösung, um das zwischen ihr und Martin weiter geheim zu halten? Während Ella der Maklerin zögerlich folgte, fand sie nach und nach immer mehr Gefallen an der Idee. Wenn Martin hier wohnte, dann waren die Wohnungen bestimmt in Ordnung. Außerdem könnte sie ihn fragen, wenn sie etwas nicht wüsste. Und als sie dann durch die Wohnungstür trat, gab sie sich einen Ruck und sagte in einem leicht fragenden Ton: »Die Wohnung würde ich gerne nehmen.«

Die Maklerin zog ihre Lippen zu einem triumphierenden Grinsen in die Breite. »Wunderbar«, flötete sie und sagte dann geschäftig: »Der

Eigentümer ist übrigens sehr kulant. Daher könnten Sie auch jetzt schon ein Schlüsselexemplar von mir haben. Wie Sie sehen, steht die Wohnung ja bereits leer. Der Mietvertrag gilt dann ab dem Ersten des nächsten Monats. Ich habe einen vom Eigentümer unterzeichneten Blankovertrag fix und fertig im Büro liegen. Wenn Sie sich sicher sind, könnten wir also sofort alle Formalitäten erledigen und in einer Stunde sind Sie die offizielle Mieterin.«

Ella hielt die Luft an. Sollte sie wirklich? Sie schaute sich noch einmal um. Vom Wohnzimmer aus konnte sie direkt in die Baumkronen des Waldes schauen und verlor sich für einige Augenblicke im Anblick der wogenden Blätter. Schließlich nickte sie mechanisch. »Okay«, sagte sie.

Martin saß auf einem Baumstamm am Rand ihrer Wiese. Er trug seine Laufkleidung, war jedoch kaum verschwitzt. Trotzdem dampfte er in der kalten Luft und sein Atem verwandelte sich vor seinem Gesicht zu dünnen, weißen Wolken. Ihm war nach Nachdenken zumute. Im Moment ging alles so schnell, dass er Mühe hatte, mitzukommen. Ella und ihr Mann hatten sich ernsthaft getrennt. Und jetzt wussten es auch die Jungs und Ella war schon auf der Suche nach einer eigenen Wohnung. Ein unangenehmes Gefühl von Schuld stieg in Martin auf. Das war eine ganz schöne Ego-Nummer, die sie hier abzogen, oder? Was für eine Verantwortung lud er sich da auf? Wie sollte er mit den Jungs in der Schule umgehen? Noch wussten sie nicht, dass er derjenige war, der ihre Eltern auseinandergebracht hatte, aber der Tag würde kommen.

Martin rutschte unruhig auf dem Baumstamm herum und versuchte, eine bequemere Position zu finden. Der Himmel war wolkenverhangen und drückte auf die kahlen Äste der Bäume. Selbst die grüne Wiese sah in dem düsteren Licht trostlos aus. Der Boden war aufgeweicht und in den schmutzigen Pfützen spiegelte sich das Grau des Himmels. Martin senkte den Blick auf seine schmutzbesprenkelten Turnschuhe. Und was war, wenn es jetzt zwischen ihm und Ella nicht klappte? Vielleicht hatte sie bald die Nase voll von ihm. Dann hätten sie mal eben so eine heile Familie zerstört und zwei lebensfrohe Kinder traumatisiert. Oder vielleicht würde er bald das

Interesse an Ella verlieren. Bei dem Gedanken lächelte Martin jedoch und schüttelte still seinen Kopf. Er strich sich mit der Hand das Haar zurück und fühlte sich auf einmal wieder zuversichtlich. Er war nicht mehr nur verliebt in Ella. Er liebte sie. Und jede Sekunde, die sie nicht bei ihm war, sehnte er sich nach ihr. Plötzlich vibrierte sein Smartphone. Ella hatte ihm eine Nachricht geschickt. *Treffen in einer Stunde bei dir?* Martins Mundwinkel verzogen sich zu einem breiten Grinsen. Er tippte kurz ein *Ja*, steckte das Smartphone weg und lief los. Als er schwer atmend an seiner Wohnungstür ankam, sah er dort einen Zettel hängen.

Herr Westfal, ich habe Sie leider nicht persönlich angetroffen. Bitte kommen Sie kurz bei mir vorbei. Ich hätte etwas Dringendes mit Ihnen zu besprechen. MfG, der neue Mieter in Whg. 5, 3. Stock

Stirnrunzelnd nahm Martin den Zettel von der Tür und schloss auf. Was sollte es denn bitte Wichtiges zu besprechen geben? Er hatte ja nicht einmal gewusst, dass die Wohnung im dritten Stock zur Vermietung stand. War das etwa die von dem Saufvogel? Na, wenn der nicht mehr hier wohnte, umso besser. Von den anderen Mietern, die in erster Linie alte Leute waren, bekam er so gut wie gar nichts mit, und das war ihm auch ganz recht so.

Martin schaute kurz auf die Uhr. Sollte er da jetzt noch vorbeigehen? Ella müsste eigentlich jeden Moment kommen. Ach, was soll's, dachte er. Besser, ich bring's hinter mich. Er streifte sich seine Sportsachen vom Körper und sprang unter die Dusche. Wenige Minuten später war er wieder im Treppenhaus, die Haare noch nass. Während er langsam nach oben stieg, schrieb er Ella eine Nachricht.

Muss noch kurz was mit einem Nachbarn klären. Hatte einen seltsamen Zettel an der Tür. Schlüssel ist unter der Fußmatte. Freu mich auf dich.

Kurz darauf stand er vor der Wohnungstür und klingelte. Als nichts passierte, klingelte er noch einmal. Wieder keine Reaktion. Martin zuckte mit den Schultern und drehte sich zur Treppe. Vielleicht war Ella schon da.

In dem Moment rief eine Frauenstimme: »Die Tür ist offen.«

Martin runzelte die Stirn und hielt unentschlossen eine Weile inne. Je eher daran, desto eher davon, dachte er dann und drückte zögernd die Tür auf. Doch kaum hatte er einen Schritt hinein gemacht, stolperte er beinahe rückwärts wieder hinaus. Die Wohnung war komplett leer bis auf zig Kerzen, die überall auf dem Boden und auf den Fensterbänken aufgestellt waren und ein warmes, flackerndes Licht verbreiteten. Oh Mann, dachte Martin. Wo bin ich hier gelandet? Entweder taucht gleich ein Trupp von Teufelsanbetern auf, der mich zum Opfer auserkoren hat oder eine psychisch verwirrte Stalkerin. Höchste Zeit für mich, zu verschwinden.

»Ähm, entschuldigen Sie die Störung. Hier ist Martin Westfal aus dem ersten Stock. Sie hatten mir einen Zettel an die Tür gehängt.« Martin räusperte sich und haspelte dann schnell herunter: »Aber es sieht aus, als würde es gerade nicht so passen. Sicher hat das, was Sie mit mir besprechen wollen, auch bis morgen Zeit … Also dann, noch einen schönen Abend.« Martin drehte sich um und wollte gerade die Wohnung verlassen, als er auf einmal Ellas Stimme erkannte.

»Wenn du meinst, dass das bis morgen Zeit hat.«

Ruckartig schnellte sein Kopf herum und er sah sie rechts von sich im Türrahmen stehen. Ihr Körper war eingetaucht in das weiche Kerzenlicht, das auf ihrer Haut mit den wabernden Schatten sinnlich zu tanzen schien. Sie trug nichts als cremefarbene Spitzen-Dessous und dazu passende High Heels. Ihre blonden Locken schlängelten sich um ihr Gesicht und sie schaute ihn unter halb geschlossenen, schwarz geschminkten Lidern lasziv lächelnd an.

Martin sah Ella überwältigt an. Was machte sie hier? Passierte das wirklich? »Ella«, sagte er, ohne dass ein hörbarer Laut seinen Mund verließ, und hatte dabei das Gefühl, nach Luft schnappen zu müssen. Sie setzte langsam einen Fuß vor den anderen und bewegte sich mit wiegenden Hüften in Zeitlupentempo auf ihn zu. Martin spürte, wie sein Herz gegen seinen Brustkorb hämmerte und sein Mund austrocknete. Abwechselnd wurde ihm heiß und kalt. Und als er endlich seine Hand in ihre weichen Locken legte und seine Lippen auf ihren hinreißenden Mund presste, fühlte er sich wie von einer rauschhaften Endorphin-Welle davongetragen.

Ella war in den Minuten, bevor sie Martin sah, furchtbar nervös. Was würde er dazu sagen, dass sie nun im selben Haus wohnten? Würde er das nicht zu aufdringlich finden? Und was würde er von dieser Aktion hier halten? Traf sie seinen Dessous-Geschmack? Mochte er überhaupt Kerzen? Sie hatte so was noch nie gemacht. Und es passte auch gar nicht zu ihr, aus eigenem Antrieb etwas derart Verrücktes zu tun. Wie war sie nur auf so eine Idee gekommen? Diese Wohnungssache hatte sie einfach so aufgeregt, und dann hatte sie an Martin gedacht und überlegt, wie sie es ihm sagen sollte … Und jetzt stand sie hier, in diesem Porno-Outfit auf viel zu hohen Schuhen und würde wahrscheinlich nicht verführerisch, sondern absolut lächerlich sein, komische Bewegungen machen, hinfallen … Dann hörte sie es klingeln. Das war er. Sie atmete tief durch.

»Ich sehe toll aus. Ich bin sexy. Und Martin wird total darauf stehen«, murmelte sie leise vor sich. Es klingelte ein zweites Mal. Mit belegter Stimme rief sie: »Die Tür ist offen.« Vorsichtig spähte Ella um die Ecke, um seine Reaktion zu beobachten. Beinahe hätte sie trotz ihrer Nervosität laut gelacht, als sie sah, wie ihm seine Gesichtszüge entgleisen. Leise tapste sie zum Türrahmen, was auf diesen schrecklich hohen Schuhen gar nicht so einfach war, und versuchte, sich sinnlich zu positionieren, ohne dass er es mitbekam. Wie ging so etwas? Wohin sollte sie bloß mit ihren Händen? Oh nein, er wollte schon wieder gehen. Sie musste ihn jetzt schnell auf sich aufmerksam machen, sonst war der ganze Aufwand umsonst gewesen. Hektisch streckte sie einen Arm seitlich am Türrahmen hoch und setzte die andere Hand auf ihre Hüfte. In Gedanken wiederholte sie: Ich seh' toll aus, ich bin sexy, er wird total darauf stehen. Ella holte tief Luft. »Wenn du meinst, dass das bis morgen Zeit hat«, sagte sie und sah, wie Martin mit seinem Kopf in ihre Richtung zuckte.

Sofort wurden ihre Knie weich und ihr Herz lief über. Auf so einen Blick, wenigstens einmal im Leben, hofft jede Frau. Dieser Ausdruck in den Augen eines Mannes, wenn er von dem Anblick der Frau, die er liebt, absolut überwältigt ist. Wenn ihm vor lauter Gefühl die Worte fehlen und er auf so eine entrückte Art und Weise einfach nur starrt, sodass man sich fühlt, als wäre man für ihn ein wahr gewordener Traum.

Eine Stunde später lagen sie eng aneinandergeschmiegt in Martins Wohnung auf dem Sofa. Im Hintergrund lief leise Radiomusik und Martin kringelte sich mit einem versonnenen Lächeln Ellas Locken um einen Finger.

»Dir ist schon klar, dass du mich jetzt in die tiefen Abgründe der Abhängigkeit gestoßen hast, oder?«, fragte er und ließ seine Lippen über ihren Hals wandern.

Ella schloss die Augen und lächelte glücklich. Wohlig räkelte sie sich in seinen Armen und atmete tief seinen Geruch ein. Dann linste sie unter ihren Augenlidern hervor und fragte skeptisch: »Und du bist dir wirklich sicher, dass es für dich in Ordnung ist, wenn ich oben einziehe?«

Martin zog erstaunt die Augenbrauen hoch. »Machst du Witze? Von mir aus könntest du auch hier einziehen. Wenn du klein genug wärst, würde ich dir auch meine Hosentasche als Wohnung anbieten. Je näher du bei mir bist, umso besser.«

Ella grinste ihn verschmitzt an. »Die Hosentasche als Wohnung? Und dabei hättest du auch gar keine Hintergedanken, nicht wahr? Du bist ein Lustmolch, weißt du das?«

Martin lachte. »Aber nur, weil du mich dazu machst.«

»Tja, als erfahrene Hausfrau weiß ich eben, was man tun muss, damit es mit dem Nachbarn klappt …«

»Und ob du das weißt«, murmelte Martin mit rauer Stimme und küsste sie.

Fjonn saß auf dem Sofa. Der Fernseher lief, doch er sah gar nicht hin. Heute war die erste Nacht, die Ella offiziell in ihrer Wohnung verbrachte. Oder vielleicht war sie auch sonst wo. Oder bei ihm. Übelkeit machte sich schwer und gärend in ihm breit. Er hätte nicht gedacht, dass das so schnell gehen würde. Jetzt saß er hier. Allein. Und sie war weg. Seine Ella. Was sollte er jetzt tun? Er war alleine mit den Jungs. Sich sinnlos zu betrinken, bis er das alles nicht mehr spürte, konnte er also nicht. Aber ein Gläschen würde wohl gehen. Etwas, das durch die Kehle die Brust hinunter brannte, den Magen wärmte und die Übelkeit vertrieb. Ja, einer ginge wohl. Fjonn stand auf und holte sich eine Flasche Whiskey aus der Hausbar. Zwanzig

Jahre alt, aus den Central Highlands in Schottland, der war jetzt genau richtig. Fjonn goss sich ein Glas ein und hob es an die Nase. Er mochte den Geruch, leicht brennend vom verdunstenden Alkohol, umschmeichelt von intensiven Honig- und Blumenaromen. Dieser Whiskey war fruchtig und sanft wie eine warme Frauenhand, die einen zärtlich streichelt. Fjonn seufzte tief auf und ließ einen Schluck seine Kehle hinunterrinnen.

Und wie so oft in letzter Zeit stieg eine Erinnerung in seinem Kopf auf. Eine Erinnerung an eines ihrer gemeinsamen Erlebnisse. Diesen Whiskey hatten sie vor einigen Jahren in Schottland gekauft, direkt bei der Destillerie. Die Jungs waren in den Sommerferien zwei Wochen bei seinen Eltern gewesen und Ella und er waren in dieser Zeit nach Schottland hochgefahren. Wie sie beide dahin gepasst hatten in diese grün gewellte Landschaft. Es war wie ein Nachhause-kommen gewesen. Und obwohl sie das nie so ausgesprochen hatte, war er sich sicher gewesen, dass sie genauso empfunden hatte. Sie hatten überhaupt nicht viel gesprochen in diesem Urlaub. Trotzdem waren sie sich so nah gewesen. Als hätten sie auf eine andere Weise als mit Worten kommuniziert. Wie zwei Teile des gleichen Wesens, die untrennbar miteinander verbunden waren. Hatte er sich das nur eingebildet? War er ein kompletter Vollidiot gewesen, der dachte, er wäre seiner Frau besonders nahe, während sie ihm einfach nur nichts mehr zu sagen gehabt hatte? Fjonn stöhnte auf. Hatte sie ihm etwas vorgespielt? Oder noch schlimmer: Hatte er einfach ständig etwas in ihr Verhalten hineininterpretiert, das gar nicht da gewesen war? Was war überhaupt echt gewesen an ihrer Beziehung? Ach, war doch egal. Am Ende war ohnehin jeder alleine und was in ihm wirklich vorging, konnte niemand anders wissen.

Fjonn nahm noch einen Schluck in seinen Mund, schloss die Augen und sah die wollknäueligen, schottischen Schafe vor seinem inneren Auge, zwischen denen er mit Ella hindurchgestapft war. Es hatte natürlich geregnet und sie war gemeinsam mit ihm, in Gummi-stiefeln und gelbem Regenparka, über die Highlands marschiert. Ihr regennasses Gesicht hatte ihn jedes Mal angelächelt, wenn er sie angeschaut hatte. Und nachts hatten sie sich unter dem dicken Feder-bett in der kleinen Pension zärtlich geliebt.

Das ist wahr, dachte Fjonn und wischte sich mit einer Hand seine Wangen trocken. Das jetzt ist nur ein Traum und irgendwann wache ich auf und Ella liegt neben mir und fragt mich, ob alles okay ist.

9. Feuerprobe

Martin war glücklich und fühlte sich wie auf der sprichwörtlichen Wolke sieben. Nur wenn er im Unterricht Nils und Lasse sah, machte sich ein Gefühl der Beklemmung bei ihm breit. Normalerweise hätte er einen Schüler, der sich so benahm wie die Zwillinge, längst zur Seite genommen und gefragt, ob alles in Ordnung sei. Aber in diesem Fall kam das nicht infrage. Er konnte kaum so tun, als wüsste er nicht, was los war. Also versuchte er, ihnen stattdessen einfach mit mehr Nachsicht zu begegnen als sonst. Mal vergaß er, einen Vermerk zu machen, wenn ihre Hausaufgaben fehlten, mal überhörte er einen frechen Spruch geflissentlich. Am liebsten hätte er ihnen Nachhilfe-unterricht angeboten, weil sie im Unterricht kaum noch etwas mit-bekamen und eine Arbeit nach der anderen in den Sand setzten. Er rang sehr mit sich, weil er nicht wusste, was er mit seiner Neutralität als Lehrer vereinbaren konnte und was nicht. Ab welchem Punkt fing er an, die anderen Schüler zu benachteiligen? Gleichzeitig fühlte Martin sich schuldig und wollte auf keinen Fall, dass die Jungs seinet-wegen dauerhaft in der Schule abrutschten. Also ließ er sie zusammen mit zwei, drei anderen extrem leistungsschwachen Schülern ab und zu mal unter einem Vorwand in einer Freistunde nachsitzen und wieder-holte dann mit ihnen gezielt den Stoff der letzten Stunden.

Ella wusste davon nichts. Sie hatte schon genug Sorgen mit ihren Söhnen. Jedenfalls vermutete er das. Denn richtig darüber reden, tat sie nicht. Manchmal machte Ella Andeutungen, aus denen er schloss, dass zumindest Lasse kaum noch mit ihr sprach. Es dauerte abends immer eine ganze Weile, bis Ella Martin wieder an sich heranließ. Sie war verschlossen und trübsinnig. Manchmal sah sie ihn auch an, als würde sie ihm die Schuld an allem geben, drehte sich einfach von ihm weg und ging in ihre Wohnung. Aber bis auf diese Momente war es wie eine Liebesgeschichte aus dem Märchenbuch. Sie lachten mit-einander, redeten ganze Nächte und liebten sich bis in die frühen Morgenstunden. Manchmal, wenn sie sich im Bett nackt an ihn schmiegte, las er ihr Gedichte vor, von Tieck, Eichendorff, Uhland oder anderen. Manchmal sah er ihr stundenlang beim Malen oder Zeichnen zu und bewunderte fast ehrfürchtig die ausdrucksstarken Bilder, die sie erschuf. Und manchmal schlichen sie sich im Dunkeln in den Wald, ihren Wald, und machten lange Spaziergänge im Mondschein. Bei Ella hatte er das erste Mal das Gefühl, nicht nur auf seine sportliche Seite reduziert zu werden. Sie verlangte nichts von ihm, war – vielleicht abgesehen von ihrer Öffentlichkeitsphobie – herrlich unkompliziert und sinnlich bis zum Umfallen. Immer wieder ertappte sich Martin dabei, wie er entrückt in die Ferne starrte und alles um sich herum vergaß. Am liebsten hätte er sein Glück mit der ganzen Welt geteilt. Doch Ella war nach wie vor vehement dagegen. Sie wollte ihre Beziehung um jeden Preis geheim halten. Wenn er doch mal wieder den Versuch wagte, sie davon zu überzeugen, sich offiziell zueinander zu bekennen, wurde sie sofort schroff und blockte die Idee kategorisch ab.

Aber er würde nicht aufgeben. Irgendwann hatte sich alles so weit abgekühlt, dass sie sich auch in der Öffentlichkeit mit ihm zeigen würde. Das war ihm wichtig. Sie war für ihn die Frau seines Lebens. Und deswegen sollten das auch alle Menschen wissen, die ihm nahestanden. Allen voran natürlich seine Eltern. Bei dem Gedanken wusste Martin allerdings selbst nicht, wie er dazu stand. Sein Vater war Buchhalter, durch und durch. Er fand alles gut, was sich in Zahlen ausdrücken und berechnen ließ. Für ihn gab es nur richtig und falsch und nichts dazwischen. Was würde er dazu sagen, dass er mit einer zwölf Jahre älteren, immer noch verheirateten Frau zusammen war, die die Mutter von zweien seiner Schüler war? Womit würde er ihm kommen? Er hatte keine Ahnung. Seine Mutter konnte er dagegen ziemlich gut einschätzen. Sie würde sich definitiv aufregen. Sie war ja gerade mal acht Jahre älter als Ella. Er hörte sie schon zetern, dass Ella viel zu alt für ihn sei, und ihn fragen, warum er sich kein nettes Mädchen in seinem Alter suche. Da gäbe es doch reihenweise attraktive junge Frauen, die wie er auch noch das Leben vor sich hätten. Ihr Sohn, ein Ehebrecher oder noch schlimmer: der Liebhaber einer verheirateten Frau … Und schon zwei so große Kinder … Wie er sich das vorstellen würde? Und so weiter, und so weiter, und so weiter.

Martin zuckte mit den Schultern. Aber Ella musste man einfach lieben. Davon war er überzeugt. Das würden sie dann schon einsehen. Und bevor er mit seinen Eltern sprach, würde er erst mal seine kleine Schwester Moni ins Vertrauen ziehen. Simone war die erklärte Romantikerin der Familie und mit ihr an seiner Seite würde das dann schon laufen. Musste er nur noch Ella beweisen, dass niemand sie wegen ihrer Beziehung schief ansah.

Vielleicht sollte er mal mit einer etwas unverfänglichen Bekanntschaft anfangen. Er könnte Andi und Jana einladen. Andi war sein ältester Freund und auch der einzige, der von Ella wusste. Und Jana war seit etwa einem Jahr Andis Freundin und schon lange davor dessen beste Freundin gewesen. Die beiden waren mit Abstand die Vernünftigsten und Bodenständigsten in seinem Freundeskreis und würden sich bestimmt gut mit Ella verstehen. Also gesagt, getan. Er würde sie einladen und Ella konnte dann selbst entscheiden, ob sie dazukommen wollte oder nicht. Aber sie würde kommen. Und diese Feuerprobe würde beweisen, dass ihre Verbindung stark genug war, um alles zu überstehen.

Ella rannte hektisch in ihrer kleinen Wohnung umher. Um ihren Kopf war ein Handtuch zu einem Turban geschlungen und vor sich her trug sie diverse Kleiderbügel. Was sollte sie bloß anziehen? Sollte sie überhaupt hingehen? Es bedeutete ihm so viel. Aber sie wollte das eigentlich gar nicht. Es war viel zu früh. Sie wusste ja selbst noch nicht einmal, was das da zwischen ihnen war und worauf es hinauslief. Würde er sie jetzt etwa als seine feste Freundin vorstellen? Der Gedanke fühlte sich komisch an. Sie war doch noch immer Fjonns Frau – irgendwie. Mit zweiundzwanzig war sie Fjonns Freundin geworden und ein Jahr später hatten sie geheiratet. Das war bald siebzehn Jahre her. Siebzehn Jahre. Die konnte man doch nicht einfach so ablegen wie eine Jacke und eine andere anziehen.

Das mit Martin war … Sie wusste es nicht. Wenn sie bei Martin war, brauchte sie nicht an Fjonn und die Jungs zu denken und konnte sich von dem komplizierten Schmerz erholen, den diese Trennung auslöste. Noch immer wurden ihre Knie weich, wenn er sie mit seinen graublauen Sturmaugen ansah, und ihr Herz quoll über vor

Gefühl. Mit ihm zusammen zu sein, war wie in einer Blase zu leben. Wie ein Aufenthalt in einer kleinen, heilen, unfassbar schönen Welt. Die würde aber nicht lange heil bleiben, wenn erst andere von ihnen erfuhren. Da war sie sich sicher. Er war und blieb der Klassenlehrer ihrer Söhne. Sie war und blieb zwölf Jahre älter und ihr Verhältnis mit ihm hatte ihre Familie kaputt gemacht. Wenn er sie damals nicht geküsst hätte …

So aufgeklärt die Zeiten waren, sie kannte die anderen Mütter und wusste, dass man sich im ganzen Ort das Maul über sie zerreißen würde. Das war wie ein Naturgesetz. Und das würden auch Fjonn, Nils und Lasse abbekommen. Dafür war sie definitiv nicht bereit.

Ella stand mit schlaffen Armen vor ihrem Standspiegel im Schlafzimmer und betrachtete sich. Dann dachte sie an Martins leuchtende, bittende Augen, als er sie zum Fondue mit seinen Freunden eingeladen hatte. Er wäre so enttäuscht, wenn sie nicht kommen würde. Seufzend und mit leicht zitternden Händen wühlte sie in dem Klamottenberg auf ihrem Bett. Dreh nicht durch, ermahnte sie sich selbst. Nicht zu aufgebrezelt, nicht zu sexy, nicht zu spießig, auf keinen Fall etwas, das nach möchtegernjung aussieht – ja, aber um Himmels willen, was denn? Sie war seit Ewigkeiten nicht mehr einkaufen gewesen. Dazu hatte sie seit der Trennung gar kein Geld mehr. Und so sah sie auf lauter Sachen, mit denen sie unzählige Erinnerungen an Fjonn und die Jungs verband.

Schließlich föhnte sie sich die Haare und entschied sich für eine Skinny Jeans und einen kuscheligen Wollpullover in leuchtendem Rot, den sie mal von Antje geschenkt bekommen hatte. Ihr Make-up hielt sie so wie jeden Tag. Sie musterte sich noch einmal, zuckte mit den Schultern, schlüpfte in ihre hohen Ankle Boots und ging langsam die Treppen hinunter zu Martins Wohnung. Ihre schweißnassen Hände zitterten und mehrmals hielt sie inne und überlegte, ob sie nicht wieder umdrehen sollte. Doch irgendwann stand sie vor seiner Tür, und kaum hatte sie geklingelt, öffnete er schwungvoll.

»Hey«, sagte er, musterte sie mit einem strahlenden Lächeln von oben bis unten und zog sie in seine Arme. »Du siehst toll aus«, raunte er ihr ins Ohr. »Danke, dass du gekommen bist. Das bedeutet mir wirklich viel.«

Angespannt folgte Ella Martin in die Wohnung. Seine Freunde waren bereits da und sprangen sofort auf, um sie zu begrüßen. Wenn Ella es sich richtig gemerkt hatte, hieß der männliche Part des Paares Andreas. Er war noch etwas größer als Martin und hatte markante, sympathische Gesichtszüge.

»Freut mich, dich endlich einmal kennenzulernen«, sagte er mit einem offenen Lächeln.

Seine Freundin, Jana, war deutlich zurückhaltender und sah so jung aus, dass sich bei Ella direkt mütterliche Gefühle einstellten. Meine Güte, die war ja kaum älter als ihre Jungs, oder? Ohne dass sie etwas dagegen tun konnte, versetzte ihr das hübsche, junge Gesicht von Jana einen Stich und sie fühlte sich geradezu wie ein Fremdkörper in der Gruppe. Wie die aufsichtsführende Lehrerin auf dem Schulball. Der Blick von Jana war unbestimmbar. Was sie wohl von ihr dachte? Bestimmt fragte sie sich gerade, wie Martin sich so eine Mutti anlachen konnte. Dass Martin auf einmal von hinten seine Arme um sie schlang und sich in dieser Haltung mit seinen Freunden unterhielt, machte es auch nicht besser. Im Gegenteil. Sie empfand es als ein peinliches Teenie-Benehmen, das ihr schrecklich unangenehm war. Vorsichtig machte sie sich aus der Umarmung frei und fragte, ob sie nicht essen wollten. Sie jedenfalls hätte einen Riesenhunger. Am Tisch sitzen, sich um das Essen im sprudelnden Fett kümmern, kauen – da hatte sie wenigstens etwas zu tun und konnte ihr Unwohlsein hoffentlich ein wenig besser überspielen.

Ella nahm Platz und schob verlegen das Besteck hin und her. Anders als in dem Zuhause ihrer Familie, saßen sie hier nicht an einem runden, sondern an einem eckigen Tisch, den Martin sonst als Schreibtisch benutzte. Die Wohnung war eben klein und bot keinen Platz für einen permanenten Esstisch. Ella musterte das Gedeck. Ihr Teller hatte einen zarten Sprung und das Besteck passte nicht zusammen. Wie in einer Studenten-WG, dachte Ella und automatisch wanderten ihre Gedanken zu Fjonn. Niemals zuvor war ihr der Unterschied zwischen den beiden Männern in ihrem Leben so sehr ins Auge gesprungen, wie jetzt. Fjonn, der Ästhet und Perfektionist, hätte sich zu einem Essen mit Freunden niemals an einen derart gedeckten Tisch gesetzt. Er hätte ein klares Farbkonzept für die

Tischdekoration gehabt, die sündhaft teuren englischen Teller genommen und die Abstände der Gläser exakt ausgerichtet. Martin war so etwas nicht wichtig. Und ihr? Ella war sich nicht sicher. Im Hintergrund lief leise Radiomusik eines Jazz-Senders, die Luft roch nach heißem Fett und Ella vermied krampfhaft jeden Blickkontakt mit allen Anwesenden. Das ist schrecklich, ganz und gar schrecklich, dachte Ella.

»Und was machst du so beruflich?«, wandte sich da auf einmal Andreas an sie.

Ella hatte gerade einen Bissen im Mund und hatte Mühe, sich nicht zu verschlucken. Mühsam würgte sie das Fleisch herunter und fing vor lauter Verlegenheit fast an zu stottern: »Ich? Äh, ich arbeite als Grafikdesignerin von zu Hause aus. Freiberuflich. Schon immer. Weil … Also, mein Mann und ich haben damals nämlich noch vor der Abschlussprüfung geheiratet. Und als ich fertig war, war ich auch schon schwanger. Mit meinen Zwillingen. Nils und Lasse. Das war wirklich ein riesiger Bauch damals … Na ja, jedenfalls habe ich mich deswegen gar nicht mehr beworben, sondern bin gleich zu Hause geblieben … um mich um unsere Kinder zu kümmern. Richtig angefangen zu arbeiten, also für Geld meine ich, habe ich dann erst, als die Jungs im Kindergarten waren. Da waren sie drei Jahre alt. Vorher ging das überhaupt nicht. Kaum hat einer aufgehört zu schreien, fing der andere an.« Ella lachte einmal unsicher auf und fühlte, wie ihre Wangen brannten. Was tat sie hier? Sie redete wie ein Wasserfall und das ausschließlich über ihren Mann, ihre Heirat und ihre Söhne. Vor Martin. Am liebsten hätte sie sich wie ein Pudding vom Stuhl gleiten lassen und wäre unauffällig in der Versenkung verschwunden.

»Und«, fragte sie in der Hoffnung, die Aufmerksamkeit damit von sich abzulenken: »Denkt ihr auch schon an Kinder?«

Da fing Jana, die bisher kaum etwas gesagt hatte, prustend an zu lachen. »Kinder? Nee, ganz bestimmt nicht. Dafür bin ich echt noch eine Nummer zu jung.«

Ella registrierte, wie Andreas seine Freundin unter dem Tisch kurz anstupste.

»Oh«, sagte Jana daraufhin erschrocken. »Ähm, ich bin nicht so der verantwortungsbewusste Typ und mir ist die Karriere ziemlich wichtig und ich will auch noch viel von der Welt sehen und Party machen und Spaß haben, verstehst du?«

Ella nickte mit einem etwas gequälten Lächeln und hatte irgendwie das Gefühl, sich rechtfertigen zu müssen. »Ja, wir sind auch viel gereist, bevor die Kinder kamen. Und danach haben wir das mit der Karriere eben aufgeteilt. Ich habe mich zu Hause um alles gekümmert und Fjonn ist direkt in den Beruf eingestiegen. Heute ist er Senior Art Director bei ›Thienemann & Söhne‹ und ich arbeite freiberuflich.«

Jana sah sie mit großen Augen an. »Dein Mann ist Fjonn Soost?«

Ella lächelte sie schräg an. »Sieht so aus. Du kennst ihn?«

»Andi und ich sind auch in der Werbebranche. Natürlich kennen wir Fjonn Soost. Seine Kampagnen sind der Hammer, echt.« Jana wandte sich kopfschüttelnd an Martin. »Du hast Fjonn Soost die Frau geklaut? Ich fass' es nicht.«

Ella sah, wie Martin einmal schluckte und nach einer Antwort suchte und auf einmal tat es ihr furchtbar leid, welchen Ballast er sich mit seiner Liebe zu ihr aufgeladen hatte.

»Dazu gehören immer zwei«, sagte sie leise und legte ihre Hand auf seine. Martin führte ihre Hand an seine Lippen und sah sie dabei mit einem so hinreißenden Lächeln an, dass Ella dachte: Egal, wie schrecklich der Abend ist, er ist es wert.

Tatsächlich wurde der Abend danach aber noch ganz nett. Es gab zwar immer wieder Themen, bei denen sich der Altersunterschied deutlich bemerkbar machte, und es fiel Ella wiederholt unangenehm auf, dass sie kaum etwas erzählen konnte, ohne Fjonn oder ihre Söhne zu erwähnen, aber davon abgesehen, verstand sie sich gut mit Martins Freunden und musste sogar einige Male laut lachen.

Als sie schließlich mitten in der Diskussion darüber waren, welchen Film sie schauen wollten, klingelte Janas Handy. Sie führte ein kurzes Gespräch, deckte dann das Mikrofon des Handys mit der Hand ab und fragte: »Ich hatte mir heute das Auto von meinem Onkel geliehen und habe vergessen, ihm die Fahrzeugpapiere wiederzugeben. Wäre es in Ordnung, wenn er hier kurz vorbeikommt und sie abholt? Er wohnt in der Stadt und wäre in ungefähr einer halben Stunde da.« Sie schaute fragend in die Runde. Als niemand Einspruch erhob, gab sie ihrem Onkel die Adresse durch.

Fast genau dreißig Minuten später klingelte es an der Tür und Martin stand auf, um sie zu öffnen. Ella kam gerade mit einer großen Schüssel Popcorn aus der Küche und kreischte laut auf, als sie den Mann in der offenen Tür erblickte.

»Roolfiiii, das gibt's ja nicht!« Sie streckte dem verdutzten Martin die Schüssel entgegen und sprang dem breitschultrigen, etwas untersetzten Mann an der Tür in die Arme. Der lachte überrascht auf und brummte dann vergnügt: »Engelchen, was machst du denn hier? Mensch, wie lange ist das her? Acht Jahre bestimmt, oder?«

Ella lachte und machte sich los. »Keine Ahnung. Eine halbe Ewigkeit. Aber es ist unglaublich schön, dich zu sehen.« Da erinnerte sie sich auf einmal wieder an die anderen in der Wohnung, die die stürmische Begrüßung verblüfft beobachtet hatten. »Ach, entschuldige. Das hier ist Martin Westfal, dem die Wohnung gehört. Und die anderen beiden kennst du, oder?«

»Klar, das ist ja mein Nichtchen samt Anhang. Sag' bloß, du hast Jana nicht erkannt! Das ist doch Ricardas Tochter. Und dabei hast du mich damals sogar zur Taufe begleitet.« Er zwinkerte Ella grinsend zu.

»Nein! Echt? Die Jana? Wahnsinn, die Welt ist ein Dorf. Wie alt waren wir damals? Sechzehn? Und war das nicht der Tag, an dem wir das Auto von deinem Vater geklaut haben, weil du …«

Rolf schubste Ella an. »Pst! Jana muss ja nicht alles wissen … Aber sag' mal, wie passt du denn in diese illustre Gesellschaft? Ist Fjonn auch da? Und wie geht's den Zwillingen? Mann, die haben ja auch schon bald Haare auf der Brust, oder?«

Ella lächelte nervös und antwortete einfach gar nicht. Stattdessen stellte sie Martin Rolf vor: »Das ist Rolf Ammersbach. Wir waren zusammen auf der Schule und wirklich dicke Freunde damals.«

Martin fühlte sich, als befände er sich in freiem Fall in einen tiefen Abgrund. Nicht ein Wort zu ihrer Beziehung. Nicht eine Geste, die zeigte, dass etwas zwischen ihnen war. Er kannte sie mittlerweile gut genug, um zu wissen, dass sie sich gerade in Grund und Boden schämte. Aber nicht vor ihm, weil sie ihn nicht als ihren Freund vorstellte, sondern vor dem anderen, weil er ihr Freund war. Martin konnte es nicht fassen. Es war wie ein Schlag ins Gesicht. Und dann ihre plötzliche Verwandlung von einer verschüchterten, geradezu leidenden Person in diese bezaubernd fröhliche, ausgelassene Frau. Fühlte sie sich bei diesem anderen Mann so viel wohler als bei ihm? Martin war fast übel vor Eifersucht.

Jetzt stand sie draußen auf dem Balkon und rauchte mit diesem Typ eine Zigarette. Seit wann rauchte Ella? Irgendetwas lief hier gewaltig schief. Martin saß mit verschränkten Armen auf dem Sofa, neben sich Jana und Andreas, die ihm immer wieder verstohlene Blicke zuwarfen. Über den Bildschirm flackerte irgendein Film, von dem Martin so gut wie nichts mitbekam. Zu sehr war er mit seinem inneren Aufruhr beschäftigt und damit, was draußen auf dem Balkon ablief. Umarmten die sich da etwa? Martin holte tief Luft und stieß sie geräuschvoll wieder aus. Es war doch gerade alles so gut gelaufen. Und dann das. Martin kämpfte schwer mit sich. Hatte er es nötig, sich verleugnen zu lassen? Wann war aus ihm jemand geworden, für den man sich schämte? Nein, das konnte er beim besten Willen nicht hinnehmen. Er verstand ja, dass das alles für sie schwer war. Zur Hölle, der Mann da war der Onkel von Jana. Das war schon schräg. Durch diesen offensichtlichen Generationsunterschied bekam das mit Ella und ihm auf einmal einen unangenehmen Beigeschmack. So, als wäre er dieser Benjamin und sie diese Mrs Robinson aus dem Film ›Die Reifeprüfung‹.

Ach, Blödsinn. Das zwischen ihnen war anders. Es war ehrlich und richtig. Sie übertrieb es mit ihrer Paranoia vor der Reaktion der Leute. Schließlich lebten sie nicht mehr in den Fünfzigern. Heute war alles möglich. Und wenn die Leute sich eine Weile das Maul zerrissen … Das beruhigte sich auch wieder. Aber das, was sie hier abzog, das war echt zu stark. Was sollte er jetzt machen? Sollte er den komischen Kerl vor die Tür setzen und Ella gleich mit ihm? Sollte er ihn bitten, zu bleiben? Sollte er Ella vor diesem Typ einen Kuss geben, der ein für alle Mal für klare Beziehungsverhältnisse sorgte? Sollte er den Abend abbrechen?

Nachdem Martin im Kopf unzählige Szenen durchgespielt hatte, ohne sich für eine davon entscheiden zu können, kamen die beiden wieder herein. Martin bemerkte, dass dieser Rolf ihn mit einem eigenartigen Blick streifte. Er spürte, dass Ella ihn ansah, und blickte ihr mit einem bemüht neutralen Gesichtsausdruck entgegen. Ein entschuldigendes Lächeln auf den Lippen kam sie langsam auf ihn zu und ließ sich dicht neben ihn aufs Sofa gleiten. Sie hauchte ihm einen zarten Kuss auf die Wange und beugte sich dann über ihn herüber, um Jana zuzuflüstern: »Jana, Rolf möchte jetzt los. Gibst du ihm die Papiere?«

Fünf Minuten später waren sie wieder nur zu viert und sahen den Film weiter. Ella hatte sich eng in seinen Arm geschmiegt und streichelte mit ihren Fingerspitzen unentwegt über den Unterarm, sodass leichte Schauer über seine Haut liefen. Er wusste nicht so genau, wie er mit der Situation umgehen sollte. War er sauer? War er es nicht? Es sah ja so aus, als hätte sie diesem Rolf von ihrer Beziehung erzählt. War damit schon alles wieder gut? Martin war sich nicht sicher. Immer noch spürte er in sich einen Kern aus Wut schwelen ebenso wie dieses furchtbare Gefühl der Unsicherheit. Was war er für sie? War der Altersunterschied vielleicht doch zu groß? Würde sie sich jemals richtig auf ihn einlassen und zu ihm stehen? Doch das musste warten. Seine Eltern hatten ihn so erzogen, dass man seine Konflikte unter vier Augen löste und keine Unbeteiligten mit hineinzog.

Ella war aufgewühlt. Sie brauchte die Geborgenheit in Martins Arm und die monotone Streichelbewegung, um ihr Gefühlschaos im Zaum zu halten. Rolf. Du meine Güte. Sie hatte ihn ewig nicht mehr gesehen. Warum eigentlich nicht? Sie hatten sich doch früher so nahegestanden. Na ja, sie waren eben beide aus Retsum weggezogen, Ella hatte Fjonn kennengelernt und dann war der Kontakt irgendwann eingeschlafen.

Ihre ganze Jugend hindurch war Rolf Ellas Fels gewesen. Falls es so etwas wie ein Schicksal gab, dann hatte es dafür gesorgt, dass Rolf immer dann da gewesen war, wenn sie jemanden gebraucht hatte. Er war nie der Typ der großen Worte gewesen, aber er hatte schon als Jugendlicher eine breite Brust gehabt, an die man sich wunderbar werfen konnte. Und wenn er ihr angesehen hatte, dass etwas nicht stimmte, dann hatte er einfach nur seine Arme ausgebreitet und sie minutenlang festgehalten. Dafür hatte sie ihn oft zum Lachen gebracht und – wie er sich damals etwas theatralisch ausgedrückt hatte – für Licht in seinem Leben gesorgt. Rolf. Dass sie ihn jetzt hier, in dieser Situation, wiedertraf … War das Schicksal? Hatte sie ihn gebraucht, ohne es zu wissen? Auch nach all den Jahren war da zwischen ihnen immer noch dieser Draht, durch den sie sich ganz ohne Worte verstanden. Es hatte nur einen kurzen Blickwechsel gebraucht, eine fragend gerunzelte Stirn und eine angedeutete Kopfbewegung, schon hatten sie sich auf dem Balkon wiedergefunden.

»Engelchen, was machst du hier?«, hatte Rolf gefragt und Ella eine Zigarette angeboten. Ella hatte automatisch ablehnen wollen, aber dann doch eine genommen. In so abgedrehten Situationen zählte so etwas nicht. Das Gefühl der Zigarette zwischen den Lippen war ungewohnt und doch vertraut. Damals mit Rolf hatte sie immer heimlich hinter dem Geräteschuppen des Hausmeisters geraucht. War das lange her!

Rolf gab ihr Feuer und sie inhalierte den Rauch tief in ihre Lungen. Zu ihrer Überraschung musste sie gar nicht husten. Dafür stieg sofort ein leichter, herrlich beruhigender Schwindel in ihren Kopf. Sie schloss kurz die Augen und überlegte, was sie antworten sollte. Vor Rolf brauchte sie keine Geheimnisse zu haben. Er hatte sie nie wegen irgendetwas verurteilt. Schließlich war sie damals auch die Einzige gewesen, die von seinen Gefühlen für den hochgewachsenen, sportlichen und leider extrem bescheuerten Klassensprecher gewusst hatte. Sie zog noch einmal fest an der Zigarette und sagte dann: »Tja. Die Kurzversion ist: Fjonn und ich haben uns getrennt und der Grund dafür ist der junge Mann, dem diese Wohnung gehört.«

»Ist nicht dein Ernst!«, stieß Rolf hervor.

»Doch.« Ella zuckte bekümmert mit den Achseln. »Und du kannst mir glauben, das war absolut nicht so geplant. Ich habe wie verrückt dagegen angekämpft und hätte von mir aus Fjonn wahrscheinlich auch nie verlassen. Aber Fjonn hat es irgendwann nicht mehr ausgehalten, dass ich so offensichtlich unglücklich war und nun ja … Jetzt bin ich hier.«

Rolf musterte sie mit einem so mitfühlenden Blick, dass Ella unwillkürlich die Tränen in die Augen schossen. Und als wäre nicht ein einziger Tag seit ihrem letzten Treffen vergangen, breitete er die

Arme aus und Ella schmiegte sich weinend hinein. Nach einiger Zeit beruhigte sie sich wieder. Rolf brachte sie auf den neuesten Stand, was sein Leben mit einem blonden Schönling betraf, der in seiner Freizeit tiefgründige Balladen dichtete und zufälligerweise in Retsum arbeitete, und sie tauschten ihre aktuellen Telefonnummern aus. Bevor sie sich dann von Rolf verabschiedete, bat sie ihn noch, über die Trennung und ihr Was-auch-immer-Verhältnis zu Martin Stillschweigen zu bewahren. Sie war einfach noch nicht bereit, damit an die Öffentlichkeit zu gehen. Überhaupt darüber zu reden, hatte sie schon extrem aufgewühlt. Trotzdem war es genau das, was ihr fehlte. Antje stand derzeit nicht zur Verfügung. Wie immer hatte sie kaum Zeit und tatsächlich hatte sie Ella die Trennung mehr als übel genommen. Ella wusste, dass sie sich irgendwann beruhigen würde. Aber im Moment war sie nun einmal nicht für sie da. Und was ihre anderen Freundinnen anging … Mit denen machte sie sich gerne eine gute Zeit, lachte und scherzte mit ihnen, aber darüber, dass sie Fjonn mit einem zwölf Jahre jüngeren Mann betrogen hatte und jetzt von ihrer Familie getrennt lebte – darüber wollte sie mit keiner von ihnen sprechen. Vielleicht hatte das Schicksal ihr deswegen Rolf geschickt. Ihren Fels.

Martin lag in seinem Bett und sah schlaflos in die Dunkelheit. Das war ihr erster Streit gewesen und er fühlte sich erbärmlich. Was sagte das über ihre Feuerprobe aus?!

Ella gab sich Mühe. Das wusste er. Trotzdem hatte er das heute nicht einfach hinunterschlucken wollen. Er wollte nicht der liebe, kleine Junge sein, der sich unterordnete oder wie ein Hündchen darauf wartete, dass sein Frauchen Zeit für ihn hatte. Martin wollte wissen, dass sie zu ihm gehörte. Er wollte, dass sie ein Paar waren. Auf Augenhöhe. Aber sie brachte es ja noch nicht einmal über sich, ihr Verhältnis als Beziehung zu bezeichnen. Und das, obwohl der denkwürdige Tag auf der Wiese schon acht Monate zurücklag. Ebenso hatte sie ihm bisher nicht ein einziges Mal gesagt, dass sie ihn liebte. Martin presste seine Lippen fest aufeinander. Vielleicht hatte er deswegen ein wenig zu heftig reagiert, als Jana und Andreas gegangen waren. Vielleicht war er zu fordernd gewesen. Zu wütend. Ja, je länger er darüber nachdachte, umso ungerechter und verletzender kamen ihm seine Worte vor. Erst hatte sie sich noch verteidigt. Doch dann hatte sie plötzlich angefangen zu weinen und war davon gestürmt. Und er war am Küchentisch sitzen geblieben.

Ich bin ein Idiot, dachte Martin und wälzte sich herum. Was will ich eigentlich? Ich wusste doch, dass es schwer werden würde. Sie hat es die ganze Zeit gesagt und ich habe sie in einem fort überredet, sich trotzdem auf mich einzulassen. Und kaum kommt eine Situation, die auch für mich mal schwer ist, bin ich davon vollkommen überfordert. Was für eine schwache Vorstellung.

Fang nichts an, was du nicht durchziehen willst, Mann!

Martin wälzte sich einige Male im Bett herum. Ich muss das in Ordnung bringen, dachte er schließlich und stemmte sich hoch.

Einige Augenblicke später tapste er nur mit seiner Pyjamahose bekleidet die Treppen hoch und blieb vor ihrer Wohnungstür stehen. Er hatte keinen Schlüssel und Ella wollte bisher auch noch keinen von seiner Wohnung haben, obwohl er es ihr schon oft angeboten hatte. Ihr ging das alles zu schnell. Dabei schliefen sie seit Wochen fast jede Nacht im selben Bett und verbrachten jede freie Minute miteinander. Martin starrte Ellas Wohnungstür an, seine Hand schwebte Millimeter vor dem Klingelknopf in der Luft. Verdammt, es war zwei Uhr nachts. Er konnte sie doch jetzt nicht einfach aus dem Bett klingeln, nur weil er es nicht ertrug, dass sie sauer auf ihn war. Würde sie ihn dann nicht schon wieder für einen kleinen Jungen halten? Langsam wusste er selbst nicht mehr, wer er war. Gerade wollte er sich wieder umdrehen und in seine Wohnung zurückkehren, da öffnete sich die Tür. Als Ella ihn vor der Tür stehen sah, gab sie einen erschreckten Laut von sich. Sprachlos sahen sie sich daraufhin an. Martin wusste plötzlich nicht mehr, was er ihr überhaupt sagen wollte. Er konnte sie nur ansehen, wie sie dastand in ihrem übergroßen Shirt, mit ihren zerzausten Haaren und ihren nackten Beinen. An ihren immerzu kalten Füßen trug sie dicke Wollsocken und ihre Augen hatte sie weit aufgerissen. Kein Wunder, dass er das mit diesem Altersunterschied bisher nicht ernst genommen hatte. Sie sah viel zu oft aus wie ein junges Mädchen, verschreckt und furchtbar verletzlich.

Als Ella sich irgendwann fröstelnd über die Arme strich, wurde ihm bewusst, wie kalt es im Treppenhaus war. Sie konnten hier nicht ewig stehen und sich anstieren. Er musste endlich etwas sagen. Martin räusperte sich. »Ich … Das lief nicht … Also, ich wollte mich entschuldigen. Ich hoffe, ich habe dich nicht geweckt … Aber du wolltest ja auch gerade, oder? Also …« Er seufzte und fuhr sich mit der Hand durch die Haare. »Es tut mir wirklich leid.« Was für ein peinliches Gestammel, dachte Martin und hätte sich am liebsten selbst geohrfeigt. »Schlaf einfach weiter, Schönheit. Wir reden morgen, wenn du magst.«

Martin wollte sich umdrehen und wieder nach unten gehen, um sich in einer gehörigen Portion Scham und Selbstmitleid zu wälzen, da griff Ella nach seiner Hand und zog ihn in die Wohnung. Sie drückte die Tür hinter ihm ins Schloss und presste sich gegen ihn. Ella schmiegte ihre Wange an seinen Hals und schlang ihre Arme um seinen Nacken. Er spürte, wie sie an ihm roch und mit ihren Lippen weich über seine Haut glitt. Martin seufzte erleichtert auf und schloss die Arme fest um sie. So standen sie eine Weile im dunklen Flur der Wohnung eng aneinandergeschmiegt. Es war ganz still. Nur ihre Atemzüge und das gelegentliche Brummen des Kühlschranks waren zu hören. Ihr Haar roch, wie sonst auch, süß und nach diesen Kräutern, von denen er noch immer nicht wusste, wie sie hießen, und der Holzboden unter seinen nackten Füßen fühlte sich angenehm warm und glatt an. Irgendwann fasste Ella nach seiner Hand und ging ihm voran ins Schlafzimmer, das sie – aus welchem Grund auch immer – in einem kitschigen Pastellrosa gestrichen hatte. Ella ließ sich langsam auf das Bett gleiten und er folgte ihr, zog sie in seine Arme und drückte sie eng an sich. Ella seufzte wohlig und schlaftrunken auf und murmelte leise vor sich hin, so, als würde sie im Schlaf sprechen: »Ich liebe es, wie du dich anfühlst und wie du riechst und wie du klingst. Du bist der schönste Mann, den ich je gesehen habe, und du bist so klug und witzig, so empfindsam und liebevoll und …«, Ella seufzte tief auf, »… eine Sensation im Bett.«

Dann hörte Martin an ihren tiefen, regelmäßigen Atemzügen, dass sie eingeschlafen war. Er hielt sie fest in seinen Armen und sah mit einem warmen Kribbeln in der Brust in das Halbdunkel der

Nacht. Ella zog nie die Vorhänge zu, weil sie gerne von der Sonne geweckt wurde. Dadurch war es nie richtig dunkel in ihrem Schlafzimmer. Auch jetzt überzog der Mond die rosafarbene Wand und Ellas gewaltigen Kleiderschrank mit einem silbrig weißen Licht, das sich mit den gelblichen Strahlen der Straßenlaternen vor dem Haus vermischte. Martin atmete tief ein und langsam wieder aus. Die Bettwäsche duftete leicht nach Ellas ›frühlingsfrischem‹ Waschmittel und streichelte weich seine Haut. Ella schob im Schlaf ihr Bein über ihn und ihre Locken kitzelten Martin am Kinn. Sein Lächeln vertiefte sich und er spürte, wie sich das bleierne Gewicht des Schlafes warm auf ihn legte. Es war noch kein ›Ich liebe dich‹ gewesen, aber nahe dran. Und das reichte ihm. Mehr als das. Genau so musste es sich anfühlen, wenn man selig war vor Glück. Was brauchte er die Welt da draußen?! So war es doch gut. Nur sie beide und sonst nichts.

Ella kuschelte sich zufrieden gegen das weiche Kissen auf der Couch. Wie meistens verbrachte sie den Abend in Martins Wohnung. Jetzt saß sie auf dem Sofa, hatte einen Block auf den Knien und versuchte sich an einem Brainstorming für einen neuen Kunden. Vor ihr an der Wand, die Martin in einem gedeckten Blau gestrichen hatte, stand ein Flachbildfernseher auf einer alten Holztruhe. Links daneben hing sein heißgeliebtes Rennrad auf einer speziellen Wandhalterung. Einen Couchtisch gab es nicht. Stattdessen hatte das graue Sofa eine XXL-Liegefläche. Und daneben hatte Martin als eine Art Abstelltisch ein paar alte, dunkelbraune Lederkoffer vom Flohmarkt aufeinandergestapelt. Sie ließ ihren Blick noch weiter schweifen, bis er, wie von einem Magneten angezogen, bei Martin hängen blieb. Er saß an seinem großen Schreibtisch und korrigierte Aufsätze. Für das Essen mit seinen Freunden vor einigen Tagen hatte er den Tisch komplett leer geräumt und in die Mitte des Zimmers gerückt. Die Wohnung war eben genauso klein wie die von Ella. Genauso klein, aber doch ganz anders. Alles hier sprach von der Persönlichkeit des Bewohners. Und der schien genau zu wissen, was er wollte. Es gab nur wenige Möbel in der Wohnung, aber die waren mit Bedacht ausgewählt. Martin sagte immer, dass er es mochte, wenn Dinge eine Geschichte zu erzählen hatten. Deswegen waren die meisten seiner Möbel alt und gebraucht und stammten von Trödelmärkten. Trotzdem passte alles zusammen und wirkte in dem kühlen Weiß, Grau und Blau der Wände sehr gemütlich. Besonders das große Bücherregal neben dem Schreibtisch hatte es Ella angetan. Es reichte bis an die Decke und war randvoll gefüllt. Ella sah kurz zu dem Fach in dem Bücherregal, das Martin für Cocktailzutaten reserviert hatte und dachte an den vergangenen Abend zurück, als Martin ihr einen kleinen Lehrgang im Cocktailmixen gegeben hatte. Sofort schnellten ihre Mundwinkel nach oben. Sie hatten so viel gelacht! Ihr Blick rutschte zurück zu Martin und sie beobachtete ihn eine Weile bei der Arbeit. Wie anders er aussah, wenn er konzentriert war. Sein Gesicht hatte dann absolut nichts Jungenhaftes mehr an sich. Auch die Haarsträhnen, die ihm in die Stirn fielen, änderten nichts an seiner erwachsenen, fast schon imponierenden Ausstrahlung. Ella schluckte. Dieser ernste Gesichtsausdruck berührte etwas in ihr. Martin war so zielstrebig. Er hatte mal erwähnt, dass er mit achtzehn einen Fallschirmsprung gemacht hatte. Daran musste sie jetzt denken und sie sah ihn fast vor sich, wie er mit entschiedenem Gesichtsausdruck und ohne zu zögern in die Tiefe sprang. Wie sehr sie diese Entschlossenheit an ihm bewunderte. Sie nahm ihren Block und Stift und skizzierte Martin zügig mit einigen Strichen in dieser Pose. Und dann musste sie endlich Ideen für den neuen Auftrag sammeln.

Martin hob seinen Kopf und ließ seine Schultern kreisen. Noch zwei Aufsätze, dann war er durch. Leise drang Ellas Stimme zu ihm und er sah zu ihr hinüber. Sie saß auf dem Sofa, hatte ihre Beine angewinkelt und einen Block dagegen gelehnt. Und während sie mit einer Hand Notizen machte, klopfte sie mit dem Zeigefinger der anderen Hand gegen ihr Kinn und redete dabei halblaut vor sich hin. Martin schmunzelte und sah ihr eine Weile zu. Sie beeindruckte ihn mit ihrer Kreativität und ihrem künstlerischen Talent immer wieder. Wie oft hatte er ihr schon gesagt, dass sie sich trauen sollte, etwas Größeres zu machen. Keine Auftragsarbeit, nichts Grafisches, sondern ihre eigene Kunst. Er war davon überzeugt, dass sie damit Erfolg haben würde. Martin legte den Kopf schief und betrachtete sie versonnen. Dann nahm er möglichst leise und unauffällig sein Smartphone vom

Tisch, öffnete die Kamera-App und drückte auf Video. Er liebte es, wenn sie ihr komisches Künstlerding mit dem süßen Gemurmel und Am-Kinn-Getippe machte. Damals auf der Insel hätte es ihn um ein Haar zu einer spontanen Liebeserklärung verleitet.

Martin legte sein Smartphone zur Seite und konzentrierte sich wieder auf seine Aufsätze. Er wollte endlich fertig werden und mit Ella Zeit verbringen. Ausgehen wollte sie zwar immer noch nicht mit ihm, aber es gab ja auch hier genug Dinge, die sie miteinander anfangen konnten. Vielleicht hatte sie ja nachher Lust, diesen Film zu sehen, den Jana und Andreas ihm ausgeliehen hatten. Der Titel ›Es ist kompliziert‹ war zumindest vielversprechend. Oder ließ der Vergleich mit schwierigeren Lebensumständen die eigene Situation nicht sofort weniger dramatisch erscheinen? Einen Versuch war es jedenfalls wert.

10. *So ist das jetzt also*

Fjonn saß auf dem Sofa und sah auf den Fernseher, der wie ein schwarzes Loch an der Wand hing. So ist das jetzt also, dachte er. Alleine sein. Single sein. Jeden Abend hier herumsitzen und nichts mit sich anfangen können. Fjonn dachte an Ella. Wäre sie hier und alles noch so, wie es sein sollte, dann würden sie jetzt gemeinsam einen Film schauen. Eng aneinander gekuschelt würden sie auf dem Sofa liegen, sich gegenseitig faul streicheln und die Filmhandlung in einem fort kommentieren. Oder sie würden eine Flasche Rotwein aufmachen, sich ein paar Tapas herrichten, den Kamin anfeuern und schöne Musik anstellen. Wie er das geliebt hatte. Was sie jetzt wohl gerade machte? Ach nein, das wollte er gar nicht wissen. Sie war weg und hinterließ eine traurige Leere, die sich nicht füllen ließ. So hatte er sich das nicht vorgestellt, als er Ella damals den Antrag gemacht hatte. Dass sie ihn und seine Söhne wegen eines dahergelaufenen Jünglings alleinlassen würde. Dass sie sich in einen anderen verlieben würde. Fjonn atmete seufzend aus. Er hatte gedacht, die Liebe würde bei ihm und Ella ein Leben lang halten. Nun ja, er war nicht der erste Idiot, der sich da so sicher gewesen war. Wahrscheinlich fühlte sich Liebe immer ewig an, egal, ob sie es dann auch wirklich war oder nicht. In dem Moment, in dem dieses warme Gefühl einem fast den Brustkorb sprengte und man sich nichts mehr wünschte, als dass der andere Mensch glücklich war, da war die Liebe zeitlos, da konnte man sich nicht vorstellen, dass sie jemals enden würde. Aber das war offensichtlich nur eine Illusion. Ella liebte jetzt jemand anders. Fjonn legte den Kopf in den Nacken und rieb sich mit den Händen übers Gesicht. Konnte seine Liebe zu ihr nicht auch endlich aufhören?

Im Kamin fielen knisternd einige Holzscheite in sich zusammen. Fjonn schaute den davonstiebenden Funken zu, wie sie verglühten, und wurde von einem heftigen Gefühl der Einsamkeit erfasst. Er dachte an seine Eltern, die im nächsten Jahr ihre goldene Hochzeit feierten. Fünfzig Jahre Ehe. Bei ihm war nach fünfzehn Ehejahren Schluss. Als er seiner Mutter erzählt hatte, dass Ella ausgezogen war, hatte sie sofort angefangen hysterisch zu weinen und seinem Vater den Telefonhörer in die Hand gedrückt. Und nachdem der eine Weile in die Leitung geschwiegen hatte, hatte er nur gebrummt: »Das wird schon wieder, Junge.«

Fjonn schloss einen Augenblick lang die Augen und atmete tief ein und aus. Nichts wird wieder, dachte er. Als er heute von der Arbeit nach Hause gekommen war, hatten im Ofen die Reste eines Auflaufs gestanden, den er besonders gerne mochte, aber Ella war schon nicht mehr da gewesen. Auf dem Tisch im Esszimmer hatte ein frischer Strauß Blumen gestanden, und das Bett im Schlafzimmer war neu bezogen gewesen. Es war, als würde ihr Geist hier wohnen. Wie ein Geisterleben in einem Geisterhaus. Wie sollte da irgendetwas wieder werden? Nils und Lasse hatten ihn nur müde begrüßt und sich dann leise weitergestritten. Um Ella hatte sich der Streit gedreht, wie fast jeden Tag. Lasse redete mit seiner Mutter kaum noch ein Wort und Nils wollte ihn dazu bringen, ihr zu verzeihen. Fjonn hielt sich aus diesem Streit meistens heraus. Er konnte beide verstehen, sah aber nicht, wie er die Situation lösen sollte. Lasse, der immer eine besonders enge Beziehung zu Ella gehabt hatte, fühlte sich verraten und war bis ins Innerste verletzt. Dass seine Mutter nicht so unfehlbar war, wie er immer gedacht hatte, war für ihn nur schwer zu verkraften. Und so emotional, wie er war, würde er sicherlich noch lange brauchen, um die nötige Distanz aufzubringen, die man zum Verzeihen brauchte. Nils war der Pragmatische von beiden. Er sah keinen Sinn darin, die Situation noch schlimmer zu machen, als sie war, und versuchte Lasse unablässig davon zu überzeugen, dass sein Verhalten nichts brachte. Klar, dass das Lasse nervte.

Heute hatte Fjonn sich zu den beiden gesetzt und versucht, mit ihnen darüber zu reden. Es war ihm schwergefallen, dennoch hatte er den Jungs gesagt, dass Ella nichts für ihre Gefühle konnte. Er hatte Kakao für sie alle drei gekocht, eine Handvoll Mini-Marshmallows darüber verteilt und sich mit ihnen ins Wohnzimmer gesetzt. Dann hatte er Nils gebeten, Lasse mehr Zeit zu geben, und Lasse angeboten, ihm jederzeit zuzuhören. Erst hatte er gedacht, das Gespräch wäre super gelaufen. Doch dann hatte ihn Lasse auf einmal gefragt: »Weißt du, wer der Drecksack ist?«

Fjonn zögerte lange mit einer Antwort. Er wollte seine Kinder nicht belügen, aber er hatte auch diese Abmachung mit Ella. »Ja«, sagte er schließlich und ergänzte stockend: »Aber eure Mutter und ich haben uns darauf geeinigt, dass es noch zu früh ist, um mit euch darüber zu reden.«

»Zu früh?« Lasse wurde sofort wieder laut. »Mom ist schon vor sechsundfünfzig Tagen ausgezogen und es ist zu früh, um uns zu sagen, wegen wem das alles passiert?« Lasse zog seine Stirn kraus und blitzte Fjonn wütend an. »Wieso macht ihr so ein Geheimnis daraus? Kennen wir den Arsch etwa?«

»Lass es gut sein, Lasse. Wenn du es weißt, macht es das auch nicht besser.«

»Was weißt du denn, was es für mich besser macht?« Lasses Augen schwammen in Tränen und er stand so plötzlich auf, dass er den Wohnzimmertisch anstieß und der Kakao über den Becherrand schwappte. Während ein Mini-Marshmallow noch träge über die dunkelbraune Pfütze auf dem Tisch schlingerte, stürmte Lasse schon aus dem Zimmer und kurz darauf hörte Fjonn, wie er die Holztreppe hoch ins erste Stockwerk stampfte. Wieder einmal blieb Nils mit einem betretenen Gesichtsausdruck sitzen, hielt es aber nur kurz aus, bis er sich schulterzuckend entschuldigte und seinem Zwillingsbruder nacheilte.

Fjonn starrte in den Kamin. Irgendwie brach alles auseinander. Er hatte gedacht, dass er und die Jungs eng zusammenhalten und das Familienleben aufrechterhalten würden. Aber Ella fehlte. Sie war der Mittelpunkt von allem gewesen, die Sonne, um die alles kreiste. Jetzt war es, als trudelte das Planetensystem richtungs- und beziehungslos durchs All.

Ella saß regungslos vor ihrem Computer und hatte die Augen geschlossen. Angestrengt kontrollierte sie ihre Atmung. Einatmen. Ausatmen. Einatmen. Es hatte sie absolut unvorbereitet getroffen und so gewaltig und schmerzhaft, dass sie kaum noch Luft bekam. Sie vermisste Fjonn. Sie vermisste ihn wahnsinnig. Ella war gerade dabei gewesen, ein Logo für eine Frau zu entwerfen, die in etwa das Gleiche machte wie Antje. Die Frau war über den Onlinehandel für

Handarbeitssachen, der Ella kürzlich für sein Corporate Design beauftragt hatte, auf sie gekommen. Eigentlich war das ein Routineauftrag, aber Ella kam einfach nicht weiter. Kreativität hatte eben ihre eigenen Regeln. Manchmal konnte sie sich vor Ideen kaum retten und dann wieder war die Inspiration so schwer zu finden wie eine Blume auf dem Mond.

Ella war bei der Arbeit so in Gedanken versunken gewesen, dass sie ganz ohne nachzudenken zum Telefon gegriffen hatte, um Fjonn anzurufen. Mit Fjonn zu reden, half bei kreativen Krisen immer. Seine besonnene Art, Probleme zu analysieren und nach einer Lösung zu suchen, ergab zusammen mit seinen immer wieder beeindruckend originellen Ideen den perfekten Gesprächspartner. Und wenn er auch nicht weiter wusste, unterhielten sie sich einfach eine Weile, bis die zündende Idee wie von alleine auftauchte. Ella hatte auf das Knacken in der Leitung gelauscht, auf das Freizeichen gewartet und die Erleichterung in sich aufsteigen gefühlt, die sie stets empfand, wenn sie sich mit einem Problem an Fjonn wenden konnte. Gerade noch rechtzeitig war ihr aufgefallen, was sie da im Begriff war zu tun, und hatte hektisch auf das rote Hörersymbol gedrückt. Das ging nicht. Sie waren getrennt und sicherlich noch weit davon entfernt, normal oder sogar freundschaftlich miteinander umgehen zu können.

Seit ihrem Auszug hatte sie ihn nicht mehr gesehen. Das war irgendwie merkwürdig, weil sie seine Spuren jeden Tag zu Gesicht bekam. Wenn sie zum Haus fuhr, um das Mittagessen für die Jungs zu kochen, räumte sie auch ein wenig auf oder warf eine Maschine Wäsche an. Dabei hatte sie Kleidung von ihm in der Hand oder sie räumte eine von ihm benutzte Tasse weg. Im Badezimmer hing sein Geruch in der Luft und seine Bettdecke war noch von der Nacht zerwühlt. Es war, als würden sie gleichzeitig am selben Ort, aber in zwei parallelen Realitäten existieren.

Ella stand auf und holte sich aus ihrem Koffer im Abstellraum einen kleinen Bilderrahmen mit einem Foto von Fjonn. Dann setzte sie sich wieder an ihren Schreibtisch und stellte das Foto sorgsam vor sich hin. Ein salziger Tropfen rollte über ihre Wange und zersprang auf ihren Händen, die fest verschlungen auf ihren Oberschenkeln ruhten. Ella zog die Nase hoch, löste eine Hand aus der verkrampften

Haltung und fuhr mit dem Finger sanft die Konturen seines Gesichts nach. »Es tut mir so leid, Fjonn«, flüsterte sie und begann auf einmal hemmungslos zu weinen, als das Gefühl, ganz alleine und vollkommen schutzlos auf der Welt zu sein, sie wie ein schwarzes Tuch einhüllte. Sie hatte ihren besten Freund und Anker verloren. Der Vater ihrer Kinder und ihr Partner in allen Lebenslagen war nicht mehr an ihrer Seite. Es tat so weh.

Irgendwann war es, als wäre ihr Vorrat an Tränen erschöpft. Ihre Augen waren verquollen und ihre Nase wund und rot. Mittlerweile lag sie in ihrem Bett und hielt ein Kissen fest umklammert. Zwischen ihren geschwollenen Augenlidern hindurch musterte sie die rosafarbenen Wände ihres Schlafzimmers und zog schniefend die Nase hoch. Was hatte sie sich bloß dabei gedacht? Rosafarbene Wände. Sie liebte es, wie es bei ihnen zu Hause eingerichtet war. Warum wollte sie das hier so anders haben? Um nach vorne zu sehen und einen Neuanfang zu machen? Das war ja albern. Es gab keinen Neuanfang. Sie konnte mit nichts abschließen. Ella war und blieb Mutter, und scheiden lassen wollte sie sich auch ganz bestimmt nicht. In diesem Moment wollte sie einfach nur nach Hause. Zu Fjonn. Sich an ihn schmiegen und von ihm trösten lassen, seinen Werbemann-Duft atmen und sich geborgen und sicher fühlen. Ella wollte zu ihrem Mann, der bei jedem Problem für sie da war und auf sie aufpasste. Aber das ging nicht, weil sie alles kaputt gemacht hatte. Noch immer war ihr Blick starr auf die Wand gerichtet. Auf einmal wischte sie sich energisch über das Gesicht und sprang vom Bett. Eine knappe Stunde später war sie schweißgebadet. Alle Möbel waren von der Wand abgerückt und mit einer dünnen Folie abgedeckt, die sie noch von der Renovierung zum Einzug übrig hatte. Ella sah sich um und nickte. Dann nahm sie ihre Handtasche und verließ die Wohnung, um zum Baumarkt zu fahren.

Zwei Stunden später war sie zurück und schleppte einen großen Farbeimer in den dritten Stock. Verdammt war der Eimer schwer. Aber sie brauchte diese Farbe jetzt nun mal in ihrer Wohnung. Denn darin befand sich genau der Farbton, der auch in ihrem Haus die Schlafzimmerwände zierte. Außerdem war sie noch im Möbelmarkt vorbeigefahren und hatte Vorhangstoff und Bilderrahmen besorgt, alles genau so wie zu Hause. Sie wollte keinen Neuanfang. Es sollte haargenau so sein, wie sie es kannte.

Als es um zehn Uhr abends an ihrer Tür klingelte, war sie eben fertig und schaute sich in ihrem neu gestalteten Schlafzimmer um. An den Fenstern hingen bodenlange, cremeweiße Vorhänge und die Wände waren in einem warmen lehmigen Farbton gestrichen. Daran hatte sie zahlreiche weiße Bilderrahmen in unterschiedlichen Größen und Formen mit Bildern von ihrer Familie angebracht. Ella ließ ihren Blick schweifen und dachte: Genau so muss es sein.

Als sie die Tür öffnete, starrte sie verdattert auf Martin. In ihrem Wahn hatte sie ihn total ausgeblendet. Fast ärgerlich registrierte sie, dass ihr Körper sofort auf seinen Anblick reagierte. Ihr Herz hüpfte einige Male aufgeregt außerhalb des Taktes, in ihrem Bauch machte sich ein warmes Gefühl breit und ihr Mund verzog sich zu einem glücklichen Lächeln. Und als er sie zur Begrüßung in seine Arme schloss, konnte sie nicht verhindern, dass ein zufriedenes Seufzen ihren Mund verließ.

Martin gab ihr einen zärtlichen Kuss und musterte sie interessiert. »Was hast du denn heute getrieben?«, fragte er schließlich und strich sanft über einen Farbspritzer in ihrem Gesicht.

»Ach das«, stammelte Ella. »Ich, ähm, also … da … ich habe nur ein bisschen renoviert.«

»Renoviert?«, fragte Martin amüsiert nach. »War nicht gerade alles frisch gestrichen?«

»Ja, also, ich musste da noch was ändern. Nur eine Kleinigkeit.« Ella machte eine wegwerfende Handbewegung. Was sollte sie Martin sagen? Dass sie sich nach ihrem Ehemann gesehnt und in einem akuten Anfall von Heimweh ihr Schlafzimmer in einen Familienschrein verwandelt hatte? Schnell fragte sie: »Aber wie war dein Tag? War es schön bei deinen Eltern?«

Im Bruchteil einer Sekunde nahm Martins Gesicht einen verschlossenen Ausdruck an und anstatt zu antworten, nickte er nur. Irritiert sah Ella ihm in die Augen. War da etwas vorgefallen? Hatte er seinen Eltern etwa von ihr erzählt? Der Arme. Ella konnte sich beim besten Willen nicht vorstellen, dass seine Eltern von dem Gedanken begeistert waren, dass ihr junger, ausnehmend attraktiver Sohn sich mit einer verheirateten, zwölf Jahre älteren Frau einließ, die bereits zwei dreizehnjährige Söhne hatte. Sie verzog ihr Gesicht zu einem anteilnehmenden Lächeln und legte ihm liebevoll ihre Hand auf die Wange. Da brach der verschlossene Ausdruck in seinen Augen schlagartig auf und ein Funkeln stahl sich hinein. Er hob eine Hand und strich vorsichtig eine Locke hinter ihr Ohr. Dann bückte er sich plötzlich und hob sie schwungvoll auf seine Arme, sodass Ella erschreckt aufschrie. Sie sah ihm lachend ins Gesicht und er senkte seinen Kopf, um sanft mit seinen Lippen über ihre zu streichen. Währenddessen tastete er sich vorsichtig vorwärts in Richtung ihres Schlafzimmers. Er schubste die nur angelehnte Tür mit seinem Fuß auf und ließ sich gemeinsam mit ihr langsam auf das Bett sinken. Nicht eine Sekunde unterbrach er dafür den innigen Kuss. Er fuhr mit seiner Hand unter ihr Shirt, streichelte erst hauchzart und dann immer leidenschaftlicher über ihre Haut. Sein Atem beschleunigte sich und ungeduldig zog er den T-Shirt-Saum nach oben über ihren Kopf, sodass ihre Hände in dem Shirt gefangen waren. Ella schluckte und befeuchtete mit der Zunge ihre Lippen. Martin! Wenn er da war, gab es nur sie und ihn. Sonst nichts. Nur sie beide in einem Vakuum aus Glück.

Martin sah mit einem fast schmerzhaft schönen Gefühl in der Brust auf die Frau unter sich. Ihre nass glänzenden Lippen waren leicht geöffnet und ihre tiefgrünen Augen unverwandt auf ihn gerichtet. Wieder musste er bei dem Blick in ihre Augen an mystische Waldseen denken, auf denen Sonnenstrahlen goldene Lichtflecken verteilten und in deren Tiefen sich irgendwelche mysteriösen Geheimnisse verbargen. Er senkte sein Gesicht, um eine Spur von Küssen über ihren Hals zu ziehen und den süßen Duft ihres weichen Haares tief einzuatmen. Da veranlasste ihn der Geruch nach neuer Farbe, der ihm schon die ganze Zeit in die Nase stach, den Blick kurz schweifen zu lassen. Schlagartig flaute seine Erregung ab und er setzte sich auf. Martin sog scharf die Luft ein und schaute sich um. Die rosafarbenen Wände waren verschwunden. Dafür blickten ihm nun von überallher Ellas Mann und ihre Söhne entgegen. Martin fühlte sich von den unzähligen Fotografien an den Wänden wie umzingelt. Es war, als würden die Gesichter sich aus den Bilderrahmen heraus auf ihn zubewegen und ihn wie einen unerwünschten Eindringling anklagend anstarren.

»Ich hatte Heimweh nach meiner Familie«, hörte er da Ella unter sich leise murmeln.

Martin fuhr sich mit der Hand durch die Haare und war sich unschlüssig darüber, wie er reagieren sollte. Doch als er Ella ins Gesicht sah, sah, wie sie unsicher auf ihrer Unterlippe herumkaute und ihn aus großen Augen schuldbewusst anschaute, spürte er ein warmes Gefühl über sich hinwegrieseln, das ihn lächeln ließ. Martin zuckte mit den Schultern, drückte ihr einen Kuss auf die Stirn und sagte: »Das ist vollkommen in Ordnung, Schönheit. Aber schlafen kann ich hier definitiv nicht mehr mit dir.«

Ella grinste verlegen und biss noch immer auf ihrer Unterlippe herum. Ihre Haare ringelten sich wie verschlungene Sonnenstrahlen um ihr zartes Gesicht und ihre leicht geröteten Wangen ließen sie unheimlich jung aussehen. Martin musste trocken schlucken. Sein Blick wanderte über ihr Gesicht von ihren waldgrünen Augen über ihre sommersprossengesprenkelte Stupsnase bis hin zu ihrer vollen Oberlippe und den regelmäßigen Zähnen, die sich gerade wieder in ihre Unterlippe gruben, und er spürte, wie die Erregung in ihm erneut anstieg.

»Ella«, flüsterte er mit rauer Stimme und hob sie zum zweiten Mal heute Abend auf seine Arme, »kann man dein Sofa auch ausziehen?«

Ella wachte von dem penetranten Klingeln ihres Telefons auf und versuchte irritiert, sich zurechtzufinden. Wo war ihr Fuß und warum fühlte sich ihr rechter Arm so taub an? Als sie endlich wach genug war, um die Situation zu überblicken, schmunzelte sie über die abenteuerliche Verknotung, in der sie mit Martin halb auf dem Sofa, halb auf dem Boden eingeschlafen war. Bedauerlicherweise ließ sich ihr kleines Sofa nämlich nicht ausziehen und so hatte sich das gestern Abend zu einem akrobatischen Akt entwickelt, mal begleitet von albernen Lachanfällen und dann wieder von einer hitzigen Leidenschaft, die sie auf diese Weise niemals zuvor erlebt hatte. Danach hatten sie gekuschelt und geredet, bis sie eingeschlafen waren.

Ella versuchte, ihre Gliedmaßen aus der Umklammerung zu befreien. Dabei konnte sie nicht umhin, wieder einmal ihren Blick in Zeitlupentempo über ihn hinweggleiten zu lassen und das entstehende Gefühl kribbelnder Freude fast ungläubig zu genießen. Sie seufzte glücklich, als das Telefon schon wieder zu schrillen begann. Das konnte doch nicht wahr sein. Wer rief an einem Samstagmorgen um sieben Uhr dermaßen penetrant an, als wäre irgendein Unglück passiert? Du meine Güte, vielleicht war ja genau das der Fall? Die Jungs! Wenn ihnen etwas zugestoßen war. Zunehmend panisch versuchte Ella, sich freizumachen und an das Telefon zu kommen. Martin, der noch immer im Tiefschlaf war, war dabei nicht gerade hilfreich, weil er sie im Schlaf ständig zurück in seine Arme zog.

»Hör endlich auf damit«, schimpfte Ella irgendwann und machte sich alles andere als zärtlich von ihm los. Sie stolperte zum Telefon, wäre dabei noch fast der Länge nach hingefallen und keuchte »Ja? Was ist los?« in ihr Smartphone.

»Das frage ich mich auch, Helena Elvira Kaap. Habe ich dich so erzogen? Einfach die Familie im Stich zu lassen und es der eigenen Mutter nicht einmal zu erzählen?«

»Mama«, sagte Ella stotternd und sank erschüttert auf den Boden. Auf diesen Anruf war sie nicht vorbereitet. Klar sollte man irgendwann den Eltern reinen Wein einschenken und ihnen von der eigenen Trennung erzählen. Aber sie hatte gehofft, das noch ein bisschen hinauszögern zu können. Umso mehr, weil ihre Mutter bereits vor etlichen Jahren ans andere Ende des Landes gezogen war und sie nicht allzu oft miteinander telefonierten.

»Ja, genau, deine Mutter, die von anderen Menschen erfahren muss, dass ihre eigene Tochter, ihr eigen Fleisch und Blut, sich von ihrem Mann getrennt hat und sogar schon ausgezogen ist. Der Mann, den du verlassen hast, der redet nämlich offensichtlich noch mit seinen Eltern … Ich kann es nicht fassen, Helena. Das hätte ich nie und nimmer von dir gedacht. Wie konntest du nur? Und das auch noch wegen eines anderen Mannes?«

Ella seufzte. »Mama, es tut mir leid, dass ich dir noch nichts gesagt habe. Aber ich bin selber so überfordert mit der Situation, dass ich mich noch nicht in der Lage gefühlt habe, darüber zu reden.«

»Ich bin deine Mutter!«, schallte es ihr aus dem Smartphone so empört entgegen, dass Ella das Gesicht verzog und das Gerät in einen Sicherheitsabstand zu ihrem Ohr brachte.

»Ja, das bist du. Und es tut mir leid.«

»Das sollte es auch! Besonders natürlich deinem Mann und deinen Kindern gegenüber.« Ellas Mutter seufzte und fuhr mit einer auf einmal eher müden und traurigen Stimme fort: »Ach was soll's. Darüber können wir auch noch reden, wenn ich bei dir bin. Mein Zug kommt um dreizehn Uhr achtundzwanzig an. Könntest du mich dann also bitte vom Bahnhof abholen? Ich wüsste ja noch nicht einmal, welche Adresse ich dem Taxifahrer sagen sollte.« Ellas Mutter lachte kurz bitter auf, während es Ella absolut die Sprache verschlagen hatte.

»Ella? Hallo? Bist du noch dran? Du sollst mich abholen, hörst du? Um dreizehn Uhr achtundzwanzig. Und dann kümmern wir uns um das Chaos, das du da angerichtet hast.«

»Mama«, stöhnte Ella ins Telefon und kam sich vor, als wäre sie sechzehn und es ginge um den Schülerstreich, nach dem ihre Mutter sie gezwungen hatte, sich bei allen Betroffenen zu entschuldigen.

»Sei pünktlich, Helena, ja?« Und dann legte Ellas Mutter ohne jeden weiteren Abschiedsgruß auf.

Ella saß auf dem Boden und hätte beinahe angefangen, hysterisch zu lachen. Das hatte ihr gerade noch gefehlt! Ihre Mutter. Ihre Mutter, die von ihrem Vater vor dreißig Jahren wegen einer anderen Frau verlassen worden war. Das konnte ja heiter werden. Da bemerkte Ella, dass Martin sie die ganze Zeit beobachtet hatte. Sie sah ihn an und hob mit einem verzweifelten Lächeln die Schultern. »Meine Mutter kommt.«

Martin erwiderte ihren Blick mit einem schwer zu deutenden Gesichtsausdruck. Dann erhob er sich und kam auf sie zu. Er ließ sich langsam hinter ihr nieder und rutschte so nah an sie heran, dass seine ausgestreckten Beine links und rechts von ihr in den Raum ragten. Danach zog er sie wortlos in seine Arme und gab ihr einen Kuss auf den Lockenkopf. Ella seufzte auf und schmiegte sich an ihn.

»Das wird eine absolute Katastrophe«, sagte sie leise und seufzte gleich noch einmal.

11. Da geht noch was

Fjonn saß mit Flo in einer sogenannten Szenekneipe mit Live-Musik und war so froh darüber, nicht alleine auf dem Sofa zu sitzen, dass er richtiggehend aufgekratzt war. Bei den Jungs zu Hause passte Anna, die frühere Kindergärtnerin der beiden, auf. Sie war ihnen all die Jahre als Babysitterin erhalten geblieben. Heute hatte er mit ihr vorsorglich vereinbart, dass sie die ganze Nacht bei ihnen verbringen und den Jungs noch Frühstück machen würde. Er wollte es so richtig krachen lassen. Zwar hatte ihm Barbara, Ellas Mutter, geradezu penetrant angeboten, auf die Jungs aufzupassen, aber er wollte ihr auf keinen Fall begegnen, wenn er – in was für einem Zustand auch immer – wieder nach Hause kam. Fjonn verzog das Gesicht, als er an die Begegnung mit Barbara dachte. Sie war vor einigen Tagen überraschend bei ihm im Büro aufgetaucht und hatte ihn genötigt, mit ihr zu Mittag zu essen. Barbara hatte nicht einmal abgewartet, bis sie am Tisch saßen. Schon auf dem kurzen Fußweg zum ›Le Jardin‹ hatte sie ununterbrochen auf ihn eingeredet. Er mochte sie ja eigentlich ganz gerne und hatte sich immer gut mit ihr verstanden, aber sie neigte eben dazu, alles bestimmen zu wollen, und er wiederum ließ sich nicht gerne reinreden. Das sorgte dann früher oder später unweigerlich für Spannungen.

Flo stieß ihn in die Seite. »Hey, was ist denn mit dir los? Ich dachte, du wolltest heute endlich mal wieder die Sau rauslassen ... und jetzt sitzt du hier und ziehst so ein Gesicht, Mann.«

Fjonn musste grinsen und erklärte: »Ach, ich musste nur gerade an die Begegnung mit Ellas Mutter vor ein paar Tagen denken.« Er musterte seinen Kumpel. »Hast du sie nicht auch mal kennengelernt?«

Flo zuckte mit den Schultern. »Kann sein. Gepflegte Blondine, nett, aber auch etwas dominant?« Fjonn nickte und Flo hakte neugierig nach. »Was war denn so schlimm?«

Fjonn machte eine wegwerfende Handbewegung. »Ach, sie wurde damals für eine jüngere Frau verlassen und meint deswegen, sie wüsste genau, wie ich mich jetzt fühle, bla, bla, bla ...«

Flo lachte laut und dröhnend auf. Dann verschränkte er seine Hände, legte sein Kinn darauf ab und flötete Fjonn mit klimpernden Augendeckeln und mitleidig verzogenem Mund entgegen: »Mein armer Junge. Ich bin für dich da in dieser schlimmen Zeit. Es ist ein tiefes Tal voll bitterer Tränen, aber wir werden es gemeinsam durchschreiten und hinter uns lassen.«

In Fjonns Augen funkelte es amüsiert auf. Aber dann winkte er ab. »Nee, ganz anders. Sie war schon wild dabei, irgendwelche verrückten Pläne zu schmieden, mit denen sie Ellas neue Beziehung sabotieren und uns wieder zusammenbringen will.«

Flo verzog anerkennend sein Gesicht. »Na, da sieh mal einer an: Guerilla-Relationshipping. Und … könnte davon was gehen?« Er sah Fjonn mit einem unverhohlenen Hoffnungsschimmer im Gesicht gespannt an.

Fjonn schüttelte mit einem traurigen Lächeln den Kopf. »Flo, ich weiß, wir sind dein Ideal von der Liebe«, sagte er und deutete dabei Flos Tonfall im sturzbetrunkenen Zustand an, »aber du weißt doch, wenn ich mich einmal entschieden habe, dann ist es auch so. Ella liebt den anderen. Das weiß ich. Und ich bin mir zu schade dafür, nur die zweite Wahl zu sein.«

»Ach«, Flo machte eine Handbewegung, als wollte er den ganzen Tresen leer fegen, und antwortete mit wilder Inbrunst, »das ist doch nur eine Phase. Vielleicht hat Ella eine Midlife-Crisis oder so. Die Fjonn-Ella-Ära kann nicht einfach so enden, Kumpel. Das zerstört mein komplettes Weltbild.«

»Du bist wirklich ein sehr seltsamer Scheidungsanwalt, Flo«, sagte Fjonn kopfschüttelnd und trank sein Bier in einem Zug aus. »Weißt du, Mann, ich liebe Ella, und wenn ich Pech habe, werde ich sie immer lieben. Und ich vermisse sie mehr, als du dir vorstellen kannst. Aber trotzdem habe ich beschlossen, ab jetzt nach vorne zu schauen. Ich bin doch kein alter Mann, da geht noch was.« Fjonn zog die Schultern leicht hoch, drehte seine Handflächen nach oben, als wollte er einen Korb voller Möglichkeiten in Empfang nehmen, und sagte: »Vielleicht mach' ich mit den Jungs nächstes Jahr eine Reise nach Tibet. Oder in den Dschungel. Oder wir machen eine Jeep-Tour durch die afrikanische Savanne. Das wollte ich schon seit Ewigkeiten mal tun.« Fjonn wurde immer lauter und hatte sich mittlerweile Flos Bierflasche gegriffen, die er munter im Takt schwenkte. »Aber jetzt ist jetzt. Und deswegen lebe ich den Augenblick. Außer meinen Jungs bin ich niemandem gegenüber verpflichtet, ich bin endlich mal wieder mit einem Kumpel unterwegs und überall sind schöne Frauen …«

»Herr Soost? Na, das ist aber ein Zufall!« Unvermittelt schob sich ein draller Frauenkörper zwischen die beiden Männer und Fjonn schaute verdutzt auf die roten Lippen von Bekka, die ihn vergnügt anlächelten. Er räusperte sich und schaute über den Kopf der ihm sonst eher lästigen Kellnerin seines Stammrestaurants hinweg zu Flo. Dann setzte er ein geschäftsmäßiges Lächeln auf. »Tja, wenn ich vorstellen darf: Das ist mein alter Freund, Herr Dr. Florian Riebenstetter und das … ist Bekka aus dem Restaurant ›Le Jardin‹, wo ich jeden Tag zu Mittag esse.«

Bekka drehte sich kurz zu Flo um und schüttelte ihm pflichtschuldig die Hand, bevor ihr Gesicht mit einem breiten Lächeln wieder zu Fjonn schnellte.

»Also, dass ich Sie hier treffe …« Mit schräg gelegtem Kopf griff Bekka nach einer ihrer dunkelbraunen Haarsträhnen und zwirbelte sie um ihren Finger. Dabei lehnte sie sich ein wenig nach vorne, sodass sich ihm ihr beachtliches Dekolleté recht offenherzig präsentierte. Aus Gewohnheit wollte Fjonn Bekka freundlich, aber kühl abblitzen lassen, als er sich daran erinnerte, dass er zwar noch verheiratet, aber nicht mehr vergeben war. Daraufhin musterte er Bekka noch einmal mit etwas anderen Augen und ließ seinen Blick langsam über ihre üppigen Kurven wandern. In dem weiß getupften blauen Kleid sah sie aus wie ein Pin-up-Girl der Fünfzigerjahre. Mit ihren dunklen Haaren und ihrem sorgfältigen Make-up hatte sie zudem etwas von Dita von Teese an sich. Doch statt der kühlen Eleganz der bekannten Burlesque-Tänzerin strahlte Bekka eine sinnliche Wärme aus. Optisch war sie das absolute Gegenteil von Ella, seiner zarten Ella. Und genau das gab den Ausschlag für Fjonn, sich näher mit Bekka zu befassen. Denn ›ganz anders als Ella‹ war exakt das, was er jetzt brauchte.

Kurze Zeit später sah Fjonn, wie Flo ihm einen entgeisterten Blick zuwarf, und dann war er schon in das Getümmel der wogenden Körper auf der Tanzfläche eingetaucht. Bekka ließ ihn nicht eine

Sekunde aus den Augen, rieb ihre üppigen Rundungen an ihm und warf ihm laszive Blicke zu. Fjonn fühlte sich wie in einem surrealen Film voll zuckender Leiber und intensiver Detailaufnahmen. Farben, Gerüche und Musik vermischten sich zu einem zähen Brei, der um ihn herum waberte und ihn im Takt mit sich riss. Er sah durch seine halbgeschlossenen Augen auf die Frau vor sich, die ihm nur allzu deutlich machte, dass sie ihn wollte. Die leuchtend rot geschminkten Lippen befeuchtete sie immer wieder mit ihrer Zunge, und ihre Arme räkelte sie über ihrem Kopf in den gleichen sinnlichen Bewegungen wie ihren restlichen Körper. Und dann dachte er auf einmal: Warum eigentlich nicht? Energisch griff er nach ihr, zog sie eng an sich heran und ließ beim Tanzen seine Hände über ihren Körper wandern. Es fühlte sich fremd an, eigenartig fremd. Ihre Brüste waren so groß und weich, ihre Hüfte so ausladend drall, ihre Bewegungen so verwirrend fordernd. Einen Moment lang fragte er sich, was er hier eigentlich tat, und wollte eben zurück zu Flo an die Bar steuern, als sie impulsiv ihre Arme um seinen Hals schlang und ihre Lippen in einer fast hemmungslosen Attacke auf seine presste. Sein erster Impuls war, sie von sich zu stoßen. Doch dann fühlte er nur noch ihre vollen, weichen Lippen auf seinen, ihre üppigen Brüste, die sich an ihn drückten und ihre Hände, die wild durch sein Haar fuhren. Wie lange war das her, dass ihn eine Frau so gewollt hatte? Er genoss dieses Gefühl, das sich ähnlich anfühlte wie das Nachlassen eines heftigen Schmerzes, und wollte in diesem Moment um nichts in der Welt, dass es aufhörte.

Fjonn nahm Bekka bei der Hand und zog sie hinter sich her zur Bar. Dort sah er Flo in einer angeregten Unterhaltung mit einer stupsnasigen Blondine. Flos Hand lag auf ihrem Oberschenkel. Fjonn grinste. Gut, Flo war versorgt. Da brauchte er kein schlechtes Gewissen zu haben, wenn er jetzt verschwand. Er drängelte sich zu ihm durch und brüllte ihm kurz einen Abschiedsgruß ins Ohr. Kurz darauf war er mit Bekka draußen vor der Tür. Den melancholischen Blick, mit dem Flo seinen Abgang verfolgte, sah er nicht.

»Fahren wir zu dir?«, fragte er und sie nickte mit glänzenden, weit aufgerissenen Augen.

»Wir müssen aber nicht fahren, Herr Soost, ich wohne nur ein paar Minuten zu Fuß entfernt.«

Trotz der intimen Situation sprach sie ihn noch immer mit dem Nachnamen an. Fjonn gefiel das auf eine Art und Weise, die er nicht näher bestimmen konnte. Fast schon grob zog er Bekka an sich und küsste sie rau und fordernd. Als er sich wieder von ihr löste, keuchte sie atemlos, und er bemerkte befriedigt, dass sie ein wenig schwankte.

»Wo lang?«, fragte er und sie zeigte vage nach rechts.

Schweigend gingen sie nebeneinander her. Zwischendurch riss Fjonn sie ein paar Mal an sich und versicherte sich mit einem harten Kuss seiner Wirkung auf sie. In seinem Hinterkopf meldeten sich dabei langsam Bedenken an. Was tat er hier und was würde er noch tun? Und was erwartete sie sich überhaupt von ihm? Zärtlichkeiten oder Gefühle hatte er ihr nicht zu geben. Also, wie würde das enden? Fjonn runzelte die Stirn. Wahrscheinlich würde er nach einem kurzen, unerfreulichen Intermezzo mit einem miesen Gefühl im Bauch das Weite suchen. Und sie würde nackt im Bett sitzen und weinen. Er würde sich wie ein egoistischer Mistkerl fühlen und das ware er dann ja auch. Und als sie an ihrer Haustur anlangten, reichte ihm diese Vorstellung auf einmal schon. Er musste es nicht mehr erleben. Es war wie bereits passiert. Fjonn drehte sich seufzend zu Bekka, die ihn mit erwartungsvoll funkelnden Augen fixierte.

»Hör mal, Bekka ... Ich denke, wir sollten das lassen.«

Bekka entgleisten die Gesichtszüge.

»Es tut mir leid. Aber es würde zu nichts führen. Ich würde dich nur für eine Nacht benutzen, um mich etwas besser zu fühlen. Und das wäre einfach nicht richtig. Entschuldige, ich hätte erst gar nicht mitmachen sollen.«

Fjonn drehte sich um und ging eilig davon.

»Herr Soost, ich kann mich um Sie kümmern. Ich bin gut darin, wirklich!«, rief sie hinter ihm her.

Fjonn blieb zögernd stehen, kniff die Augen zusammen und ließ seufzend den Kopf nach vorne fallen. Langsam drehte er sich um und ging wieder ein paar Schritte auf sie zu. Kopfschüttelnd und bemüht freundlich sagte er: »Lass das sein, Bekka. Du kannst doch nicht allen Ernstes wollen, dass ich dich ausnutze.«

»Das macht mir gar nichts aus. Ehrlich nicht. Wollen Sie nicht doch mit hochkommen, Herr Soost?«

»Mädchen«, murmelte er, »du solltest unbedingt etwas für dein Selbstwertgefühl tun. Das, was du hier tust, ist nicht gesund.«

Bekka sah ihn irritiert, vielleicht sogar gekränkt an und schüttelte zögernd den Kopf.

»Du bist eine liebenswerte junge Frau, Bekka und solltest dich nicht auf diese Weise anbieten. Das hast du nicht nötig.« Fjonn schwieg einen Augenblick und Bekka blickte zu Boden. Muss denn bei mir im Moment einfach alles schieflaufen, dachte Fjonn und sah etwas hilflos auf die kurvige Frau vor sich.

»Finden Sie mich überhaupt nicht hübsch?«, frage Bekka leise.

»Doch, natürlich«, beeilte er sich zu sagen und ärgerte sich über sich selbst. Für ihr Selbstbewusstsein war es garantiert auch nicht gerade förderlich, dass er sie jetzt auf diese Art abwies.

Bekka hob den Kopf und sah ihn mit einem herausfordernden Blick an. »Dann machen Sie doch nicht so eine große Sache draus, Herr Soost. Bitte. Ich möchte heute Nacht nicht alleine sein. Sie würden mir damit einen Gefallen tun, ehrlich.« Bekka legte den Kopf schräg und sagte: »Ganz ohne Verpflichtung. Nur heute Nacht. Versprochen.« Fjonn sah Bekka überrascht an. Himmel, sie zog wirklich alle Register.

Stunden später lag Fjonn mit einer fremden Frau in einem fremden Bett in einer fremden Wohnung und starrte verblüfft an die Decke. Was ihn am meisten irritierte, war, dass der Sex gut gewesen war. So richtig gut. Wie konnte das sein? Er hatte seit fast siebzehn Jahren keine andere Frau mehr als Ella angefasst. Sollte er sich jetzt nicht schlecht fühlen? Schuldig oder verzweifelt, oder so? Fjonn horchte in sich hinein. Nein, ihm ging es gut. So gut wie schon lange nicht mehr. Das war doch verrückt. Er war nie der Typ Mann gewesen, der wahllos herumvögelte. Himmel, wenn er früher mitbekommen hatte, wie ein frisch Getrennter keine Zeit damit verschwendete, durch diverse Betten zu turnen, hatte er immer nur verständnislos den Kopf geschüttelt. War er jetzt selbst so einer, der seinen Trennungsschmerz mit Sex kompensierte? Vielleicht. Dass es sein männliches Ego auf eine extrem tröstende und wohltuende Art und Weise gestreichelt hatte, so begehrt zu werden, konnte er nicht abstreiten. Und es hatte auch dabei geholfen, Ella für einige Stunden komplett zu vergessen. Jetzt lag er neben einer fremden, jungen Frau, die ihre nackten Kurven eng an ihn schmiegte und tief und fest schlief. Auch das fühlte sich schön an. Fjonn hatte noch nie gerne alleine geschlafen. Er atmete tief ein und stellte fest, dass Bekka außerdem sehr angenehm duftete. Nach Rosen. Fjonn mochte den Duft und musste auf einmal lächeln. Er hatte es also getan und tatsächlich mit einer anderen Frau geschlafen. Das hätte er vor einem Jahr für vollkommen unmöglich gehalten. Ach was, noch vor einer Woche hätte er es sich nicht vorstellen können. Und nun hatte er es getan. Das war doch ein gutes Zeichen, oder? Er konnte das alles überstehen. Er war nicht tot, das Leben war nicht vorbei. Und wer weiß, vielleicht machte er nächstes Jahr mit den Jungs wirklich eine Jeep-Tour. Oder sogar schon diesen Sommer.

Ella saß mit aufgestützten Armen an dem kleinen Klapptisch ihrer Küche und massierte sich angespannt die Schläfen.

»Also, wann lerne ich denn jetzt endlich den Grund für dieses ganze Desaster kennen?«, fragte ihre Mutter, die schon seit geraumer Zeit vor Ella auf- und abmarschierte und in einem fort redete. Ella verdrehte die Augen. Ihre Mutter hatte sich jetzt schon die zweite Woche in ihrer Wohnung einquartiert und Ella hatte das Gefühl, dass sie nur deswegen so lange blieb, um zu verhindern, dass sie Martin traf. Gleichzeitig schwärmte sie in den höchsten Tönen von Fjonn und bedauerte die armen, verlassenen Kinder. Ihr Vorgehen war nicht gerade subtil. Es war klar, dass sie mit aller Kraft versuchte, sie und Fjonn wieder zusammenzubringen. Sie hatte Fjonn sogar schon bei der Arbeit überfallen. Ella konnte sich bildlich vorstellen, wie das gelaufen war, und spürte bei dem Gedanken, dass sie ganz genau wusste, wie er geguckt und was er gedacht hatte, einen leichten Stich in der Herzgegend. Das versuchte sie jedoch zu ignorieren und stattdessen nachzudenken. Wollte sie Martin wirklich dieser Frau und ihren Plänen aussetzen?

»Muss das sein?«, fragte sie in einem hörbar genervten Ton.

»Aber natürlich!«, antwortete ihre Mutter schnippisch. »Es ist das gute Recht einer Mutter, die Partner ihrer Kinder kennenzulernen.

Würde dein Bruder nicht so weit weg leben, hätte ich seine Freundin schon längst auf Herz und Nieren geprüft. Das ist so sicher wie das Amen in der Kirche.« Barbara zog die Augenbrauen hoch. »Das wirst du spätestens dann verstehen, wenn deine Jungs anfangen, sich mit Mädchen zu verabreden. Da brauchst du gar nicht so zu gucken, junge Dame.«

»Also, erstens bin ich keine junge Dame mehr. Und zweitens weiß ich ja gar nicht so genau, was das zwischen uns eigentlich ist. Also, als ›Partner‹ würde ich ihn jetzt nicht unbedingt bezeichnen … Ich wüsste auch gar nicht, was ein Gespräch zwischen euch bringen sollte«, antwortete Ella und knetete nervös ihre Hände.

»Pfff … Dann suche ich ihn eben selbst auf. Irgendwie komme ich an seinen Namen und die Adresse. Du wirst schon sehen.«

»Mama«, seufzte Ella. »Also gut. Ich rufe ihn an.«

Nur fünf Minuten später klingelte es an der Tür. Barbara, die nicht wusste, dass Martin im selben Haus wohnte, schaute überrascht auf. Ella zuckte mit den Schultern. »Er war gerade in der Nähe«, sagte sie, öffnete die Tür und warf Martin einen nervösen Blick zu. Sie fand die Situation furchtbar unangenehm. Martin lächelte sie breit an und gab ihr einen flüchtigen Kuss auf die Wange. Ella holte tief Luft und wandte sich ergeben seufzend zu ihrer Mutter um. »Also dann, Mutter, wie gewünscht. Hier hast du den Grund für das Desaster.«

Martin warf ihr einen erschrockenen, leicht vorwurfsvollen Blick zu, den Ella jedoch gar nicht bemerkte, weil sie vollauf mit der Reaktion ihrer Mutter beschäftigt war. Der hatte es nämlich komplett die Sprache verschlagen, während eine deutlich sichtbare Röte ihre Wangen überzog. Und das hatte Ella in ihrem gesamten Leben bislang nur ganze drei Mal erlebt. Das erste Mal war bei einer Firmenweihnachtsfeier ihrer Mutter gewesen, als ein betrunkener Kollege vor allen Mitarbeitern und deren Angehörigen per Mikrofon verkündet hatte, dass ›Babsi Kaap eine heiße Schnecke‹ sei. Da war Ella vierzehn Jahre alt gewesen. Das zweite Mal hatte sie ihre Mutter so gesehen, als sie als Neunzehnjährige Zeuge wurde, wie ihre Mutter ihren siebzehnjährigen Bruder und dessen damalige Freundin beim Nachspielen der erotischen Kühlschrankszene von ›Basic Instinct‹ erwischt hatte. Und das dritte Mal war gewesen, als sie ihre Mutter zu einer Autogrammstunde eines von ihr heiß verehrten Schlagerstars begleitet hatte und dieser Barbara einen Handkuss gegeben hatte.

Ella sah stumm dabei zu, wie Martin auf Barbara zuging, ihre Hand ergriff und mit einem charmanten Lächeln sagte: »Es freut mich, Sie kennenzulernen, Frau Kaap. Ich hatte schon befürchtet, dass Sie wieder abreisen, bevor sich eine Gelegenheit dazu ergibt.«

Ellas Mutter nickte mit einem leicht debilen Grinsen im Gesicht und hauchte: »Barbara.«

Ella wusste nicht, was sie davon halten sollte. Sie spürte, wie ihre Hände zitterten, und steckte sie kurzerhand in die Taschen ihres weiten Rockes. War ihre Mutter auf einmal nicht mehr gegen Martin? Bedeutete das, sie würde es gutheißen, wenn sie mit ihm eine richtige Beziehung hätte? Warum? Nur, weil Martin gut aussah? Das war ja albern. Nein, bestimmt würde sie später noch etwas zu hören bekommen. Absegnen würde ihre Mutter das zwischen ihr und Martin garantiert nicht. Schließlich war es doch genau das, was ihr Vater damals gemacht hatte. Oder nicht? In Ellas Kopf wirbelten die Gedanken durcheinander, dass ihr fast schwindelte. Mit gerunzelter Stirn und flachem Atem forschte sie im Gesicht ihrer Mutter nach einer Antwort auf die Frage, was sie von ihr und Martin hielt.

Später, als Barbara ihre Sprache wiedergefunden hatte und kurz mit Ella alleine war, schubste sie sie an und flüsterte: »Wenn du keine Lust mehr auf ihn hast und endlich zu Fjonn zurückkehrst, sag' mir Bescheid. Er scheint ja eine Schwäche für die Kaap-Frauen zu haben.«

»Mama«, sagte Ella gespielt empört und um zu verbergen, dass die Reaktion ihrer Mutter sie vollkommen durcheinanderbrachte. Wie konnte sie das mit Martin einfach so akzeptieren?

An diesem Abend machten sie und ihre Mutter gemeinsam einen Rotwein auf und Ella gestand ihrer Mutter, dass sie von schrecklichen Schuldgefühlen zerfressen wurde. Sie erzählte, dass sie panische Angst vor der Reaktion der Leute hatte und dass Lasse sie abgrundtief hasste. Es war nur ein Teil der Dinge, die sie belasteten. Doch alleine das endlich einmal laut auszusprechen, tat so gut, dass Ella aus purer Erleichterung ganze Tränenbäche die Wangen hinunterliefen.

»Ach, mein Schatz«, flüsterte Barbara mitfühlend und zog Ella in ihre Arme. »Manchmal ist das Leben echt ein Arschloch.«

Ella schaute ihre Mutter erst entsetzt an und prustete dann los. Sie musste so sehr lachen, dass kurze Zeit später auch ihre Mutter in das Gelächter einfiel. Sie saßen noch lange zusammen und tauschten sich aus, auch über die Zeit, in der Barbaras Ehe kaputtgegangen war.

»Denk' dran, wie du dich damals gefühlt hast, Ella. Du hast auf einmal gar nicht mehr mit deinem Vater gesprochen und den Kontakt vollkommen abgeblockt. Vielleicht hilft dir die Erinnerung an deine eigenen Gefühle ja dabei, wieder an Lasse heranzukommen«, riet ihre Mutter und Ella nickte bedrückt. Noch heute vermied sie den Kontakt zu ihrem Vater, so gut es ging. Wie war das damals für sie gewesen? An wirklich viel erinnerte sie sich nicht. Natürlich kannte sie die Fakten der Ereignisse. Ihr Vater hatte über einen ziemlich langen Zeitraum eine Affäre mit seiner Sekretärin gehabt. Und dann hatte er es irgendwann Barbara gesagt und war am gleichen Tag ausgezogen. Ella war damals elf Jahre alt gewesen. Doch wenn sie jetzt versuchte, von sich auf Lasse zu schließen, musste sie passen. Sie erinnerte sich schlicht nicht daran, wie sie sich gefühlt hatte. Wahrscheinlich war sie genauso wütend und enttäuscht gewesen wie Lasse jetzt. Das Einzige, was sie mit Sicherheit wusste, war, dass es ihr besser ging, wenn sie so tat, als gäbe es ihren Vater gar nicht. Bei dem Gedanken, dass es Lasse mit ihr genauso gehen könnte, holte sie erschreckt Luft und ihr ganzer Körper verkrampfte sich.

Kurz vorm Schlafengehen zog Barbara dann ihr Smartphone hervor und tippte einige Zeit wild darauf herum. Dabei schimpfte sie, dass alles viel zu klein geschrieben sei und hielt es abwechselnd nah vor ihr Gesicht und am ausgestreckten Arm von sich weg. Schließlich nickte sie zufrieden und verkündete: »Morgen früh um zehn Uhr zwanzig bist du mich wieder los. Ich habe eben mein Zugticket gebucht.«

Ella sah ihre Mutter erstaunt an. »Und wieso jetzt so plötzlich?«

Barbara seufzte und sah ihre Tochter an, als wäre sie nicht gerade mit einer großen Portion Intelligenz gesegnet. »Weil du endlich mit mir geredet hast, Kind. Weil ich deinen Martin kennengelernt habe.

Weil Fjonn, der übrigens immer mein Schwiegersohn Nummer eins bleiben wird, mit seiner sturen ›Wenn-ich-was-entschieden-habe-dann-ist-es-auch-so-Art‹ selbst schuld ist und weil jeder Blinde sehen kann, wie sehr Martin dich liebt. Und weil die Jungs in einem Alter sind, wo ihre Großmutter nicht besonders angesagt ist. Ich kann hier nicht mehr das Geringste ausrichten.«

Ella schluckte den dicken Kloß, den sie auf einmal im Hals hatte, herunter, drückte ihre Mutter eng an sich und nuschelte: »Danke, Mama. Und es tut mir wirklich, wirklich, wirklich leid, dass ich nicht früher mit dir gesprochen habe.«

Martin sah auf die Uhr: Ein Uhr nachts und er konnte noch immer nicht schlafen. Ellas warmer Körper fehlte ihm. Schon seit zwei Wochen hatten sie keine Zeit mehr miteinander verbracht und nur kurze Nachrichten ausgetauscht. Dabei wohnten sie im selben Haus! Von Tag zu Tag wurde er angespannter. Und dann hatte sie ihn heute ihrer Mutter vorgestellt. Er konnte es immer noch nicht fassen und fühlte sich geradezu euphorisch. Hörte sie jetzt endlich damit auf, ihre Beziehung zu verstecken? Wie sehr er sich wünschte, dass sie sich zu ihm bekannte und er in die ganze Welt hinausschreien konnte, wie sehr er sie liebte.

Im nächsten Augenblick wurde Martin von einer Woge des schlechten Gewissens erfasst. Ella hat mich ihrer Mutter vorgestellt, dachte er. Und ich? Was tue ich, der sie ständig dazu drängt, die Beziehung zu outen? Ich halte meine Klappe und sage meinen Eltern nichts. Gar nichts. Nicht einmal eine Andeutung habe ich gemacht. Und warum? Nur weil Mama und Moni sich einträchtig das Maul über diese Schauspielerin und deren Beziehung zu einem jüngeren Mann zerrissen haben und ich mir dann eingeredet habe, dass es sie gar nichts angeht, mit wem ich zusammen bin. Verflucht, ich will nun mal nicht, dass sie so von Ella denken und hinter meinem Rücken über sie herziehen. Martin atmete geräuschvoll aus. Immerhin habe ich diese widerliche Lästerei gestoppt und die Beziehung von dieser Fremden verteidigt. Wie heldenhaft von mir, dachte er daraufhin verächtlich. Bei nächster Gelegenheit muss ich mit ihnen Klartext reden und fertig!

Martin dachte wieder an den gemeinsamen Nachmittag. Ella … Ella … Ella … Ihr Name rauschte in gleichmäßigen Wellen durch sein Gehirn und versetzte es in einen süßen Rausch. Ella … Er stutzte innerlich. Richtig heißt sie ja Helena, wie er heute erfahren hatte. Martin verzog seinen Mund zu einem schiefen Grinsen. Da kannte er nicht mal ihren richtigen Namen. Dabei passte der so gut zu ihr. Helena. Wie die schöne Helena in Homers ›Ilias‹. Er lachte kurz auf. Dann kommt mir wohl die Rolle des Paris zu, der Helena dem König Menelaos raubt und damit den Trojanischen Krieg auslöst. Zur Hölle, es ist wirklich Zeit, dass ich für meine schöne Helena auch mal was riskiere.

Plötzlich hörte Martin ein leises Klopfen an seiner Wohnungstür. Er brauchte nur Sekunden, bis er an der Tür war, sie aufriss und erleichtert ausatmete. Sie war zu ihm gekommen. Ohne ein Wort zu sagen, umfasste er ihr Gesicht und küsste sie. Dann hob er sie hoch, sodass sie ihr Beine um ihn schlingen konnte, trat einige Schritte zurück in die Wohnung, ließ die Tür hinter sich zufallen und presste sich mit Ella gegen die Wand. In der Wohnung war es ganz still, was ihre hektischen Atemzüge unnatürlich laut erscheinen ließ. Der Kühlschrank brummte und gluckerte kurz auf. Das Laminat unter seinen nackten Füßen federte leicht. Tief atmete er an ihrem Hals ihren unverkennbaren Geruch ein und aus seinem Mund drang ein leises Stöhnen. Ella flüsterte seinen Namen. Nichts anderes auf der Welt wollte er mehr als diese Frau. Jetzt und morgen und für immer.

12. In flagranti

Martin verschlief am nächsten Morgen. Ob er Ella bitten sollte, ihn schnell zu fahren? Während er in aller Eile seine Sachen zusammensuchte und einen Espresso hinunterstürzte, rief er bei Ella an, die noch in der Nacht wieder in ihre Wohnung zurückgeschlichen war. Fünf Minuten später stand sie in der Tür und sah aus wie das blühende Leben. Von der kurzen Nacht war ihr nicht das Geringste anzumerken. Trotz der Hektik hielt Martin kurz inne und ließ den Anblick auf sich wirken, der wie prickelndes Brausepulver durch seinen Körper schäumte.

Zehn Minuten später hielt Ella mit quietschenden Reifen vor dem Hintereingang der Schule. Martin brauchte ein paar Sekunden, um seine angespannten Muskeln dazu zu bringen, den Anschnallgurt zu lösen. Er war einfach nicht zum Beifahrer gemacht. Besonders nicht, wenn eine lebensmüde Kamikaze-Frau am Steuer saß. Ella lachte ihn fröhlich an und sagte: »Los, los, los. Es ist fünf vor. Du willst deinen Schülern doch keinen Vorwand geben, zukünftig auch zu spät zum Unterricht zu kommen.«

Martin hatte endlich den Kampf gegen den Gurt gewonnen und lehnte sich zu Ella hinüber. Während er seine Lippen auf ihre legte, murmelte er: »Ich werde einfach sagen, dass mich eine unglaublich heiße Frau die ganze Nacht lang wach gehalten hat.«

Ella lachte leise auf und schob ihn liebevoll von sich. »Hau schon ab«, sagte sie mit einem hinreißenden Lächeln auf den Lippen.

Widerwillig löste sich Martin von ihr, sprang aus dem Wagen und schaute erschreckt in Mellis Gesicht. Die ließ ihren Blick entsetzt zwischen ihm und Ella hin- und herwandern, während ihr Mund wie bei einem Fisch auf dem Trockenen immer wieder auf- und zuschnappte. Verdammt, ausgerechnet Melli. Heute Mittag weiß es die ganze Schule und morgen der ganze Ort. Martin dachte an Nils und Lasse und hatte auf einmal das intensive Bedürfnis, zurück in den Wagen zu steigen und Ella ein ›Tritt aufs Gas‹ zuzubrüllen. Sein Herz raste und er spürte, wie sich auf seiner Stirn kleine Schweißtropfen bildeten.

Der Moment schien sich ewig hinzuziehen. Martin starrte zu Melli, Melli schaute abwechselnd zu ihm und Ella und Ella sah mit schreckgeweiteten Augen ebenfalls zu Melli. Und dann auf einmal, gerade als Ella den Mund aufmachte, um mit Melli zu sprechen, drehte die sich um und rannte in einer erstaunlichen Geschwindigkeit auf das Schulgebäude zu. Martin fuhr sich mit der Hand durch die Haare und sah scheu zu Ella. Die hatte mittlerweile ihre Stirn aufs Lenkrad kippen lassen und saß ansonsten regungslos da.

»Ella?«, fragte er leise und mit rauer, zitternder Stimme.

Martin kam ganze fünfzehn Minuten zu spät zum Unterricht. Er hatte Ella nicht einfach so da sitzen lassen können und musste danach seine Füße regelrecht zwingen, die Richtung zum Klassenraum einzuschlagen. Hatte Melli es schon herumerzählt? Oder hatte sie es für sich behalten? Was würde ihn da gleich in der Klasse erwarten? Bevor er den Klassenraum betrat, atmete er noch einmal tief durch. Fang nichts an, was du nicht durchziehen willst, ermahnte er sich selbst und öffnete die Tür.

Okay, so weit, so gut. Im Moment wirkte alles noch normal.

Martin entschuldigte kurz sein Zuspätkommen, unterließ es aber bewusst, irgendeine Ausrede zu benutzen. Dann fing er mit dem Unterricht an. Dabei spürte er in einem fort, wie Melli ihn hasserfüllt anstarrte. Am Ende der Stunde war er schweißgebadet. Er würde mit Melli sprechen müssen. Und das, bevor sie Gelegenheit dazu hatte, es überall herumzuerzählen. Noch während die Klingel schrillte, sagte er daher mit aller ihm zur Verfügung stehenden Autorität: »Melli, bleib bitte noch da. Ich möchte mit dir reden.«

Melli hatte die Lippen zu einer dünnen Linie aufeinandergepresst und die Arme vor der Brust verschränkt. Aber immerhin widersetzte sie sich nicht und stand nicht auf, um gemeinsam mit den anderen aus dem Klassenzimmer zu gehen. Das ist doch schon ein Anfang, dachte Martin, und ein Hoffnungsfunke keimte in ihm auf. Vielleicht ließ sich doch noch alles in glimpfliche Bahnen lenken. Als sie alleine im Klassenzimmer waren und der letzte Schüler die Tür hinter sich zugeschlagen hatte, nahm sich Martin einen Stuhl und setzte sich Melli gegenüber.

»Können wir bitte darüber reden, Melli?«, fragte er. Sie sah ihn nur weiter voller Verachtung an und schwieg. Martin seufzte und überlegte einen Augenblick. Dann sagte er: »Ja, Frau Kaap und ich sind ein Paar.« In Mellis Gesicht zuckte es. Martin schaute sie kurz prüfend an und fuhr dann fort: »Nein, wir betrügen Herrn Soost nicht.« In Gedanken ergänzte er mit einem Anflug von schlechtem Gewissen ›nicht mehr‹. Dann fuhr er fort: »Frau Kaap und ihr Mann sind schon länger getrennt. Und nein, Nils und Lasse wissen nicht, dass ihre Mutter mit mir zusammen ist. Wir wollen ihnen erst mal die Zeit lassen, sich mit der Trennung ihrer Eltern auseinanderzusetzen.« Martin musterte Melli ernst und sagte dann in einem eindringlichen Tonfall: »Melli, wenn du das jetzt öffentlich machst, hilfst du damit niemandem. Es würde Nils und Lasse zu diesem Zeitpunkt vollkommen überfordern und absolut unübersehbare Konsequenzen mit sich bringen.« Martin sah, dass Melli mit sich rang, und fühlte einen Hauch von Erleichterung in sich aufsteigen.

Doch da fing Melli auf einmal leise an zu reden, so, als spräche sie zu sich selbst: »Auf der Klassenreise waren Nils' und Lasses Eltern noch zusammen.« Sie machte eine kurze Pause und fuhr dann mit latent aggressiver Stimme fort: »Ich habe gesehen, wie Sie Frau Kaap ständig angeschaut haben. Beim Volleyball haben Sie sie sogar umarmt. Sie haben die Ehe kaputt gemacht. Wegen Ihnen sind Nils' und Lasses Eltern jetzt getrennt. Sie sind ein scheiß Familienzerstörer. Das sind Sie.« Melli sprang auf und holte schwer atmend Luft. »So jemand wie Sie sollte überhaupt kein Lehrer sein.« Dann lief sie aus dem Klassenzimmer und schlug die Tür mit einem lauten Knall hinter sich zu.

Martin war mit jedem ihrer Worte etwas blasser geworden und hatte nun beide Hände übers Gesicht gelegt, als müsse er so das drohende Unheil nicht sehen. Was soll ich jetzt tun, fragte er sich. Seine Gedanken rasten und sein Herz schlug schnell und rastlos in der Brust. Habe ich aus juristischer Sicht irgendetwas zu befürchten? Ich glaube nicht. Aber trotzdem wird die ganze Geschichte in der Schule garantiert Wellen schlagen … Ich muss wohl oder übel zum Direktor und ihn einweihen.

Wie der Zufall wollte, hatte Martin gerade jetzt eine Freistunde und beschloss, das Gespräch mit dem Direktor sofort hinter sich zu bringen. Oh Mann, das ist alles so erniedrigend, dachte er. Diese ganze Situation strotzt nur so vor Peinlichkeit und Klischee. Zum ersten Mal verstand er, wovor Ella die ganze Zeit so eine Angst gehabt hatte. Sie waren eben nicht alleine auf der Welt, so schön das auch wäre. Ella als Mutter und er als Lehrer waren in viele soziale Systeme verflochten und alles, was sie taten, hatte Auswirkungen. Wie ging noch dieser Spruch mit dem Flügelschlag eines Schmetterlings und dem Wirbelsturm? Wenn er an Mellis hasserfüllten Blick dachte, wurde ihm ganz anders. Martin war immer beliebt gewesen, sein Leben lang. Dass ihm eine derartige Ablehnung entgegenschlug, war für ihn absolutes Neuland. Und auf diese Erfahrung hätte er auch gerne verzichten können. Martin blies die Wangen auf und ließ die Luft geräuschvoll wieder entweichen. Dass er jetzt tatsächlich mit dem Schuldirektor über sein Liebesleben reden musste, verursachte ihm eine enorme Übelkeit. Er dachte an die Lästerei seiner Mutter und Schwester über diese Schauspielerin, die sich zum größten Teil auf anzügliche Anspielungen zu den Beziehungsmotiven der älteren Frau beschränkt hatte, und wurde noch eine Spur bleicher. Aber es half nichts. Er musste da jetzt durch. Ob die Beziehung zu Ella darunter leiden würde? Was ist, wenn Ella sich wegen dieses ganzen Mists von mir zurückzieht, dachte Martin und fuhr sich nervös durch die Haare. Und wie sollte er nur Nils und Lasse gegenübertreten? Bei dem impulsiven Lasse konnte er sich sogar vorstellen, dass der auf ihn losgehen würde. Was für eine ätzende Situation! Ob sich das auf seinen Job auswirken würde? Na ja, die ersten Konsequenzen habe ich ja schon zu spüren bekommen, dachte Martin, und sah Mellis wütendes Gesicht vor seinem inneren Auge. Er war sich ziemlich sicher, dass Melli gerade die Runde machte und dass danach an ein normales Unterrichten nicht mehr zu denken war. Martin war beim Büro von Direktor Schuldt angekommen und klopfte.

Nach einem harschen ›Herein‹ atmete Martin noch einmal tief durch und öffnete die Tür. Herr Schuldt war nicht gerade sein bester Freund, aber intelligent und anständig. Martin konnte daher mit einer gewissen Berechtigung auf ein sachliches und lösungsorientiertes

Gespräch hoffen. Während Martin sein Anliegen schilderte, wurde das runde, bärtige Gesicht des etwa fünfzigjährigen Schulleiters zunehmend ernst. Seine Augenbrauen zogen sich zusammen und tiefe Falten zerknitterten seine Stirn. Als Martin schließlich schwieg, schaute Herr Schuldt ihn nachdenklich an. War das ein enttäuschter Blick? Oder eher sorgenvoll? Vielleicht missbilligend? Martin kam sich vor wie ein Junge, der auf eine Strafpredigt wartet, versuchte aber, sich das nicht anmerken zu lassen.

Schließlich räusperte sich Herr Schuldt und sagte mit einer markant kratzigen Stimme: »Na, Sie legen hier ja einen Einstand hin.«

Martin seufzte innerlich erleichtert auf. Er nahm es humorvoll. So war es doch gemeint, oder?

»Ich befürchte, die Angelegenheit wird einen ganz schönen Aufruhr verursachen.« Herr Schuldt schüttelte langsam den Kopf und sah aus, als würde er angestrengt nachdenken. »Die Frage ist, wie man die Situation am besten handhabt.« Er warf Martin einen prüfenden Blick zu. »Sie sagen, Nils und Lasse Soost-Kaap wussten bislang nicht, dass Sie der neue Freund ihrer Mutter sind?«

Martin nickte stumm.

»Mmh. Das ist, gelinde gesagt, ziemlich ungünstig, Herr Westfal.« Abermals schwieg der Direktor einige Augenblicke. »Von mir aus können Sie in Ihrem Privatleben tun und lassen, was Sie wollen, solange das keine Auswirkungen auf den Schulbetrieb hat. Aber dass Sie nun für die Trennung der Soost-Kaap-Eltern verantwortlich sind und die Kinder einfach weiter unterrichten, als wäre nichts gewesen … Herr Westfal, was haben Sie sich nur dabei gedacht?« Herr Schuldt schüttelte unwillig den Kopf. »Mal ganz davon abgesehen, dass es nicht üblich ist, Schüler zu unterrichten, zu denen man in einer persönlichen Beziehung steht, um eine Unterstellung von Bevorzugung einzelner Schüler zu vermeiden … Was denken Sie denn, wie die Zwillinge sich jetzt fühlen, wenn sie das herausfinden? Normalerweise ist das Verhalten der Schüler nur schwer vorherzusagen. Bei der heutigen Überreizung durch die Medien ist ja alles möglich. Aber wäre ich an der Stelle der Jungs … Ich würde ausflippen. Und dazu kommt noch …« Herr Schuldt legte den Kopf schief und sah Martin mit gerunzelter Stirn an. »Sagen Sie mal, Herr Westfal, machen Ihnen eigentlich viele Mädchen schöne Augen? Ich könnte mir vorstellen, dass bei Ihrem Alter und Aussehen …«

Martin saß kleinlaut auf dem Stuhl vor dem breiten Tisch des Direktors und zuckte verlegen mit den Schultern. »Ich beachte so was eigentlich nicht. Aber ja, ich denke, so könnte man es nennen. Ich finde immer mal wieder Zettelchen mit Herzen oder etwas in der Art in meiner Tasche.«

»Tja«, sagte Herr Schuldt gedehnt, »dann kommen wohl auch noch lauter gebrochene Mädchenherzen dazu. Und wie ist es mit den Müttern Ihrer Schüler? Irgendwelche Avancen?«

Jetzt spürte Martin tatsächlich, wie ihm das Blut in die Wangen stieg. »Kann sein«, murmelte er. »Aber ich habe dazu wirklich nie ermuntert. Ich war zu jeder Zeit freundlich, aber distanziert. Und das mit Frau Kaap, das … das ist etwas ganz anderes. Ich will mit der Frau wirklich mein Leben verbringen, verstehen Sie? Das hat mit Avancen oder Koketterie oder irgendwelchen Spielchen nicht das Geringste zu tun. Sonst hätte ich mich wirklich niemals auf die Mutter eines Schülers eingelassen. Oh Mann, wie das klingt …« Martin ließ resigniert den Kopf hängen und strich sich entnervt durch die Haare.

Herr Schuldt sah Martin mit einer Mischung aus Mitgefühl und Neugierde an. Schließlich sagte er: »Ich will Ihnen hier gar nichts unterstellen, Herr Westfal. Ich versuche lediglich, die Situation so gut wie möglich einzuschätzen. Und eifersüchtige Mütter sind wahrscheinlich noch schlimmer als eifersüchtige Schülerinnen. Das heißt, da wird ganz schön was auf Sie zukommen, junger Mann.«

Martin stöhnte auf.

»Die Frage ist, ob unter diesen Umständen ein Unterrichten überhaupt noch möglich sein wird.« Herr Schuldt schlug mit der flachen Hand auf den Tisch und sagte: »Ich warte ungern einfach ab und lasse Katastrophen gemütlich auf mich zu schippern. Also, wie gehen wir die Situation an: Angriff oder Rückzug? Oder um es konkret beim Namen zu nennen: Suchen wir das Gespräch mit Eltern und Schülern oder versuchen wir, das alles irgendwie unter den Teppich zu kehren?« Herr Schuldt sah nachdenklich ins Leere, während er mit den Fingern der linken Hand auf den Tisch trommelte.

Martin nahm erleichtert wahr, dass Herr Schuldt von einem ›Wir‹ sprach und wartete ab, zu welcher Lösung er gelangen würde. Sehr männlich, spottete es da auf einmal in ihm. Ich kann hier doch nicht sitzen und mit eingezogenem Kopf jemand anders meine Probleme lösen lassen. Martin dachte kurz nach, und begann dann zögernd seine Gedanken auszusprechen: »Herr Schuldt, es tut mir wirklich sehr leid, dass sich mein Privatleben und mein Beruf derart vermischt haben. Das hätte definitiv nicht passieren dürfen. Und damit sich das in Zukunft wieder trennen lässt, sollte ich wohl zuallererst Nils und Lasse nicht länger unterrichten und die Klasse abgeben. Wie Sie ja schon sagten, würde das nur dazu anregen, mir zu unterstellen, dass ich die Jungs bevorzuge.« Martin sah Herrn Schuldt fragend an. »Denken Sie, es wäre möglich, mich woanders einzusetzen, am besten in einem anderen Jahrgang? Außerdem würde ich, in Abstimmung mit Frau Kaap, das Gespräch mit Nils und Lasse suchen und die Geheimniskrämerei endlich beenden.«

Herr Schuldt wiegte einige Zeit nachdenklich den Kopf und sagte endlich: »Ja, um einen Klassenwechsel werden wir wohl nicht herumkommen. Allerdings wüsste ich nicht, wer auf die Schnelle die Klasse übernehmen sollte. Die Co-Klassenlehrerstelle ist ja leider noch immer unbesetzt und wir haben wegen Krankheit und Schwangerschaften ständig große Lücken im Kollegium. Ich kann auch nicht einfach jemanden zwangsversetzen. Tja, das wird nicht ganz leicht. Ich werde die Option in jedem Fall prüfen, Herr Westfal. Aber zunächst würde ich vorschlagen …« Herr Schuldt zwinkerte Martin jovial zu und sah ihn gutmütig an. »Was ich sagen will, ist, es tut mir sehr leid, dass Ihnen das alles so sehr auf den Magen schlägt, dass Sie sich eine Woche lang – oder sagen wir zwei Wochen – auskurieren müssen. Sie hören dann telefonisch von mir. Und jetzt wünsche ich Ihnen gute Besserung. Ich werde gleich eine Vertretung in Ihre Klasse schicken.«

Bevor Martin das Zimmer verließ, raunte Herr Schuldt ihm noch zu: »Nach außen hin werde ich übrigens von einer vorübergehenden Beurlaubung sprechen. Das hat dann etwas von Strafe und wird sicherlich schon einige Gemüter besänftigen. Aber keine Sorge, das kommt nicht in Ihre Personalakte.«

Ella war gerade vom Bahnhof zurück. Zwar hatte ihre Mutter angeboten, noch länger zu bleiben, als sie ihr von dem Vorfall am Morgen erzählt hatte, aber Ella hatte nur abgewunken. »Ach was, das wird bestimmt alles gar nicht so schlimm. Und wenn doch, ist es gut, wenn du bei dir zu Hause bist. Dann habe ich nämlich einen Fluchtort für den Notfall.«

Ihre Mutter hatte sie noch einmal liebevoll angelächelt, sie fest an sich gedrückt und war dann in den Zug gestiegen. »Aber komm' auch wirklich, wenn's zu schlimm wird, Kind!«, rief sie ihr noch zu, kurz bevor sich die Türen schlossen.

Kaum war Ella zurück in der Wohnung, hatte ihre Tasche abgestellt, die Jacke ausgezogen und war aus den Schuhen geschlüpft, als es klingelte. Automatisch drückte sie den Türsummer und schaute kurz darauf verblüfft in Antjes Gesicht. Die hennaroten Haare fielen ihr in lockeren Wellen über den Rücken. Dazu sorgten ein knallig türkisfarbenes Top, eine enge, pinke Jeans und ausgefallene Boots mit bunten Lederblüten für den typischen Antje-Wow-Effekt.

»Du bist so was von am Arsch!«, sagte Antje statt zur Begrüßung, drückte Ella einen Coffee-to-go-Becher in die Hand und drängelte sich an ihr vorbei in die Wohnung. Neugierig schaute sie sich um und nippte an dem zweiten Becher, den sie in der Hand behalten hatte.

»Bitte was?« Ella sah Antje entgeistert an und schloss die Tür.

»Du und dein heißer Lover, ihr seid das Stadtgespräch.« Antje grinste Ella breit an. Dabei verrieten ihre Augen jedoch, dass die Nachricht sie alles andere als kalt ließ oder amüsierte. Deswegen hatte sie heute auch spontan ihren Kontaktboykott beendet und war zu der Adresse gefahren, die Ella ihr beim Einzug per SMS geschickt hatte.

Ella riss die Augen weit auf und fasste sich dann an die Stirn. »So schnell?«, sagte sie mehr zu sich selbst als zu Antje.

Das hinderte Antje allerdings nicht daran, darauf zu antworten: »Ja, was denkst du denn? Es gibt nichts, was die Menschen mehr freut, als wenn jemand, der scheinbar perfekt ist, auf einmal im Rampenlicht eines Skandals steht.« Antje nippte erneut an ihrem Double-Karamell-Soja-Latte und sah Ella über den Rand ihres Bechers hinweg an. »Wollen wir uns nicht setzen?«, fragte sie dann in einem auf einmal liebevoll fürsorglichen Ton.

Kurz darauf saßen sie sich an dem kleinen Klapptisch in der Küche gegenüber. Durch das Fenster sah man, wie sich das noch junge Grün der Bäume in den Himmel streckte. Zwei Eichhörnchen jagten sich durch die Baumkronen. Eine Amsel flog erschreckt auf und ließ ein empörtes Trillern hören. Ansonsten war es ganz still in der Wohnung.

»Mein lieber Schwan, man könnte glauben, du hättest Don Juan aus dem Harem entführt. Die Weiber drehen ja geradezu durch.«

Ella wusste nicht, ob sie lachen oder zur Toilette rennen und sich übergeben sollte. Da fuhr Antje schon fort: »Hat dein sexy Lehrer dir übrigens schon irgendwie mitgeteilt, dass sie an der Schule gegen ihn demonstrieren?«

»Was?« Ella merkte selbst, wie schrill ihre Stimme klang, auch ohne das demonstrative Gesichtsverziehe und Im-Ohr-Gestocher von Antje. Was wollte die überhaupt hier? Nicht, dass sie sich nicht freuen würde, Antje endlich wieder zu sehen. Aber, um ganz ehrlich zu sein, nahm sie es ihr auch gewaltig übel, dass sie sie so hatte hängen lassen. Egal, ob sie das mit Martin guthieß oder nicht, als ihre Freundin hätte sie trotzdem zu ihr stehen müssen. Stattdessen hätte Antje wahrscheinlich am liebsten mitdemonstriert.

»Das muss ja ein Fest für dich sein«, rutschte es ihr unversehens aus dem Mund.

Doch Antje zuckte nur mit den Schultern. »Ein bisschen«, gab sie gleichmütig zu und grinste. »Ach Quatsch«, widersprach sie sich kurz darauf selbst und griff nach Ellas Hand. Die guckte sie jedoch nur mit schmollend vorgezogener Unterlippe und ärgerlich zusammengezogenen Augenbrauen an.

»Natürlich freue ich mich nicht darüber, dass diese Idioten sich das Maul über dich zerreißen. Und ... es tut mir leid, dass ich dich in der letzten Zeit nicht unterstützt habe. Ich weiß, dass du mich gebraucht hättest.« Antje schluckte hörbar und Ella sah sie erstaunt an. Sie hatte noch nie mitbekommen, dass Antje sich je für irgendetwas entschuldigt hätte. Antje sah betreten auf den Tisch und dann mit einem Hundeblick schräg zu Ella hoch. »Ich ... irgendwie ... Ich habe mir wohl ... Ich meine, ich fühle mich einfach so mitverantwortlich, weißt du?«

Ella schüttelte irritiert den Kopf.

»Na, ich hab' dich doch immer dazu angestachelt, dich auf diesen Typen einzulassen. Du wolltest das gar nicht. Ich habe dir die Idee ja quasi erst eingeflößt. Da konnte ich dir nicht mehr ins Gesicht sehen, weil ich doch schuld an deinem Unglück bin. Aber jetzt ist die Kacke dermaßen am Dampfen, dass ich unbedingt zu dir musste.«

Ella sah ungläubig auf Antje, deren Augen tatsächlich in Tränen schwammen.

»Also, ich wäre jetzt gerne für dich da und würde Stück für Stück meine Schuld bei dir mit jeder Sekunde Freizeit, die ich habe, und kostenlosem Kaffeeservice abarbeiten. Und wenn du willst, verprügle ich auch den gesamten Schnepfenclan für dich.«

Ella lächelte melancholisch und schüttelte gleichzeitig den Kopf. »Ich hab' dich echt lieb, du Irre. Aber außer, dass du mich tatsächlich schmählich im Stich gelassen hast, trifft dich nicht ein Fitzelchen an Schuld. Ehrlich nicht.« Ella warf Antje einen verlegenen Blick zu. »Mit Martin ist das wie … wie … eine Naturgewalt. Ich hatte überhaupt keine Chance, mich dagegen zu wehren. Und auch, wenn ich mir noch immer nicht sicher bin, was das zwischen uns eigentlich ist, muss ich zugeben, dass ich keine Ahnung hatte, dass Gefühle auf diesem Level überhaupt existieren, bevor ich ihn kannte. Und damit meine ich nicht nur das Bett.« Ella sah Antje mit funkelnden Augen und leicht geröteten Wangen an.

»Nein! Er hat dich sexuell abhängig gemacht?!« Antje schlug sich klatschend gegen die Wangen und stützte sich dabei gleichzeitig mit ihren Ellenbogen auf den Tisch. »Erzähl!«

Ella lachte auf. Was hatte sie Antje vermisst! Doch anstatt deren Neugier zu befriedigen, fragte sie: »Sag mal, wie meinst du das: Sie demonstrieren? Melli hat uns doch erst heute Morgen gesehen.«

»Tja, und gleich in der nächsten Pause ist eine Gruppe von Extrem-Empörten in den Kunstraum eingestiegen und hat sich in Rekordtempo Schilder gebastelt. Und jede Pause laufen sie jetzt damit über den Schulhof. Benni hat mir das alles brühwarm erzählt, als er zwei Freistunden hatte und deswegen nach Hause kam. Sein Favorit war der Spruch ›Westfal ist Dreck und Dreck muss weg‹.«

Ella stöhnte gequält auf.

»Warte, da war noch ein guter: ›Lehrer, Hände weg von unseren Müttern‹. Und dann noch der langweilige Spruch ›Familienzerstörer wollen wir nicht‹. Aber jetzt halt' dich fest, das Beste kommt noch. Als ich dann eben auf dem Weg hierher unseren Kaffee holte, habe ich zwei aus dem Schnepfenclan bereits über dich tratschen gehört.«

Schlagartig stiegen in Ella Erinnerungen an ihre Schulzeit hoch. Antje und sie waren damals schon eng befreundet gewesen und hatten seinerzeit einer von ihnen inbrünstig gehassten Clique den Spitznamen ›Schnepfenclan‹ gegeben. Die Schnepfen, alias fünf hochnäsige, ewig lästernde und echt fiese Mädchen, nannten sich selbst die ›Five Glamoursisters, 5GS‹. Heute wie früher fand Ella diesen Namen unsagbar dämlich und peinlich. Leider lebten alle fünf noch immer im Ort und waren in allen möglichen Gruppen aktiv: Elternbeirat, Kulturkreis, Sportverein … Na ja, und weil Ella damals eine etwas lockere Einstellung zu Intimitäten mit Freunden anderer Mädchen und zu Treue im Allgemeinen gehabt hatte, war Svenja König, die Anführerin der ›Glamoursisters‹, bis heute nicht besonders gut auf sie zu sprechen. Ella schüttelte sich. Das würde in nächster Zeit alles andere als lustig werden.

»Nochmal zurück zur Demo, Antje.« Ella machte bei dem Wort ›Demo‹ symbolische Anführungsstriche in der Luft. »Hat Herr Schuldt denn gar nichts dagegen unternommen?«

»Also, nach Bennis Auskunft hat er es zumindest versucht. Nachdem er mit Anrufen zu Hause gedroht hatte, haben auch die meisten aufgehört. Aber der hartnäckige Kern hat natürlich trotzdem weitergemacht. Und dazu gehörten auch …«, Antje hob ihre Hände hoch und wackelte mit ihnen hin und her, »Überraschung: deine Jungs. Es wundert mich, dass du noch keinen Anruf bekommen hast.«

Wie aufs Stichwort klingelte in diesem Moment das Telefon. Als Ella wieder aufgelegt hatte, sah sie Antje blass an: »Kommst du mit und holst sie für mich aus dem Schulgebäude raus? Ich kann da im Moment echt nicht reingehen.«

Antje nickte nur stumm, griff mit einer Hand nach ihrer Tasche und mit der anderen nach Ellas Hand und verließ gemeinsam mit ihr die Wohnung.

Ella saß im Auto und hielt zitternd das Lenkrad fest. Warum dauerte denn das so lange? Obwohl … Vielleicht war das gar nicht schlecht. Das verschaffte ihr immerhin noch eine Gnadenfrist, bevor sie auf Nils und Lasse traf. In Gedanken sah sie bereits Lasses abweisendes, wütendes Gesicht vor sich und Nils, wie er betreten ihren Blicken auswich. Krampfhaft versuchte sie, sich eine Strategie zurechtzulegen. Jetzt wussten ihre Söhne, dass sie etwas mit ihrem Lehrer hatte, der auch noch zwölf Jahre jünger war als sie. Und das Schlimmste daran war, dass sie es nicht von ihr erfahren hatten.

Da sah sie Antje mit ihren Söhnen auf sich zukommen. Mit ihren Kindern, die sie im Bauch getragen und geboren hatte. Die sie von der ersten Sekunde an geliebt und begleitet hatte, bei jeder wichtigen und unwichtigen Station in ihrem Leben. Und die sie jetzt hassten. Ella spürte, wie die Tränen in ihr hochstiegen, und kämpfte verbissen dagegen an. Was war das nur für ein schreckliches Gefühl, seine Kinder verletzt und enttäuscht zu haben! Die Autotüren öffneten sich und alle drei stiegen ein. Selbst Antje, die sonst immer einen Spruch auf den Lippen hatte, schwieg und sah Ella nur mit einem angedeuteten Schulterzucken bedrückt an. Ella startete den Motor und fuhr los, um Antje abzusetzen. Dann war sie mit ihren Söhnen alleine im Auto und noch immer sagte niemand ein Wort. Als sie zu Hause angekommen waren und die Haustür hinter ihnen ins Schloss fiel, gingen Nils und Lasse an ihr vorbei, ohne sie eines Blickes zu würdigen. Ella hatte das Gefühl, als müsste sie sich gleich übergeben. Gleichzeitig brannten ihre Augen und es brach ihr schier das Herz, wie sich ihre Söhne von ihr abwandten. »Jetzt redet doch endlich mit mir«, sagte sie schließlich leise. »Bitte!«

Da drehte sich Lasse um und rief mit sich überschlagender Stimme: »Reden? Worüber willst du denn auf einmal reden, Mom?«

Nils legte seinem Bruder eine Hand auf den Arm. Doch der schüttelte sie einfach ab und zeterte weiter: »Darüber, dass du uns verlassen hast, um mit unserem Lehrer zusammen zu sein? Unserem Lehrer?« Lasse tigerte unruhig auf und ab. »Hast du eigentlich eine Ahnung, wie das für uns ist? Wir haben den jeden Tag gesehen und nichts gewusst!« Lasse blieb kurz stehen und starrte seine Mutter aufgewühlt an. »Weißt du, dass Herr Westfal viel jünger ist als du?«

Ella seufzte mit zittriger Stimme. »Ja, natürlich weiß ich das. Aber können wir nicht in Ruhe darüber reden?« Sie sah ihrem Sohn bittend in die Augen. »Lasse …« Ella sah, wie er mit sich rang. Aber erst, als Nils ihn anstupste und ihm etwas ins Ohr flüsterte, gab er nach und deutete eine Mischung aus Nicken und Schulterzucken an. Ella atmete erleichtert auf.

Kurz darauf saßen sie alle drei an dem runden Esstisch und schwiegen erneut. An diesem Tisch hatte sie ihnen damals die ersten Löffelchen Brei gegeben. Hier hatte sie ihren Söhnen bei den Hausaufgaben geholfen und unzählige Male zusammen mit ihnen gegessen. Sie hatten hier zu viert ihre fürchterlich lauten Spieleabende abgehalten und die riesigen Geburtstagskuchen der Jungs in sich hineingestopft. So viele Erinnerungen an Nils, Lasse und Fjonn. Du meine Güte, Fjonn! Sie musste ihn darüber informieren, dass nun alle im Ort Bescheid wussten. Ella fühlte eine leichte Panik in sich aufsteigen. Später. Das würde sie später erledigen.

Sie schluckte und fing dann an zu reden: »Es wäre schön, wenn im Leben alles immer ganz einfach und klar wäre und alles komplett nach Plan ablaufen würde. Aber so ist das leider nicht.«

Lasse schnaubte abfällig.

»Ich verlange nicht, dass ihr mit meinem Verhalten einverstanden seid, aber ihr könntet mir doch wenigstens eine Chance geben, mich zu erklären«, sagte Ella daraufhin und sah ihre Söhne bittend an. Lasse zuckte nur mit den Schultern und Nils sah stur auf den Tisch.

»Wisst ihr, jeder hat so seine Vorstellungen davon, wie sein Leben laufen wird. Meine Vorstellung war, mit eurem Vater den Rest meines Lebens zusammenzubleiben.«

Lasse schnaufte erneut, wenn auch deutlich leiser.

Ella beschloss, das zu ignorieren, und fuhr fort: »Tja … und dann geschehen Dinge, mit denen man nicht rechnet. Jeden Tag kann etwas Unvorhersehbares passieren. Ein Unfall, ein Lotteriegewinn, eine Naturgewalt … und das ändert dann alles. Oder man reagiert auf einmal auf einen anderen Menschen, ohne das zu wollen. Gegen diese biochemischen Vorgänge im Körper und im Gehirn kann man sich gar nicht wehren. Ich hab' das versucht, wisst ihr …«, Ella warf ihren Söhnen einen unsicheren Blick zu, »ein dreiviertel Jahr lang habe ich alles getan, um diese Reaktionen abzustellen. Aber es hat nicht funktioniert. Und dann auf der Klassenreise war es kaum noch auszuhalten. Da habe ich beschlossen, meine Stelle an der Schule zu kündigen, damit ich ihn nicht mehr sehen muss. Es war immer so, dass meine Ehe und ihr mir wichtiger wart.«

»Und was soll das alles dann? Das macht doch gar keinen Sinn«, meldete sich zum ersten Mal Nils zu Wort. »Warum seid du und Pa jetzt getrennt, wenn wir dir so wichtig sind und du Herrn Westfal aus dem Weg gegangen bist?«

Ellas Wangen wurden heiß, als sie an den Nachmittag auf der Wiese dachte. »Weil wir uns zufällig doch über den Weg gelaufen sind und sich dann alles verselbstständigt hat. Manchmal passiert das Leben einfach, ohne dass man eine Chance hat, ihm aus dem Weg zu gehen. Vielleicht geht es ja im Leben genau darum, mit diesen Dingen, die unerwartet geschehen, klarzukommen. Und wer weiß … Wenn man sich dem stellt, erkennt man in dem, was einem zunächst wie die Hölle auf Erden erscheint, am Ende möglicherweise sogar ein Stück vom Himmel. Na ja, um zum Punkt zu kommen: Euer Vater hat gesehen, wie unglücklich mich die ganze Situation gemacht hat, und ihr habt das garantiert auch mitbekommen …«, Ella musterte Nils und Lasse, die mit gerunzelter Stirn auf den Tisch starrten, »und wenn einer in der Familie unglücklich ist, macht das über kurz oder lang alle unglücklich. Deswegen hat er irgendwann entschieden, dass es so nicht weitergehen kann.«

»Und wenn Pa etwas entschieden hat …«, ergänzte Nils düster.

Ella sah ihre Kinder mitfühlend und schuldbewusst an. Lasse ballte seine Fäuste fest zusammen und sagte dann mit erstickter Stimme: »Wir haben Herrn Westfal gebeten, sich auf der Klassenreise um dich zu kümmern.«

Ella schaute Lasse irritiert an. »Was? Wieso?«

Lasse wand sich unruhig auf seinem Stuhl und Nils sprang ihm zu Hilfe: »Weil wir uns nicht sicher waren, dass du nicht doch die Mutti raushängen lässt. Deswegen.«

»Wenn wir das nicht gemacht hätten, dann, dann wäre vielleicht gar nichts passiert. Dann wäre vielleicht alles noch …« Lasse brach ab und ließ seinen Kopf hängen.

Ella stöhnte auf. »Lasse, schau mich mal an.«

Zögernd hob Lasse den Kopf.

»Du auch, Nils. Und jetzt hört mir mal sehr aufmerksam zu.« Ella sah ihre beiden Söhne nacheinander ernst an. »Ihr beide habt nicht das Geringste damit zu tun, dass euer Vater und ich nicht mehr zusammen sind. Und das alles ändert auch nichts daran, dass euer Vater euer Vater ist, ich eure Mutter bin und wir zusammen eure Eltern sind. Ihr werdet keine zwei Zuhause haben, sondern nur eins. Wir werden uns fast jeden Tag sehen, wenn ihr das möchtet, und ich bin weiterhin immer für euch da.«

»Und was ist mit der Schule, Mom?«

»Ja, Ma, wie soll das laufen? Wir gehen ganz bestimmt nicht mehr in irgendeine Klasse, in der Herr Westfal unser Lehrer ist.«

»Kann der nicht woanders unterrichten? Also, wenn der bleibt, wollen wir in eine andere Schule gehen. Vielleicht nach Haselbek. Da gehen Moritz und Jakob aufs Gym, und die finden es ganz gut.«

Ella sah ihre Söhne betroffen an. Sie war schuld daran, dass ihre Kinder jetzt die Schule wechseln wollten. »Wir treffen jetzt keine überstürzten Entscheidungen, Jungs. Erst müssen wir mit eurem Vater darüber reden. Außerdem kann ich mir nicht vorstellen, dass Martin … äh … Herr Westfal weiter euer Klassenlehrer bleibt. Aber warten wir erst mal ab, was eure Demo-Aktion für Folgen hat. Wer ist überhaupt auf diese blöde Idee gekommen?«

Da sah Ella ihre Söhne zum ersten Mal seit langer Zeit grinsen und sie merkte, wie sich ein warmes Gefühl in ihrer Brust ausbreitete.

»Melli kann ganz schön radikal sein«, sagte schließlich Nils, und Lasse ergänzte: »Ich hätte nicht gedacht, dass sie so abgehen kann.«

Erstaunt registrierte Ella, dass Lasse fast versonnen lächelte, und versuchte, sich ihren Sohn und Melli zusammen vorzustellen. Nee. Nie im Leben. Oder doch? Plötzlich fiel ihr siedend heiß ein, dass sie gar nicht wusste, wie es Martin ging. Sie hatte seit heute Morgen nichts mehr von ihm gehört. Auf einmal machte sie sich schreckliche Sorgen.

»Eure Schilder waren ganz schön fies«, sagte sie schleppend und fragte dann: »Wisst ihr, ob Herr Westfal das mit eurer Demo mitbekommen hat?«

»Das war ja eigentlich der Sinn der Aktion«, antwortete Nils und wirkte dabei etwas kleinlaut. »Aber gesehen haben wir ihn nach der ersten Stunde nicht mehr. Wir haben irgendwas von Beurlaubung oder so gehört …«

Ella nickte und spürte auf einmal eine nervöse Ungeduld in sich aufsteigen. Sie musste zu ihm. Aber sie wollte diesen Moment, in dem sie ihren Söhnen endlich wieder näherkam, auch nicht unvermittelt beenden. Erst recht nicht mit irgendeiner Ausrede. Schließlich beschloss sie, ehrlich zu sein und ihnen zu sagen, wo sie hinwollte.

»Ich kann mir nicht vorstellen, dass Martin, ich meine, Herr Westfal, das alles einfach so wegsteckt. Würde es euch etwas ausmachen, wenn ich losfahre und versuche, ihn zu finden? Ihr könnt euch auch ausnahmsweise eine Pizza bestellen.«

Sie sah ihre Söhne bittend an und nach einigen endlos langen Sekunden, in denen sie sich stumm mit Blicken verständigten, sagte Nils fast gönnerhaft: »Okay, Ma.«

»Wie lange bist du denn weg? Oder kommst du heute gar nicht mehr wieder?«, fragte Lasse und sah sie mit einer nur schlecht verborgenen Mischung aus Widerwillen und Angst an. Fast, als wäre er eifersüchtig, dachte Ella.

»Doch, doch. In spätestens einer Stunde bin ich wieder da. Ich will nur wissen, ob alles in Ordnung ist.«

»Es gibt auch Telefone«, murmelte Lasse so leise, dass Ella es fast nicht gehört hätte.

»Ja, ich weiß«, rechtfertigte sie sich. »Aber es gibt auch gewisse Situationen, da muss man dem anderen ins Gesicht sehen. Und um so eine handelt es sich jetzt.«

Fjonn blickte konzentriert auf den Computerbildschirm und prüfte Entwürfe. Ein großer Werkzeughersteller hatte sie für eine Anzeigenkampagne in einer Reihe von Heimwerkerzeitschriften beauftragt und natürlich standen sie mal wieder unter Zeitdruck. Fjonn schloss die Augen und versuchte, sich in den typischen Leser so einer Zeitschrift hineinzuversetzen. Er öffnete die Augen und spürte dem Eindruck nach, den der Entwurf bei ihm hinterließ. Das war noch nicht gut. Es fehlte das gewisse Etwas, das im Gedächtnis blieb. Da klingelte sein

Telefon. Geistesabwesend nahm Fjonn ab und meldete sich mit brummiger Stimme: »Soost.«

»Du wusstest, dass es unser Lehrer ist, und hast uns weiter zu ihm die Klasse gehen lassen?«, schallte ihm ohne jede Begrüßung die Stimme von Lasse entgegen.

Schlagartig war Fjonn voll da. Er ging jedoch gar nicht auf den Vorwurf ein, sondern fragte nur knapp: »Woher wisst ihr es?«

»Von dir oder Mom jedenfalls nicht«, schmollte es aus ihm aus dem Telefon entgegen. Kurz darauf hörte er Nils aus dem Hintergrund rufen: »Eine Klassenkameradin hat Ma mit ihm gesehen.«

Fjonn, der seine Söhne nur allzu gut kannte, fragte daraufhin mit einem unguten Gefühl: »Was habt ihr angestellt?«

»Wir haben gegen ihn demonstriert«, trompetete Lasse, und Fjonn sah vor seinem geistigen Auge, wie er stolz grinste.

»Ihr habt was?«, rutschte es ihm ungeplant laut und donnernd aus dem Mund.

Am anderen Ende der Leitung blieb es still. Fjonn lief es heiß und kalt den Rücken hinunter. Damit waren sie auf Wochen, wenn nicht sogar Monate das Gesprächsthema im Ort. Er hasste diese Tratscherei sowieso. Aber selbst im Mittelpunkt so einer hämischen Negativaufmerksamkeit zu stehen, war noch einmal eine ganz andere Angelegenheit. Er liebte seine Ruhe. Und damit war es jetzt wohl definitiv vorbei.

»Denkt ihr auch mal eine Sekunde nach, bevor ihr etwas tut, Jungs? Wie um Himmels willen kommt ihr dazu, unser Privatleben derart in die Öffentlichkeit zu zerren! Findet ihr die Vorstellung schön, dass jetzt jeder im Ort genau über unsere Familienverhältnisse Bescheid weiß und sich das Maul darüber zerreißt?«

Fjonn raufte sich mit seiner freien Hand die Haare. Im Hörer herrschte Schweigen. Er atmete tief durch. Ganz ruhig. Er musste auch an die Kinder denken. Es war bestimmt alles andere als einfach für sie, mit dieser Information umzugehen. Kurz dachte er an Ella und spürte automatisch das Bedürfnis, sie zu beschützen. Gleichzeitig war er wütend, dass sie die Familie überhaupt erst in diese Situation gebracht hatte. Und zum Beschützen hatte sie ja jetzt den anderen. Gewaltsam schob er diese Gefühle zur Seite und fuhr dann in einem versöhnlichen Ton fort: »Nils, Lasse, seid ihr noch dran? Es tut mir leid, dass ich gleich so losgepoltert habe, Jungs … Das war bestimmt schlimm für euch.«

Lasse räusperte sich. »Äh … also das mit der Öffentlichkeit … da haben wir gar nicht so dran gedacht. Wir waren einfach so wütend.«

»Ist gut, Jungs. Wir kriegen das schon alles irgendwie hin. Heute Abend setzen wir uns in Ruhe zusammen und machen eine Liste. Wir finden bestimmt eine Lösung. Weiß eure Mutter schon Bescheid?«

»Ja, wir haben mit ihr schon drüber geredet«, hörte er Nils' Stimme aus dem Hintergrund krähen. »Lasse auch.«

Fjonns linker Mundwinkel schnellte automatisch nach oben. Dann war die Aktion ja doch für etwas gut gewesen. Er wusste nur zu genau, wie sehr Ella unter Lasses Abweisung gelitten hatte.

Kurz darauf legte Fjonn auf, griff nach seiner Jacke und verließ das Büro. Die Entwürfe konnten noch einen Augenblick warten. Er musste jetzt erst einmal den Kopf frei bekommen. Außerdem war auch schon längst Mittagszeit. Vor dem Haupteingang des Bürogebäudes hielt er inne und sah in den Himmel. Graue und weiße Wolken vermischten sich dort zu einem düsteren Gemälde. Es war vollkommen windstill. Nichts rührte sich. Der Anblick wirkte fast wie ein Standbild aus einem Katastrophenfilm.

Zögernd schlug Fjonn den üblichen Weg zum ›Le Jardin‹ ein. Mit einem leichten Unbehagen dachte er daran, dass er höchstwahrscheinlich gleich Bekka begegnen würde. Ihre gemeinsame Nacht lag gerade einmal zwei Tage zurück und … Na ja, er hatte ihr nichts versprochen und sie hatte ja ganz deutlich gemacht, dass es nur um eine Nacht ging. Sie beide waren erwachsen. Was also sprach dagegen, ganz normal und freundlich miteinander umzugehen? Sie hatten guten, unverbindlichen Sex gehabt und nun ging jeder wieder seiner Wege. Er hatte sie sogar kurz geweckt, um sich zu verabschieden, bevor er gegangen war. Warum fühlte er sich dann nur wie ein fieser Kerl, der eine junge, unsichere Frau ausgenutzt hatte?

Als er am Restaurant ankam, spürte er ein nervöses Herzklopfen. Hoffentlich machte sie jetzt keine Szene oder war unangenehm vertraulich. Das könnte peinlich werden. Fjonn verzog sein Gesicht. Er war ein Idiot. Warum ging er nicht woanders essen? Die Macht der

Gewohnheit, antwortete er sich selbst. Gerade wollte er umdrehen, doch da hatte ihn bereits der Servicechef entdeckt. Fjonn lächelte ihm gezwungen zu und ging zu seinem üblichen Platz. Noch während er die Tageskarte studierte, kam Bekka an den Tisch.

»Guten Tag, Herr Soost, darf ich Ihnen schon etwas zu trinken bringen? Wasser, Weinschorle oder ein Alster?«

Fjonn blickte erschreckt hoch und sah in Bekkas Gesicht, das ihn vollkommen unbefangen anlächelte, so, als wäre nie etwas zwischen ihnen passiert. Er räusperte sich peinlich berührt und sagte: »Bekka, du musst mich wirklich nicht mehr siezen, nachdem …«

Bekkas leuchtend rot geschminkte Lippen zogen sich in die Breite und sie zwinkerte ihm frech zu, als sie in einem verschwörerisch leisen Ton antwortete: »Ach, wissen Sie, ich finde das eigentlich ganz sexy, Herr Soost. Belassen wir es doch dabei.«

Diese Reaktion brachte Fjonn vollkommen aus dem Konzept. Er lehnte sich im Stuhl zurück, fuhr sich mit der Hand über sein glatt rasiertes Kinn und sah Bekka verlegen grinsend an. Auf einmal kam sie ihm kein bisschen mehr wie eine unsichere Frau vor. Im Gegenteil, sie wirkte selbstbewusst und aufregend. Dann erinnerte er sich an ihre ursprüngliche Frage und antwortete mit einem charmanten Lächeln: »Ich hätte gerne eine Schorle und die Tagliatelle. Vielen Dank, Bekka.«

Nachdem Fjonn sein Essen beendet hatte, brachte ihm Bekka die Rechnung. Unschlüssig überlegte Fjonn eine Weile, ob er sie nach ihrer Nummer fragen sollte. Doch da sah er, dass Bekka sie ihm bereits auf der Rechnung notiert hatte.

»Wenn Sie mögen, schicken Sie mir eine kurze Nachricht. Dann melde ich mich, wenn ich mal wieder gerne Gesellschaft hätte.«

Fjonns Blick schnellte zu Bekka hoch und sie erwiderte ihn mit einem Funkeln in den Augen und einem spöttischen Lächeln. Ohne seine Augen von ihr abzuwenden, zog er sein Smartphone aus der Tasche. Dann tippte er ihre Nummer ein. Eine Sekunde später hörte er das leise Vibrieren, das den Eingang seiner Nachricht auf ihrem Handy anzeigte. Bekkas Blick flackerte leicht und mit einer etwas heiseren Stimme sagte sie, während sie den Tisch abräumte: »Vielen Dank, Herr Soost. Ich wünsche Ihnen noch einen schönen Tag.«

Martin saß schwer atmend auf dem umgestürzten Baumstamm am Rand der Wiese. Schweißtropfen lösten sich zögernd von seinen Haarspitzen und fielen schwerfällig vor ihm ins Gras. Martin beobachtete, wie sie langsam an den Grashalmen hinabglitten. Er war noch nicht mal seit einem Jahr Lehrer und schon demonstrierten seine Schüler gegen ihn. Martin sah Mellis Gesichtsausdruck vor sich, als sie gesagt hatte, dass jemand wie er gar kein Lehrer sein sollte. Er dachte an die Schilder, die seine Schüler in die Luft gereckt hatten, während sie lautstark ihre Parolen skandierten: ›Westfal ist Dreck und Dreck muss weg‹. Martin stöhnte auf und beschloss, noch eine Runde zu laufen. Da hörte er auf einmal ein Knacken hinter sich und spürte im selben Moment, wie sich eine vertraute, schmale Hand auf seine Schulter legte. Sein Herz setzte kurz aus. Ella war da … So sehr er sich normalerweise nach ihrer Gegenwart sehnte, jetzt wollte er alleine sein. Ohne sich umzudrehen, sagte er deshalb bittend: »Gib' mir ein wenig Zeit, okay?«

Er stützte seine Ellbogen auf den Oberschenkeln ab und vergrub sein Gesicht in den Händen. Doch Ella verschwand nicht, sondern ging um den Baumstamm herum, sank vor ihm in die Hocke und sagte weich: »Ich will dir nur einmal kurz ins Gesicht schauen. Dann bin ich wieder weg.«

Martin brauchte eine kleine Weile, bevor er sein Gesicht aus den Händen hob und Ella in die Augen blickte. Er wollte sie nicht sehen, aber er kannte sie mittlerweile gut genug, um zu wissen, dass sie nicht eher gehen würde, als bis er ihrer Bitte nachgekommen war. Reiß' dich zusammen, Mann, dachte er. Wehe, du heulst jetzt los. Denk an was anderes. Wetterbericht, Aktienkurse. Doch als er sah, wie sich Ellas Augen bei seinem Anblick mitfühlend weiteten und sie drauf und dran war, ihn in ihre Arme zu ziehen, war es fast um seine Fassung geschehen. Das wollte er nicht. Er fühlte sich schon hilflos genug. Diese letzte Kontrolle konnte er nicht auch noch abgeben. Deswegen sagte er schnell: »Bitte, Ella, lass mich allein.« Er hörte selbst, wie brüchig seine Stimme klang und Ellas plötzlich tränengefüllte Augen machten es nicht besser. Nein, das hielt er nicht aus. Martin stand ruckartig auf und lief los, ohne sich noch einmal umzuschauen.

Als sich das gewohnte Brennen in seinen Beinen einstellte, nahm sein Kopf den Gedankengang wieder auf, der durch Ellas Auftauchen unterbrochen worden war. Er wusste, dass er das mit der Demo nicht so an sich heranlassen sollte. Aber das war leichter gedacht als getan. Schon seit der Grundschule hatte er gewusst, dass er Lehrer werden wollte. Sein Beruf bedeutete ihm etwas. Ach was, nicht nur etwas. Lehrer zu sein, war immer sein Ziel, sein Antrieb gewesen. Wenn es nicht so pathetisch klingen würde, würde er es sogar Berufung nennen. Er war dabei so zielstrebig und entschlossen gewesen, dass er mit den meisten seiner planlosen Altersgenossen – Sandkastenfreunde wie Joshi ausgenommen – nur wenig hatte anfangen können. Vielleicht waren seine Beziehungen zu Frauen deshalb auch stets oberflächlich geblieben ... Bis er Ella getroffen hatte. Martin lief noch ein wenig schneller und passte seine Atmung an. Ein. Aus. Ein. Aus. Seine Lunge arbeitete auf Hochtouren und seine Beine fühlten sich an, als wären sie mit heißem Eisen gefüllt.

Martin dachte an Herrn Gadow, seinen alten Deutschlehrer. Er war einer der Gründe dafür, dass er selbst hatte Lehrer werden wollen. Mann, war der klug und cool gewesen. Hatte es irgendetwas gegeben, was der nicht gewusst hatte? Herr Gadow war unglaublich gebildet, aber kein bisschen überheblich, lässig, aber aufmerksam, streng, aber herzlich. So jemanden hätte er gerne als Vater gehabt, auch wenn sein Vater im Prinzip okay war. ›Okay‹ zu sein, hatte für eine Vorbildfunktion allerdings nicht ausgereicht. Statt seines Vaters war sein Leichtathletiktrainer sein zweiter Held gewesen. Achim. Er hatte stets das Maximum an Leistung aus ihm herausgeholt und war immer für ihn da gewesen. Achim hatte ihm Disziplin und den Glauben an sich selbst beigebracht. Was war er im Vergleich zu diesen Männern? Niemals hätten die etwas mit der Mutter ihrer Schutzbefohlenen angefangen und deren Familie zerstört. Martin stieß keuchend die Luft aus. So jemand wie er sollte wirklich kein Lehrer sein. Melli hatte recht! Sie hatte wirklich recht! Verdammt noch mal, er hatte als Lehrer vollkommen versagt. Martin fuhr sich durch sein schweißnasses Haar und ging über die Straße zu seiner Wohnung. Vielleicht ging es ihm nach einer heißen Dusche besser. Und vielleicht sollte er danach mal wieder bei Achim anrufen.

Als der heiße Wasserstrahl auf seinen Rücken traf und an seinem Körper hinablief, tauchte blitzartig Ellas Gesicht vor seinem inneren Auge auf. Er drehte sich um, stützte die Hände an die Wand und ließ mit geschlossenen Augen das dampfende Wasser über seinen Kopf und Nacken strömen. Einige Tage bevor Ellas Mutter aufgetaucht war, hatten sie am Wochenende nach dem Aufstehen lange gemeinsam geduscht. Teufel! Sie hatten eng umschlungen unter der Dusche gestanden. Das warme Wasser war über sie hinweg gelaufen und hatte sie wie ein nasser, weicher Umhang eingehüllt, sie noch enger miteinander verbunden. Martins Gesicht verzog sich zu einem Lächeln, als er an Ellas sanfte Berührungen dachte. Schon alleine die Erinnerung daran ließ sein Inneres vor Gefühl ganz weit werden. Doch auf einmal musste er wieder an Mellis hasserfüllten Gesichtsausdruck denken und zuckte zusammen. Gleich darauf erinnerte er sich an den Vorsatz, den er in der vergangenen Nacht gefasst hatte, dass er für Ella etwas riskieren, für sie kämpfen würde. Dann sah er erneut die Demo-Schilder vor sich: ›Lehrer: Hände weg von unseren Müttern‹. Er dachte an Helena und den Trojanischen Krieg und wieder an Herrn Schuldts Befürchtung, dass ›einiges auf ihn zukommen‹ werde. In Martins Kopf tauchten unzählige Bilder von Ella auf – beim Zeichnen, beim Lachen, beim Lieben – und überschwemmten ihn mit einem tiefen, warmen Gefühl. Gleichzeitig sah er Nils und Lasse vor sich, dachte an ihre schlechten Leistungen in der Schule und fühlte sich elend und schuldig.

13. Krieg um Troja

Ella saß in ihrer Wohnung und wartete auf irgendeine Nachricht von Martin. Nach ihrer Begegnung im Wald war sie zurück zu ihren Söhnen gefahren und hatte den Nachmittag mit ihnen verbracht. Gewaltsam hatte sie ihre Sorge um Martin zur Seite geschoben und sich auf Nils und Lasse konzentriert. Es war so schön gewesen, dass Lasse endlich wieder mit ihr sprach, dass sie komplett die Zeit vergessen hatte und daher noch Fjonn begegnet war. Sie hatten sich seit Wochen – oder waren es schon Monate? – nicht mehr gesehen. Und trotzdem hatte ein einziger Blick gereicht. Sein Gesicht war ihr so vertraut, dass sie innerhalb weniger Sekunden alles aus ihm ablesen konnte. Ohne auch nur ein Wort auszusprechen oder sie anzufassen, war es, als hätte er sie in den Arm genommen und getröstet. Als hätte er gesagt, dass er mit ihr fühle und dass sie das gemeinsam durchstehen würden. Aber sie hatte auch gesehen, dass er sehr wütend über die Situation war und irgendwie sah er auch gekränkt aus. Und dann war da noch etwas, was sie nicht zuordnen konnte. Beinahe hätte sie angefangen zu weinen. Stattdessen hatte sie ihm ein stummes ›Es tut mir leid‹ zugeworfen und war in ihre Wohnung geflüchtet.

Jetzt saß sie hier alleine auf dem Sofa und fühlte sich mies. Mies, weil sie einen Mann wie Fjonn verloren hatte. Mies, weil der Mann, wegen dem das alles passiert war, am Boden zerstört war und sie nicht für sich da sein ließ. Mies, weil sie geradezu fühlen konnte, wie der Stadtklatsch um sie zu kreisen begann. Als stünde sie an einem mittelalterlichen Pranger oder wäre mit dem scharlachroten Buchstaben gekennzeichnet. Ella seufzte und vergrub das Gesicht in ihren schmalen Händen. Warum war sie nicht ein bisschen mehr wie Antje? Die würde sich über das Getratsche vielleicht sogar noch freuen und einen regelrechten Auftritt in der Öffentlichkeit hinlegen.

Du meine Güte, sie würde noch verrückt werden, wenn sie hier weiter so herumsaß. Ob sie ein paar neue Samenbomben herstellen sollte? Ihr Vorrat ging langsam zur Neige. Nein, dabei konnte sie viel zu gut nachdenken. Fernsehen? Nein. Da lief doch nur Blödsinn.

Und wenn sie durch Zufall einen guten Film fand, dann wurde er ständig von minutenlanger Werbung unterbrochen. Lesen? Vielleicht. Sie dachte daran, dass Martin ihr einmal gesagt hatte, lesen wäre für ihn so wie reisen, eben nur innerlich. Ja, eine kleine Reise würde ihr jetzt guttun. Nur weg von hier! Ella ging zu ihrem Bücherregal und musterte kritisch die Buchrücken. Warum nur hatte sie so viele Liebesgeschichten, die tragisch ausgingen? Tolstois ›Anna Karenina‹, Goethes ›Wahlverwandtschaften‹, Shakespeares ›Romeo und Julia‹ … Jane Austen ginge jetzt vielleicht. Zögernd griff sie nach ›Sinn und Sinnlichkeit‹.

In dem Moment klopfte es leise an der Tür und Ellas Herzschlag setzte kurz aus. Martin! Wer sollte auch sonst direkt an ihrer Tür klopfen?! Mit ein paar schnellen Schritten war sie bei der Wohnungstür, um dann in einem plötzlichen Anfall von Panik zu zögern. Was würde jetzt passieren? Er hatte so unendlich niedergeschlagen im Wald gewirkt. Und anstatt sich ihr anzuvertrauen, war er einfach davongelaufen. Sie spürte einen schmerzhaften Stich, als sie daran dachte, mit welchen Parolen ihre Söhne gegen ihn demonstriert hatten. Das musste ihn wahnsinnig getroffen haben. Sie wusste, wie wichtig ihm sein Lehrerjob war. Und auf einmal kam ihr der Gedanke, dass der ihm wichtiger sein könnte als sie. Ella fühlte, wie sich ihr Hals zuschnürte und ihr das Atmen schwerfiel. Würde er das zwischen ihnen jetzt beenden wollen, weil ihm auf einmal die Konsequenzen bewusst wurden? Sie wusste ja, dass sie es war, die das zwischen ihnen nie als Beziehung bezeichnete. Und ihr war auch klar, dass sie es war, die noch nicht ein einziges Mal ›Ich liebe dich‹ zu ihm gesagt hatte. Trotzdem überfiel sie bei dem Gedanken, dass er nichts mehr von ihr wissen wollen könnte, die nackte Angst. Sofort stiegen ihr Tränen in die Augen und ihr ganzer Körper verkrampfte sich. Dabei hatte sie ihn davor gewarnt, alles öffentlich zu machen. Jawohl. Sie hatte es die ganze Zeit gesagt, dass das nicht leicht werden würde. Er hatte das alles viel zu sehr abgetan. Er konnte sie doch jetzt nicht … Sie und er waren doch … Also, wenn er jetzt vorhatte … dann … also dann … dann würde sie … Verdammt! Mit fest zusammengepressten Lippen riss Ella die Tür auf und zuckte fast erschreckt zusammen, als sie erkannte, dass es gar nicht Martin war.

»Hallo Engelchen«, sagte Rolf und breitete seine Arme aus, im Gesicht einen mitfühlenden Ausdruck. »Die Tür unten war auf.«

Kaum hatte Ella ihre Überraschung überwunden, da ließ sie sich gegen Rolfs breiten Körper sinken und von seinen kräftigen Armen an sich drücken.

»Sag' nicht, dass der Klatsch schon bis zu dir vorgedrungen ist«, nuschelte Ella in den weichen Stoff seines Sweatshirts.

Rolf brummte nur und hob Ella vorsichtig an, um mit ihr gemeinsam einen Schritt in die Wohnung zu machen.

»Echt?«, fragte Ella und sah Rolf mit einem Gesicht an, als hätte sie in eine Zitrone gebissen und wäre im gleichen Moment auf einen Nagel getreten. »Aber du wohnst doch gar nicht mehr hier.«

Rolf zuckte nur mit den Schultern und sah sie mit seinen gütigen, braunen Augen an.

»Jetzt erzähl schon«, drängte Ella, während sie sich aufs Sofa fallen ließ und mit der Hand auf den freien Platz neben sich klopfte.

Rolf schnaufte einmal leise. »Der Schnepfenclan natürlich«, sagte er mit seiner sanften Stimme. Dann sah er sie etwas verlegen an. »Ich weiß, das ist ein Klischee«, er machte eine kurze Pause, in der er genervt die Augen verdrehte, »aber mein Freund ist Friseur.« Ella musste gegen ihren Willen leise glucksen.

»Lach' nicht«, grummelte Rolf, konnte aber selbst ein Grinsen nicht unterdrücken. »Chris sieht wahnsinnig gut aus«, seufzte er, »und er duftet so gut und ist immer unglaublich gepflegt.«

Ella sah ihn mit funkelnden Augen an und sagte: »Natürlich ist er das. Er ist ja auch der schwule Friseur und garantiert ein echtes Sahneschnittchen.«

Rolf schlug ihr mit der flachen Hand auf den Oberschenkel und sah sie vorwurfsvoll an.

»Ach, Rolfi, ich freu' mich für dich«, sagte Ella und warf ihm einen warmen Blick zu. Doch dann flog ein Schatten über ihre Gesichtszüge. »Lass mich raten: Der gesammelte Schnepfenclan schmachtet ihn an?«

»Er arbeitet eben nicht nur im besten Beauty-Salon von Retsum, sondern ist auch ein echter Styling-Gott und sieht zum Niederknien aus. So sehr ich diese fürchterlichen Lästerweiber hasse, aber dass sie meinen Chris anbeten, kann man ihnen nun wirklich nicht übel nehmen.«

»Wenn du noch auf den gleichen Typ Mann stehst wie früher sicher nicht. Und dass er ein ›Styling-Gott‹ ist, glaube ich dir mal unbesehen. Nur, dass wir so etwas wie einen ›besten Beauty-Salon‹ in Retsum haben, bezweifle ich.« Ella sah Rolf belustigt an, bevor sich ihre Mundwinkel wieder nach unten bewegten. »Aber jetzt mach es nicht so spannend und rück endlich mit der Sprache raus. Ich will alle furchtbaren Details hören.«

»Sicher?«

»Nö. Aber besser, ich hör' es jetzt von dir als vollkommen unerwartet irgendwo anders.«

»Okay, wie du willst. Du bist ja schon ein großes Mädchen.« Rolf verzog sein kräftiges Gesicht, als wäre ihm das alles schrecklich unangenehm, senkte den Kopf und fuhr sich mit seiner breiten Hand mehrmals durch die wuscheligen, braunen Haare. »Also, machen wir es kurz und schmerzlos«, sagte er schließlich entschlossen, sah Ella fest in die Augen und zählte monoton auf: »Du bist ein notgeiles Flittchen ohne jedes Schamgefühl. Das warst du schon immer. Schon in der Schule hast du es mit allen getrieben, die nicht bei drei auf den Bäumen waren, und sogar die Freunde anderer hast du bestiegen. Es war nur eine Frage der Zeit, bis du deinen absolut hinreißenden Ehemann hintergehst. Und dafür hast du einen armen, naiven Mann hinterhältig verführt, der viel zu jung ist, um dich zu durchschauen, und ganz zufällig auch noch der Klassenlehrer deiner Söhne, die – wie ja alle wissen – etwas zurückgeblieben sind. Da liegen deine Motive ja eindeutig auf der Hand ...« Rolfs Mundwinkel zuckten verdächtig und Ella boxte ihn einmal kräftig gegen die Schulter.

»Das ist nicht witzig, Rolf.«

»Nein, du hast recht«, gab Rolf gutmütig zu, rieb sich die Schulter und blinzelte sie an. »Eigentlich ist das zum Heulen. Aber so dick, wie die auftragen, hat es auch was Komisches, findest du nicht?«

Ella schlug die Hände vors Gesicht und brachte dahinter etwas undeutlich hervor: »Ich kann nie wieder in die Öffentlichkeit gehen. Und meine Kinder auch nicht. Oder wir müssen das Land verlassen. Vielleicht sogar den Kontinent ...«

Obwohl sie das eigentlich humorvoll gemeint hatte, merkte sie, wie ihr die Tränen in die Augen stiegen. Da tat Rolf das, was er immer schon getan hatte: Er zog sie liebevoll in seine Arme und hielt sie fest.

Eine Stunde später hatte sich Rolf bereits wieder von ihr verabschiedet, um seinen Chris nicht länger warten zu lassen. Sie hatten heute nämlich ihr siebenmonatiges Jubiläum. Ella lächelte bei dem Gedanken daran und war sehr dankbar, dass Rolf wieder in ihr Leben getreten war. Dann nahm sie zum gefühlt eintausendsten Mal an diesem Abend ihr Smartphone in die Hand, um zu sehen, ob Martin sich gemeldet hatte. Nichts. Wieso meldete er sich bloß nicht? Was war los? Ella merkte, wie ihr Herzschlag immer mehr an Geschwindigkeit aufnahm. Er hatte das alles zu leicht genommen. Als würden sie auf einer Insel oder in einer Gesellschaft voller netter, liberaler Menschen leben. Taten sie aber nicht. Und jetzt, wo er das erste Mal ein wenig Gegenwind bekam, da ließ er sie einfach so stehen. Lief weg. Meldete sich nicht. Ellas Blut rauschte in ihren Ohren und sie atmete hastig ein und aus. Ließ er sie jetzt etwa fallen?

»Nee, Freundchen, nicht mit mir«, sagte sie leise und erhob sich unruhig, um ziellos in ihrer Wohnung hin- und herzuwandern. Jetzt wussten es alle. Alle wussten es. Nur weil er verschlafen hatte. Und sie und ihre Kinder und auch Fjonn würden ab jetzt im Scheinwerferlicht der skandalgeilen Schnepfen stehen. Da ließ er sie im Stich? Was für ein Feigling! Ach, er war einfach wirklich noch viel zu jung. Recht hatten die alle. Was machte sie sich hier eigentlich vor?! Sie brauchte einen Mann mit Verantwortungsbewusstsein. Jemanden, der zu ihr hielt, dessen Verhalten berechenbar war. So jemanden wie … wie … wie Fjonn eben. Jemanden, bei dem sie sicher war. Ella marschierte immer schneller durch ihre Wohnung und blieb nur zwischendurch an der Anrichte im Wohnzimmer stehen, um ungeduldig mit ihren Fingern auf die Ablage zu trommeln. Dann nahm sie erneut das Smartphone in die Hand. Noch immer nichts. Unfassbar. Es war ja nicht so, dass es nur ihn betraf und er daher einen plausiblen Grund dafür hatte, sich zurückzuziehen. Im Gegenteil. Sie war doch viel mehr betroffen. Alleine schon durch ihre Kinder. Was bildete er sich ein? Wie egoistisch und rücksichtslos war das! Das hatte sie jetzt von ihren biochemischen Gefühlen. Ella sah auf die Uhr. 00:15. Warum meldete er sich nicht? Erschreckt hielt Ella inne. Eigentlich sah ihm das so gar nicht ähnlich. Ob ihm etwas passiert war? Vielleicht lag er irgendwo schwerverletzt im Krankenhaus, und sie machte ihm hier vollkommen ungerechtfertigt Vorwürfe. Ob sie bei der Polizei anrufen und nach Unfällen fragen sollte? Vielleicht sollte sie besser gleich im Krankenhaus vorbeifahren. Ich bin so eine herzlose Zicke, schalt sie sich selbst. Da liegt der wunderbarste Mann der Welt wahrscheinlich irgendwo mit schwersten Verletzungen und kämpft um sein Leben und ich nenne ihn einen Feigling. Wenn ihm was passiert ist ... Ich muss ihn suchen. Jetzt sofort. Mit Tränen in den Augen griff Ella nach ihrer Jacke und ihrer Tasche und wollte gerade die Wohnung verlassen, als sie von der Straße her ein lautes Brüllen hörte: »Helenaaa!«

Ella erstarrte mitten in der Bewegung.

»Helena ... du trojan'sche Göttin ... ich liebe dich!«

Ella riss die Augen auf und konnte es nicht glauben. War das etwa Martin? Hatte der sie noch alle? Das klang ja, als wäre er sturzbetrunken! In Windeseile rannte sie die Treppe hinunter und riss die Eingangstür auf.

»Nur du bis' wichtig für mich, Ella!«

Bei dem Bild, das sich Ella bot, wusste sie nicht, ob sie erleichtert oder wütend sein, lachen oder weinen sollte. Da stand Martin, der sich offensichtlich stark darauf konzentrieren musste, nicht das Gleichgewicht zu verlieren, mit nur noch einem Schuh, einer halb von der Schulter hängenden Jacke und einem überdimensionalen Strauß langstieliger Rosen in den Armen. Und das mitten auf der Straße. Ella verschränkte automatisch ihre Arme vor der Brust und schüttelte fassungslos den Kopf. Da hatte wohl der schmächtige Rosenverkäufer, der allabendlich zwischen den Kneipen und Restaurants im Ortskern hin und her tingelte, das Geschäft seines Lebens gemacht.

»Ruhe da unten«, schallte auf einmal eine dunkle Stimme durch die Nacht. »Andere Leute wollen schlafen. Gestehen Sie Ihrer Helena Ihre Liebe gefälligst leise.«

Martin löste eine Hand von den Rosen und legte den Zeigefinger schwankend an seine Lippen. »Schhhhh«, machte er und stolperte einige Schritte vorwärts. »Aber, es soll'n doch alle wissen«, lallte er kurz darauf verwirrt und brüllte erneut: »HELENAAA … ICH LIEBE DICH!«

Ella beeilte sich, zu ihm zu laufen und ihn zu beruhigen. Meine Güte, wie viel hatte er denn getrunken?

»Ella«, flüsterte Martin verzückt, als er sie erkannte. »Meine wunderschöne Helena.« Er grinste sie aus glasigen Augen verliebt an und streckte ihr den überdimensionalen Strauß entgegen. »Hier, du Schönheit, die sin' für dich. Die hab' ich für dich mitgenomm', weil du die Schönste und die Unglaublichste bist. Und für dich werde ich auch den trojan'schen Krieg gewinn'. Das fiese Pferd lass' ich einfach nich' rein.« Martin lachte leise vor sich hin, als hätte er ihr gerade ein geniales Geheimnis offenbart.

Ella war noch immer hin- und hergerissen zwischen Wut und Erleichterung, dem Impuls, laut loszulachen und dem Gefühl, vor Rührung ein paar Tränen vergießen zu müssen. Selbst im Vollsuff fand sie ihn noch zum Niederknien. Seine dunklen Haare hingen ihm wirr ins Gesicht. Über seine Wangen zog sich ein dunkler Bartschatten und seine graublauen Augen konnten zwar nicht mehr so richtig geradeaus gucken, waren aber trotzdem voller Liebe auf sie gerichtet.

Schließlich sagte Ella einfach nur: »Komm«, und zog Martin mit sich ins Haus. Mühsam schaffte sie ihn in den ersten Stock. Meine Güte, war der Kerl schwer. Dann fischte sie aus seiner Jackentasche den Schlüssel und öffnete die Wohnungstür. Währenddessen stützte sich Martin je nach Schwankrichtung immer wieder felsbrockenartig auf ihr ab und gab ihr überall, wo sein Mund sie zufällig traf, kleine, feuchte Küsse.

Am nächsten Morgen wachte Ella in einer Wohnung voller Rosen auf. Noch in der Nacht hatte sie jedes verfügbare Gefäß in ihrer Wohnung mit den dunkelroten Blumen gefüllt. Wer hatte schon eine Vase für über fünfzig langstielige Rosen? Sie jedenfalls nicht. Und so hatte sie erst Martin bäuchlings in sein Bett fallen lassen, wo er fast augenblicklich in einen komatösen Schlaf gefallen war, und war dann mit den Rosen in ihre Wohnung verschwunden. Die meisten langen Rosenstiele hatten zwar dran glauben müssen, aber dafür sah es nun wunderschön aus, wie die Rosen überall um sie herum in Tassen, Gläsern, Flaschen und sogar Eierbechern jeden Flecken ihrer kleinen Wohnung zierten. Nachdem sie sich um die Blumen gekümmert hatte, war sie noch einmal hinunter in Martins Wohnung geschlichen. Schon vor der Wohnungstür hatte sie sein lautes Schnarchen gehört und sich grinsend darüber gefreut, sich gleich in ihr eigenes, ruhiges Bett zurückziehen zu können. Und nachdem sie ihm die Schuhe von den Füßen und die Jacke von den Schultern gestreift und ihn mit einer dünnen Decke zugedeckt hatte, hatte sie genau das getan.

Jetzt lag sie in ihrem Bett, blinzelte durch ihr sonnendurchflutetes Schlafzimmer auf das Blumenmeer um sich herum und kam sich vor wie im Märchen. Ella räkelte sich genüsslich und spürte, wie sich ein Gefühl von Glückseligkeit kribbelnd über ihren Körper legte. Vielleicht hatte Martin doch recht damit, das alles leicht zu nehmen. Hier in ihren Wohnungen waren sie jedenfalls sicher. Durch die Fenster drang das goldene Licht der Sonne. Der betörende Duft der Rosen erfüllte den Raum und strich wie ein hauchdünner Schleier über ihr Gesicht. Nachdem Ella sich noch mal ausgiebig gestreckt hatte, sprang sie auf und ging ins Bad. Sie wollte sich hübsch machen und sich zu Martin kuscheln. Er war genauso ein Langschläfer wie sie und blieb gerne ewig lange, dösend und sich unterhaltend, mit ihr im Bett liegen. Dezent, aber sorgfältig schminkte sie sich ihre Augen, zupfte sich ihre blonden Locken zurecht und streifte eine lange weiße Hemdbluse über ihren nackten Körper. Dann griff sie sich ihren Schlüssel und den von Martins Wohnung, den sie letzte Nacht vorsichtshalber mitgenommen hatte, und öffnete die Wohnungstür einen Spalt breit. Nachdem sie kurz gelauscht hatte und sich sicher war, dass sich niemand im Treppenhaus aufhielt, sprang sie mit dicken Socken an den Füßen in Windeseile die Treppen hinunter. Leise schloss sie auf und registrierte überrascht das Geräusch der Dusche aus dem Bad. Er war schon wach? Sie widerstand der Versuchung, sich zu ihm zu schleichen und ging stattdessen in die Küche, um einen starken Kaffee zu kochen. Normalerweise machte er den Kaffee. Und auch sonst war Martin wunderbar selbstständig, kochte, putzte, wusch seine Wäsche und erwartete von ihr rein gar nichts. Nach all den Jahren als Mutter und Hausfrau genoss sie das ungemein. Zehn Minuten später hörte sie Martin aus dem Bad kommen und machte mit einem glücklichen Lächeln auf den Lippen und einem aufgeregten Kribbeln im Bauch zwei Tassen Kaffee fertig.

Da kam Martin in die Küche, den Blick nachdenklich und noch etwas verschlafen auf den Boden gerichtet. Um seine Hüften hatte er ein Handtuch geschlungen, seine feuchten Haare hingen ihm sexy in die Stirn. Ella ließ ihren Blick über seinen Oberkörper wandern und sagte dann leise mit einer etwas belegten Stimme: »Guten Morgen.«

Martin fuhr erschrocken zusammen, grinste aber breit, als er sie erkannte. »Meine schöne Helena«, sagte er mit einer von der letzten Nacht deutlich angeschlagenen Stimme und kam langsam auf sie zu. Dabei ließ er seine Augen derart intensiv über ihren Körper gleiten, dass sie wie unter einer zärtlichen Liebkosung stillhielt und die Augen schloss. Sanft nahm er ihr die Tassen aus der Hand und stellte sie zur Seite. Dann senkte er seinen Kopf zu ihrem Ohr und flüsterte: »Ich habe dich letzte Nacht vermisst.« Eine Spur von zarten Küssen folgte seinen Worten über ihren Hals.

Martin war gerade dabei wegzudösen, als die hinreißende, nackte Frau in seinem Arm offensichtlich alles andere als müde fragte: »Weißt du, worüber ich neulich nachgedacht habe?«

»Na?«, fragte er mit träger Stimme.

»Also, wenn unsere Geschichte eine erfundene Geschichte aus einem Buch wäre. Wie würde sie wohl enden? Jetzt mal so rein hypothetisch gesponnen …«

»Wie meinst du das?« Martin versuchte, möglichst unauffällig zu gähnen und wieder etwas wacher zu werden.

»Na ja. Also Effi Briest zum Beispiel. Die wird von der Gesellschaft verstoßen, hat keinen Kontakt mehr zu ihrem Kind und stirbt. Emma Bovary – tot. Anna Karenina – tot. Kennst du noch andere Geschichten über eine Ehebrecherin, die Mann und Kind verlässt? Gibt es da auch welche, die gut ausgehen?«

»Ja, unsere«, sagte Martin schmunzelnd und zog sie auf sich, um ihr einen zärtlichen Kuss auf die Nasenspitze zu geben.

Ella lächelte, ließ aber nicht locker. »Ich mein' das ernst, Martin. Sagt man nicht immer, dass Literatur ein Spiegel des echten Lebens ist? Ich meine, was sagt das dann über das aus, was ich hier tue? Offensichtlich sind sich da nicht wenige Autoren einig, dass jemand wie ich den Tod verdient.« Ellas Stimme klang gleichermaßen düster wie zittrig und Martin seufzte.

»Du meinst das echt ernst, oder?«

Ella nickte.

»Dann warte mal, ich hab' hier vom Studium noch irgendwo so ein Buch über Motive in der Literatur herumliegen.« Vorsichtig schob er ihren warmen Körper von sich herunter und beugte sich zu ihrem Ohr. »Rühr dich nicht von der Stelle«, murmelte er und strich mit seinen Lippen sanft über ihre Wange. Mit einem schnellen Kuss auf ihren Mundwinkel schwang er sich aus dem Bett und ging zu seinem Bücherregal im Wohnzimmer. Kurz darauf lag er wieder neben ihr und blätterte in dem alten, staubigen Buch, das er irgendwann mal in einem Antiquariat erstanden hatte.

»Und?«, fragte Ella.

Martin warf ihr einen belustigten Blick zu. »Lass mich doch erst mal lesen, du ungeduldige Frau.« Er ließ seine Augen über die Seiten gleiten und runzelte die Stirn. Das war ja nicht gerade erfreulich. Vielleicht sollte er sich einfach irgendetwas ausdenken. Als Ella ihn jedoch wiederholt anstupste, sagte er schließlich: »Na ja, wenn eine Geschichte gut ausgeht, wird sie ja immer gleich trivial genannt. Als wenn etwas dadurch bedeutend wird, dass es besonders niederschmetternd ist. Aber das hat doch nichts mit dem echten Leben zu tun.«

»So schlimm also«, sagte Ella und sah dabei so niedergeschlagen aus, dass ihm das Herz schwer wurde.

»Was soll *ich* denn sagen«, versuchte er zu scherzen. »Es gab im 13. Jahrhundert sogar Geschichten, in denen der rachsüchtige Ehemann seiner Frau das Herz ihres Geliebten zum Essen servierte.« Als Ella darauf gar nicht reagierte, ergänzte er: »Nimm das doch nicht so ernst, Helena. Das war im Mittelalter. Und die Geschichten, die du erwähnt hast, sind alle aus dem 19. Jahrhundert. Da ging es, wenn man diesem Buch hier Glauben schenkt, um den Kontrast zwischen persönlichen Wünschen und gesellschaftlichen Anforderungen. Aber diese Anforderungen gibt es doch gar nicht mehr. Heute haben wir Patchwork, Online-Partnerbörsen, Swingerklubs, jede zweite Ehe wird geschieden – da kräht doch kein Hahn mehr nach so einer Geschichte wie unserer, geschweige denn, dass es so etwas wie einen gesellschaftlichen Bann wie bei Effi gibt.«

»Ein Hahn kräht vielleicht nicht danach, aber eine tratschsüchtige Schnepfe schon«, sagte Ella leise an Martins Brust.

»Was?«

Ella stemmte sich hoch und machte ein Gesicht, als würde sie direkt in die Sonne schauen. »Ich hab' dir noch nie vom Schnepfenclan erzählt, oder?«

Martin lachte. »Dem was?«

Ella verdrehte die Augen. »Den Frauen, die in unserem Fall garantiert für so was wie einen gesellschaftlichen Bann sorgen werden. Ramona Gerlach, Winifred van Tewes, Sonja Schröder, Klaudia Leitner und Svenja König. Kommt dir der ein oder andere Name bekannt vor?«

Martin runzelte die Stirn. »Ist Ramona Gerlach nicht die Mutter von Markus aus meiner Klasse?« Martin stockte. »Meiner ehemaligen Klasse, meine ich.« Ella sah ihn mitfühlend an. Aber Martin schüttelte nur leicht den Kopf, als wollte er eine lästige Fliege verscheuchen, und fragte weiter: »Und Svenja König ist doch Vorsitzende des Elternbeirats, oder?«

Ella nickte und sah dabei alles andere als begeistert aus. »Winifred ist außerdem Vorsitzende im Kulturausschuss, Sonja ist im Vorstand des Sportvereins und Klaudia arbeitet bei der örtlichen Zeitung. Ach ja, und Ramona leitet den Supermarkt in der Fußgängerpassage.«

»Ja und?« Martin verstand noch nicht ganz, worauf Ella hinauswollte. War ja schön für die, aber was hatte das mit ihnen zu tun?

»Diese fünf Frauen waren schon damals in der Schule eine Clique mit dem bescheuerten Namen ›Five Glamoursisters‹. Antje und ich haben sie stattdessen den Schnepfenclan getauft, weil sie den lieben langen Tag nichts anderes zu tun hatten, als über andere herzuziehen und belangloses Zeug vor sich her zu schnattern. Trotzdem waren sie für eine erstaunlich große Anzahl an Jungs mit offenbar akuter

Geschmacksverirrung das Nonplusultra an Schönheit. Noch dazu stammen sie allesamt aus ziemlich vermögenden Familien. Sie waren so was wie die Coolen der Schule oder wie du das auch immer nennen willst.«

Ella schüttelte den Kopf und schnaubte leise. »Was sagt das über die Welt aus, wenn solche hohlköpfigen, neureichen, und niederträchtigen Miststücke ohne Anstand und Mitgefühl angehimmelt werden?«

»Dass sie voll von Idioten ist?«

»Ja, so ist es«, antwortete Ella. »Guck dir doch nur mal an, wer heutzutage alles zum Präsidenten gewählt wird. Und da die Idioten den Ton angeben, passieren auch idiotische Dinge. Die nächsten Wochen werden ein Spießrutenlauf, Martin.«

Ella sah ihn mit großen Augen an und ihre Unterlippe zitterte leicht. Martin sah sie an und spürte, wie in ihm ein übermächtiges Bedürfnis aufstieg, Ella zu beschützen. Er konnte es einfach nicht ertragen, sie unglücklich zu sehen.

Martin dachte nach und versuchte, Gesichter zu den von Ella aufgezählten Namen vor sein inneres Auge zu bekommen. Ramona Gerlach war die Mutter von Markus, einem ziemlich beleibten und ziemlich fiesen Jungen, der Kleinere schubste, wenn niemand hinsah und jeden Tag riesige Mengen Junkfood mit in die Schule brachte. Aber das hatte seine aufgetakelte Mutter beim Elterngespräch nicht besonders interessiert. Ebenso wenig wie Markus' schlechte schulische Leistungen. Stattdessen hatte sie mindestens zehnmal erwähnt, dass sie Single sei und ein erfolgreiches Unternehmen leite. Wie er jetzt wusste, hieß das, dass ihrer Familie der Supermarkt gehörte. Und diese Svenja König hatte er einmal bei einer Schulkonferenz gesehen. Sie war attraktiv und sehr gepflegt, aber auch überheblich und rechthaberisch. Von den anderen Frauen hatte er noch nie etwas gehört.

Ella flüsterte, als verlöre es dadurch etwas von seiner Macht: »Die dämlichen Schnepfen verbreiten, dass meine Söhne zurückgeblieben sind und ich dich verführt habe, um neben der Befriedigung meiner Flittchentriebe für bessere Schulnoten der Jungs zu sorgen.«

Martin wollte gerade laut loslachen, als ihm bei Ellas ernstem Blick das Lachen im wahrsten Sinne des Wortes im Hals steckenblieb. »Ernsthaft?«

Ella zog nur vielsagend die Augenbrauen hoch und presste ihre wunderschönen Lippen aufeinander.

»Und woher willst du das wissen? Ins Gesicht werden sie es dir kaum gesagt haben, oder?«

»Rolfi war gestern Abend bei mir und hat erzählt, was die blöden Zicken bereits über mich rumerzählen.«

Moment mal. Martin spürte eine nervöse Unruhe in sich aufsteigen und schob sich in eine etwas erhöhte Position. »Wer war bei dir?«

»Rolf«, antwortete Ella mit einem belustigten Glitzern in den Augen. »Du weißt schon. Der große, breit gebaute und attraktive Onkel von Jana, mein alter, enger Freund …«

»Und«, fragte Martin etwas schroff nach, »was wollte er?«

»Na, bei mir sein natürlich und mich trösten. Rolf ist ein ganz hervorragender Tröster.«

»Wie bitte?«

»Du hast es ja schließlich vorgezogen, mich alleine mit dieser furchtbaren Situation zu lassen und dich stattdessen zu betrinken«, gab Ella zurück.

Martin richtete sich noch ein Stück weiter auf und schob Ella von sich, um sie mit gerunzelter Stirn zu mustern. Wollte sie ihn ärgern? Ohne, dass er etwas dagegen tun konnte, merkte er, wie eine wütende Eifersucht in ihm aufstieg. Er erinnerte sich noch allzu gut an den Abend mit Jana und Andreas und wie er schon damals mit äußerstem Missfallen den vertrauten und innigen Umgang zwischen Ella und diesem … diesem Rolf beobachtet hatte. »Und da hast du nichts Besseres zu tun, als dich vom nächstbesten Typen alleine in deiner Wohnung trösten zu lassen?!«

Ella biss auf ihrer Unterlippe herum und sah ihn mit großen Augen an, in denen es verräterisch funkelte. Was zum …? Machte es sie etwa an, ihn eifersüchtig zu sehen? Na warte!

Mit einer schnellen Bewegung rollte er sich und Ella herum, sodass er nun über ihr lag und sich mit beiden Armen neben ihrem Kopf abstützte. Ella keuchte auf und er senkte seinen Kopf so weit, dass sein Mund sich dicht an ihrem Ohr befand. »Ich teile nicht gerne, Helena«, flüsterte er. »Vielleicht sollte ich doch einmal in aller Öffentlichkeit klarstellen, dass du jetzt zu mir gehörst.«

Ellas Brustkorb hob sich hektisch, sodass ihre nackten Brüste ihn sanft berührten und Martin beschloss, ihr vorerst nur hier und jetzt zu verstehen zu geben, was genau er damit meinte.

»Rolf ist übrigens schwul«, hauchte Ella mit fast versagender Stimme. Und obwohl Martin darüber eine gewisse Erleichterung verspürte, sagte er nur: »Das hilft dir jetzt auch nicht mehr.«

14. Beim Direktor

Fjonn und Ella waren zum Gespräch in die Schule gebeten worden. Nach der Demo-Aktion der Jungs hatte der Direktor offensichtlich etwas mit ihnen zu besprechen.

»Es tut mir furchtbar leid, Fjonn. Ich habe nie gewollt, dass unser Privatleben zu einer öffentlichen Angelegenheit wird.«

Fjonn sah kurz zu Ella hinüber, die offensichtlich sehr nervös war. Er wusste ganz genau, was in ihr vorging. Sie machte sich Vorwürfe, ihn und die Jungs im Stich gelassen zu haben. Sie hatte Angst davor, ihre Privatangelegenheiten mit fremden Menschen besprechen zu müssen. Und sie hatte Angst davor, verachtet, angefeindet oder ausgelacht zu werden, wahrscheinlich auch, weil dieser Bubi noch ein halbes Kind war.

»Das weiß ich, Ella«, sagte er, zögerte einen Moment und griff dann nach ihrer Hand, um sie kurz zu drücken. Seit seiner Nacht mit Bekka fiel ihm der Umgang mit Ella leichter. Es war, als wäre die Welt in dieser Nacht ein klein bisschen gewachsen und zumindest wieder so groß geworden, dass sich nicht mehr alles ausschließlich darum drehte, dass sie ihn ... Egal, er wollte nicht mehr daran denken. Das führte doch zu nichts. Sie blieben gemeinsam die Eltern von Nils und Lasse. Deswegen waren sie jetzt auch zusammen hier. Sie würde immer die Mutter seiner Söhne bleiben. Und in den letzten Wochen hatte sie ihm durch unzählige Kleinigkeiten gezeigt, dass er ihr nach wie vor wichtig war, dass es Fjonn und Ella auf irgendeine Weise immer noch gab. Das musste im Moment reichen.

Ella sagte stockend und ohne ihn anzusehen: »Danke. Dass du so nett zu mir bist, verdiene ich gar nicht.«

Fjonn wusste nicht, was er darauf antworten sollte. Also zuckte er nur mit den Schultern, atmete durch und klopfte an die Tür von Herrn Schuldt.

Der rundliche Direktor lächelte verhalten, als sie eintraten, und kam hinter seinem breiten Schreibtisch hervor, um ihnen die Hand zu schütteln. Nachdem alle Platz genommen hatten, bedankte er sich für ihr Kommen und zog dann die Augenbrauen so weit nach oben, dass seine Stirn wie ein zerknittertes Stück Papier aussah.

»Na, die Kinder kommen auf Ideen, was?«, sagte er und seufzte. »Zum Glück war Herr Westfal schon bei mir, bevor der ganze Spuk losging, und hat mich in die etwas unglückliche Situation eingeweiht. So fiel ich wenigstens nicht ganz aus allen Wolken«, brummte er.

Fjonn wechselte mit Ella einen schnellen Blick und sah, dass auch sie nicht wusste, was sie darauf antworten sollte. Doch da fuhr Herr Schuldt schon fort: »Herr Westfal hat sofort angeboten, die Klasse abzugeben. Und unter den gegebenen Umständen sehe ich tatsächlich keine andere Möglichkeit. Allerdings, Frau Kaap, wissen ja gerade Sie, wie es um unsere Lehrerkapazitäten bestellt ist, nicht wahr?«

Ella nickte betreten.

»Ja«, sagte Herr Schuldt gedehnt. »Das alles nimmt leider etwas größere Ausmaße an, als ich gehofft hatte.« Er räusperte sich kurz und sah dann Fjonn an. »Also, es geht um etwaige disziplinarische Maßnahmen, was die, ähäm, Demonstration Ihrer Söhne betrifft.«

Fjonn presste die Lippen zusammen und hätte am liebsten mit den Augen gerollt. Er fand, sie alle waren schon gestraft genug.

»Tja, Nils und Lasse sind mit ihrer Klassenkameradin Melanie Schmidt in den Kunstraum eingebrochen, haben dort diverse Materialien entwendet und sind im Anschluss mit verunglimpfenden Parolen über den Schulhof marschiert. Es tut mir leid, aber das ist alles andere als eine Kleinigkeit.«

Na gut, wenn man das so betrachtete … Fjonn warf Ella einen besorgten Blick zu und sah, wie sie nervös schluckte und weiter starr zum Direktor schaute.

»Ich habe größtes Verständnis für die … ähm … aufgebrachten Emotionen Ihrer Söhne. Das möchte ich einfach mal vorwegschicken. Aber der Elternbeirat sitzt mir diesmal ungewöhnlich im Nacken.« Herr Schuldt sah Ella kurz neugierig an, bevor er fragte: »Haben Sie vielleicht irgendeine Vorgeschichte mit Frau König?«

Fjonn sah, wie Ella erblasste und forschte in seiner Erinnerung, ob ihm dazu irgendwas einfiel. König? War das vielleicht die aus der Clique mit dem komischen Vogelnamen, von der Ella mal erzählt hatte? Deren Freund sich vor Ewigkeiten in Ella verliebt hatte?

»Wieso?«, fragte Ella unsicher zurück.

Der rundliche Direktor zerknitterte abermals seine Stirn und machte dann eine seltsame Grimasse, bevor er antwortete: »Na ja, normalerweise hält sich der Elternbeirat aus solchen Dingen raus. Der ist auch gar nicht befugt, über Disziplinarmaßnahmen oder Lehrerwechsel zu entscheiden. Aber diese Frau König ...« Herr Schuldt schüttelte den Kopf und stieß dabei mit einem zischenden Geräusch langsam die Luft aus. »Um es kurz zu machen: Sie fordert den Schulverweis für Lasse und Nils. Ansonsten droht sie mit ausgedehnten Protesten, Aussetzung der Spendengelder, die sie und andere Frauen der Schule regelmäßig zukommen lassen und einer breiten Berichterstattung in der örtlichen und überregionalen Presse.«

Fjonn hörte Ella keuchen und griff automatisch nach ihrer Hand. Was für Miststücke, dachte er und spürte, wie eine kalte Wut in ihm hochkroch.

Herr Schuldt ließ seinen Blick zwischen ihnen hin- und herschweifen und sagte dann mit leicht erhobenen Händen: »Natürlich werde ich Ihre Söhne auf gar keinen Fall der Schule verweisen. Ich denke gar nicht daran, mich mit solchen Methoden erpressen zu lassen. Für den Wegfall der Spenden veranstalten wir vielleicht eine Tombola oder einen Flohmarkt oder ein Schulkonzert. Mir wird schon was einfallen. Und der Rest ... Nun ja, es gibt Schlimmeres.«

Fjonn hob anerkennend die Augenbrauen. Ein Mensch mit Rückgrat, so etwas sieht man auch nicht mehr alle Tage, dachte er und nickte Herrn Schuldt zu. Ella, deren Hand noch immer in seiner lag, atmete erleichtert auf.

»Aber«, sagte der Schulleiter und fuhr sich angespannt über seine zerfurchte Stirn, »ich möchte Sie dennoch bitten, einen freiwilligen Schulwechsel in eine der Nachbargemeinden in Erwägung zu ziehen.«

Ella drückte Fjonns Hand und atmete geräuschvoll ein, als würde sie sich auf einen langen Tauchgang vorbereiten.

»Diesen Vorschlag unterbreite ich Ihnen alleine im Interesse der Kinder«, fuhr er fort und musterte sie ernst. »Hier kommt ganz schön was ins Rollen. Ehrlich gesagt, weiß ich nicht genau, woran das liegt. Eifersucht vermute ich, persönliche Animositäten oder – worauf ich vorhin schon anspielte – irgendwelche alten Geschichten, vielleicht auch nur banale Bösartigkeit. Jedenfalls weiß ich aus Erfahrung, dass Eltern, auch wenn sie in der Schule gar nicht anwesend sind, doch den Schulalltag maßgeblich beeinflussen können. Wie oft gibt es Streitigkeiten nur, weil Eltern zu Hause schlecht über ein anderes Kind oder eine andere Familie sprechen. Wenn ich also jetzt sehe, was allein von Frau König ausgeht – und ich muss Ihnen leider sagen, dass sie nicht die Einzige ist, die mich in dieser Angelegenheit schon angesprochen hat – dann befürchte ich, dass Ihre Kinder an dieser Schule in Zukunft einiges auszuhalten haben werden. Sie sollten auch mal online in den sozialen Netzwerken schauen, was da so passiert.«

Ella hatte ihre Hand mittlerweile so fest mit der von Fjonn verschränkt, dass er spürte, wie sich ihre Nägel in seine Haut bohrten. Was war bloß los mit den Leuten, fragte er sich. Hatten die keine eigenen Probleme? Soziale Netzwerke, wenn er das schon hörte. Lasse und Nils waren doch erst dreizehn! Er hielt es sowieso für einen fatalen Fehler, Kindern freien Zugang zu den Neuen Medien zu gestatten. Gab es nicht mittlerweile genug Untersuchungen darüber, dass das der Entwicklung des Hirns schadete? Alleine die Werbung, mit der sie da konfrontiert wurden, war hochgradig manipulativ. Er wusste das nur zu gut. Schließlich machte er sie. Außerdem verstand er nicht, warum man Kinder von Alkohol, Drogen und gewalttätigen Filmen fernhielt, aber nicht vom Internet und Smartphones. Cybermobbing … Kinder, die laut Gesetz noch nicht einmal strafmündig waren, durften doch nicht solche Waffen in die Hände gedrückt bekommen und das auch noch von ihren eigenen Eltern. Warum taten die das? Weil sie sich keine Gedanken machten, es sie nicht interessierte oder sie einfach nur froh waren, dass der elektronische Babysitter ihnen die Betreuung ihrer Kinder abnahm? Fjonns Magen fühlte sich auf einmal an wie mit Beton gefüllt, als er darüber nachdachte, dass seine Kinder in die Opferrolle gedrängt werden könnten. Seine frohen, lebenslustigen Jungs gemobbt … und das, weil Ella etwas mit ihrem Lehrer hatte? Er konnte sich das gar nicht wirklich vorstellen. Das machte doch überhaupt keinen Sinn.

Schließlich ergriff er das Wort: »Vielen Dank, Herr Schuldt. Wir werden uns mit den Jungs zusammensetzen, alle Optionen durchsprechen und uns dann bei Ihnen melden.«

»Tun Sie das«, antwortete Herr Schuldt und erhob sich. »Wenn Sie sich entscheiden, die Kinder umzuschulen, entfallen hier natürlich alle Strafmaßnahmen. Sollten Nils und Lasse allerdings weiterhin unsere Schule besuchen, müssten sie sich auf ein paar Nachmittage mit Müllsammeln, Graffitis wegschrubben oder ähnlichen Aktionen einstellen. Nun ja, die Hauptsache ist, Sie halten weiterhin zusammen. Das ist für die Kinder schließlich das Wichtigste.« Dabei ruhte sein Blick eine Weile auf ihren noch immer miteinander verschränkten Händen.

Fjonn öffnete die Tür und ließ Ella den Vortritt. Dabei legte er ihr automatisch die Hand auf den unteren Teil des Rückens, genauso wie er es früher immer getan hatte. Himmel, es war alles auf eine so verwirrende Art vertraut und fremd zur gleichen Zeit. Gedankenverloren folgte er Ella durch die Tür und hielt auf einmal inne. Sein Puls schoss schlagartig in die Höhe. Da, vom anderen Ende des Flurs her, kam dieser Jüngling auf sie zu, der Ella den Kopf verdreht hatte. Fjonns Augen verengten sich im Bruchteil einer Sekunde zu schmalen Schlitzen und er meinte, fast zu spüren, wie sich seine Füße im Boden verankerten. So, als würde er sich für einen Angriff bereit machen. Er sah, wie das Lehrerchen, das offensichtlich gerade ebenfalls zu Herrn Schuldt wollte, seinen Schritt verlangsamte und sie beide überrascht ansah. Hatte Ella ihm gar nichts von ihrem Termin erzählt? Fjonn spürte, wie mit jedem Schritt, den der Junge auf ihn zumachte, mehr Wut und Hass in ihm hochstiegen. Der da hatte ihm Ella weggenommen und alles kaputt gemacht mit seinem … ja, womit eigentlich? Zugestanden, er war nicht direkt hässlich, aber attraktiv fand ihn Fjonn auch nicht unbedingt. Frauen mochten so etwas ja vielleicht. Diese unordentlich in die Stirn hängenden Haare und die paar Muskeln. Lächerlich. Als er zwanzig gewesen war, war er zehnmal kräftiger gewesen. Und das nicht vom Pumpen im Studio, sondern weil er angepackt hatte. Weil er draußen gewesen war und gearbeitet hatte. Was wusste so ein Bengel vom echten Leben! Ha! Fjonn war in seinem Alter schon ein Jahr lang um die Welt gereist, hatte von der Hand in den Mund gelebt und wahres Elend gesehen, bevor er sein Studium aufgenommen und Ella kennengelernt hatte.

Obwohl Fjonn seinen Blick voller Hass stur nach vorne gerichtet hatte, spürte er, wie Ella ihm unsichere Seitenblicke zuwarf. Und kurz bevor der Fitnessheini bei ihnen angekommen war, flüsterte sie mit zitternder Stimme: »Fjonn, lass uns einfach gehen, okay?«

Ein Teil von Fjonn fand diesen Vorschlag sehr vernünftig. Aber der weitaus größere Teil in ihm wollte einzig und allein, dass seine Faust auf die gerade, fast schon niedliche Nase dieses Burschen aufschlug. Wollte spüren, wie der Knochen knirschend unter seiner Faust nachgab und sehen, wie das Blut zu fließen begann und dann wollte er … Er wollte Krieg. Krieg und Vergeltung.

Fjonn war dermaßen in seine Gewaltfantasien versunken, dass er kaum mitbekam, wie das Jüngelchen ihm wachsam zunickte, Ella einen intensiven Blick zuwarf und dann im Büro des Direktors verschwand. Erst, als Ella ihn zaghaft anstupste und fragte: »Können wir?«, kam er wieder zu sich. Statt einer Antwort brummte er nur und ging dann langsam mit Ella zum Parkplatz, wo er sein Auto und Ella ihr Fahrrad geparkt hatte. Die Verabschiedung war kurz. Fjonn war von der unerwarteten Begegnung viel zu aufgewühlt. Er drückte Ella einen flüchtigen Kuss auf die Wange, sagte knapp: »Wir telefonieren«, und sah zu, dass er hier wegkam.

Martin blieb abrupt stehen, als er Ella und ihren Noch-Ehemann am Ende des Flurs sah. Ihr Noch-Ehemann … War er das überhaupt? Oder einfach nur Ehemann? Ella hatte bislang nicht ein Wort über das Thema Scheidung verloren, und jetzt gerade sahen sie definitiv nicht so aus, als würde irgendetwas zwischen ihnen stehen. Wenn sie nicht erst vor ein paar Tagen die ganze Nacht lang nackt in seinem Bett verbracht hätte, würde er schon alleine von der vertrauten Körperhaltung her meinen, ein sich innig liebendes Paar vor sich zu sehen. Hätte sie ihm nicht sagen können, dass der Vater der Jungs bei dem Termin mit dabei sein würde? Verdammt, die beiden wirkten echt wie so ein klischeehaftes Vorzeigepaar aus der Werbung. Martin spürte einen unangenehmen Knoten in der Magengegend. Und dann traf ihn auf einmal der Blick von Ellas Ex. Martin zuckte kurz zusammen. Ach ja, sie waren sich ja noch nicht ein einziges Mal begegnet, seit das alles begonnen hatte. Siedend heiß wurde Martin bewusst, dass er hier der Böse in der Geschichte war. Er hatte etwas mit einer verheirateten Frau angefangen, die mittlerweile mit ihm zusammen war und Mann und Kinder für ihn verlassen hatte. Tja, so, wie der Typ ihn gerade fixierte, dachte der in diesem Moment haargenau das Gleiche. Martin atmete kurz durch und ging dann auf sie zu. Was sollte er da weiter rumstehen? Sie waren hier ja nicht im Wilden Westen und würden gleich ihre Schießeisen ziehen. Und die Zeiten von diesen sogenannten Ehrenduellen waren ja nun auch längst vorbei. Sie waren doch alle erwachsen und zivilisiert. Oder doch nicht? Martin war sich nicht wirklich sicher, ob Ellas Ex nicht gleich auf ihn losgehen würde. Vor allem, als er sah, wie Ella mit einem ängstlichen Gesichtsausdruck an seinem Ärmel zupfte und ihm leise etwas zuflüsterte. Na ja, was soll's. Es wäre nicht der erste Schlag, den er abbekommen würde. Einen würde er ihm zugestehen. Aber dann wäre Schluss. Der Typ war mindestens fünfzehn Jahre älter, erledigte einen Bürojob und war kleiner als er. Er musste sich von dem gar nichts gefallen lassen. Wenn er wollte, würde er den mir nichts dir nichts auf die Bretter legen. Oder … vielleicht doch lieber nicht. Sonst konnte er sich womöglich ganz von seinem Job hier verabschieden. Eine Prügelei an der Schule … das wär's überhaupt noch. Es lag eine unangenehme Spannung in der Luft und Martin machte sich innerlich auf alles gefasst. Nur noch ein paar Schritte, dann war er durch die Tür hindurch. Angespannt nickte er dem Mann neben Ella zu und erntete einen Blick voller Hass und Abscheu. Schnell senkte er seine Augen zu Ella und fühlte dabei eine Welle von Schuldbewusstsein in sich aufbranden. Er musste in ihrem Blick jetzt sehen, dass sie ihn wollte und nicht den da, dass es einen guten Grund dafür gab, so viel zu Ablehnung auf sich zu ziehen. Innerhalb von Sekundenbruchteilen versuchte er, in den atemberaubend grünen Augen genau diese Versicherung zu entdecken. Doch Ella wich seinem Blick aus. Martins Herzschlag setzte kurz aus. Was hatte das zu bedeuten?

Kurz darauf saß Martin Herrn Schuldt gegenüber. Es war albern. Aber der Gedanke, dass eben noch Ella und ihr Ex gemeinsam hier gesessen hatten, erfüllte ihn mit körperlich spürbarem Unbehagen. Warum hatte sie ihn nicht angesehen? In Martins Brust flatterte ein

Gefühl der leichten Panik. Er bekam das Bild von Ella und ihrem … ihrem Was-auch-immer einfach nicht aus dem Kopf. Sie hatten so zusammengehörig gewirkt und er … was war er eigentlich für sie?

Herr Schuldt musterte ihn, legte seine Stirn in tiefe Falten und fing dann mit kratziger Stimme an, zu reden: »Nachdem ich jetzt die ganze Woche über mit den Reaktionen auf ihr … nennen wir es mal ›Outing‹ konfrontiert wurde, dachte ich mir, es wäre sinnvoll, wenn wir uns zwischendurch von Angesicht zu Angesicht unterhalten.« Herr Schuldt räusperte sich. »Also, kurz zum Praktischen: Frau Jakowski hat sich nach vielem Hin und Her bereit erklärt, Ihre Klasse zu übernehmen. Dafür sind Sie jetzt im Springerdienst und machen überall dort Vertretung, wo es notwendig ist. Da das jedoch keine volle Stelle ist, wird sich das auch auf Ihrem Gehaltszettel deutlich bemerkbar machen.«

Martin presste die Zähne so fest aufeinander, dass seine Kiefermuskeln deutlich hervortraten. Vertretungslehrer! Da beaufsichtigte man die Kinder eher, als ihnen etwas beizubringen. Dazu musste man nun wirklich kein Lehrer sein. Und was sollte das heißen: ›auf dem Gehaltszettel deutlich bemerkbar machen‹? Er war frisch nach dem Referendariat doch sowieso schon in der untersten Gehaltsstufe. Martin versuchte, kontrolliert lange durch die Nase auszuatmen und sich nicht aufzuregen. Fang nichts an, was du nicht durchziehen willst, sagte er sich und konzentrierte sich erneut auf das, was Herr Schuldt ihm mitzuteilen hatte.

»Keine Sorge, Herr Westfal. Das ist nur eine vorübergehende Lösung. Zu den Sommerferien geht Herr Sievers in den Ruhestand. Dann kann ich Sie wieder auf eine volle Stelle setzen. Sie übernehmen eine fünfte Klasse und ich stelle einen neuen Vertretungslehrer ein.«

Na immerhin, dachte Martin. Er hatte es doch gewusst. Es würde eine Zeit lang Aufregung geben und dann würde alles in normalen Bahnen weiterlaufen. Martin spürte, wie ein Teil seiner inneren Anspannung von ihm abfiel.

Doch da seufzte Herr Schuldt und sagte in einem Ton, als müsste er sich mit Dingen befassen, auf die er absolut keine Lust hatte: »Herr Westfal, hier war in dieser Woche die Hölle los. Sie glauben gar nicht, wie viele Mütter mich angerufen oder sogar persönlich aufgesucht haben. Dabei richtete sich die eine Hälfte auf dem Rücken der Kinder gegen Frau Kaap, die andere Hälfte möchte, dass Sie an der Schule nicht länger unterrichten und fordert, dass ich Sie entlasse.«

Martin lachte ungläubig auf.

»Tja, wie ich befürchtet hatte, ist die Angelegenheit entsprechend der großen Beliebtheit von Ihnen und Frau Kaap durch die Decke geschossen. Eine Mutter war sogar bei mir, um damit zu drohen, Sie rückwirkend wegen Verletzung Ihrer Aufsichtspflicht während der Klassenreise zu verklagen. Angeblich sei ihre Tochter Melanie in ein Schlickloch gefallen und nur knapp dem Tode entronnen, weil Sie anderweitig mit Frau Kaap beschäftigt gewesen seien.«

Martin wollte empört auffahren. Doch Herr Schuldt winkte nur müde ab. »Hab' ich schon geklärt. Mittlerweile weiß ich, dass Frau Kaap im Schlickloch gelandet ist und Sie sie heldenhaft gerettet haben.« Herrn Schuldts Mundwinkel zuckten kurz in die Höhe, bevor er ernst fortfuhr: »Andere Mütter haben sich darüber aufgeregt, was Sie für ein schlechtes Vorbild für die Schüler abgeben würden. Offensichtlich haben sich einige der Kinder auf einmal daran erinnert, dass Sie sich halbnackt knutschend mit Frau Kaap im Sand gewälzt hätten.« Herr Schuldt stützte seine faltige Stirn auf die Hand und schüttelte den Kopf.

»Haben Sie das auch schon geklärt?«, fragte Martin gepresst nach.

Herr Schuldt nickte. »Ja, aber was ich Sie noch gerne direkt fragen würde: Das zwischen Ihnen und Frau Kaap, hat das schon vor der Klassenreise angefangen?«

Martin schüttelte den Kopf. »Nein, definitiv nicht. Wie kommen Sie darauf?«

»Ach, man hört so dies und das.« Herr Schuldt warf ihm einen prüfenden Blick zu. »Also, Herr Westfal, wenn Sie mir versichern, dass Sie wirklich nur als Kollegen auf die Klassenreise gefahren sind und die Reise weder als Gelegenheit für ein heimliches Stelldichein genutzt, noch Ihre Aufsichtspflicht zu irgendeinem Zeitpunkt, aus romantischen oder anderen Motiven, verletzt haben, dann ist das Thema damit für mich auch abgehakt.«

Martin sah den Direktor schockiert an. »Natürlich nicht, Herr Schuldt. Ich habe ausschließlich als Klassenlehrer und mit beruflichen

Motiven an dieser Fahrt teilgenommen.« Dabei dachte Martin an den Moment vor dem Kopierer, an das Volleyballspiel, den Kuss im Wäldchen und den Schlickloch-Daiquiri und fühlte sich mit seiner nicht ganz ehrlichen Versicherung so unwohl, dass er beinahe unruhig auf dem Stuhl hin- und hergerutscht wäre.

»Na gut.« Herr Schuldt seufzte leicht und wischte sich einmal über seine zerfurchte Stirn. »Ich spreche das an, weil mir wichtig ist, dass Sie eine Ahnung davon bekommen, was alleine hier an der Schule für Gerüchte herumgehen. Was in den sozialen Netzwerken los ist, möchte ich gar nicht wissen. Ach ja, und die Vorsitzende des Elternbeirats hat mir auch noch gedroht, alle finanziellen Zuwendungen einzustellen und eine befreundete Journalistin auf das Sodom und Gomorrha in unserer Schule anzusetzen.«

Martin stöhnte auf.

»Aber«, brummte Herr Schuldt, »wie ich auch schon Frau Kaap und ihrem Mann erklärte,« Martin zuckte bei dieser Formulierung zusammen, »ich lasse mich nicht erpressen. Ich werde weder Nils und Lasse Soost-Kaap noch Sie von der Schule verweisen. Ihr Liebesleben ist Ihre Privatsache. Ich hoffe, das bleibt es in Zukunft auch. Auf den Schulbetrieb bezogen, kann ich jedenfalls kein regelwidriges Verhalten erkennen, zumal wir die Unterrichtssituation und damit eventuelle Bevorzugungskonflikte ja gelöst haben.«

Trotz der am Ende versöhnlichen Worte des Direktors war Martin so angespannt, dass er am liebsten irgendetwas kurz und klein geschlagen hätte. Es war unfassbar, wie sich das ganze Pack das Recht herausnahm, sich derart in sein Leben einzumischen. Da sollte noch mal jemand sagen, Attraktivität würde das Leben leichter machen. Vielleicht so lange man das tat, was andere von einem wollten. Und er hatte gedacht, sie lebten in aufgeklärten und zivilisierten Zeiten. Hatte ihn Ella deswegen nicht ansehen wollen? War er ihr das alles nicht wert?

15. High Noon

Ella saß gemeinsam mit Antje und Rolf im ›Saloon‹, dem örtlichen Steakhaus. Es hatte mit seinen dunklen, künstlich auf alt gemachten Holzmöbeln einen rustikalen Pseudo-Western-Charme. An der Wand hinter der Bar hing sogar so ein Schädelknochen von einem Stier. An einer anderen Wand stand ein schäbiges altes Klavier. Es war alles so sehr auf Wilder Westen getrimmt, dass man geradezu auf eine Horde aufgerüschter Animierdamen oder übellauniger Banditen wartete. Für das Fertig- und Tiefkühlessen, das man im ›Saloon‹ servierte, lohnte es sich kaum, herzukommen. Aber es war der einzige Laden im Ort mit Cocktails. Und die waren genau so, wie sie sein mussten.

Ella nahm einen tiefen Schluck aus ihrem herrlich bunten, süßen und ziemlich alkoholhaltigen Getränk und seufzte auf. Es war echt schön, mit den beiden unterwegs zu sein und ihre Probleme für ein paar Stunden mal komplett zu ignorieren. Die letzten Wochen waren fürchterlich gewesen. Keine Ahnung, ob sie auf einmal eine handfeste Paranoia entwickelt hatte oder ob tatsächlich überall die Leute zu tuscheln begannen, sobald sie auftauchte. Vielleicht war sie auch nur hysterisch und bildete sich die ganzen missbilligenden, abfälligen oder anzüglichen Blicke ein. Egal. Heute war Freitagabend und sie wollte ausnahmsweise mal nicht daran denken, dass sie die gebrandmarkte Schlampe des Ortes zu sein schien.

Martin hatte sie seit dem Termin mit dem Direktor weder gesehen noch gesprochen. Stattdessen hatte sie ihm irgendwelche Ausreden per Smartphone geschickt, um ihm aus dem Weg gehen zu können. Es war ihr einfach alles zu viel. Die Worte des Direktors hatten ihr einmal mehr gezeigt, was sie angerichtet hatte. Hätte Martin sie damals nicht geküsst oder wäre sie einfach stärker gewesen, hätte ihr niemand vorgeschlagen, ihre Söhne von der Schule zu nehmen, weil sie sonst gemobbt werden könnten. Meine Güte, sie wollten sogar in der Zeitung darüber schreiben, und ihre Söhne hatten öffentlich gegen Martin demonstriert. Was hatte sie bloß getan! Sie sehnte sich nach ihrem alten Leben zurück, in dem alles um sie herum sicher und geregelt gewesen war und sich die Menschen in ihrer Umgebung wohlfühlten. Das war doch ihre Aufgabe, dafür zu sorgen, dass es den Menschen, die sie liebte, gutging! Dass auf einmal die halbe Welt mit ihr unzufrieden zu sein schien, gab ihr das Gefühl, so langsam jede Daseinsberechtigung zu verlieren. Sie hatte alle enttäuscht, sich selbst am meisten. Und wer musste das ausbaden? Ihre unschuldigen, fröhlichen Jungs! Sie war so eine Versagerin.

»Hallo! Jemand zu Hause?« Antje wedelte mit ihrer Hand ein paar Mal vor Ellas Nase herum und schnipste dabei.

Ella lächelte entschuldigend, beugte sich zu ihrem Strohhalm und murmelte: »Sorry, ich war gerade in einen inneren Monolog über Paranoia vertieft.«

Rolf zog seine Augenbrauen hoch und legte seine breite Hand über ihre. Doch Antje rollte nur mit den Augen.

»Hör' doch endlich mal auf, dich da so reinzusteigern. Vielleicht reden ein paar Idioten über dich, vielleicht auch nicht. Ist doch egal. Stell' dir mal vor, wie das einem Promi gehen muss.« Antje warf Ella einen kritischen Blick zu. »Ich finde wirklich, du stellst dich ganz schön an!«

Ella spürte, wie Rolf ihre Hand leicht drückte, und lächelte ihn fast schon gerührt an. Er war ihr Fels.

»Ich weiß«, sagte sie dann einfach nur zu Antje. »Und deswegen habe ich in der kleinen Diskussion mit mir selbst eben beschlossen, ab jetzt keinen Gedanken mehr daran zu verschwenden.«

»Brav«, sagte Antje und hob ihr Glas zum Anstoßen. »Was macht dein sexy Schnittchen eigentlich heute Abend?«, fragte sie dann auf einmal unvermittelt.

Ella zuckte mit den Schultern. »Keine Ahnung.«

»Na, das siehst du ja auf einmal sehr lässig«, sagte Antje mit einem erstaunten Schmunzeln.

»Sagt die Frau von einem Piloten, der hundert Nächte im Jahr auswärts schläft«, konterte Ella.

»Ja, aber mir ist es ehrlich gesagt auch ziemlich egal, was er so treibt. Hauptsache, er benimmt sich, wenn wir zusammen sind. Aber bei dir, mit deiner Liebes-Naturgewalten-Nummer, da hätte ich nicht gedacht, dass du es nur einen einzigen Abend ohne ihn aushältst.«

Ella fühlte sich etwas ertappt und sah betreten auf ihre Hände.

Antje musterte sie überrascht eine Weile und sagte dann in einem bemüht freundlichen Ton: »Lassen wir das Thema für heute Abend. Schließlich sind wir hier, um es mal wieder so richtig krachen zu lassen. Das letzte Mal ist lange genug her.«

»Ein Glück, dann brauche ich euch ja nicht über den neuesten Stadtklatsch zu informieren«, brummte Rolf.

Ella schüttelte grinsend den Kopf. Ihr Rolf. Wie konnte man nur so naiv sein? Als würde er nach dieser Andeutung noch darum herumkommen, ihnen alles bis ins letzte Detail zu erzählen. Antje war schon dabei, die Informationen aus ihm herauszukitzeln.

»Ich hasse so was«, sagte Rolf unwillig und zog einmal kräftig an seinem Strohhalm. »Aber wenn ihr darauf besteht!« Er verdrehte genervt die Augen und ratterte dann herunter: »Also: Ella und Martin hatten auf der Klassenreise Sex am Strand und wurden dabei von den Schülern überrascht. Weil währenddessen ein Mädchen fast im Watt umgekommen ist, soll Martin jetzt verklagt werden. Außerdem hält sich Ella zur Sicherheit auch noch Fjonn warm und hat mit beiden Männern parallel etwas laufen.« Rolf machte eine kurze Pause und sah Ella an, als wäre er persönlich schuld an den ganzen Gerüchten. Dann ergänzte er verlegen: »Im Friseurladen läuft jetzt eine Wette, mit wem du am Ende zusammen bist.«

Ella saß mit versteinertem Gesicht auf ihrem Platz und griff dann nach ihrem Cocktail, um ihn in einem Zug auszutrinken. Antje lachte etwas gekünstelt. Doch dann runzelte sie die Stirn.

»Sag' mal, wie kommen die denn auf das mit Fjonn? Alles andere lässt sich ja ganz gut zuordnen: Sex am Strand ist das Volleyballspiel, das beinahe tote Mädchen im Watt ist dein eigener Schlicklochunfall. Aber Fjonn?«

»Sie hat mit ihm beim Gespräch in der Schule Händchen gehalten«, sagte Rolf widerwillig.

»Woher weißt du das denn jetzt wieder?«, fragte Ella entsetzt.

Rolf zuckte mit den Schultern und musste nun doch grinsen. »Dein Direktor lässt sich von Chris regelmäßig den Bart stutzen. Und bei Chris werden eben alle weich.« Rolf hörte sich schon fast stolz an und sah träumerisch vor sich hin.

»Das gibt's doch nicht«, stöhnte Ella auf und ließ ihren Kopf langsam auf die Tischplatte sinken.

»Ihr habt Händchen gehalten?«, fragte Antje neugierig nach. »Muss ich meine Wiederversöhnungspläne etwa doch nicht begraben? Rolf, sag mal, können auch Außenstehende bei der Wette einsteigen?«

Ella richtete sich wieder auf und verzog gequält ihr Gesicht. »Antje, lass es gut sein. Erstens hat Fjonn entschieden, dass wir uns trennen und …«

Antje fiel ihr harsch ins Wort: »… wenn Fjonn was entschieden hat, dann ist es auch so. Ja, ja, ich kenn' den dämlichen Spruch. So ein Blödsinn. Das mag ja für eine Bestellung im Restaurant gelten oder von mir aus auch für die Urlaubsplanung, aber doch nicht für die Liebe seines Lebens.«

Ella zuckte leicht zusammen, fuhr aber trotzdem fort: »Zweitens ist einfach zu viel passiert. Und auch vor Martin hatten wir kaum noch … also waren wir … ihr wisst schon … eben selten intim.«

Antje schnaubte. »Ihr seid seit Ewigkeiten verheiratet. Da ist das eben mal eine Phase. Das sitzt man aus, kauft sich heiße Reizwäsche, probiert was Neues oder hat eine kleine Affäre. Aber in die verliebt man sich doch nicht naturgewaltenmäßig.«

»Dass ich meine Gefühle für Martin als Naturgewalt beschrieben habe, hat es dir angetan, was?«, fragte Ella resigniert nach.

»Ja, hat es«, gab Antje pampig zurück. »Tut mir leid, aber ich finde das alles total albern. Das, was du und Fjonn, was ihr habt, das gibt man nicht auf. Basta. Ihr wart immer so innig und liebevoll miteinander. Wenn ich an die große Liebe glauben würde, dann hätte ich auf euch echt neidisch sein können, weil ihr sie so offensichtlich geteilt habt.« Antje warf Ella einen unbestimmbaren Blick zu. »Und vielleicht flippen genau deswegen alle so aus. Weil es dir nicht genug war, mit Fjonn schon so dermaßen das große Los gezogen zu haben. Du musstest auch noch einen auf Naturgewaltenliebe machen und das mit einem Bengel, der gerade mal sein Studium beendet hat. Ist doch klar, dass sich alle anderen Frauen in unserem Alter auf einmal erschreckend alt fühlen und so, als wäre ihr Leben vorbei. Bei allen anderen gibt's so was nämlich nicht, eine Naturgewaltenliebe, nachdem man schon die große Liebe erleben durfte. Im Prinzip hat eure

Affäre so etwas wie eine kollektive Midlife-Crisis ausgelöst. Sorry, Ella. Ich lieb' dich wirklich sehr. Aber ich finde diese ganze Geschichte mit dem halben Kind echt scheiße.«

Ella schaute Antje betroffen an und flüsterte: »So siehst du das?«

Antje zuckte mit den Schultern und antwortete nicht. Rolf hatte die Augen weit aufgerissen, die Lippen fest zusammengepresst und schaute von einer zur andern.

»Ich hab' das alles so satt«, sagte dann Ella mit weinerlicher Stimme. »Nichts von dem, was ich tue, ist richtig. Ich vermisse Fjonn so furchtbar, dass es wehtut, aber Martin …«, Ella verzog ihr Gesicht zu einem dünnen Lächeln, doch ihre Augen füllten sich mit Tränen, »Martin … ist nun mal wirklich wie eine Naturgewalt. Wenn er mir in die Augen schaut, bleibt die Zeit stehen. Und er ist liebevoll und lustig und bei ihm bin ich … Ach, vergesst es. Alle sind gegen uns und vielleicht bin ich es ja auch.« Ella schlug die Hände vors Gesicht und murmelte mit erstickter Stimme: »Scheiße, verdammt. Ich habe nicht die geringste Ahnung, was ich eigentlich will.«

Antje schloss die Augen und schüttelte kurz den Kopf, bevor sich fast widerwillig ein kleines Lächeln in ihr Gesicht stahl. »Wusstest du das denn überhaupt schon einmal?«, fragte sie schließlich sanft. »Ich habe bei dir immer das Gefühl, dass du dich nur treiben lässt und wartest, bis andere für dich eine Entscheidung treffen.«

In diesem Moment entgleisten Rolf die Gesichtszüge. Ella schaute ihn durch ihre gespreizten Finger erst irritiert an, sah dann aber, dass er gar nicht sie, sondern die Eingangstür anstarrte. Mit einer üblen Vorahnung drehte sie langsam den Kopf und konnte sich einen erschreckten Schrei nur knapp verkneifen. Der Schnepfenclan in voller Besetzung hatte soeben den ›Saloon‹ betreten. Wie eine filmische Inszenierung der Supercoolen wirkte es, als liefe ihr geschlossener Auftritt in Zeitlupe ab. Vorneweg ging Svenja König, einen halben Schritt dahinter flankierten sie Ramona und Winifred und nochmals leicht nach außen versetzt gingen Klaudia und Sonja in dritter Reihe. Auf ihren Gesichtern lag ein überhebliches Lächeln und sie ließen ihre Blicke durch den Raum schweifen, als würden sie kein rustikales Provinzlokal, sondern eine Bühne vor zigtausend jubelnden Fans betreten. Hektisch griff Ella nach Antjes Hand und spürte erleichtert, dass diese ihren Händedruck fest erwiderte. Schnell wandte sie ihren Blick wieder ab und sah panisch und starr in Rolfs Augen. Obwohl Ella mit jeder Faser gespürt hatte, dass Svenja nebst Gefolge sie sofort bemerkt hatten, kam es vorerst nicht zu einer Konfrontation. Sie rauschten einfach an ihnen vorbei und ließen sich schnatternd an ihrem vorab reservierten Tisch nieder. Aber Ella wusste instinktiv, dass es das noch nicht gewesen war. Sie sah aus den Augenwinkeln, wie diese schrecklichen Weiber ihre aufwendig gestylten Köpfe zusammensteckten und sich zu beraten schienen. Ab und zu lachte eine von ihnen schrill auf.

Ella wand sich auf ihrem Stuhl hin und her und sagte: »Wollen wir nicht lieber gehen? Das geht nicht gut aus, glaube ich!«

Aber sowohl Antje als auch Rolf schüttelten entschieden den Kopf und ausnahmsweise ergriff einmal Rolf das Wort: »Engelchen, du hast nichts falsch gemacht, was die fünf Grazien irgendetwas angehen würde, und deswegen gibt es nicht den geringsten Grund, wegzulaufen. Wir drei haben uns seit Ewigkeiten keinen schönen Abend mehr gemeinsam gemacht. Und hier gibt es nun mal die besten Cocktails.«

In ebendiesem Moment sah Ella, wie Svenja die Kellnerin zu sich heranwinkte, ihr einen Zettel sowie ein offensichtlich dickes Trinkgeld zusteckte und dann in Ellas Richtung deutete. Ella wurde blass. Was hatten die vor?

Kurz darauf kam die Bedienung an ihren Tisch und stellte vor Ella einen Cocktail ab. »Bitte sehr, ein ›Sex on the beach‹, mit freundlicher Empfehlung von den Damen dort drüben.«

Ella schoss das Blut in die Wangen und als ihr Blick automatisch der Hand der Kellnerin folgte, sah sie, wie ihr alle fünf Frauen mit einem schadenfrohen, falschen Grinsen zuprosteten.

»Äham«, die Kellnerin räusperte sich, »und … das soll ich Ihnen auch noch geben.«

Schnell ließ sie vor Ella einen Zettel auf den Tisch fallen, warf ihr einen peinlich berührten und um Entschuldigung heischenden Blick zu und war schon wieder verschwunden. Ella sah auf das gefaltete Stück Papier und fühlte sich, als müsste sie sich gleich übergeben. Am besten, sie sah sich das gar nicht an.

Doch da hatte Antje schon nach dem Zettel gegriffen und las mit immer leiser werdender Stimme vor: »Einmal Schlampe, immer Schlampe! Aber keine Sorge, wir werden uns schon darum kümmern, dass du das bekommst, was du verdienst. 5GS«

Einige Sekunden herrschte tiefes Schweigen am Tisch und jeder schaute betreten vor sich hin. In Ella wechselten sich Scham, Angst und Hass miteinander ab. Ihre Hände lagen zu Fäusten geballt in ihrem Schoß und die Augen hatte sie fest geschlossen. Es war, als würde sie Antje in Endlosschleife den Brief vorlesen hören. Gleichzeitig hallte die Stimme des Direktors in ihrem Kopf: ›Sie fordert einen Schulverweis von Lasse und Nils.‹ Ellas Herz raste und ihre Atmung wurde zunehmend schneller, bis sie fast schnaubend ein- und ausatmete. Diese furchtbare Frau wollte sich auf Kosten ihrer Söhne an ihr rächen. Nur weil sie vor über zwanzig Jahren nicht so gut darin gewesen war, Nein zu sagen und ihr dieser unangenehme Typ danach wie ein Hündchen nachgelaufen war. Das alles wegen zwei unglaublich unbefriedigenden, erniedrigenden Minuten auf der Schultoilette. Es reichte, verdammt. Ihre Söhne hatten doch nicht das Geringste damit zu tun.

Schließlich sprang sie so ruckartig auf, dass ihr Stuhl umkippte, griff nach dem Cocktail und marschierte zum Tisch der Schnepfen. Hinter sich hörte sie, wie Antje und Rolf fast synchron und in einem unüberhörbar erschrockenen Tonfall ihren Namen riefen. Doch das war ihr jetzt egal. Was genug war, war genug. Eine leise Stimme in ihr flüsterte, dass es vielleicht besser wäre, sich eine besonnene und erwachsene Reaktion zu überlegen. Aber diese Stimme hatte keine Chance gegen den kleinen, wilden Teufel, der auf ihrer Schulter ritt und ihr ins Ohr schrie: »Sie greifen deine Kinder an. Mach sie fertig!«

Am Tisch angekommen, blickte sie für eine Sekunde auf die hämisch grinsenden Frauen. Und dann schüttete sie Svenja ihren Cocktail mit einer schnellen Bewegung direkt ins Gesicht.

»Ich glaube, du hast ein wenig ›Sex on the beach‹ mehr nötig als ich. Ich bin in der Hinsicht sehr gut versorgt. Danke.«

Mit diesen Worten wandte sich Ella wieder ihrem Tisch zu und sah Antje und Rolf an, die sich auf ihren Stühlen in ihre Richtung gedreht hatten. Antje hielt auf ihrem Schoß fest die Schüssel mit den

Nachos umklammert und warf sich gerade mit weit aufgerissenen Augen einen Tortillachip in den Mund. Und Rolf nuckelte hektisch an dem Strohhalm seines Cocktails. Hinter sich hörte sie das laute Kreischen von Svenja, das gerade in äußerst derbe Beschimpfungen umschlug. Davon abgesehen war es mucksmäuschenstill im ›Saloon‹. Alle Augen waren auf sie gerichtet. Selbst die Bedienung hatte mitten in der Bewegung angehalten und beobachtete die Situation mit halb geöffnetem Mund.

Als Ella bewusst wurde, was sie da eben getan hatte, wallte Panik in ihr hoch. Hatte sie gerade tatsächlich alles noch schlimmer gemacht? Und wo um Himmels willen hatte sie den Mut für diesen Spruch hergenommen?

Doch ihr blieb gar keine Zeit, um weiter darüber nachzudenken, denn auf einmal wurde sie grob zurückgerissen. Erschreckt schnappte sie nach Luft und sah sich unvermittelt den wutverzerrten Gesichtern der fünf Schnepfen gegenüber. Svenjas kunstvoll aufgetürmte blonde Pracht war mitleiderregend in sich zusammengefallen. Ihr sicherlich sündhaft teures, hellgraues Seidenshirt war von Orangen- und Ananassaft, Pfirsichlikör, Grenadine und Wodka getränkt und klebte an ihrer üppigen Oberweite. Und das sorgfältige, wenn auch etwas übertriebene Make-up hatte sich äußerst unvorteilhaft unter ihren Augen verteilt. Und plötzlich landete die flache Hand von Svenja schallend in Ellas Gesicht. Ihr Kopf flog zur Seite und automatisch riss sie ihre Hand hoch, um sie auf ihre schmerzhaft brennende Wange zu legen. Was zur Hölle … Hatte die sie gerade geschlagen? Sekunden, die ihr wie Minuten erschienen, war sie viel zu perplex, um zu reagieren. Die Beschimpfungen von Svenja erreichten sie nur dumpf wie durch einen dicken Nebel und drangen nicht bis in ihr Bewusstsein vor. Nur langsam klärte sich der Dunst um ihren Kopf und sie erlangte die Kontrolle über ihre Gliedmaßen zurück.

»… mein Top total ruiniert, du verblödete Schlampe«, hörte sie Svenja keifen.

»Du hast mich geschlagen!«, gab Ella noch immer vollkommen geschockt zurück, und ohne nachzudenken, schubste sie Svenja so kräftig, dass die mit ihren hohen Absätzen zwei Schritte nach hinten taumelte und beinahe gefallen wäre.

Martin lag wie so oft in letzter Zeit wach in seinem Bett und starrte an die Decke. Ella entglitt ihm. Seit dem Gespräch mit dem Direktor ging sie ihm mit fadenscheinigen Ausreden aus dem Weg. Er vermisste sie mit einem schmerzhaften Ziehen in Brust und Bauch. Gleichzeitig war er verdammt wütend auf sie. So ging man doch nicht mit Problemen um! Warum sprach sie nicht mit ihm? Er hatte sie angerufen und sie hatte den Anruf weggedrückt, nur um ihm einige Minuten später eine Nachricht zu schicken, dass sie im Rückstand mit mehreren Aufträgen sei und sich jetzt auf die Arbeit konzentrieren müsse. Er hatte an ihre Tür geklopft und sie hatte nicht aufgemacht. Er hatte ihr Nachrichten geschrieben, dass sie reden müssten, dass er sie vermisste, dass er sie liebte. Aber von ihr kam nie mehr als die nichtssagende Entschuldigung, dass sie jetzt nun mal arbeiten müsse, oder dass Nils und Lasse sie im Moment bräuchten und sie keine Zeit für ihn hätte. Sie schottete sich vollkommen von ihm ab. Er wusste noch nicht einmal, was Herr Schuldt mit ihr besprochen hatte. Sie wusste nichts von seiner ersten Woche zurück an der Schule. Er hätte ihr so gerne erzählt, dass es gar nicht so schlimm gewesen war, wie er erwartet hatte. Natürlich gab es Getuschel und vielsagende Blicke, und Sylvia Nagel umschwärmte ihn wie eine übergewichtige Motte, um irgendwelche pikanten Details aufzuschnappen. Aber sonst verhielten sich alle normal. Na ja, bis auf diesen seltsamen Jochen Schröder. Er wollte ihr auch unbedingt sagen, was er in den sozialen Netzwerken gefunden hatte. Es war gar nicht alles nur schrecklich. Natürlich gab es ziemlich heftige und derbe Beleidigungen. Und es hängten sich viele daran auf, dass er deutlich jünger war als Ella, dass sie ihren Mann betrogen hatte und die Familie zerstört wurde. Aber es gab auch Kommentare, die ihre Beziehung als ›so romantisch‹ oder die ›Lovestory des Jahres‹ bezeichneten oder sie beide ein ›absolutes Traumpaar‹ nannten. Martin wälzte sich unruhig herum. Wenn sie jetzt aufgab, war der ganze Stress vollkommen umsonst gewesen und er wirklich nur ein dummer Junge, der sich Hals über Kopf in eine Frau verliebt hatte, die ihn nicht halb so sehr wollte wie er sie. War das so? Martin atmete tief ein und stieß die Luft geräuschvoll wieder aus. Diese Frau verunsicherte ihn. Und das war ein Gefühl, das er auf den Tod nicht ausstehen konnte.

Seine Eltern hatten ihn immer in allem unterstützt, auch wenn sein Vater nie etwas mit seiner Sportbegeisterung und dem Wunsch, Lehrer zu werden, hatte anfangen können. Trotzdem war er dabei gewesen und hatte sich über Statistiken und Leistungsprognosen auf seine Weise mit Martins Interessen auseinandergesetzt. Die Mädchen waren ihm geradezu nachgelaufen, und sportlich hatte er viele Erfolge gefeiert. Dass er nicht deutscher Meister geworden war, Weltmeisterschaften und Olympische Spiele außerhalb seiner Reichweite lagen, hatte ihn nie besonders gestört. Schließlich hatte er nie Profisportler werden wollen. Und für das Lehramtsstudium waren seine Noten immer gut genug gewesen. Da war kein Platz für Unsicherheiten gewesen. Wenn er ehrlich sein sollte, hatte er vor Selbstbewusstsein nur so gestrotzt und sich nahezu unangreifbar gefühlt. Bis das mit Ella passiert war.

Martin stöhnte auf und sah auf seinen Digitalwecker. 02:58. In dem Moment hörte er, wie die Eingangstür im Treppenhaus laut krachte und ein helles Gelächter ertönte, das verdächtig nach Ella klang. Sofort sprang Martin aus dem Bett und lief zur Wohnungstür. Fast drei! Und das klang alles andere als nüchtern. Besorgt und wütend öffnete er die Wohnungstür spaltbreit und wartete.

Nur wenige Sekunden später sah er tatsächlich Ella die Treppe hochkommen. Auf einer Seite stützte sie Janas Onkel, Rolf oder wie der hieß, und auf der anderen Seite hatte eine Frau mit langen, knallorangen Haaren und leuchtend bunten Klamotten ihren Arm um Ella geschlungen. Fassungslos ließ Martin die Tür weit aufschwingen und blickte Ella entgegen. Augenblicklich erstarb ihr albernes Gekicher und sie sah ihm in die Augen. Bisher hatte Martin nicht gewusst, dass es möglich war, schuldbewusst *und* feindselig auf einmal zu gucken. Aber Ella bekam diesen Mix aus Angriff und Verteidigung ohne Weiteres hin. Es war ein Blick, der ihn eigentlich dazu gebracht hätte, wieder einen Schritt in die Wohnung zurückzutreten und wortlos die Tür hinter sich zu schließen, wenn er nicht trotz der Dunkelheit im Treppenhaus Ellas derangierten Zustand bemerkt hätte. Hatte sie etwa ein blaues Auge? Ihr besticktes Top hing unordentlich aus dem Bund ihrer hautengen Jeans heraus und war überall mit dunklen, roten Flecken übersät. Das war doch kein Blut, oder?

»Ella«, stammelte er und trat auf sie zu. Er nickte dem großen, breitschultrigen Mann an Ellas Seite kurz zu und dann der Farbtopf-Frau, die ihn derart unverhohlen musterte, dass er sich unangenehm nackt vorkam und sich wünschte, er hätte ein T-Shirt übergezogen.

»Was ist passiert, Helena?«, fragte er so sanft wie möglich und strich hauchzart über ihre Wange.

Als Ella nicht gleich antwortete, übernahm das die Rothaarige, die offensichtlich genauso vorlaut war, wie sie aussah: »Unsere Ella hat der Königin der Schnepfen erst einen Cocktail ins Gesicht geschüttet und sie dann so richtig vermöbelt.« Sie grinste Martin breit und äußerst zufrieden ins Gesicht. »Das war vielleicht 'ne Show. Und weil wir danach aus dem scheiß Lokal rausgeflogen sind, haben wir uns an der Tankstelle mit Erdbeerlime eingedeckt, um in ihrer Wohnung ihren triumphalen Sieg zu feiern. Allerdings hat sie dann schon auf dem Weg hierher das meiste alleine ausgetrunken.«

Martin wusste nicht, ob er schockiert, besorgt oder wütend sein sollte. Ella hatte sich geprügelt? Er musste mit ihr reden. Dringend. »Ella, schlaf heute Nacht bei mir. Ich kümmere mich um dich, und wenn es dir morgen besser geht, reden wir. Okay?«, sagte er und streckte die Hand aus, um nach ihrer zu greifen.

Doch Ella, die bisher noch kein Wort gesagt hatte, wich seinem Blick aus und zuckte vor seiner Hand zurück.

»Nein«, sagte sie mit schwerer Zunge. »Ich will jetzt in meine Wohnung. Aber wir reden morg'n. Versprochen.«

Martin zuckte wie geschlagen zurück. Janas Onkel warf ihm einen mitfühlenden Blick zu und zog mit einem bedauernden Ausdruck die Schultern hoch. Auch die Rothaarige sah auf einmal etwas verlegen aus, als wäre sie heimlich Zeuge einer intimen Demütigung geworden. Und verdammt, genauso fühlte es sich für ihn auch an.

»Wir bringen sie dann mal nach oben«, sagte sie gezwungen munter und ergänzte noch hastig: »Ich bin übrigens Antje … und … es hat mich gefreut.«

Fünf Minuten später lag Martin wieder in seinem Bett und starrte die Decke an, bis er Stunden später in einen kurzen und unruhigen Schlaf fiel.

16. Zweifel

Fjonn schlug die Augen auf und streckte sich. Es war sieben Uhr morgens, seine gewöhnliche Aufstehzeit, ganz gleich, ob es ein Montag oder Samstag war. Trotzdem blieb er heute noch ein wenig liegen. Er hatte nichts vor und die Jungs würden wahrscheinlich noch Stunden schlafen. Fjonn drehte sich auf die Seite und sah auf die leere Betthälfte neben sich. Noch immer schlief er auf der rechten Seite des Bettes anstatt in der Mitte. Und noch immer war das Bett mit einer zweiten Decke und einem zweiten Kissen bezogen, die jetzt allerdings kalt und verwaist vor ihm lagen. Er vermisste es, neben einem warmen Frauenkörper aufzuwachen. Oder eigentlich: Er vermisste es, neben Ellas warmem Frauenkörper aufzuwachen.

Seine Gedanken wanderten zu ihrem letzten Treffen zurück, als er bei dem Termin in der Schule ihre Hand gehalten hatte. Das hatte er ganz instinktiv und ohne nachzudenken getan. Und es hatte sich gut angefühlt. Erstaunlich gut. Viel besser und viel weniger schmerzhaft als ihre geisterhafte Gegenwart im Haus. Wenn er nach Hause kam, lag ihr Geruch in der Luft. Das Essen schmeckte so, wie ein typisches Ella-Essen schmeckte, mit zu vielen Kräutern und zu wenig Salz. Die Jungs erzählten von dem Nachmittag mit ihrer Mutter, die Wäsche war gemacht und seine Unordnung vom Morgen beseitigt. Irgendwie war es, als würde er noch immer mit ihr zusammenleben. Eben nur, ohne sie zu sehen. Langsam streckte er eine Hand aus und fuhr zärtlich über das leere Kissen vor sich. Vor seinem inneren Auge sah er Ella dort liegen. Ihre blonden Locken fielen ihr in die Stirn und kringelten sich auf dem Kissen. Der Mund stand eine Winzigkeit offen, schloss und öffnete sich manchmal leicht schmatzend und ab und zu kräuselte sich ihre sommersprossige Nase im Schlaf. Fjonn lächelte melancholisch und drehte sich wieder auf den Rücken. Vielleicht war es Zeit für einen Ella-Exorzismus. Sie sollte nicht mehr seine Wäsche waschen und für ihn mitkochen. Am besten, sie betrat gar nicht mehr die Räume, die sie früher gemeinsam bewohnt hatten. Das Schlafzimmer und das Elternbad waren jetzt seine Zimmer. Er sollte sie vielleicht renovieren, damit es sich auch so anfühlte. Fjonn sah sich um. Die Wände waren lehmbraun, die cremeweißen Baumwollvorhänge bodenlang. In zahlreichen Bilderrahmen steckten Familienfotos. Wie sollte er so neu anfangen? Er musste seinen Blick nach vorne richten und nicht zurück.

Fjonn griff blind zum Nachttisch, auf dem er immer einen Block und einen Stift liegen hatte, weil ihm die besten Einfälle oft mitten in der Nacht kamen, setzte sich auf und begann, Ideen zu sammeln. Erst wollte ihm gar nichts einfallen. Es fühlte sich nicht richtig an, alles zu ändern. Als würde er Ella damit endgültig von seiner Seite streichen. Aber sein Verstand sagte ihm, dass es Zeit war. Sie waren jetzt schon seit über einem halben Jahr kein Paar mehr und die verhängnisvolle Klassenreise lag fast ein Jahr zurück. Er hatte bereits mehrfach mit einer anderen Frau geschlafen, ganz Retsum wusste von ihrer Trennung und er wollte auch gar nicht mehr mit Ella zusammen sein. Jedenfalls war er der Meinung, dass er das nicht mehr wollen sollte. Dass sie sich in einen anderen Mann verliebt und ihn betrogen hatte, würde es nie wieder so sein lassen, wie es gewesen war. Die Beziehung trotzdem weiterführen zu wollen, wäre, als wollte man einen Film weiter schauen, der zu Ende war. Er hatte das Gefühl, die ganze Zeit auf den Abspann zu gucken und sich nicht überwinden zu können, den Fernseher auszustellen. Wie oft hatte er schon darüber nachgedacht, zum ersten Mal in seinem Leben eine von ihm getroffene Entscheidung zu revidieren und um Ella zu kämpfen, sie zurückzuerobern. Gleichzeitig war er sich sicher, dass das, wonach er sich sehnte, vergangen war. Endgültig und egal, wie sehr er sich wünschte, der Film hätte doch eine Fortsetzung. So war es doch, oder? Es war alles aus und vorbei. Für immer.

Zögernd notierte Fjonn eine Liste seiner Lieblingsfarben und schrieb auf, was er ändern wollte: Wandfarbe, Bettwäsche, Vorhänge. Vielleicht sollte er auch die Möbel umstellen oder austauschen. Gleich nach dem Frühstück könnte er mit den Jungs in den Baumarkt fahren. Und dann würde er Flo anrufen und fragen, ob er Zeit hatte, um zu helfen. Doch bevor Fjonn seine Pläne in die Tat umsetzen konnte, klingelte das Telefon. Es war Antje, die ihm von der letzten Nacht erzählte. Fjonn hörte schweigend zu.

»Fjonn, sie vermisst dich sehr und ist schrecklich unglücklich. Spring' über deinen Schatten. Ihr könnt das wieder hinbekommen. Bestimmt.«

»Danke für deinen Anruf«, sagte Fjonn und legte auf. Warum kam dieser Anruf gerade jetzt? Fjonn war verwirrt. War ein ›Fjonn & Ella Part II‹ vielleicht doch nicht so unmöglich?

Martin stand vor dem Fenster und sah mit unbewegter Miene in den Wald auf der anderen Straßenseite. In der Hand hielt er einen Becher mit heißem Kaffee, aus dem er von Zeit zu Zeit einen Schluck trank. Zehn Uhr. Ob Ella schon wach war? Er wollte das Gespräch hinter sich bringen. Oder nein, eigentlich wollte er das doch nicht. Außerdem schlief sie garantiert noch. Eine Zeit lang konnte er also noch so tun, als stünde Ella und ihm eine fantastische, gemeinsame Zukunft bevor. Auch wenn das wohl nur ein Hirngespinst von ihm war. Denn so, wie sie ihn letzte Nacht angesehen und zurückgewiesen hatte, so, wie Janas Onkel ihn bedauernd angeguckt hatte, so verlegen, wie diese Antje gewesen war … Nein, ein schönes Gespräch würde das wohl nicht werden. Martin nippte an seinem Kaffee und beobachtete dabei zwei Eichhörnchen, die sich die Bäume hinauf und hinunter jagten. Die Straße zwischen den Wohngebäuden und dem Wald war wie leergefegt. Kein Auto, kein Mensch war zu sehen, alles lag still und friedlich vor ihm. Da vorne fing der Trimm-dich-Pfad an. Ob er eine Runde laufen sollte? Seufzend schüttelte Martin den Kopf und schloss kurz die Augen. Verdammt, wenn er jetzt laufen würde, könnte er sich genauso gut Bilder von Ella und ihren schönsten gemeinsamen Stunden an die Innenseiten seiner Augenlider tackern, erst recht bei diesem Weg. Er würde nicht eine Sekunde an etwas anderes denken können und sich wahrscheinlich in einem Anfall von Selbstmitleid mitten im Wald zum Sterben hinlegen. Aber er brauchte den Sport. Er wusste nicht, wie er sonst mit all dem fertig werden sollte. Vielleicht konnte er nachher, nach dem Gespräch, zu Achim ins Leistungszentrum fahren. Samstags fand dort den ganzen Tag Training statt. Es war zwar ein gutes Stück weg, aber die Fahrt auf dem Fahrrad würde ihm sicherlich guttun. Und dann könnte er Achim beim Training der Kleinen helfen. Achim hatte ihn gerade erst neulich wieder darauf angesprochen, dass er dringend Verstärkung bräuchte. Vielleicht könnte er sogar mit ins Sommercamp fahren. Er musste hier weg, sobald Ella ihm das Herz herausgerissen hatte.

Auf der Straße rollte langsam und wie suchend ein dunkelblauer Volvo XC90 heran. Martin beobachtete den Wagen teilnahmslos, zog dann abschätzig die Augenbrauen nach oben und murmelte vor sich hin: »Diese Typen mit ihren Geländewagen in der Stadt. So was Idiotisches. Als bräuchte man bei asphaltierten Straßen mit maximal zwei Prozent Steigung Allradantrieb.«

Doch als er sah, wer aus dem Auto ausstieg, fiel ihm fast seine Kaffeetasse aus der Hand. Ellas Ex. Das war also der Grund, warum sie sich zurückzog. Sie wollte zurück zu ihm. Martin lachte einmal bitter auf und hätte seinen Becher am liebsten durch die geschlossene Scheibe hindurch auf das Auto geschleudert. So war das also. Fast schon hasserfüllt sah er zu, wie sich der Typ mit seinem adretten Hemd und seiner geschniegelten Frisur dem Haus näherte. Warum zögerte der so? Na komm schon, du Held in schimmernder Allrad-rüstung, hol dir deine Maid zurück. Die Erinnerung an ihren Schlick-loch-Daiquiri-Abend blitzte in ihm auf. Martin stöhnte auf. Nein, er wollte jetzt nicht leiden. Das kam noch früh genug. Er wollte wütend sein. Kurz war er in Versuchung, das Fenster zu öffnen und dem immer noch unschlüssig herumstehenden Typ Stockwerk und Nummer von Ellas Wohnung zu nennen und dann den Summer für die Eingangstür zu drücken. Bitte. Wenn sie ihn nicht wollte … Er drängte sich niemandem auf. Alles hätte er ihr gegeben, alles für sie getan. Und sie … sie servierte ihn ab und sprach nicht mal mit ihm. Wahrscheinlich lief das alles schon wieder seit dem Gespräch bei Herrn Schuldt. Kein Wunder, dass sie ihm nicht in die Augen hatte sehen wollen.

Mittlerweile hatte Martin seinen Beobachtungsposten am Fenster aufgegeben und ging unruhig in der Wohnung hin und her. Sein Herz klopfte zum Zerspringen, sein Magen fühlte sich an wie eine wütend geballte Faust und in seinem Kopf sprangen die Gedanken wirr durcheinander. Kurz entschlossen marschierte er zur Wohnungstür, sprintete die Treppen hoch und klingelte bei Ella Sturm. Es dauerte nicht lange, bis sich die Tür öffnete und Ella ihn übernächtigt und mit definitiv blauem Auge entgegensah. Sein Herz setzte einen Schlag aus und raste kurz darauf in doppelter Geschwindigkeit weiter. Martin dachte an den Kerl vor dem Haus und unterdrückte den Impuls, sie in seine Arme zu ziehen und nie wieder loszulassen. Nein, sie wollte ihn nicht. Er hatte sie offensichtlich schon verloren, bevor sie sich jemals ganz für ihn entschieden hatte.

Martin erwiderte ihren Blick bemüht ausdruckslos und sagte möglichst kalt: »Ich wollte dich nur darüber informieren, dass dein Ehemann vor dem Haus steht und offensichtlich zu dir will. Damit hat sich dann wohl auch unser Gespräch erledigt.« Er wollte sich gerade wieder umdrehen, als ihn seine Gefühle überschwemmten und er mit leiser Stimme ergänzte: »Ich wünsche dir wirklich sehr, dass du glücklich wirst.«

Dann drehte er sich um und ging die Treppe wieder hinunter. Aber er war kaum zwei Stufen weit gekommen, als er spürte, wie Ella an seinem Arm zerrte.

»Was soll denn das, Martin?«, fragte sie mit einem hysterischen Unterton. »Ich habe keine Ahnung, was Fjonn hier will. Ich habe ihn nicht eingeladen. Vielleicht ist es irgendwas wegen der Jungs. Unser Gespräch hat sich nicht erledigt.«

Martin drehte sich langsam um. In ihm wütete ein Sturm aus Gefühlen. Er wusste nicht mehr, was er denken und empfinden und sagen sollte.

Ella sah ihn mit vor Schreck geweiteten Augen an und sagte dann mit flehender Stimme: »Es tut mir leid, dass ich dir aus dem Weg gegangen bin. Schrecklich leid. Lass uns darüber in Ruhe reden, ja?«

Martin spürte, wie sich das Gefühlschaos in ihm etwas beruhigte und stattdessen ein leichtes Brennen in seine Augen stieg. Mit belegter Stimme sagte er: »Zuerst solltest du mit deinem Mann reden. Das ändert ja vielleicht wieder alles, was du mir zu sagen hast.«

Darauf antwortete Ella nichts mehr und Martin ging zurück in seine Wohnung, rief Achim an und packte eine Trainingstasche. Unmöglich konnte er hierbleiben, wenn zwei Stockwerke über ihm Ella und ihr Mann die Fortsetzung ihrer Ehe feierten. Ganz gleich, was sie sagte, er war sich sicher, dass es darauf hinauslief.

Ella stand im Treppenhaus und sah Martin hinterher. Sie machte einen Schritt, um ihn noch einmal aufzuhalten. Aber da schoss ein gleißender Blitz durch ihren Kopf und ein heftiges Gefühl von Übelkeit arbeitete sich von ihrem Magen aus nach oben. Später, dachte sie, ich muss mich später damit befassen. Langsam hob sie ihre Hände an den Kopf und massierte sich sanft die Schläfen. Aua. Ihr Jochbein war schmerzhaft geschwollen von dieser unfassbar peinlichen Aktion gestern. Als die Bilder der letzten Nacht vor ihrem inneren Auge auftauchten, stöhnte sie leise auf. Toll, jetzt war sie nicht nur die örtliche Ehebrecherin, sondern auch noch die Vorzeigeproletin. Sich prügeln in einer Kneipe … ging's noch?! Wie hatte das so entgleisen können?

Da hörte sie es durch ihre offene Wohnungstür hindurch klingeln und zuckte bei dem schrillen Geräusch mit schmerzverzerrtem Gesicht zusammen. Es dauerte ein wenig, bis sie wieder einigermaßen klar denken konnte. Ach ja, Martin hatte doch gesagt, dass Fjonn vor dem Haus stand. Vorsichtig schlich sie hinein und drückte auf den Türöffner. Und weil sie sich gerade nicht in der Lage dazu fühlte, sich weiterzubewegen, blieb sie einfach gegen die Wand gelehnt stehen und sah Fjonn mit leicht zusammengekniffenen Augen entgegen. Obwohl sie alles andere als geistig auf der Höhe war, sah sie sofort, dass Fjonn mit irgendeinem Konflikt zu kämpfen hatte. Was war los?

»Hey«, sagte sie leise.

Fjonn sah sie an und eine Mischung aus Sorge, Entsetzen und Belustigung glitt über sein Gesicht.

»Hey«, antwortete er und fragte mit vorwurfsvoll gerunzelter Stirn: »Was machst du denn, Kleines?«

Ella zuckte mit den Schultern und erkannte schnell, dass das keine gute Idee war. Sofort durchfuhr ihren Kopf wieder ein ekelhafter Schmerz. »Ich arbeite intensiv an meinem gesellschaftlichen Abstieg«, antwortete sie schließlich mit gequälter Stimme und trat zur Seite, um ihn in die Wohnung zu lassen. Fjonn schüttelte nur lächelnd den Kopf, sah sich kurz um, als würde er sich orientieren wollen, und ging dann zielstrebig ins Bad. Hatte er hier nur geklingelt, weil er mal für kleine Ex-Männer musste? Ella war irritiert, fühlte sich aber schlicht zu erbärmlich, um nachzuhaken. Sie wollte sich nur in ihr Bett legen und ganz kurz ein wenig sterben. Langsam schlurfte sie zu ihrem Schlafzimmer und krabbelte auf allen vieren bis in die Mitte des Bettes. Dort rollte sie sich auf den Rücken und blieb schwer atmend liegen.

»Ella?«, hörte sie kurz darauf Fjonns fragende Stimme.

»Schlafzimmer«, ächzte sie und sah ihn wenig später zögernd eintreten, ein Glas mit Wasser und eine Tablette in der Hand. Ach, das hatte er im Bad gewollt.

»Na, lass mich raten. Du willst nur ganz kurz ein wenig sterben?« Fjonn sah sie amüsiert an und hielt ihr auffordernd Glas und Tablette hin. »Hier, nimm das, dann geht es dir in einer halben Stunde besser.«

Ella hasste Tabletten und nahm sie nur im absoluten Notfall. Aber sie wusste, Fjonn würde keine Ruhe geben. Also tat sie ihm den Gefallen und schluckte das eklige Ding hinunter. Der Höflichkeit halber blieb sie gleich in der sitzenden Position. Kurz schoss ihr durch den Kopf, dass sie sich wohl nicht so verhalten sollte, als wäre zwischen ihnen alles normal. Und bestimmt war es auch unpassend, dass sie hier mit ihm im Schlafzimmer war. Aber sie hatte diesen ganzen gezwungenen Umgang miteinander so dermaßen satt. Fjonn war ihr der vertrauteste Mensch auf der Welt und sie hatte keine Lust mehr, so zu tun, als wäre das nicht so. Außerdem ging es ihr im Moment dazu viel zu schlecht. Trotzdem wusste sie, dass Fjonn sie nicht nur so besuchte, um zu sehen, wie sie wohnte.

»Was ist los, Fjonn?«, fragte sie daher.

Er räusperte sich, setzte sich dann neben sie auf die Bettkante und sagte: »Antje hat mich angerufen.«

»Wieso?«

»Sie hat mir von eurem Abend gestern erzählt. Antje meint, ich soll über meinen Schatten springen und dass wir das bestimmt wieder hinbekommen würden. Du wärst unglücklich und würdest mich schrecklich vermissen.«

»Was?«, schnappte Ella.

Fjonn sah sie forschend an: »Stimmt es? Ich meine, dass du unglücklich bist und mich schrecklich vermisst?«

»Das ist nicht so einfach«, gab Ella verlegen zurück.

Fjonn sah sie fragend an, und Ella nahm sich einige Sekunden Zeit, um zu überlegen, was sie eigentlich sagen wollte.

»Guck dich doch mal um«, forderte sie ihn dann auf und beobachtete, wie Fjonn seinen Blick durch ihr Zimmer schweifen ließ, das so offensichtlich eine kleine Kopie von ihrem gemeinsamen Schlafzimmer im Haus war. Nur waren hier noch viel, viel mehr Fotos von ihm und den Jungs an den Wänden. Ella sah, wie sich Überraschung, Freude und Wehmut in Fjonns Gesicht abwechselten. Er stand auf und ging langsam an den Wänden entlang. Einige Fotos berührte er sacht mit den Fingern, andere sah er so lange an, dass Ella wusste, dass er innerlich gerade auf eine Reise in die Vergangenheit ging. Ella schwieg. Wie sollte sie Fjonn erklären, was in ihr los war? Sie blickte in dem Chaos ja selbst nicht durch.

Schließlich setzte sich Fjonn wieder zu ihr aufs Bett, sah sie kurz prüfend an und zog sie dann sanft in seine Arme. Vielleicht hätte sie sich wehren und ihn von sich schieben sollen. Sie waren nicht mehr zusammen und es war bestimmt nach irgendeinem internationalen Kodex für das Verhalten im Trennungsfall vollkommen inakzeptabel, sich in die Arme seines Ex zu schmiegen. Aber das war ihr im Moment so was von egal. Ella schloss die Augen und atmete seinen frischen, herben Männerduft ein. Das Gefühl von Ruhe und Entspannung, das sich in ihr ausbreitete, tat unendlich gut. Erleichtert holte sie tief Luft, als würde sie etwas Lebenswichtiges geschenkt bekommen, das ihr lange Zeit vorenthalten worden war. Es war nicht ganz der berühmte Schluck Wasser in der Wüste, aber fast. So etwas wie der sichere Zufluchtsort in einer unberechenbaren und bösartigen Welt. Alle Anspannung, jeder künstlich aufrechterhaltene Anschein von Stärke fiel von ihr ab. An Fjonns Brust gelehnt, begann sie leise zu schluchzen, und Fjonn strich ihr liebevoll über die Haare.

»Vor Antjes Anruf war ich gerade dabei, die Renovierung unseres Schlafzimmers zu planen«, murmelte Fjonn über ihren Kopf hinweg und Ella sah vor ihrem inneren Auge das halb belustigte, halb melancholische Lächeln, das zu dieser Stimme gehörte. »Und jetzt sehe ich, dass es das sogar in zweifacher Ausführung gibt ...« Fjonn räusperte sich. »Ella, das war unser *gemeinsames* Schlafzimmer. Wir können doch jetzt nicht jeder alleine für sich in *unserem* Raum schlafen. Das ist garantiert nicht gesund.« Er dachte kurz nach. »Ich liebe die Erinnerungen an unser gemeinsames Leben«, fuhr er dann mit rauer Stimme fort. »Und ich vermisse es mehr, als du dir vorstellen kannst. Aber ich will nicht nur noch in der Vergangenheit leben. Das Leben findet schließlich in der Gegenwart statt.« Er drückte sie fest an sich. »Und ich weiß einfach nicht, wie ich das hinbekommen soll, wenn du weiterhin überall da bist. In meinem Haus, in meinem Kopf, in meinem Herzen.« Fjonn schwieg eine Weile.

Ella weinte noch immer still vor sich hin und verstand ganz genau, was Fjonn meinte. Sie zog schniefend die Nase hoch und nuschelte an seiner Brust: »Ich hab's versucht. Eine Renovierung bringt gar nichts. Das Zimmer hier war erst rosafarben. Aber das hat sich so falsch angefühlt, dass ich es wieder ändern musste.«

Fjonn seufzte. »Wie soll das denn bloß weitergehen, Ella?«, fragte er und Ella hörte die Verzweiflung in seiner Stimme. »Wir haben zwei gemeinsame Kinder. Wir müssen weiter in Kontakt bleiben. Uns nicht mehr zu sehen, kommt also nicht infrage. Und das wieder hinzubekommen, wie Antje es nennt …« Fjonn zögerte und Ella riss, verborgen an seiner Brust, ihre Augen auf. Was …? Wollte er seine Entscheidung etwa rückgängig machen? Fjonn?!

Zwei Stunden später ging Fjonn, und Ella blieb nachdenklich und mit gemischten Gefühlen zurück. Jetzt musste sie mit Martin sprechen. Unruhig ging sie in der Wohnung hin und her. Wie wütend er vorhin gewesen war. Und was sollte sie ihm überhaupt sagen? Sie wusste, dass ihr Verhalten ihn verletzt hatte, und bei dem Gedanken daran, dass es ihm wegen ihr schlecht ging, quetschte ein unangenehmer Druck ihre Organe zusammen. Das letzte Mal, dass er sie gesehen hatte, war an Fjonns Seite gewesen, als sie sich nicht getraut hatte, seinen Blick zu erwidern. Als Nächstes hatte er Fjonn dann vor ihrem Haus stehen sehen … Und sie hatte sich vollkommen von ihm zurückgezogen, ihn von sich weggehalten, hatte versucht, unsichtbar zu werden. Was musste er sich da zusammenreimen?

Ella blieb vor dem Spiegel im Flur stehen. Angewidert musterte sie ihr derangiertes Gesicht. Und dann sah sie es. Die Ähnlichkeit mit ihrem Vater war bei diesem Gesichtsausdruck unverkennbar. Geschockt atmete sie ein. Sie sah nicht nur so aus wie er, sie war auch genau so wie er. Wie ihr Vater ging sie jedem Konflikt aus dem Weg und gab anderen überhaupt keine Chance. Das hatte er damals genauso gemacht. Nie hatte er sich mit ihrer Mutter gestritten. Und dann auf einmal sagte er ihr, dass er schon lange unglücklich sei, eine andere hätte und jetzt gehen würde. Weg war er. Und ihre Mutter hatte nie erfahren, was falsch gelaufen war. Ich bin genauso feige, dachte Ella. Unerträglich feige. Was hat Martin bloß je an mir gefunden? Sie sah es in ihren Augen glitzern und wandte sich von dem verräterischen Spiegel ab. Eine düstere Niedergeschlagenheit machte sich in ihr breit, als sie mit hängenden Armen im Flur stand und blicklos auf die cremeweiße Wand sah. Aber es gab auch eine leise Stimme in ihr, die ihr zurief, dass sie das nicht akzeptieren sollte, dass sie nicht so sein musste wie ihr Vater. Rede mit ihm. Gib ihm eine Chance, dich zu verstehen, schrie es in ihr.

Nach einigen langen Sekunden, die sie wie erstarrt die Gedanken in sich verfolgte, machte sie sich in Windeseile fertig und hastete hinunter zu Martins Wohnung. Doch obwohl sie mehrfach klingelte, tat sich nichts. Ella zog ihr Smartphone aus der Hosentasche und rief ihn an. Es klingelte zweimal und dann wurde ihr Anruf weggedrückt. Ängstlich drückte sie gleich noch mal auf den grünen Hörer und wurde wieder weggedrückt. Beim dritten Versuch war sein Handy ausgeschaltet. Mit klopfendem Herzen stand Ella vor Martins verschlossener Tür und starrte auf das Bild, das sie unter seinen Kontaktdaten gespeichert hatte. Und während sie sich in Zeitlupe umdrehte und langsam wieder die Treppe nach oben ging, spürte sie, wie sich ein klumpiges Gefühl der Angst in ihr breitmachte. Würde sie ihn überhaupt noch einmal wiedersehen?

17. Besser so

Ella kochte sich einen starken Kaffee und schlug etwas Sahne auf. Dann füllte sie Kaffee und Sahne zusammen mit Schokolade, Zimt, Vanilleextrakt und Kardamom in einen extragroßen Becher und rührte um. Den Becher stellte sie auf die Fensterbank und rückte sich einen Stuhl direkt vor das Küchenfenster. Von hier aus hatte sie die Straße vor dem Hauseingang optimal im Blick und verpasste es nicht, wenn Martin wieder zurückkam. Sie musste mit ihm reden. Das war sie sich und natürlich auch ihm schuldig. Ella stützte ihre Ellbogen auf der Fensterbank ab und vergrub ihr Gesicht gerade so weit in den Händen, dass sie noch immer die Straße sehen konnte. Aus ihrem Smartphone, das sie neben sich auf die Fensterbank gelegt hatte, tönte leise ›Fly me to the Moon‹. Swing wirkte genauso beruhigend auf sie wie ihr Spezialkaffee. Und im Moment hatte sie an Beruhigung alles nötig, was möglich war, um nicht komplett durchzudrehen. Mit zitternden Händen griff Ella nach ihrem Kaffeebecher, nippte an der heißen, dunkelbraunen Flüssigkeit und konzentrierte sich auf die intensiven Aromen in ihrem Mund. Nein, das funktionierte nicht. Sie konnte jetzt nichts essen oder trinken. Davon wurde ihr schlecht. Außerdem musste sie beim Blick in den Becher an den Schlickloch-Daiquiri denken und daran, wie Martin ihr gesagt hatte, dass er in einem absolut erschreckenden Maße in sie verliebt sei. Und dann musste sie daran denken, wie er sie am letzten Schultag auf der Wiese gefunden hatte und wie oft sie in den vergangenen Monaten stundenlang im Bett gelegen, sich geliebt, gelacht und geredet hatten. Sie hörte dann seine warme Stimme, wie sie diese wunderschönen Gedichte vorlas. Und sie musste an seine Lippen denken, die ihren Namen formten, und daran, wie er aussah, wenn er konzentriert in einem Buch las. Sie musste dann daran denken, wie sie bei dem Film ›Es ist kompliziert‹ vor Lachen vom Sofa gerollt waren und wie er sie beim Einzug in die neue Wohnung angesehen und geküsst hatte. Unwillkürlich hob Ella ihre Finger an den Mund und strich sich zart über die Lippen. Seufzend goss sie ihren Kaffee in die Spüle, ohne dabei auch nur eine Sekunde die Straße aus den Augen zu lassen. Nichts. Sie nahm ihr Handy und wählte erneut seine Nummer. Nichts. Ihr Magen reagierte mit einem nervösen Flattern und ihr Herz schlug ihr bis zum Hals. Sie musste mit ihm reden, um nicht wie ihr Vater zu sein. Aber sollte sie für so ein Gespräch nicht erst mal wissen, was oder wen sie überhaupt wollte? Vielleicht hatte Antje damit recht, dass sie sich nur treiben und andere die Entscheidungen treffen ließ. Sie hatte schon immer das Gefühl gehabt, alle außer ihr wüssten stets genau, was sie wollten. Bei ihr war das nie so gewesen. Wenn jemand gefragt hatte, ob sie mit in die Disco oder an den See käme oder jemandem einen Streich spielen wolle, hatte sie immer Ja gesagt. Wenn jemand mit ihr hatte schlafen wollen, hatte sie es getan. Noch ein halbes Jahr, bevor sie sich für das Grafikdesign-Studium eingeschrieben hatte, hatte sie Bühnenbildnerin werden wollen. Dann hatte sie mit einem Mal Germanistik studieren wollen, um Lektorin zu werden. Und dann hatte ihr irgendjemand so von Grafikdesign vorgeschwärmt, dass Ella erneut ihre Meinung geändert hatte. Ja, und dann hatte sie Fjonn kennengelernt, der sie mit seinen Plänen mindestens genauso beeindruckt hatte wie mit seiner Verlässlichkeit, seinem Selbstbewusstsein und seinem gepflegten Aussehen. Bei ihm hatte sie sich sicher gefühlt, hatte Orientierung und Halt gefunden und ihn dafür so angehimmelt, dass sie das erste Mal bereit gewesen war, sich auf eine feste Beziehung einzulassen. Ein Jahr später hatte sie auch zu seinem Antrag Ja gesagt und der Rest war Geschichte.

Ella saß bis in den späten Abend am Fenster, lehnte ihren Kopf gegen die kühle Scheibe und wartete. Von Martin war nach wie vor nichts zu sehen. Noch immer war sein Handy ausgeschaltet und auch in der Wohnung waren keine Lebenszeichen auszumachen. Sie war noch ein paar Mal die Treppen hinuntergelaufen und hatte geklingelt, aus Angst, ihn verpasst zu haben. Sie war sogar vor der Wohnanlage hin- und hergelaufen und hatte versucht, von außen einen Blick in seine Wohnung zu erhaschen. Aber es war, als wäre Martin vom Erdboden verschluckt worden. Wo war er bloß? Sie musste doch mit ihm reden. Ellas Augen brannten und sie drückte ihre Stirn ein wenig fester gegen das kalte Glas des Küchenfensters, als würde sie dadurch besser sehen können.

Als Ella mitten in der Nacht immer wieder kurz einschlief und spürte, dass sie von der verkrampften Haltung eklige Schmerzen im Nacken bekommen hatte und auch die Kopfschmerzen vom Morgen wieder da waren, gab sie ihren Beobachtungsposten vorerst auf und schlich sich in ihr Bett. Die letzte Nacht und die emotionale Aufregung seitdem hatten sie vollkommen erschöpft und so schlief sie sofort ein. Doch es war kein erholsamer Schlaf. In ihren Träumen wurde sie von einem sprechenden Stierkopfskelett höhnisch ausgelacht. Geifernde Hyänen schnappten nach ihren Beinen und jagten sie über den Nordseestrand, während kreischende braune Schnepfenvögel mit blonden Perücken so dicht über ihr kreisten, dass sie das Blau des Himmels verdeckten. Fjonn fuhr in seinem Auto vorbei. Auf der Rückbank saßen die Jungs und alle riefen ihr zu, dass sie einsteigen solle. Schließlich stolperte sie in einem kleinen Wäldchen über Martin und lag auf einmal nackt auf ihm. Doch anstatt sie in seine Arme zu schließen, schob er sie nur stumm von sich und sprang in ein Schlickloch, das ihn bis zur Gänze verschluckte. Wie bei der Grinsekatze in ›Alice im Wunderland‹ sah sie noch eine Weile seine meergrauen Augen in der Luft schweben und sich dann langsam auflösen. Als sich daraufhin ein überdimensionales Cocktailschirmchen in der Wattlandschaft entfaltete, wachte Ella schweißgebadet auf.

Sie fühlte sich wie gerädert und schleppte sich mühsam aus dem Bett. Der Anblick im Spiegel war auch nicht dazu angetan, ihr Wohlbefinden zu steigern. Kein Wunder, dass Martin vor mir die Flucht ergriffen hat, dachte sie. Blass, tiefe Augenringe, Haare wie ein Vogelnest und … eindeutig … eher vierzig als zwanzig. Und dann dieses peinliche blaue Auge! Was hatte sie sich die letzten Monate eigentlich vorgemacht? Als würde sie tatsächlich einen nicht mal Dreißigjährigen, dem die Frauen nur so hinterherliefen, dauerhaft an sich binden können. Seufzend streifte sich Ella die Kleidung vom Körper und ging in die Dusche. Als der warme Wasserstrahl über sie hinwegfloss, sorgten die Bilder von Martin in ihrem Kopf für ein sehnsüchtiges Ziehen in ihrem Brustkorb. Sie sah sein Gesicht so deutlich vor sich, als stünde er direkt vor ihr. Das Wasser lief in silbrig glänzenden Bahnen über ihn hinweg. Seine nassen dunkelbraunen Haare hingen ihm tief in die Stirn und durch den Wasserschleier hindurch waren seine blaugrauen Augen fest auf sie gerichtet, sahen sie an, als würde er nicht nur ihr Gesicht sehen, sondern sie. Wirklich sie.

Eine halbe Stunde später saß Ella erneut vor dem Küchenfenster und schaute hinaus. Martin war noch immer verschollen und sein Handy ausgeschaltet. Als die Sonne höher und höher stieg, hielt es Ella irgendwann nicht mehr aus. Sie konnte es nicht erzwingen. Wenn er nicht mit ihr reden wollte, dann war das so. Hier zu sitzen und zu warten, würde sie nur verrückt machen. Vielleicht sollte sie sich im Fitnesscenter mal wieder richtig auspowern. Ella dachte kurz darüber nach. Nein, sie wollte jetzt nicht unter Leute gehen. Wer wusste schon, wer bereits alles von ihrer Prügelei gehört hatte? Außerdem sah man an ihrem Auge deutlich einen blauen Schatten, der geradezu nach neugierigen Fragen, Blicken und Spekulationen schrie. Sie konnte stattdessen ja laufen gehen … so wie Martin es immer machte, wenn er angespannt war. Entschlossen sprang Ella auf und zog sich ihre kurze Laufhose, ihr Sport-Bustier und ein weites Achselshirt über. Kaum hatte sie ihre Turnschuhe angezogen, stopfte sie ihre Haustürschlüssel und ihr Smartphone in eine schmale Gürteltasche und sprang die Treppen hinunter. Auf in den Wald und rennen, rennen, rennen.

Irgendwann erreichte sie schweißgebadet die Wiese. Ihre Wiese. Die Sonne strahlte heiß vom Himmel herunter und Ella war angenehm erschöpft. Ihre Beine fühlten sich an wie aus Gummi und sie beschloss, sich etwas auszuruhen. Das Laufen hatte ihr gutgetan. Ella ließ sich langsam in das hohe Gras sinken und konzentrierte sich auf das Gefühl ihres Körpers. Ihr Atem normalisierte sich, der Schweiß auf ihrem Gesicht trocknete und die Gräser piksten leicht in ihre Haut. Irgendwo über ihr zwitscherte ein Vogel und weit entfernt hörte sie das Brummen von einem kleinen Sportflugzeug. Sie schloss die Augen, atmete den Geruch von feuchtem Waldboden, den Wiesengräsern und heißer Sommerluft ein und dachte darüber nach, was sie ihm sagen wollte. Aber immer, wenn sie versuchte, in Gedanken Worte und Sätze zu formulieren, tauchten die sturmgrauen Augen auf und schwemmten ihre Worte fort wie ein aufgewühltes Meer das Strandgut. Ihr Herz klopfte schneller und ihr Hals schnürte sich zu. Wie sollte sie nur mit ihm von Angesicht zu Angesicht reden?

Vielleicht war ja ein Brief besser. Nein, ich will nicht so feige sein. Ella versuchte, sich zu konzentrieren. Sie musste mit ihm endlich über all die schwierigen Themen reden, denen sie bisher aus dem Weg gegangen war. Scheidung, Heirat, ihre Familie, seine Familie, Nils und Lasse, Kinder. Meine Güte, was ist, wenn er Kinder möchte, dachte Ella. Bestimmt will er Kinder. Wie könnte jemand wie er keine Kinder wollen? Martin wäre der perfekte Familienvater. Das heißt … ohne mich wäre er der perfekte Vater. Darüber musste sie mit ihm reden. Dass er mit ihr niemals eine eigene Familie gründen könnte, weil sie keine Kinder mehr wollte. Dass seine Schüler ihretwegen schon gegen ihn demonstriert hatten und er wegen ihr kaum noch mit seinen Eltern sprach. Tat er doch nicht, oder? Wahrscheinlich, weil er sich für sie schämte. Sie war einfach nicht gut für ihn. Ella schluckte. Es würde vorbei sein, sobald sie über die schwierigen Themen reden würden. Das hatte ein Teil in ihr schon immer geahnt. Und das war auch besser so. Er hatte mehr verdient. Eine jüngere Frau, die nicht so feige war wie sie, eine, die nicht sein Leben zerstörte und eine orientierungslose Versagerin war. Er hatte eine Frau verdient, die sich ohne jeden Zweifel für ihn entschied und ihm sagen konnte, wie sehr sie ihn liebte, sein umwerfendes Lächeln, bei dem der linke Mundwinkel immer ein wenig höher stand, als der rechte, sein empfindsames Wesen, das beim Vorlesen von Gedichten hörbar Besitz vom ihm ergriff, seine Risikobereitschaft, die ihn so mutige Dinge tun ließ, wie einer verheirateten Frau seine Liebe zu gestehen, und seine mitreißende Lebenslust bei allem, was er tat. Ja. Es war besser, wenn er eine Frau fand, die ihm das sagte, dachte Ella und sah mit fest verschlossenen Lippen in den Himmel, während ihr Körper sich so schwer anfühlte, dass er in der Wiese zu versinken schien.

Als sie wieder in ihrer Wohnung war, nahm sie nach der zweiten Dusche des Tages erneut ihre Warteposition vor dem Küchenfenster ein. Irgendwann musste er doch wieder nach Hause kommen. Und kurz vor acht Uhr sah sie Martin tatsächlich auf seinem Rennrad und mit einer riesigen Sporttasche auf dem Rücken auf ihr Haus zufahren.

Martin liebte es, auf seinem Rennrad so schnell wie möglich zu fahren. Er holte gerne alles an Leistung aus sich und dem Rad heraus.

Es gab ihm einen regelrechten Kick, wenn die Landschaft so schnell an ihm vorbeizog, dass er das Gefühl hatte zu fliegen. Es war nicht so aufregend wie der Fallschirmsprung, den er mit achtzehn gemacht hatte oder das Paragliding im Urlaub vor drei Jahren, aber trotzdem gab es ihm ein Gefühl von Freiheit. Seine Sinne waren hellwach. Er zerteilte die Luft mit seinem Körper und spürte ihren Widerstand mit jeder Faser. Aber heute war er von Kilometer zu Kilometer langsamer geworden. Und das lag nicht an der sperrigen Trainingstasche auf seinem Rücken, sondern an Ella. Am liebsten wäre er gar nicht mehr zurückgekommen und beinahe hätte er wirklich gewendet und wäre für eine weitere Nacht zu Joshi gefahren. Aber morgen war Schule. Er brauchte frische Klamotten und seine Tasche mit Unterrichtsmaterialien. Also musste er es in Kauf nehmen, ihr vielleicht zu begegnen. Bei dem Gedanken daran krampften sich seine Hände fester um den Lenker. Er wollte sie nicht mehr sehen oder vielmehr meinte er, es nicht ertragen zu können. Als er ihren Ex vor dem Haus gesehen hatte, hatte er es endlich verstanden. Ella gehörte zu dem Allrad-Vielverdiener-Typ. Er hätte sich nie dazwischen drängen dürfen. Martin sah das Bild von ihr und ihm vor dem Büro des Direktors erneut vor sich und spürte ihre Vertrautheit fast wie einen körperlichen Schmerz. Seufzend stieg er von seinem Rad ab und hob es an der Querstange auf die Schulter, um es mit in die Wohnung zu nehmen.

Als Erstes würde er das Bett abziehen und ihre Sachen aus dem Bad zusammenräumen. Er würde es nicht aushalten, jetzt noch irgendetwas von ihr bei sich zu haben oder ihren unverwechselbaren Duft zu riechen. Irgendwo hatte er noch einen leeren Karton. Da konnte er alles hineintun und dann vor ihre Tür stellen. In diesem Moment sah er sie vor sich im Treppenhaus stehen. Eine kurze Schocksekunde hielt er inne, nahm überdeutlich jedes berauschende Detail an ihr wahr. Wie sich eine blonde Locke störrisch in ihr Gesicht wand, wie ihr leicht geöffneter Mund nervös und sinnlich von ihrer Zungenspitze befeuchtet wurde, wie ihre grünen Augen ihn intensiv musterten. Doch dann riss er sich zusammen, richtete seinen Blick an ihr vorbei zur Wohnungstür und ging wortlos darauf zu. Als er die Tür geöffnet hatte, ging er mit dem Fahrrad auf der Schulter hinein. Ella schlängelte sich wortlos hinter ihm hindurch. Martin presste seine Zähne fest aufeinander und ließ die Tür zufallen, ohne sich dabei umzudrehen. Er würde sie einfach ignorieren, das Bett frisch beziehen, den Karton packen, ihn ihr in die Arme drücken und sie hinausschieben. Fertig. Dann konnte sie zurückgehen und wieder glücklich werden. Sie musste sich nicht mehr prügeln und sich schlecht fühlen, ihr Schlafzimmer in einen Schrein verwandeln und die Öffentlichkeit meiden. Sie sollte glücklich sein. Und dafür musste er sie nun mal loslassen. Seit er in ihr Leben getreten, nein, seit er in ihr Leben eingebrochen war, hatte sie viel zu viel durchmachen müssen. Es war alles so verworren. Auch in ihm. Er wollte sich nicht mehr so fühlen. Ständig unsicher und überall unbeliebt. Martin vermisste sein unbeschwertes Leben, in dem sich alles wie von alleine fügte. Nur darauf konzentrierte er sich jetzt, auf Ellas Glück und ein entspanntes Leben, das so vor sich hin plätscherte. Vielleicht ohne großes Glück, aber auch ohne großen Schmerz und diese jederzeit präsente Angst, sie zu verlieren. Es war besser so.

Schweigend hob er sein Rad auf die Halterung, nahm einen Lappen und fuhr damit sorgfältig über den Diamantrahmen aus 600er Carbonfaser und die Aluminium-Bremsflanken an den Rädern. Er kontrollierte die Dura-Ace-Schaltung und ließ sie dann mehrere Umdrehungen durch eine Reinigungsbürste laufen. Als er fertig war und auch den Fußboden unter dem Fahrrad wieder sauber gewischt hatte, drehte er sich um und ging zum Badezimmer. Die ganze Zeit fühlte er ihren Blick wie durch ein Brennglas auf seinem Rücken, heiß und schmerzhaft. Sie sagte kein Wort, sah ihn nur an und schien zu warten. Er musste jetzt hart bleiben und das durchziehen, bevor das alles noch mehr entgleiste. Der blaue Schimmer unter ihrem Auge war unübersehbar. Das war seine Schuld. Nur seinetwegen war sie verletzt worden. Er musste das jetzt ein für alle Mal beenden. Also, los. Erst das Bad ausräumen, dann alles andere zusammensuchen. Sie musste hier verschwinden, so schnell wie möglich, bevor er es nicht mehr fertigbrachte, sie wegzuschicken.

Kurz darauf hatte er all ihre Sachen zusammengepackt. Es war noch immer kein Wort gesprochen worden und in der Luft lag eine fühlbare Spannung, die ihm das Atmen schwer machte. Er wollte nur noch, dass diese unerträgliche Situation endlich vorbei war. Mit einem hämmernden Herzschlag, der ihn die Enge seines Brustkorbs fühlen ließ, ging er zu ihr hin und hielt ihr den Karton entgegen. Er wollte sie nicht ansehen, aber er tat es trotzdem. Der Blick, den er von ihr auffing, fuhr ihm wie ein Messer in die Brust, und er musste sich zusammenreißen, um nicht nach Luft zu schnappen. Ihre Augen schwammen in Tränen und sie sah so verzweifelt aus, dass er sich beherrschen musste, sie nicht sofort in seine Arme zu ziehen und ihr Gesicht mit Küssen zu bedecken.

Stattdessen sagte er: »Es ist besser, wenn du jetzt gehst.«

Martin war selbst überrascht davon, wie kalt und emotionslos seine Stimme klang. Auffordernd streckte er ihr den Karton hin.

»Ich würde gerne erst noch mit dir reden«, antwortete Ella leise und heiser.

Martin wollte nicht hören, was sie zu sagen hatte. Er wollte sie auch nicht sehen und ihre Gegenwart spüren. Er wollte nicht daran denken müssen, wie sich dieser zarte Körper in seinen Armen anfühlte, und wie ihr Gesicht aussah, wenn sie lachte, oder wie ihre waldgrünen Seeaugen ihn ansahen, wenn sie sich liebten. Er wollte nicht an ihren ersten Kuss im Inselwald denken und auch nicht daran, wie sie ihn in der neuen Wohnung überrascht hatte. Er wollte nicht daran denken, wie sie laut vor sich hin murmelte und sich dabei ans Kinn klopfte, wenn sie nachdachte, und nicht daran, wie seine holde Maid im Schlickloch festgesteckt hatte. Er wollte nur, dass sie jetzt endlich ging. Aber vielleicht tat sie das am schnellsten, wenn er sie reden ließ. Also stellte er den Karton auf dem Wohnzimmertisch ab, verschränkte die Arme und gab ihr mit einem verschlossenen Gesichtsausdruck zu verstehen, dass sie sprechen sollte.

Ella schluckte. »Ich wollte dir nur sagen, dass es nicht an dir liegt, dass es nicht geklappt hat. Du bist eigentlich viel zu gut, um wahr zu sein. Aber ich, ich bin eine absolute Katastrophe. Ich bin feige und unsicher und ängstlich. Nach wie vor kann ich nicht verstehen, was du eigentlich von mir wolltest. Ich habe Angst vor der Meinung anderer Menschen und ich denke auch, dass ich es nicht verdient habe, glücklich zu sein, wenn dadurch andere unglücklich sind.« Sie warf ihm einen scheuen Blick zu und Martin hätte sie am liebsten gepackt und ihr gesagt, dass sie da gerade den größten Blödsinn redete, den man sich nur vorstellen konnte. Aber sie sprach schon hastig weiter.

»Es tut mir leid, dass ich nicht früher mit dir geredet habe und in meinem wirklich unverzeihlichen Egoismus so getan habe, als würde es diese ganzen schwierigen Themen zwischen uns nicht geben und als würde ich damit klarkommen, was um mich herum passiert. Aber das tue ich nicht. Alleine schon wegen Nils und Lasse nicht. Meine Kinder würden sich nie mit einer Beziehung zwischen uns abfinden. Und die Schnepfen haben meine Kinder sogar indirekt bedroht und verlangt, dass sie von der Schule geschmissen werden!«

Sie sah ihn mit großen, verzweifelten Augen an.

»Wir haben kaum über unsere Vergangenheit gesprochen und auch nur wenig über unsere Gegenwart. Schüler haben meinetwegen gegen dich demonstriert, Martin. Deine Eltern sind bestimmt auch nicht glücklich über das mit mir, und unsere Freundeskreise sind alles andere als kompatibel. Du weißt gar nicht, was ich in meinem Leben schon für Mist gebaut habe und dass ich dich wirklich überhaupt nicht verdiene. Und über die Zukunft haben wir am allerwenigsten geredet. Wahrscheinlich, weil wir nie eine gemeinsame Zukunft hatten. Du bist siebenundzwanzig und wie gemacht dazu, Vater zu werden. Aber ich … Martin, ich will keine Kinder mehr. Ich nehme die Pille zwar auch wegen meiner Haut, aber nicht nur. Vor allem will ich nie wieder schwanger werden.«

Sie sah ihn kurz an, als hätte sie ihm eben anvertraut, in Wahrheit ein blutsaugender Vampir oder eine irre Serienmörderin zu sein.

»Ich hab' das alles schon hinter mir. Die Zeit, in der sie so hilflos sind, ist schrecklich anstrengend. Man ist rund um die Uhr für ein kleines Lebewesen verantwortlich, das einem noch nicht mal sagen kann, was es will. Ich hatte bei Nils und Lasse ständig Angst, etwas falsch zu machen. Das war furchtbar. Und deswegen kann ich echt keine Kinder mehr bekommen.«

Martin sah Ella irritiert an. Warum redete sie auf einmal so viel von einem Kind? Wie kam sie darauf? Er hatte doch nie gesagt, dass er Kinder haben wollte. Doch Ella war richtig in Fahrt. Als wäre sie bis zum Bersten gefüllt und als würde es jetzt durch einen Riss in der Fassade unaufhörlich aus ihr heraussprudeln.

»Ich meine, wusstest du, dass das Krebsrisiko umso höher ist, je älter die Frau in der Schwangerschaft ist? Es hat schon einen Grund, warum die Version ›alter Mann und junge Frau‹ verbreiteter ist. Männer können ewig Kinder zeugen. Aber Frauen haben nun mal ein Verfallsdatum in dieser Hinsicht. *Ich* habe ein Verfallsdatum und das ist nicht mehr weit entfernt. Jemand wie du sollte aber unbedingt Vater werden. Ich könnte mir niemals vergeben, dir das zu nehmen … und ich hoffe, du kannst mir irgendwann verzeihen, dass ich das alles nicht viel früher gesagt habe und gegangen bin.«

Ella war immer leiser geworden und schwieg einen Augenblick, den Martin beinahe genutzt hätte, um sie darüber aufzuklären, dass er unfruchtbar war, seitdem er mit siebzehn Mumps bekommen hatte, auch wenn es ihm ziemlich unangenehm war, über dieses Detail seiner Männlichkeit zu reden. Abgesehen davon wollte er aber auch gar keine eigenen Kinder haben. Als Lehrer hatte er wirklich schon genug mit Kindern zu tun. Dass er vor der Testung durch seinen Arzt dennoch verhütet hatte, fand er selbstverständlich. Schließlich gab es eine ganze Reihe sexuell übertragbarer Krankheiten. Und sie hatte mal erwähnt, dass sie die Pille wegen ihrer Haut nahm. Deswegen war er davon ausgegangen, sie würde sie ohnehin nehmen, unabhängig davon, ob sie von ihm schwanger werden konnte oder nicht. Warum hatten sie darüber nie richtig gesprochen? Warum hatten sie über so viele Themen bisher nicht gesprochen? Martin sah Ella an und hätte ihr beinahe gesagt, dass nichts, was sie zu dem Menschen gemacht hatte, der sie jetzt war, wirklich schlecht gewesen sein konnte. Und er hätte ihr beinahe gesagt, dass eine gemeinsame Minute ihn mehr als genug für all das entschädigte, was nicht so toll lief. Aber dann dachte er resigniert, dass es so wohl besser war. Sie gehörte zu ihrem Ex und ihren Söhnen.

Und da sagte Ella schon mit brüchiger Stimme: »Ich wünsche dir, dass du sehr glücklich wirst und die perfekte Frau findest, um eine Familie zu gründen.« Sie schloss kurz die Augen, atmete tief durch, griff nach dem Karton und war innerhalb von Sekunden aus der Wohnung verschwunden.

Martin stand wie erstarrt im Raum, hörte das verlorene Klicken der Wohnungstür und hatte das unbestimmte Gefühl, dass hier eben etwas passiert war, das er nicht so wirklich begriff. Aber so viel hatte er verstanden: Sie war weg. Und sie würde nicht wiederkommen. Es ist besser so, dachte er grimmig und wischte sich wütend über seine nassen Augen.

Fjonn stand zusammen mit Ella in der Küche und kochte. Entgegen aller Gewohnheit halfen sogar Nils und Lasse dabei, wohl um nicht eine Minute des Zusammenseins zu verpassen. Es war eigenartig, dass es sich nicht eine Sekunde lang seltsam anfühlte. Die vielen gemeinsamen Jahre überwogen anscheinend die wenigen Monate der Trennung. Wie früher arbeiteten sie Hand in Hand miteinander, scherzten und unterhielten sich. Er und Ella hatten jeder ein Glas Rotwein in der Küche stehen, an dem sie ab und zu nippten.

Zur Feier des ersten Familientages seit langem hatte sich jeder für einen Gang sein Lieblingsessen aussuchen dürfen. Ella hatte sich selbst gemachte Ravioli mit Rucola-Ricotta-Füllung und Zitronenbutter als Vorspeise gewünscht. Viel zu viele Kräuter für seinen Geschmack. Danach hatte sich Fjonn für Rindersteaks mit Pfefferkruste und Bratkartoffeln entschieden, ein edles Gericht, pur und ohne unnötigen Schnickschnack. Und die Jungs wollten Pancakes zum Nachtisch, die sie mit einer widerlich süßen Marshmallow-Schokoladen-Füllung im Ofen backen würden. Egal. Alleine schon, weil sie alle miteinander so unbeschwert zusammen waren, würde er jeden einzelnen Gang in vollen Zügen genießen. Er schaute zu Ella hinüber, die konzentriert den Nudelteig ausrollte, und konnte sich ein Grinsen nicht verkneifen. Wie war es nur möglich, sich beim Kochen so einzusauen? Ihre Schürze war über und über mit Mehl bestäubt. Über ihre Wange zog sich ein grünlicher Streifen, wohl etwas von der Ravioli-Füllung, und da klebte auch irgendetwas in ihren Haaren. War das Nudelteig? Mit einem amüsierten Kopfschütteln betrachtete Fjonn das Chaos rund um Ella. Ausgepresste Zitronenschalen, eine angebrochene Packung Butter, Mehl, verschiedene Schüsselchen und Löffel – alles lag quer durcheinander. Selbst seine vierzehn Jahre alten Söhne waren ordentlicher. Sie hatten sich schon den Pancake-Teig angerührt und stellten gerade eine Pfanne auf den Herd. Dabei schubsten und boxten sie sich ständig gegenseitig. Vom Abmessen bis zum Verrühren der Zutaten war jeder seiner Söhne der Meinung, er könne es besser als sein Bruder. Alle Streiterei war jedoch nur Spaß und endete immer wieder in kleinen Lachanfällen.

Fjonn ließ das Bild auf sich wirken und atmete zufrieden durch. Noch vor einigen Wochen hätte er nicht gedacht, dass er das jemals wieder würde erleben dürfen. Flo wäre begeistert, wenn er das hier sehen könnte. Vielleicht sollte er kurz ein Foto machen und es Flo mit einem kurzen Kommentar schicken ... Ach Quatsch, man musste es auch nicht übertreiben.

Fjonn wandte seine Aufmerksamkeit erneut dem Pellen der Kartoffeln zu und dachte mit etwas Wehmut daran, dass es morgen wieder ganz still im Haus sein würde. Ella würde mit den Jungs zu Barbara fahren, um dem ganzen Zirkus von dieser Svenja König und ihrem Gefolge zu entkommen. Es war wirklich albern, wie die sich in die Sache hineinsteigerten, obwohl Ella gar nicht mehr mit diesem Kerl zusammen war. Nach den Ferien hatten die sich hoffentlich beruhigt und alles konnte hier normal weiterlaufen. Das hoffte er vor allem deswegen, weil sie vor einigen Tagen gemeinsam beschlossen hatten, dass Lasse und Nils in ihrer alten Klasse bleiben würden.

Ella hatte vor, die gesamten Sommerferien bei ihrer Mutter zu verbringen. Die Jungs waren zwischendurch noch eine Woche in so einem Sportcamp und am Ende der Ferien würde er mit ihnen eine zweiwöchige Jeep-Tour durch Island machen. Je mehr er sich mit dem Land befasst hatte, umso größer war die Vorfreude geworden. Sie würden im Zelt schlafen, Geysire und Wasserfälle besuchen, Berge besteigen und eine Wal-Tour machen. Besonders aufgeregt war er wegen des Vulkans Snæfellsjökull auf der Halbinsel Snæfellsnes. Das war in Jules Vernes Abenteuer-Klassiker der Einstieg für die Reise zum Mittelpunkt der Erde gewesen. Was hatte er das Buch als Kind geliebt!

»Hey, träumst du?« Ella hatte ihn leicht in die Seite geknufft und sah ihn schmunzelnd an. »Dir ist klar, dass wir schon eine halbe Stunde über dem Zeitplan sind, oder? Also, wenn wir nicht mitten in der Nacht essen wollen, gib' ein bisschen Gas, alter Mann.«

Fjonn wollte gerade im gleichen scherzhaften Ton antworten, als er sah, wie sich Ellas Lächeln in eine gequälte Grimasse verwandelte.

Irritiert hielt er inne. Was war los? Dann fiel es ihm auf. Sie hatte ihn ›alter Mann‹ genannt und war dadurch wahrscheinlich wieder in ihr Alterskomplex-Ding abgedriftet. Das kam alles durch diese … Sache mit dem Knaben. Es würde ihn nicht wundern, wenn sie sich bald einen Krückstock kaufen würde, so sehr dramatisierte sie ihr Alter neuestens. Also erwiderte er möglichst würdevoll: »Man ist so alt, wie man sich fühlt, Kleines.« Fjonn spießte eine weitere Kartoffel auf die Gabel, um sie zu pellen, und ergänzte: »Und ich fühle mich alles andere als alt. Erst recht nicht, wenn ich an die Islandreise denke. Wusstest du, dass es in Island Europas größten Wasserfall gibt? Man kann sogar hinter der Wasserwand entlanggehen. Und der Geysir Strokkur schleudert seine Fontänen bis zu dreißig Meter in die Luft.« Fjonn sah Ella glücklich an. »Ella, ich freu' mich wahnsinnig auf die Reise. Ich werde den Jungs zeigen, wie man ohne Hilfsmittel ein Feuer entfacht, wir werden in der berühmten Blauen Lagune baden und vielleicht sehen wir sogar Polarlichter. Am liebsten würde ich noch heute losfahren.«

Ella lächelte ihn schief von der Seite her an. Er sah, dass sie sich ehrlich für ihn freute. Gleichzeitig war ihr Blick aber auch etwas melancholisch. Bereute sie vielleicht schon, dass sie sein Angebot, mit nach Island zu kommen, abgelehnt hatte? Aber sie hatte ja recht. Schon im Interesse der Jungs sollten sie es langsam angehen lassen, auch mit körperlichen Intimitäten, wie sie verlegen erklärt hatte. Am besten, er lenkte sie schnell von ihrer Grübelei ab.

»Wie weit bist du denn mit deinen Ravioli?«, fragte er und deutete zum Herd hinüber. Er stockte kurz und sagte dann: »Kann es sein, dass das Wasser ein bisschen zu heftig kocht und sich deine Ravioli gerade in ihre Einzelteile zerlegen?«

Ella quiekte erschrocken auf und sprang zum Herd, während die Jungs – plötzlich ganz einträchtig – eine salbungsvolle Ode auf die zerplatzten Ravioli dichteten. Nils fing an.

»O, Ravioli, selbst gemachte ihr,
die ihr im heißen Bade… ähm.«

»Euch entblößet«, fiel Lasse ein, einen Arm zur Seite ausgebreitet, die andere Hand theatralisch auf die Brust gelegt.

Nils ergänzte glucksend: »Schamlos nackte Nudeln, ihr …«

Lasse, noch immer in Dichterpose und einen leidenden Ausdruck im Gesicht, deklamierte weiter.

»Pastateile auf FKK-Trip,
mit bleicher Wabbelhaut,
und einer Seele grün wie … Rucola … äh.«
Jetzt war wieder Nils an der Reihe.

»Versaut ihr Mamas Mahl«, sagte er kichernd.

»Doch zum Glück haben wir die Wahl,
und essen davon minimal«, schloss Lasse und verneigte sich.

Nils und Lasse lachten gackernd auf und Fjonn sah schmunzelnd zu Ella, die sich hektisch und unter wilden Flüchen darum bemühte, zu retten, was noch zu retten war. Doch schließlich begannen auch ihre Mundwinkel belustigt zu zucken. Fjonn hielt inne, ließ das Bild von seiner lachenden Familie auf sich wirken und fühlte sich so glücklich wie schon seit Ewigkeiten nicht mehr.

18. Fahle Farben

Ella sah aus dem Fenster, ohne wirklich hinauszuschauen. Eigentlich hatte sie nur den Kopf in eine bestimmte Richtung gedreht und die Augen geöffnet. Zu mehr fühlte sie sich nicht in der Lage, seit sie mit dem fest an die Brust gedrückten Karton Martins Wohnung verlassen hatte. Einzig für kurze Zeitspannen und das gemeinsame Familienessen hatte es sie geschafft, sich zusammenzureißen und so zu tun, als wäre alles in Ordnung. Aber warum musste sie so tun? Es war alles in Ordnung! Nur wieso fühlte es sich dann nicht so an?

Sie war seit fast drei Wochen bei ihrer Mutter, wurde bekocht, verhätschelt und mit liebevoller Aufmerksamkeit überschüttet. Trotzdem kam sie sich noch immer vor wie abgeschnitten von der Welt, wollte am liebsten im Bett liegen oder auf der Couch sitzen und vor sich hinstarren, bis … nein, nicht bis. Sie wartete nicht, eher das Gegenteil davon. Warten heißt schließlich auch immer erwarten. Sie dagegen fühlte sich, als wäre ihr Leben vorbei. In ihr hatte sich ein dumpfes Gefühl von Sinnlosigkeit breitgemacht, düster und lähmend. Sie spürte die Blicke, die ihre Söhne und ihre Mutter ihr immer wieder zuwarfen, prüfend, fragend, vielleicht sogar enttäuscht und ärgerlich. Aber sie brachte nicht die Kraft auf, etwas zu ändern. Sie wollte nichts ändern. In ihrem Kopf flüsterte ihr eine Stimme zu, dass sie sich nicht so gehen lassen konnte und dass sie auch überhaupt keinen Grund dazu hatte. Sie war hier, um Urlaub mit ihren Söhnen zu machen. Sie sollte sich um sie kümmern, etwas mit ihnen unternehmen, fröhlich sein. Wer wusste schon, ob es nicht der letzte Sommer war, in dem sie sich noch nicht zu erwachsen fühlten, um Zeit mit ihr zu verbringen.

Manchmal schaffte Ella es, sich aufzuraffen und ihre Söhne an den Badesee zu begleiten, mit ihnen ein Eis essen zu gehen oder auf einem Ausflug, den ihre Mutter organisiert hatte, anwesend zu sein. Sie rang sich das eine oder andere Lächeln ab, strich ihren Jungs ab und zu über den Kopf und zog sich dann so schnell wie möglich und hochgradig erschöpft wieder zurück.

»Es tut mir leid, Jungs. Ich fühle mich nicht besonders gut. Unternehmt etwas ohne mich, ja? Ich muss mich mal kurz hinlegen. Nur ein paar Minuten, okay?«

Aus den paar Minuten wurden dann jedes Mal ein paar Stunden, in denen sie dumpf vor sich hin stierte oder gedankenverloren in ihrem Skizzenbuch malte. Wäre ihr nicht alles so gleichgültig gewesen, hätte sie das schlechte Gewissen kaum ausgehalten. Auch jetzt saß sie auf dem Gästebett und sah durch das kleine Sprossenfenster auf die Wiese vor dem Haus. Nachdem sie und ihr Bruder aus dem Elternhaus in Retsum ausgezogen waren, hatte Barbara es verkauft und war nach Süddeutschland gezogen, direkt an die Grenze zwischen Wald und Weinbaugebiet. Sie hatte noch einmal neu anfangen wollen und das hatte sie geschafft. Sie arbeitete in einem kleinen Reisebüro, das auf Flusskreuzfahrten und Weinreisen spezialisiert war, bei denen sie selbst immer mal wieder mitfuhr. Sie hatte einen kleinen, aber herzlichen Freundeskreis, genoss das gute Wetter der Region und machte lange Streifzüge durch die Natur. Ein Teil in Ella freute sich für ihre Mutter und hätte an ihrem Leben intensiv teilgenommen, wäre es ihr nicht unendlich bedeutungslos erschienen.

Sie saß auf dem ungemachten Gästebett und sah teilnahmslos durch das Fenster auf die Grasfläche, die von der prallen Sonne zu einem fahlen Gelbgrün ausgetrocknet war. Die heiße Sommerluft flirrte über den trockenen Grashalmen und breitete eine leblose Stille über das Land. Alle Farben waren verblasst, als hätte jemand auf der Fernbedienung die Farbsättigung heruntergeregelt. In ihrem Kopf waren keine klaren Gedanken, die sich hätten fassen lassen. Nur Fetzen von Wörtern und Sätzen trieben durch ihren Verstand. Sie fühlte sich beherrscht von einem dunklen Gefühl des Verlustes, erdrückt von dem Bewusstsein der eigenen Unzulänglichkeit. Alt. Unnütz. Allein. Da klopfte es und die Tür öffnete sich.

»Schätzchen, es ist vierzehn Uhr und du hast noch immer deinen Pyjama an. Zieh' dich an. Ich habe dir einen Termin bei meinem Hausarzt gemacht.«

Ella drehte langsam ihren Kopf zur Tür und antwortete mit schwerer Zunge: »Was? Wieso? Ich bin nicht krank. Ich bin doch nur ein bisschen müde.«

»Nein, mein Schatz«, gab Barbara mit einem Seufzen zurück. »Du bist nicht nur müde.« Sie trat in das Zimmer herein und setzte sich neben Ella aufs Bett. Nach einem kurzen Moment des Schweigens sagte sie: »Ich weiß noch genau, wie ich mich damals gefühlt habe, als euer Vater mich verlassen hat. Das hat mich vollkommen aus dem Gleichgewicht gebracht. Es erschien mir alles so sinnlos und ich selbst kam mir wertlos und ungeliebt vor.« Sie zögerte einen Augenblick, bevor sie leise sagte: »Es gab sogar Momente, da hätte ich am liebsten aufgehört zu leben.« Für einige lange Sekunden legte sich eine schwere Stille über Mutter und Tochter. Dann sprach Barbara weiter: »Du und dein Bruder, ihr habt mir damals die Kraft gegeben, nicht aufzugeben und wieder ins Leben zurückzufinden. Aber bei dir reicht das, glaube ich, nicht.« Barbara strich ihrer Tochter liebevoll über das Haar. »Ich mochte euren Vater und war gerne mit ihm verheiratet. Und ich weiß, dass Fjonn dir sehr wichtig ist und du deine Jungs liebst. Aber das mit dir und diesem jungen Mann … Ich weiß nicht. Du und Fjonn, ihr seid ein unheimlich schönes Paar, wenn man euch so sieht, und ihr geht sehr liebevoll miteinander um … Aber als ich dich und Martin zusammen gesehen habe, das war, wie bei einem Liebesfilm zuzusehen, der einem das Herz wärmt. Und wenn so was vorbeigeht, braucht es vielleicht etwas mehr, um das zu verarbeiten. Sieh dich doch an, Kind … Du bist ja wie tot. Das geht so nicht weiter. Du hast zwei Kinder, du musst wieder Geld verdienen und am Leben teilnehmen. Also raff' dich jetzt endlich auf.«

Ellas Hals schnürte sich zu und ihr Herz krampfte sich zu einem steinharten Klumpen zusammen. Ein bleischweres Gewicht auf ihrer Brust machte ihr das Atmen schwer. Sie wollte eine Grube, ein tiefes Loch, in das sie sich legen konnte. Eine Dunkelheit, die Ruhe versprach. Das sollte aufhören. Das alles sollte endlich aufhören. Sie dachte an ihre Kinder und sah ihre fröhlichen Gesichter vor sich, dachte an den letzten gemeinsamen Abend vor der Reise. Warum reichte das nicht, um sie glücklich zu machen? War das nicht genug? Es sollte genug sein! Es musste genug sein! Aber sie fühlte bei den Bildern nichts. Es war, als hätten sie nichts mit ihr zu tun, als würde sie vollkommen fremde Menschen beobachten. Was war sie nur für eine Mutter! Voller Abscheu vor sich selbst schloss sie die Augen.

»Dr. Weiß ist ein sehr verständnisvoller Arzt mit irgend so einer psychologischen Zusatzausbildung. Geh' bitte hin und rede mit ihm. Vielleicht kann er dir besser helfen als ich.«

Ella wollte nirgendwo hingehen und erst recht nicht reden. Sie wollte einfach nur in Ruhe gelassen werden. Einfach nur stillhalten und die Zeit an sich vorbeistreichen lassen. Stunde um Stunde, Tag um Tag. Sie wusste, dass ihre Mutter sich Sorgen machte und dass ihr Verhalten ihren Söhnen nicht guttat. Aber das konnte sie den größten Teil der Zeit verdrängen. Sie würde nirgendwo hingehen.

»Helena Elvira Kaap, wenn du dich jetzt nicht sofort anziehst, rufe ich Fjonn an.«

Ellas sah ihre Mutter mit großen Augen an. Sie wollte nicht, dass ihre Mutter Fjonn anrief. Der würde noch auf die Idee kommen und sofort mit dem Auto herrasen. Sie wollte nicht, dass Fjonn sie so sah, wollte nicht, dass er sah, wie sie sich gehen ließ und daraus irgendwelche Schlüsse zog. Vielleicht würde das alles, was sie gerade erst wieder erreicht hatten, erneut kaputt machen. Außerdem ware er glatt dazu in der Lage, sie gewaltsam zum Arzt zu schleifen, so, wie ihre Mutter das ja eigentlich auch vorhatte. Sie sah ihre Mutter kurz an und erkannte auf einmal Fjonn in ihr. Beide hatten die gleiche Ausstrahlung von Überlegenheit und Ordnung, waren schlank und blond, gepflegt und extrem fürsorglich. Du meine Güte, dachte Ella, ich habe meine Mutter geheiratet.

Müde erhob sie sich und sah in den Spiegel. Obwohl sie kaum etwas anderes tat, als sich auszuruhen, hatte sie tiefe Schatten unter den Augen. Ihr Haar war stumpf und struppig und rund um ihren Mund sah die Haut rot und trocken aus. Eine leise Stimme in ihr sagte, dass sie entsetzt sein sollte. Aber sie fühlte bei ihrem Anblick rein gar nichts. Sie zog irgendein T-Shirt aus dem Schrank, streifte sich wahllos eine Hose über und schlüpfte in ihre ausgetretenen Ballerinas. Dann sah sie zu ihrer Mutter, die ihr kopfschüttelnd und mit hochgezogenen Augenbrauen zugeschaut hatte.

»Ach, Kind.«

Dr. Weiß war schätzungsweise Mitte fünfzig und gut aussehend. Mit seinen leicht angegrauten Schläfen, schmalen, aber markanten Lippen und ausgeprägten Lachfalten an den Augenwinkeln hatte er etwas vom reiferen Sean Connery an sich. Vielleicht war deswegen das Wartezimmer randvoll mit aufgebrezelten Frauen jeder Altersklasse. Selbst Barbara hatte sich im Auto noch einmal schnell ihren Lippenstift nachgezogen. Das hätte Ella normalerweise lustig gefunden. Heute war es ihr egal. Sie saß vor dem Schreibtisch von Dr. Weiß und fixierte ihre derzeit ziemlich ungepflegten Hände. Barbara hatte sie bis zur Tür des Sprechzimmers gebracht und sie dann mit einem koketten Lächeln an den Arzt weitergereicht. Als wäre sie ein akut selbstmordgefährdeter Psycho, den man nicht eine Sekunde aus den Augen lassen durfte. Beinahe hätte Ella verächtlich geschnauft. Doch dann fiel ihr noch rechtzeitig ein, dass das wohl erstens gegenüber dem Doktor nicht so höflich wäre und es ihr zweitens ja eigentlich vollkommen gleichgültig war.

»Was führt Sie zu mir, Frau Kaap?«, fragte der Arzt schließlich mit einer angenehm dunklen Stimme.

»Meine Mutter«, antwortete Ella, ohne nachzudenken.

Dr. Weiß lachte gutmütig auf und fragte dann weiter: »Und warum hat Ihre Mutter Sie zu mir geführt?«

Ella zuckte mit den Schultern. Sie wollte mit niemandem reden. Sie wollte doch nur in Ruhe gelassen werden … am besten für den Rest ihres Lebens. Ella schwieg beharrlich, während sie spürte, wie Dr. Weiß sie aufmerksam musterte. In ihr flüsterte es leise, dass sie sich einen Ruck geben, dass sie sich zusammenreißen und endlich aus ihrem Loch herauskrabbeln sollte. Rede mit dem Arzt, sagte die Stimme. Und als Ella nicht reagierte, wurde die leise Stimme in ihr unfair und zog, anstatt zu sprechen, ein Bild nach dem anderen hervor. Es fing mit den besorgten und enttäuschten Gesichtern von Nils und Lasse an. Ein Bild von den mitfühlenden Augen ihrer Mutter folgte. Dann jagte ein Bild das andere, der Wechsel wurde immer schneller, sprang von den schiefen Blicken im Supermarkt zu der Prügelei im ›Saloon‹, von dem Abend, als Fjonn sich von ihr getrennt hatte, zu dem wütenden Lasse, der wochenlang nicht mit ihr sprach, von der Schülerdemo zu der Kontaktpause mit Antje, von der letzten Stunde ihrer Grafik-AG bis zum Gespräch mit dem Direktor. Und als ihr innerer Film schließlich bei dem Bild von Martin mit dem

Karton in der ausgestreckten Hand und den kalten Augen stoppte, fing sie leise und wimmernd an zu weinen. Dr. Weiß wartete geduldig einige Minuten ab und schob ihr lediglich zwischendurch wortlos eine Taschentuchbox hinüber.

»Was ist passiert?«, fragte er dann irgendwann ganz sanft.

Und obwohl Ella es noch vor wenigen Minuten nicht für möglich gehalten hätte, fing sie auf einmal an zu erzählen. Dr. Weiß unterbrach sie nicht ein einziges Mal, sondern machte sich nur ab und zu Notizen. Als Ella die zwei Jahre, die seit der ersten Begegnung mit Martin vergangen waren, grob zusammengefasst hatte, schaute sie scheu zu dem Arzt hoch.

»Und jetzt fällt es mir eben etwas schwer, aufzustehen und mich um meine alltäglichen Pflichten zu kümmern. Aber das ist nur eine Phase. Das wird schon wieder.«

Dr. Weiß lächelte sie freundlich an. »Haben Sie ab- oder zugenommen?«

Ella zuckte mit den Schultern. »Keine Ahnung. Ich habe mich lange nicht gewogen.« Sie zupfte unschlüssig an ihrer locker sitzenden Hose und murmelte leise: »Abgenommen.«

»Was macht Ihre Arbeit?«

»Gar nichts«, antwortete Ella. »Ich habe alle offenen Aufträge an befreundete Grafikdesigner weitervermittelt und danach nichts mehr übernommen. Seit einem Monat habe ich nicht einen Cent verdient.«

»Können Sie sich noch konzentrieren, zum Beispiel beim Lesen?«

Ella schüttelte den Kopf.

»Haben Sie Einschlaf- oder Durchschlafstörungen?«

»Beides«, antwortete Ella und sah wieder auf ihre Hände.

Dr. Weiß sah auf seine Notizen, blickte sie dann nachdenklich an und sagte: »Frau Kaap, wir machen Folgendes: Erstens verschreibe ich Ihnen jeden Tag mindestens eine halbe Stunde Bewegung an der frischen Luft. Zweitens suchen Sie sich täglich eine kleine Aufgabe, die Sie gut bewältigen können. Helfen Sie Ihrer Mutter im Haushalt, erledigen Sie Gartenarbeit, übernehmen Sie einen kleinen Auftrag als Grafikdesignerin. Das hilft Ihnen dabei, die Kontrolle über Ihr Leben zurückzubekommen. Drittens verschreibe ich Ihnen hochdosiertes Johanniskraut. Das ist ein pflanzlicher Stimmungsaufheller, der Sie dabei unterstützen wird, wieder auf die Beine zu kommen. Allerdings braucht es einige Zeit, bis Sie die Wirkung spüren. Also verlieren Sie bitte nicht die Geduld und nehmen Sie das Präparat regelmäßig ein. Ich schreibe Ihnen erst mal genug für die nächsten zwei Monate auf. Die weitere Einnahme klären Sie bitte mit Ihrem Hausarzt. Viertens schreibe ich Ihrem Arzt einen Brief. Dann müssen Sie ihm nicht noch einmal alles erklären und bekommen ohne Weiteres eine Überweisung für eine Therapie.«

Ella schaute erschreckt hoch und wollte gerade widersprechen, da hob Dr. Weiß begütigend die Hände.

»Damit will ich nicht sagen, dass Sie psychische Probleme haben oder ihr Leben nicht alleine bewältigen könnten. Ich denke nur, dass Sie angesichts der angespannten Situation an Ihrem Wohnort und der belastenden Trennungen sehr gut ein wenig Unterstützung brauchen können, gerade dann, wenn Sie wieder nach Hause zurückkehren. Ob Sie davon Gebrauch machen, bleibt Ihnen überlassen. Ich kann es Ihnen nur sehr ans Herz legen. Jeder Mensch braucht mal Hilfe.« Er sah sie ernst und mit leicht nach oben gezogenen Augenbrauen an. »So, und fünftens und damit abschließend gebe ich Ihnen ein Rezept für eine Creme mit, die gegen Ihren Ausschlag um den Mund herum hilft. Der ist übrigens absolut typisch für Frauen in Stress-Situationen. Einmal täglich dünn auftragen, dazu viel bewegen, gesund essen, mit ihren Freunden reden und ausreichend schlafen – dann sind Sie bald wieder wie neugeboren.«

Ella sah den Doktor skeptisch an, streckte dann aber doch die Hand aus, um die Rezepte entgegenzunehmen.

»Den Brief an Ihren Hausarzt schicke ich an die Adresse Ihrer Mutter. Sie sind doch noch ein wenig dort, oder?«

Ella nickte und sagte leise: »Danke.«

Kurz darauf stand sie im Wartezimmer und bedeutete ihrer Mutter mit einem Wink, dass sie jetzt gehen könnten. Die wartenden Frauen durchbohrten sie mit feindseligen Blicken. Wahrscheinlich waren sie sauer, dass Dr. Weiß sich für sie so lange Zeit genommen hatte und interpretierten da sonst etwas hinein. Ella zuckte nur müde mit den Schultern, bemerkte beim Hinausgehen aber überrascht, dass sich ein leichtes Grinsen auf ihr Gesicht stahl.

Noch am selben Tag zwang ihre Mutter sie, zusammen mit ihr, Nils und Lasse einen Spaziergang durch die Weinberge zu machen. Es war anstrengend, aber wenigstens unternahm sie etwas mit ihren Söhnen, bevor die in zwei Tagen schon wieder fahren würden. Vielleicht schaffte sie es ja, sich jetzt noch einmal richtig zusammenzureißen. Ihre Söhne hatten eine bessere Mutter verdient. Sie war wirklich furchtbar und konnte nur alles kaputt machen. Sonst konnte sie nichts. Gar nichts. Sie war alt und hässlich und ihr Leben war vorbei.

»And if I asked you to name all the things that you love, how long would it take for you to name yourself«, sagte Barbara plötzlich und stieß ihre Tochter sanft in die Seite.

»Was?«, fragte Ella irritiert und sah zu ihrer Mutter, während ihr müder Kopf noch an der Übersetzung arbeitete.

»Ach, hab' ich gerade irgendwo gelesen und dachte, das passt im Moment zu dir.«

Barbara blieb stehen und schaute sich um. »Guckt mal Jungs, ist der Ausblick nicht herrlich?«

»Ja, schon«, gab Nils zurück, »aber es wäre cooler, wenn man das aus der Luft sehen würde. Mit dem Fallschirm oder einem Drachen, oder so.«

»Ich könnte dir einen Schubs geben, dann würdest du das auch aus dem Flug sehen«, antwortete Lasse grinsend.

»Ich geb' dir auch gleich einen Schubs oder vielleicht besser einen Tritt in den Arsch«, pampte Nils zurück.

»Jungs, vertragt euch. Der Ausblick ist viel zu schön, um sich zu streiten«, ermahnte sie Barbara.

Ella bekam das alles nur wie durch einen dichten Nebel mit. In ihrem Kopf drehte sich der Satz, den ihre Mutter gesagt hatte, wie ein Kreisel. »Und wenn ich dich bäte, eine Liste all der Dinge zu machen, die du liebst, wie lange würde es dauern, bis du dich selbst nennst?«

Der Satz berührte sie schmerzhaft und trieb ihr ein Gefühl in die Augen, als müsste sie weinen. Trotzdem würde sie es nicht tun. Seit sie aus Martins Wohnung gegangen war, hatte sie nicht eine einzige Träne vergossen. Es war, als hätte sie die Fähigkeit zu weinen verloren. Sie dachte an den Arztbesuch. ›Trennungen‹ hatte Dr. Weiß gesagt. Mehrzahl. Dabei hatte sie doch immer geleugnet, mit Martin eine Beziehung zu führen. Sie hatte ihm nie gesagt, dass sie ihn liebte und sie war auch nie richtig mit ihm zusammen gewesen. Also war es auch keine Trennung. Punkt. Es war nur das Ende von irgendetwas, das von Anfang an falsch gewesen war. Es hatte nur die Trennung von Fjonn gegeben. Und die brachten sie doch wieder in Ordnung. Oder nicht? Warum war es überhaupt notwendig, etwas in Ordnung zu bringen? Warum war alles schiefgegangen? Hatte ihre Mutter recht und dieser komische Satz traf auf sie zu? War all das passiert, weil sie sich selbst nicht genug liebte? Fällte sie nie Entscheidungen, weil sie ihrem eigenen Urteil nicht vertraute? Ach, sie hatte keine Ahnung.

Auf einmal wurde Ella wütend. Und das war so viel besser als der Zustand vorher. Sie hob ihren Kopf und sah sich um, sah über die schnurgeraden Reihen an Weinreben, das glitzernde, blaue Band, das sich am Fuß des Weinbergs durch das Land schob. Sie sah die wunderbare Ordnung und Harmonie in der Landschaft. Anstatt sich darüber zu freuen, fühlte sie jedoch einen wütenden Ekel und Hass. Scheiß auf die Ordnung, die so tat, als wäre alles übersichtlich und einfach. Nichts war einfach. Sie nahm ihre Handtasche, die mehr Sack als Tasche war, und begann, verbissen darin zu kramen.

»Ha!«, schrie sie, als sie gefunden hatte, was sie suchte. Sie schaute zu ihren Söhnen und ihrer Mutter und bemerkte, dass die sie ansahen, als wäre sie geisteskrank. Ella zuckte mit den Schultern. »Attacke!«, rief sie laut und schleuderte den mit Blumensamen durchsetzten Lehmball mitten zwischen die Weinreben. So! Das hatte die Ordnung davon!

Nils und Lasse wechselten einen kurzen Blick und fingen dann prustend an zu lachen. Ella sah sie kurz verwirrt an und stimmte dann zögernd mit ein. Aus den Augenwinkeln sah sie ihre Mutter lächeln und meinte, sie erleichtert aufseufzen zu hören.

Den Rest des Nachmittags schaffte sie es, die positive Stimmung aufrechtzuerhalten. Sie ging mit den Jungs auf einen Einkaufsbummel und kaufte mit ihnen einige neue Trainingsklamotten für das Sportcamp ein. Fjonn hatte ihr dafür extra Geld auf ihr Konto überwiesen. Sie aßen gemeinsam ein Eis am Ufer des Flusses und spielten auf der Wiese vor Barbaras Haus Frisbee. Und am Abend bestellten sie sich eine Pizza und sahen gemeinsam einen Film.

Doch am nächsten Morgen war alles wieder genauso düster wie zuvor. Sie wachte in aller Herrgottsfrühe auf und lag freudlos und antriebslos in ihrem Bett. Einige Stunden später schleppte sie sich zum gemeinsamen Frühstück und zog sich direkt danach mit der gemurmelten Entschuldigung, sie habe Migräne, wieder auf ihr Zimmer zurück. Das ließ Barbara ihr jedoch nicht durchgehen. Ella musste das Johanniskraut nehmen, die Salbe auftragen und sich vernünftig anziehen. Dann nötigte Barbara sie, ihre verordneten dreißig Minuten an der frischen Luft zu verbringen und sich zu bewegen. Ella kam es zunächst so vor, als würden zentnerschwere Gewichte sie nach unten ziehen. Aber im Laufe des Tages wurde es etwas besser und sie konnte mit ihren Söhnen den letzten Tag so verbringen, dass sie sich nicht ganz wie die schlechteste Mutter der Welt fühlte.

Am Abend lag Ella mit geschlossenen Augen im Bett. Sie hatte sich auf die Seite gelegt und ihre Knie eng an ihren Brustkorb gepresst. Morgen fuhren die Jungs wieder nach Hause und von dort aus weiter zu diesem Sportcamp. Sie war erleichtert, dass sie wegfuhren, und fühlte sich deswegen schrecklich. Was war das nur für ein seltsamer Zustand. Entweder fühlte sie gar nichts außer tiefer Sinnlosigkeit oder sie fühlte sich unerträglich schuldig. In vier Wochen – eine Woche nach Schulbeginn – würde sie auch nach Hause fahren. Zu Fjonn. Ella horchte bei dem Gedanken in sich hinein und fand nichts außer einem leichten Widerwillen. Bis dahin musste sie sich wieder gefangen haben. Sie hatte genug Zeit damit verbracht, sich wegen ihrer Fehler in den letzten beiden Jahren schlecht zu fühlen. Anders als ihre Mutter wusste sie genau, dass ihr aktueller Zustand nichts mit Liebeskummer zu tun hatte. Sie hatte ja nicht mal eine Beziehung geführt. Wieso sollte sie dann Liebeskummer haben? Ja, sie war verrückt nach Martin gewesen. Aber noch bevor etwas zwischen ihnen passiert war, hatte sie ja schon herausgefunden, dass das nur diese Limerenz gewesen war, irgendetwas Krankhaftes. Ihr Körper und ihr Gehirn hatten einfach auf ihn reagiert und sie hatte sich wie bei einer Naturgewalt nicht dagegen wehren können. Wahrscheinlich waren das rein chemische Prozesse gewesen. Und dass es ihr jetzt schlecht ging, hatte alleine etwas damit zu tun, dass sie ihr sicheres Leben aufgegeben hatte und alles so durcheinander gekommen war. Ja, das war es. Ihre Mutter redete Blödsinn. Wenn sie Martin jetzt wiedersehen würde, wäre da wahrscheinlich schon gar nichts mehr. Abstand half gegen Limerenz. Das hatte doch so im Internet gestanden. Außerdem war das mit Martin von Anfang an falsch gewesen, etwas ohne jede Zukunft. Vielleicht traf er längst eine andere, mit der er eine Familie gründen konnte.

Ella stöhnte leise auf und presste ihre Knie noch fester gegen ihren Oberkörper. Sie sah Martin vor ihrem inneren Auge, wie ihm eine dunkle Haarsträhne in die Stirn fiel, als er sich herunterbeugte, um eine junge Frau zu küssen. Sie sah ganz deutlich seine graublauen Augen und die edel geschwungenen Lippen. Und plötzlich sahen diese Augen sie direkt an und ihr Herz hörte einen Moment auf zu schlagen. Als er den Blick wieder von ihr abwandte und die Frau in seinen Armen verliebt anschaute, hatte Ella das Gefühl, innerlich zu zerreißen. Gleich würde ihr Herz in zwei Teile brechen und sie wäre tot. Die ersten Tränen sammelten sich in ihrem Augenwinkel, lösten sich langsam und tropften über ihren Nasenrücken auf den Kissenbezug. Dumpf und hohl hallte das leise Geräusch in ihrem Kopf und sie presste auf einmal heftig aufschluchzend beide Hände auf ihre Brust, als sie es sich eingestand.

Martin. Sie liebte ihn und sie hatte ihn verloren.

Fjonn stand am Bahnhof und wartete darauf, dass der einrollende Zug zum Stehen kam. Endlich kehrten die Jungs zurück. Drei lange Wochen war es so unheimlich still im Haus gewesen, dass Fjonn das Nachhausekommen jeden Tag so weit wie möglich aufgeschoben hatte. Jetzt war er todmüde und von den vielen Abenden in Bars und bei Flo noch immer etwas verkatert.

Am Montag fing das Leichtathletik-Camp an und er würde noch einmal fünf Tage alleine sein. Aber danach kam dann ihre gemeinsame Reise. Er würde die verbleibende Zeit nutzen und die letzten Kleinigkeiten erledigen, sodass sie am Samstag perfekt vorbereitet losfliegen konnten. Bei dem Gedanken fühlte Fjonn den Tatendrang wie ein Heer von Ameisen durch seinen Körper prickeln. Er war schon viel zu lange nicht mehr unterwegs gewesen. Das Reisen fehlte ihm, das Zelten in der Natur, das Leben an der frischen Luft.

Mit einem lauten Quietschen, das Fjonn unangenehm an seine Kopfschmerzen erinnerte, hielt der Zug an. Kurz darauf öffneten sich die Türen und in einiger Entfernung sprangen Nils und Lasse aus dem Zug. Er wäre gerne auf sie zu gerannt und hätte sie in seine Arme gezogen. Aber das käme wohl nicht sehr gut an. Wie typische Vierzehnjährige sahen sie sich demonstrativ desinteressiert um und schlenderten mit ihren großen Reisetaschen langsam auf ihren Vater zu, als sie ihn in der Menge entdeckten. Fjonn sah ihnen entgegen und war mal wieder erstaunt darüber, wie groß die Jungs schon waren. Vierzehn. Sie reichten ihm bereits bis zur Nase und hatten kaum noch kindliche Züge im Gesicht. Vierzehn Jahre. Er seufzte und hob bemüht lässig die Hand, um nicht als ›peinlichster Vater ever‹ abgestempelt zu werden.

»Na, wie war's?«, fragte er und griff nach den Taschen.

»Gut«, antworteten Nils und Lasse unisono und gaben ihm zu verstehen, dass sie ihre Taschen lieber selber tragen wollten. Na gut, wenn sie seine Hilfe nicht wollten. Er fühlte sich so zwar ein wenig überflüssig, aber bitte sehr.

»Gut?«, fragte Fjonn dann nach, während sie sich Richtung Ausgang bewegten. »Das ist alles, was ihr von drei Wochen Urlaub zu sagen habt?«

Nils zuckte mit den Schultern. Doch Lasse blieb abrupt mitten im Gewimmel stehen und sah seinen Vater mit großen, besorgten Augen an, die ihn auf einmal wieder wie ein kleines Kind aussehen ließen. »Paps, mit Mom stimmt etwas nicht.«

Fjonn runzelte die Stirn. Was sollte mit Ella nicht stimmen? War sie krank? Ach, bestimmt war es nur der Barbara-Koller. Drei Wochen mit der eigenen Mutter konnten einem schon zusetzen. Trotzdem meldete sich in seinem Inneren ein besorgtes Gefühl.

Eine Stunde später saß Fjonn auf der Terrasse und sah in den sommerlichen Garten, dessen wildbunte Blumenbeete aussahen, als wären sie das Testgelände für Ellas Samenbomben. Die Beete waren nicht so, wie er sie angelegt hätte, aber das bunte Durcheinander hatte auch einen gewissen Charme. Der Himmel war leicht verhangen und es nieselte. Das Sonnensegel hielt die feinen Wassertröpfchen ab und Fjonn atmete tief die warme, feuchte Luft ein. Er ließ seinen Blick durch den Garten und über den weißgrauen Himmel wandern und schüttelte leicht den Kopf. Das, was die Jungs erzählt hatten, klang ganz so, wie er sich eine Depression vorstellte. Dabei war Ella doch gar nicht der Typ für so etwas. Und was war der Grund? Lag es an diesen dämlichen Schnepfen? Oder – Fjonns Magen krampfte sich bei der Frage unangenehm zusammen – war es die Trennung von diesem Knaben? Egal, was es war, es machte deutlich, dass er sich abermals etwas vorgemacht hatte. Ella hatte ihm beim gemeinsamen Abend alles nur vorgespielt. Wieder machte sie ihre Probleme mit sich alleine aus und hielt ihn von sich fern. Wie er das hasste. Warum sagte sie ihm nicht ehrlich, wie es ihr ging? Fjonn fuhr sich entnervt über das Gesicht und spürte in sich eine Mischung aus Wut, Sorge und Hilflosigkeit. Was sollte er tun? Sollte er etwas tun? Sie wollte ja ganz offensichtlich nicht, dass er sich um sie bemühte. Und er hatte gedacht, sie hätten einen Weg gefunden … Ach, er würde gar nichts machen. In einer Woche war er in Island und würde das alles weit hinter sich lassen. Sie war erwachsen. Wenn sie seine Hilfe brauchte, konnte sie sich ja melden.

Als würde sie das tun, dachte Fjonn seufzend und stand auf, um zum Telefon zu gehen.

»Kaap?«

»Hallo Barbara, hier ist Fjonn.«

»Ach! Hallo Fjonn.« Barbara klang unsicher.

»Die Jungs sind hier heil und gesund angekommen.«

»Ja? Das ist gut. Grüß sie schön. Vielen Dank für deinen Anruf. Dann noch einen schönen Tag … und viel Spaß auf Island.«

»Barbara!«

»Tja, also dann, ich muss leider …«

»Barbara, was ist mit Ella los?«

»Wieso? Was soll denn los sein?«

»Glaubst du, die Jungs würden mir nichts erzählen? Sie machen sich Sorgen.«

Barbara seufzte und murmelte leise: »Ich mir auch, Fjonn. Ella schließt alle aus, und seit die Jungs heute Morgen gefahren sind, ist es noch schlimmer. Sie liegt nur noch im Bett und starrt an die Decke.«

»Gib sie mir, bitte.«

»Ich weiß nicht, ob sie mit dir sprechen wird.«

»Gib sie mir, Barbara.«

Fjonn ging mit dem Telefon am Ohr hin und her und wartete. Es dauerte aufreibend lange, bis er endlich Ellas Stimme hörte, so müde und leblos, dass ihm ein kalter Schauer über den Rücken lief.

»Hallo Fjonn.«

»Ella! Sag mal, warum redest du nicht mit mir, Kleines? Ich dachte wirklich, wir wären schon wieder weiter.«

Fjonn konnte nicht verhindern, dass seine Stimme enttäuscht und vorwurfsvoll klang. Ella schwieg.

»Rede mit mir, Ella. Sonst kann ich dir nicht helfen.«

»Ich will auch gar nicht, dass du mir hilfst, Fjonn. Ich bin von den letzten zwei Jahren einfach nur erschöpft und brauche ein wenig Zeit, um mich zu erholen. Das ist alles. Da gibt es nichts zu reden.«

Fjonn raufte sich mit der freien Hand die Haare.

»Weißt du eigentlich, wie sehr es mich kränkt, dass du mich immer ausschließt? Habe ich dir in den ganzen Jahren einmal, auch nur ein einziges Mal, einen Grund gegeben, daran zu zweifeln, dass ich für dich da bin? Ich habe das nicht verdient, Ella.«

Er hörte, wie Ella einige Male hektisch ein- und ausatmete, und dann platzte es aus ihr heraus wie ein Schwall brackiges Wasser aus einem versunkenen Schiff: »Willst du allen Ernstes, dass ich mit dir über Martin rede, Fjonn?«

Sie hielt kurz inne, schluchzte auf und fuhr fort: »Bist du weniger gekränkt, wenn ich dir erzähle, dass ich das Gefühl habe, nicht mehr leben zu können, seit ich aus seiner Wohnung rausgegangen bin? Willst du hören, dass mir nichts mehr Freude bereitet? Dass ich am liebsten sterben würde, weil ich ihn verloren habe, ohne ihm auch nur ein einziges Mal gesagt zu haben, wie sehr ich ihn liebe? Dass ich mich selbst hasse, weil ich zu feige war, um mich auf ihn einzulassen? Dass ich mich nicht mal mehr in der Lage fühle, meine Sachen aus der Wohnung zu holen, weil ich es nicht ertragen könnte, ihm zu begegnen, ohne mit ihm zusammen sein zu können?«

Fjonn schwieg schockiert und auch Ella sagte kein Wort mehr. Annähernd zwei Minuten lang schwiegen sie sich durch das Telefon hindurch an. Man hörte nur Ellas schweren, zitternden Atem. In Fjonns Kopf rauschte es. Das war's, war alles, was er denken konnte. Ihm schwindelte vor Entsetzen und Wut und Traurigkeit. Doch irgendwie schaffte er es, all seine aufwallenden Gefühle zur Seite zu schieben. So war er nicht. Nein! Er würde hier jetzt bestimmt nicht den zurückgewiesenen Ehemann geben und ein Drama am Telefon inszenieren. Schließlich musste er auch in Zukunft mit Ella umgehen. Egal, was sie gerade gesagt hatte, er wusste, dass er ihr wichtig war. Und sie war ihm auch wichtig. Mehr als das.

Irgendwann antwortete er bemüht sachlich: »Nein. Du hast recht. Das will ich nicht hören. Aber du musst mir nichts vorspielen. Und ich kann dir trotzdem helfen … bei praktischen Dingen helfen.« Fjonn räusperte sich kurz. »Möchtest du vielleicht, dass ich mich um das Wohnungsproblem kümmere? Das schaffe ich bestimmt noch vor der Islandreise.«

Ella schien nachzudenken und sagte dann mit einer fast tonlosen, unsicheren Stimme: »Ja, das würde mir wirklich helfen, auch wenn ich deine Hilfe ungern annehme.« Sie machte eine kurze Pause und sagte schließlich mit einem wimmernden Unterton und so schnell, als liefe ihr die Zeit davon: »Danke, Fjonn … Ich schicke dir eine schriftliche Vollmacht … Und … nein, du hast das nicht verdient. Du hast nichts von all dem verdient, was ich angerichtet habe. Gerade deswegen wollte ich nicht mit dir reden, verstehst du? Das mit dem geteilten Leid steht mir einfach nicht mehr zu. Ganz besonders nicht in dieser Sache. Es tut mir leid, Fjonn. Wirklich. Ich melde mich. Küss' die Jungs von mir und habt eine schöne Reise.«

Dann klickte es in der Leitung. Ella hatte aufgelegt.

19. *Zu vermieten*

Martin saß in seiner Wohnung auf dem Sofa und tat nichts. Wenn er zwischendurch mal hier war, machte er kaum etwas anderes. Er aß mechanisch irgendein Fertiggericht, stopfte roboterhaft seine Wäsche in die Waschmaschine oder saß wie ausgeschaltet auf dem Sofa. Ob das so etwas wie ein Schock war? Er hatte keine Ahnung. Martin war nur froh, dass er dank Achim in der Woche genügend Ablenkung hatte. Solange er nicht mit sich alleine war, ging es. Da konnte er so tun, als wäre er noch irgendwie lebendig. Aber heute war Samstag und er war sich selbst und diesem zombiehaften Zustand überlassen.

Diese seltsame Verfassung hielt an, seitdem Ella mit dem Karton in den Armen seine Wohnung verlassen hatte. Das war Mitte Mai gewesen. Vor elf endlos langen Wochen und sechs nicht enden wollenden Tagen. Und seit Anfang der Sommerferien schien auch ihre Wohnung verlassen zu sein. Ob sie schon wieder bei *ihm* wohnte? Dieser Gedanke – sie zusammen mit ihm, glücklich und ausgelassen, wie er sie anfasste, sie ihn anlachte … und küsste – fraß ihn auf und ließ kein Gefühl mehr übrig in ihm. Er hätte mit ihr alles durchgestanden, jeden noch so dunklen Tag. Aber er hatte sie gehen lassen müssen. Jetzt war sie weg. Nie mehr würden sie stundenlang zusammen im Bett liegen, lachen und reden. Er würde ihr nie mehr Gedichte vorlesen und dabei ihre nackte Haut auf seiner fühlen. Nie mehr würde er ihr dabei zuschauen können, wie sie ihre verrückten Samenbomben bastelte, ihre wunderschönen Zeichnungen machte oder vor sich hinmurmelnd irgendwelche Konzepte entwickelte. Nie mehr würde er in ihren tiefgrünen Waldaugen versinken und alles um sich herum vergessen. Selbst auf Fotos und Videos würde er sie nicht mehr sehen, weil er in einem verzweifelten Moment jede einzelne Aufnahme von ihr gelöscht hatte. Sogar sein Lieblingsvideo. Das mit ihr auf dem Sofa leise vor sich hinredend. So konzentriert. So schön. Als Martin spürte, wie seine Augen feucht wurden, schüttelte er unwillig den Kopf, stand auf und holte seinen Rucksack. Er ließ sich schon wieder gehen. Besser, er ging jetzt einkaufen.

Im nächsten Supermarkt ertappte er sich dabei, wie er vor einem Regal mit Honiggläsern stand und darüber nachdachte, ob er es nicht einfach kurz aufmachen und daran riechen könnte. Als ihm das bewusst wurde, hätte er sich beinahe selbst eine Ohrfeige verpasst. Doch ihm fiel noch rechtzeitig auf, dass das etwas verhaltensgestört wirken könnte. Und als ortsansässiger Lehrer war es – wie er in den letzten Monaten festgestellt hatte – doch nicht so unerheblich, wie man in der Öffentlichkeit über ihn dachte. Also schüttelte er nur kurz den Kopf und ging weiter an den Regalen entlang. Irgendwann hatte er genügend Lebensmittel für die nächste Zeit zusammen, bezahlte, packte seinen Rucksack und schwang sich auf sein Fahrrad. Die Umgebung zog an ihm vorbei, farblos und eintönig, bis er nach fünf Minuten wieder vor dem Wohnhaus hielt.

Sein Blick ruckte automatisch nach oben zu Ellas Wohnung. Wie versteinert hielt er inne und sah auf das Schild in dem Fenster. ZU VERMIETEN. Das stumpfe Körpergefühl der letzten Wochen wurde in Sekundenbruchteilen abgelöst von einem ganzen Wirrwarr an Empfindungen. Ihm wurde schlecht, sein Herz raste, zwischen seinen Schulterblättern bildete sich ein dünner Schweißfilm. Als er nach fünf endlos langen und gleichzeitig momenthaft kurzen Minuten merkte, dass er es nicht über sich brachte, das Gebäude zu betreten, drehte er sich um, setzte sich auf sein Fahrrad und fuhr wieder los. Schneller, immer schneller und schneller jagte er durch die Straßen. Sein Herz pumpte das Blut in einem rasenden Tempo durch seinen Körper, der Fahrtwind schnitt ihm in die Augen. Häuser, Geschäfte, Grünflächen rauschten an ihm vorbei und verwischten sich zu einem undefinierbaren Band an schmutzig blassen Farben.

Eine knappe Stunde später fand er sich vor der Wohnung von Andreas und Jana wieder. Nach einem kurzen Zögern klingelte er. Kurz darauf stand er mit dem Fahrrad auf der Schulter vor der Tür im dritten Stock. Er ignorierte Janas irritiert hochgezogene Augenbrauen bei diesem Anblick und schob sich mit einem kurzen »Hi« an ihr vorbei in die Wohnung. Als würde er sein Fahrrad unten auf der Straße stehenlassen!

Andreas trat in den Flur und musterte ihn prüfend. »Na Mann, das ist ja mal eine Überraschung.«

Martin zuckte mit den Schultern, probierte ein schiefes Grinsen und reichte ihm die Hand. Andreas behielt seinen prüfenden Blick bei, lotste Martin zum schwarzen Ledersofa im Wohnzimmer und stellte ihm kommentarlos eine Flasche Bier hin.

»Also, spuck's schon aus. Was ist los, Alter?«

Martin sah zu Andreas, der ihm gegenüber auf einem wuchtigen Sessel Platz genommen hatte. Jana setzte sich zu Andreas auf die Sessellehne, schlang locker einen Arm um dessen Schultern und schien, ebenso wie er, auf eine Antwort zu warten.

»Zu vermieten«, presste Martin hervor. »In ihrem Fenster hängt ein Schild. Zu vermieten.«

»Mann, das tut mir leid«, sagte Andreas. »Dann ist es jetzt wohl so richtig endgültig, was? Schade, ich fand echt, dass ihr gut zusammen-gepasst habt.«

»Habt ihr denn überhaupt noch mal miteinander geredet?«, fragte Jana nach.

»Nein«, sagte Martin und massierte sich die Nasenwurzel. »Seit-dem unsere Beziehung öffentlich wurde, ging irgendwie alles den Bach runter. Sie ist mir nur noch aus dem Weg gegangen. Und dann stand auf einmal ihr Ex vorm Haus.«

»Ja, und?« Jana sah ihn stirnrunzelnd an. »Was wollte er?«

»Keine Ahnung.« Martin rieb sich mit seinen Händen übers Gesicht. »Ich bin weggefahren. Ich hatte einfach keine Lust, darauf zu warten, dass sie mir erzählt, dass sie zu ihrem Ex zurückgegangen ist.« Martin hörte selbst, wie verbittert seine Stimme klang. »Außer-dem ist es besser so. Allein der ganze Stress, den sie meinetwegen hatte … mit ihren Kindern und dann … Sie hatte sogar ein blaues Auge, weil sie sich geprügelt hat.« Martin schüttelte – noch immer fassungslos – den Kopf, während Andreas und Jana ihn mit weit auf-gerissenen Augen ansahen. »Ich habe eine Zeit lang gedacht, dass das, was ich für sie empfinde, das alles rechtfertigen würde. Und ich dachte, dass sie dasselbe für mich fühlt, auch wenn sie mir das nie gesagt hat. Aber da habe ich mich wohl getäuscht. Jedenfalls stand dann auf einmal ihr Mann vor der Tür. Das sagt ja wohl alles. Also habe ich ihre Sachen zusammengepackt und sie ihr in die Arme gedrückt.«

Jana stöhnte auf. »Echt jetzt?«

»Sie hat selbst gesagt, dass es besser so ist«, verteidigte sich Martin.

»Das glaubst du doch nicht wirklich, Martin«, sagte Jana und stieß Andreas in die Seite. »Sag' auch mal was.«

Andreas rutschte unruhig auf dem Sessel herum und raunte: »Das geht uns doch gar nichts an.«

»Du lässt also einfach so zu, dass dein Kumpel sich wie der größte Volltrottel aufführt und die Frau, die er liebt, wegschickt? Mensch, Andi, du hast auch gesagt, dass die beiden wie füreinander gemacht sind.« Andreas fühlte sich sichtlich unwohl und verzog gequält sein Gesicht.

»Lass gut sein, Jana«, griff Martin ein. »Ich brauch' einfach nur ein bisschen Zeit, um das alles zu verarbeiten. Ich hab' mich in die Sache mit Ella verrannt. Und nun hat mich das Zu-vermieten-Schild kalt erwischt. Das ist alles.«

»Schon klar«, sagte Jana in einem unüberhörbar spöttischen Tonfall. »Hast du in der letzten Zeit eigentlich mal in den Spiegel geschaut? Mann, Martin, du siehst wahrscheinlich noch schlimmer aus als sie.«

Martin schaute ruckartig hoch und sah gerade noch, wie Andreas Jana anstupste und sie daraufhin ein erschrecktes, betretenes Gesicht machte. Fragend sah er zwischen den beiden hin und her.

»Habt ihr sie etwa gesehen? Wann? Wo? Wieso? Habt ihr mit ihr gesprochen? Warum sieht sie schlimm aus? Was meinst du damit? Jetzt sagt doch was!«

Jana und Andreas wechselten einige Blicke, bis er ihr mit einem resignierten Gesichtsausdruck auffordernd zunickte und Jana seufzte. »Nein, wir haben sie nicht gesehen. Sie ist die Sommerferien über bei ihrer Mutter. Aber mein Vater hatte letzte Woche Geburtstag und da haben wir Rolf getroffen. Irgendwie kam dann kurz das Gespräch auf Ella, und er hat erzählt, dass er mit ihr geskypt hat.«

»Ja, und?«, fragte Martin atemlos nach.

»Na ja.« Jana druckste herum. »Ich hab' ja gesagt, dass du ein Volltrottel bist. Warum hast du sie auch gehen lassen? Männer! Bis ihr einem mal erzählt, was in euch vorgeht …« Sie warf Andreas einen bedeutungsschweren Blick zu, den er mit einem liebevollen Grinsen erwiderte.

»Verdammt, Jana. Jetzt red' nicht um den heißen Brei herum.« Martin war ungewollt laut geworden.

»Immer mit der Ruhe«, brummte Andreas und warf Martin einen warnenden Blick zu. Aber Jana legte ihm nur ihre Hand auf den Arm und sagte: »Tut mir leid, Martin. Viel mehr weiß ich wirklich nicht. Rolf hat nur gesagt, dass sie furchtbar aussieht, er aber auch nicht weiß, was genau mit ihr los ist, weil sie nicht mit ihm hat reden wollen und das Gespräch nach fünf Minuten beendet hat.«

Martin fuhr sich hektisch durch die Haare. Was sollte er mit diesen Informationen anfangen? Wieso war sie die ganzen Sommerferien über bei Barbara? Was war mit ihr los? Er musste nachdenken, sich bewegen, raus hier.

Am Montagmorgen um fünf Uhr stand Martin an der Straße und wartete auf Achim. Heute ging die nächste Campwoche los. Diesmal für die Altersgruppe der Dreizehn- bis Fünfzehnjährigen. Endlich. Gestern war er alleine in der Wohnung fast verrückt geworden und war dann aus lauter Verzweiflung mal wieder zu Joshi zum Computerspielen gefahren. Dabei hatte er irgendwelche Waffen zusammenbasteln und Zombies abschlachten müssen. Was für eine Zeitverschwendung! Aber alles war besser, als alleine in der Wohnung zu hocken und zu grübeln. In einem schwachen Moment hatte er sogar online nach Barbaras Adresse und nach Bahnverbindungen dorthin gesucht. Aber zum Glück war er rechtzeitig zur Vernunft gekommen. Ella war zu ihrem Mann zurückgegangen. Und egal, ob sie jetzt schlecht aussah oder nicht, er würde sich nicht noch einmal in diese Familie drängen.

Die Dunkelheit der Sommernacht lag wie ein schwarzer Schleier über der Straße, den Häusern und dem Wald. Hinter ihm, im Fenster des dritten Stocks, hing das Zu-vermieten-Schild und vor ihm reihten sich die Bäume aneinander wie eine geschlossene Wand, aus der es leise knackte und knarrte. Da vorne führte der Weg hindurch, immer weiter in den düsteren Wald hinein, vorbei an der Wiese, die jetzt wie alles andere im Dunkeln ruhte. In seinen Erinnerungen aber war der Wald voller Sonnenschein und duftete nach trockenem Gras, nach Wildkräutern und Honig. Er war bunt und tiefgrün und weich und warm. Martin kniff fest die Lippen zusammen. Da riss das knatternde Motorengeräusch des Vereinsbusses ihn aus seinen Gedanken. Ein Glück! Endlich kam er hier weg.

Als Martin im Auto saß, merkte er, wie Achim ihn immer wieder von der Seite musterte. Schließlich sagte sein alter Trainer: »Junge, du siehst aus, als hättest du das Wochenende komplett durchgesoffen. Dir ist klar, dass du als Trainer auch eine Vorbildfunktion hast?«

»Ich habe weder getrunken noch gefeiert«, antwortete Martin leicht genervt. »Ich konnte nicht schlafen. Das ist alles. Wenn wir ankommen, laufe ich erst mal eine Runde und dusche. Dann bin ich wieder fit.«

Er sah zu Achim hinüber. Der wischte sich mit einer Hand erst über den grauen Vollbart, der früher einmal pechschwarz gewesen war, und dann über seine Halbglatze.

»So, so. Nicht geschlafen, mmh?« Achim seufzte, warf Martin einen schnellen Blick zu und tippte sich dann mit einem Finger auf die massige Brust. »Junge, du bist nicht der erste Mensch mit Liebeskummer. Wenn das hier mitspielt, dann ist eine Trennung immer schwierig. Aber sollst mal sehen. Mit 'n bisschen Zeit heilt selbst der dickste Riss im Herzen.«

Martin antwortete nicht darauf. Er wollte weder darüber reden noch daran denken. »Hast du mal die Teilnehmerliste und den Trainingsplan für mich?«, fragte er stattdessen.

»Im Handschuhfach«, gab Achim brummig zurück.

Es dauerte nicht lange, bis Martin die Namen von Nils und Lasse auf der Liste entdeckt hatte und sie mit wildem Herzklopfen und versteinertem Gesicht immer wieder las, so, als würde er sie auf diese Weise dazu bringen können, sich in Luft aufzulösen. Die Gedanken in seinem Kopf begannen zu rasen. Das konnte doch kein Zufall sein! Obwohl … er hatte sich erst unmittelbar vor den Sommerferien entschieden, Achim im Camp zu unterstützen. Und das hatte außer seinem alten Trainer und den Leuten im Camp niemand gewusst. Nils und Lasse konnten das also kaum eingefädelt haben, um ihm das Leben zur Hölle zu machen. Trotzdem war das ein bisschen viel Zufall, oder nicht? Verdammt! Er hatte am Camp teilnehmen wollen, um seinen – wie Achim es nannte – ›Riss im Herzen‹ für ein paar Tage in der Woche zu vergessen. Dafür hatte er sich sogar vollkommen unentgeltlich als Team-Verstärkung angeboten. Hauptsache, er war beschäftigt, und zwar mit etwas, das ihn nicht an sie denken ließ. Na, das klappte ja großartig! Was sollte ihm das jetzt sagen? Dass man nicht davonlaufen konnte? Dass es einen dennoch immer wieder einholte? Dass jeder noch so schöne Plan scheitern konnte?

Vielleicht sollte er Achim bitten, ihn an der nächsten Raststätte abzusetzen. Auf fünf Tage ›Westfal-Dreck-muss-weg‹-Parolen konnte er echt verzichten. Und auch darauf, in den Gesichtern der Jungs ständig *sie* wiederzuerkennen. Allerdings war er schon eingeteilt und wenn er jetzt davonlief, mussten das andere wieder ausbaden. Martin biss fest die Zähne aufeinander. Wahrscheinlich zerknüllte er die Teilnehmerliste gerade in seinen angespannt zitternden Händen. Egal. Er sollte sie zerreißen und aus dem Fenster schmeißen.

Martin sah nach vorne auf die Straße. Es wurde langsam hell. Die Landschaft war in ein schmutziges Grau gehüllt. Bäume und Wiesen huschten in gedeckten Farben vorbei, als würden sie sich vor den Strahlen der Sonne verstecken wollen. Wie Diebe auf der Flucht. Oder, als würden sie bei dem, was ihn jetzt erwartete, schlicht nicht dabei sein wollen. Kein Wunder, er wollte es ja auch nicht.

20. Wer bin ich?

Ella hatte ihr Smartphone seit Tagen ausgestellt. Warum wollten sie bloß alle dazu zwingen, zu reden? Sie hatte nichts zu sagen. Und sie wollte auch nichts hören. Die Frage »Wie geht es dir?« löste mittlerweile fast einen Brechreiz bei ihr aus. Ella brauchte nur ihre Ruhe. Dann würde das alles schon wieder werden. Immerhin stand sie jetzt jeden Morgen früh auf und verbrachte viel Zeit an der frischen Luft. Sie nahm ihr Johanniskraut und trug die Salbe auf. Dass sie das in erster Linie machte, um der Fürsorglichkeit und dem mitfühlenden Blick ihrer ständig irgendetwas planenden Mutter aus dem Weg zu gehen und mit niemandem reden zu müssen, tat ja nichts zur Sache. Sollten doch alle denken, was sie wollten. Hauptsache, sie war allein.

Seit der Nacht, in der ihr bewusst geworden war, dass ihre Gefühle für Martin nichts mehr mit Limerenz zu tun hatten, dass sie ihn ehrlich liebte und vor Liebeskummer fast verging, und seit dem Telefonat, in dem sie zwischen Fjonn und sich endgültig alles zerstört hatte, wollte sie nichts lieber, als wieder von Martin zu träumen. So wie früher, bevor er sie geküsst hatte. Nur von ihm träumen, sonst nichts. Ella hatte eine kleine Wiese gefunden, die von Bäumen umgeben war und die sie an *ihre* Wiese erinnerte. Hier wollte sie bis in alle Ewigkeit bleiben und an ihn denken. Sie wollte nur das tun und sich vorstellen, es wäre alles gut und nicht für immer vorbei. Sie wollte sich ausmalen, wie es gewesen wäre, wenn sie sich getraut hätte, sich selbst ihre Gefühle zu Martin einzugestehen, wenn sie den Mut aufgebracht hätte, zu ihrer Beziehung zu ihm zu stehen, und dass sie noch immer mit ihm zusammen wäre. Aber ständig wurde sie in ihren Gedanken an ihn gestört.

›Du hast dich immer nur treiben lassen‹, hörte sie Antjes Stimme. ›Das habe ich nicht verdient‹, hallte Fjonns Vorwurf in ihrem Kopf wider. Sie sah Rolfs braune Augen, angefüllt mit Sorge. Szenen aus ihrem Leben tauchten in ihren Gedanken auf. Situationen, die wie Weggabelungen gewesen waren, in denen sie sich für eine Richtung hatte entscheiden müssen. Die Sache mit Svenja Königs Freund, die

Studienwahl, Fjonns Antrag, das Gespräch über gemeinsame Kinder, der Sprung in die Selbstständigkeit. Was davon hatte wirklich sie gewollt? Was hatte sie andere für sich entscheiden lassen? War das überhaupt ihr Leben? Wer war diese Ella eigentlich? Sie ließ sich langsam zur Seite fallen und zog ihre Knie an die Brust. Ella spürte den kühlen Boden unter sich und blickte auf die Gräser vor ihrer Nase, die zu nahe vor ihrem Gesicht aufragten, als dass sie sie hätte scharf sehen können. Auf einmal musste sie an den Disneyfilm ›Lilo & Stitch‹ denken und war in Versuchung, genauso wie der kleine Alien ein ›Wer bin ich?‹ in den Wald zu schreien. Ella grinste, aber aus ihren Augen tropften Tränen in die Wiese. Sie wollte von Martin träumen, aber das ging nicht mehr. Die Fragen danach, wer sie war und was sie wollte, waren wie ein Störsignal, das alles andere überlagerte.

Am nächsten Tag saß Ella am gleichen Platz und starrte auf den Grasdschungel vor sich. Der blaue Himmel über ihr war von einem weißen Wolkenschleier verdeckt, ein leichter Wind wehte und die Bäume standen in einem dumpfen Grün stumm und mürrisch um sie herum. Ella saß nur da und der wilde Sturm ihrer Gedanken stand in einem krassen Gegensatz zu ihrer äußeren Bewegungslosigkeit. Ganz gleich, wie sehr sie sich am liebsten in eine Traumwelt mit Martin geflüchtet hätte, das funktionierte nicht mehr. Sie war alleine und musste endlich im echten Leben ankommen. Und dazu musste sie wissen, wer sie war. Was machte sie aus? Was wollte sie? Warum war sie so, wie sie war? Bilder, Gefühle und Worte wirbelten konfus in ihrem Kopf herum und sie sah dabei zu, versuchte, aus dem ganzen Durcheinander schlau zu werden. Irgendetwas in ihr drängte mit Macht dazu, herauszufinden, was mit ihr los war. Schließlich hatte sie mit Fjonn jetzt definitiv gebrochen. Und auch mit Martin war alles vorbei. Sie war allein. Allein, allein, und musste von nun an selbst für ihr Leben sorgen. Bei dem Gedanken wurde ihr so übel, dass sie sich stöhnend über den Bauch rieb. Sie atmete einige Male hektisch ein und aus und versuchte, sich zu beruhigen. In ihrem Kopf hörte sie, wie Martin zu ihr sagte, dass sie Angst davor hätte, Verantwortung für ihre Gefühle zu übernehmen und eine Entscheidung zu treffen. Ja, das hatte sie. Aber warum? Warum machte sie keine eigenen

Pläne? Wann hatte sie damit aufgehört, Entscheidungen zu treffen, die die Bedeutung alltäglicher Einkäufe überstieg? Sie konnte sich nicht erinnern. Vielleicht war sie ja einfach so.

Ratlos hob Ella ihren Kopf und schaute auf die gleichmäßig schaukelnde Bewegung der Baumkronen. Was passierte mit ihr, wenn sie Entscheidungen treffen sollte? Martin hatte recht. Entscheidungen machten ihr Angst. Bei dem Gedanken daran spürte sie einen leichten Druck auf der Brust und fühlte sich wertlos, traurig und enttäuscht. Auf einmal sah sie vor ihrem inneren Auge ihre Mutter in der Küche ihres Elternhauses sitzen. Die Farben waren kalt. Bläulich. Schmutzig grau. Barbara weinte und wirkte maßlos enttäuscht und verzweifelt. Tränen tropften auf den Küchentisch, zittrige Schluchzer schüttelten den schmalen Körper. Ellas Hals schnürte sich zusammen und sie sah wieder in die Baumkronen. Sie atmete tief durch und schloss die Augen. Weitere Bilder tauchten vor ihr auf. Von ihrem kleinen Bruder im Arm ihres Vaters. Dann waren da Luftballons. Ella spürte, wie sich das beklemmende Gefühl in ihrer Brust verstärkte. Sie hörte die Stimme ihres Vaters: »Es tut mir leid.« Wie in einem leeren Raum hallte das Echo durch ihren Kopf.

Es tut mir leid, es tut mir leid, es tut mir leid.

Ella rang nach Atem. Und plötzlich war da eine Erinnerung.

›Es ist ihr zwölfter Geburtstag und sie steht im Flur ihres Elternhauses, den Telefonhörer in der Hand. Die weißen Wände im Flur sind leicht vergilbt, an einer Stelle hat ihr kleiner Bruder krakelige Linien auf die Wand gemalt. Rechts von ihr steht ein dunkler Eichenschrank, an dem einige schlaffe Luftballons baumeln. Daneben sind auf einem Schuhregal all ihre Schuhe ordentlich aufgereiht. Die Partygäste sind bereits seit Stunden weg und gerade eben – es ist schon spät – hat ihr Vater angerufen. Das Gespräch dauerte nicht lange. Und am Ende sagte er: »Es tut mir leid«, und legte auf. Das Telefon ist das erste ohne Kabel am Hörer, das sie besitzen. Trotzdem steht sie noch lange da, minutenlang, als könne sie sich nicht bewegen, hört dem gleichmäßigen Tuten zu und versucht zu verstehen, was ihr Vater gerade gesagt hat.

Was? Sie werden nicht fahren? Er will sie nicht mehr sehen?

Seit einem halben Jahr plant sie diese Reise. Ihr Vater und sie wollen doch in den Sommerferien ganz alleine mit dem Rad drei Wochen durch Deutschland fahren. Das ist so besprochen. Fest verabredet. Unumstößlich festgelegt. Seit Wochen schläft sie jede Nacht voller Vorfreude ein, stellt sich vor, was sie alles erleben wird und worüber sie mit ihm sprechen wird, ist unendlich glücklich, dass er drei Wochen lang nur für sie da sein wird. Sie denkt nicht im Traum daran, dass die Trennung ihrer Eltern etwas ändern wird. Im Gegenteil. Sie freut sich nur noch mehr auf die gemeinsame Zeit und steckt all ihre Energie in die Planung. Wenn er sie nicht wie verabredet anruft oder abholt, denkt sie einfach an ihren gemeinsamen Urlaub. Sie sucht noch mehr Informationen zusammen. Einen Reiseführer lernt sie fast auswendig, um ihn zu beeindrucken, ihren Vater stolz zu machen. Sie will, dass ihr Plan perfekt wird.

Sie werden nicht fahren? Und er will sie gar nicht mehr sehen?

Irgendwann legt Ella auf und geht in ihr Zimmer. Sie nimmt die Landkarte und die farbigen Pins, die ihre Route und besondere Sehenswürdigkeiten markieren, von der Wand und legt sie sorgfältig auf einen Stapel. Sie sucht alle Reiseführer zusammen, die sie von ihrem Taschengeld gekauft hat, ihre Notizen, die Liste aller Jugendherbergen und Gasthäuser auf dem Weg und legt sie obendrauf. Zum Schluss blättert sie ihre Fotoalben durch, löst alle Bilder ihres Vaters heraus, nimmt auch den Bilderrahmen von ihrem Schreibtisch und verlässt mit dem Stapel das Haus. Draußen öffnet sie den Deckel der Mülltonne und lässt alles hineinfallen. Sie schließt den Deckel, geht wieder hinein und legt sich zum Schlafen ins Bett.‹

Ella sah in den Himmel und wischte sich die Augen. Wie hatte sie das alles nur komplett vergessen können? Bis zu diesem Moment war die geplante Reise mit ihrem Vater wie aus ihrem Gedächtnis gelöscht gewesen. All die Jahre war sie davon ausgegangen, sie hätte deswegen keinen Kontakt mehr zu ihrem Vater, weil er ihre Mutter im Stich gelassen hatte. Dabei hatte er damals auch sie verlassen. Seine eigene Tochter. Am Telefon hatte er gesagt, er wolle jetzt nach vorne sehen und ein neues Leben beginnen und sie gehöre nun einmal zu seinem alten Ich. Deswegen wäre es besser, sie würden sich nicht mehr sehen. Ein plötzliches Gefühl der Hilflosigkeit ließ Ella am ganzen Körper zittern. Was stimmte nicht mit ihr, dass ihr eigener Vater sie nicht mehr hatte sehen wollen? Sie erinnerte sich jetzt daran, dass sie niemals jemandem von diesem Gespräch erzählt hatte. Stattdessen hatte sie ihrer Mutter am nächsten Tag gesagt, sie wolle ab sofort keinen Kontakt mehr zu ihrem Vater. Niemand hatte davon wissen sollen. Viel zu sehr schämte sie sich dafür, dass ihr eigener Vater sie nicht liebte. Dass sie offensichtlich irgendwie falsch war, nicht gut genug für ihn. Oh, wie sehr sie sich geschämt hatte. Umso mehr, als sie herausgefunden hatte, dass ihr Bruder weiterhin Kontakt zu ihm hatte. Sie erinnerte sich jetzt daran, wie sie verzweifelt nach einer Erklärung dafür gesucht hatte. Vielleicht mochte die Freundin ihres Vaters keine Mädchen. Oder Ellas Gesicht erinnerte ihn zu sehr an ihre Mutter. Oder sie hatte irgendetwas falsch gemacht und ihr Bruder nicht. Ella hatte ihren Bruder nie darauf angesprochen. Überhaupt hatte sie nur noch wenig mit ihm gesprochen und heute hatte sie genauso wenig Kontakt zu ihm wie zu ihrem Vater. Nur den Grund dafür … den hatte sie anscheinend vergessen. Vollkommen vergessen. Einzig der Teil in ihr, der sich weigerte, Pläne zu machen, schien sich die ganze Zeit daran erinnert zu haben.

Ella saß vollkommen reglos auf der Wiese und hatte das Gefühl, gegen ein riesiges Gewicht auf ihrer Brust anatmen zu müssen. Die Bäume um sie herum, die Grashalme zu ihren Füßen, die Sonne am blau-weißen Himmel blieben davon vollkommen unbeeindruckt. Merkten die nicht, dass sich gerade alle Zusammenhänge in ihrem Leben verschoben?! Nichts war wirklich so, wie sie gedacht hatte. Eine Amsel schrie laut ihre Melodie in die Luft, am anderen Ende der Wiese mümmelte ein Kaninchen vor sich hin. Niemand interessierte sich dafür, dass sie sich fühlte wie im Vakuum einer schwarzen Blase.

Als sie nach Stunden in Barbaras Haus zurückkehrte, nahm sie ihren Laptop und recherchierte die ganze Nacht. Dass sie solche wichtigen Erinnerungen so vollständig verdrängt hatte, machte ihr Angst. Und als sie dann irgendwann auf das Stichwort ›Entwicklungstrauma‹ stieß und sich in der Beschreibung Betroffener erschreckt wiedererkannte, fühlte sie sich wie benebelt. Fast eine halbe Stunde lang saß sie mit schräg geneigtem Kopf und schweren Armen vor dem Laptop und sah regungslos auf den Bildschirm. Irgendwann tauchten in ihrem Kopf die Worte von Dr. Weiß auf, dass sie etwas Unterstützung gebrauchen könnte. Langsam ließ auch das lähmende Gefühl in ihren Armen nach. Zögernd hob Ella ihre Hände und tippte ›Psychotherapie Retsum‹ in das Eingabefeld der Suchmaschine.

Ella verbrachte auch die nächsten Tage alleine auf der Wiese oder machte stundenlange Spaziergänge durch die Weinberge. Dabei hielt sie zwischendurch in ihrem großen Skizzenbuch alle Gedanken fest, die ihr wichtig erschienen, schrieb Fragen auf oder malte nur vor sich hin. Die wiederentdeckte Erinnerung an die geplatzte Reise und das Telefonat mit ihrem Vater war nicht die einzige geblieben und sie fühlte sich von diesen ganzen neuen alten Erinnerungen und den damit verbundenen Gefühlen und Gedanken vollkommen überfordert. Gleichzeitig war ihr bewusst, dass sie nur noch wenige Tage hatte, bis sie wieder in ihren Alltag zurückkehren musste. Sie musste sich um ihre Kinder kümmern, Geld verdienen, sie brauchte einen Platz zum Wohnen. Krampfhaft versuchte sie daher herauszufinden, wie es für sie weitergehen sollte. Sie musste den Sicherheitsbereich ihrer Mutter verlassen und anfangen, eigene Pläne zu schmieden. Und das machte ihr eine furchtbare Angst. Unsicher rupfte sie einige Grashalme aus und zerrieb sie zwischen ihren Fingern. Was sollte sie bloß mit ihrem restlichen Leben anfangen? Sollte sie weiter als Grafikdesignerin arbeiten oder noch einmal komplett von vorne beginnen? Was war mit Fjonn? Und … was war mit der schrecklichen Sehnsucht nach diesen graublauen Augen, die sie nicht losließ? Sie dachte an das Buch, das in Barbaras Gästezimmer unter dem Bett in ihrem Koffer lag. Martin hatte es ihr zum Geburtstag geschenkt. Es war Fontanes ›L'Adultera‹, eine Geschichte, in der eine verheiratete Frau ihren Mann und ihre Kinder verließ und die versöhnlich endete.

Ella seufzte. Sie musste Dr. Weiß anrufen. Vielleicht gab es ja auch hier jemanden, der ihr kurzfristig weiterhelfen konnte.

Martin lief seine alte Strecke durch den Wald. Wie erwartet, stürmten die Bilder von Ella nur so auf ihn ein. Aber genau das hatte er gewollt. Die Sommerferien waren fast vorbei und der Wald schwelgte in spätsommerlicher Sattheit. Reif und träge zogen die Waldgerüche an seiner Nase vorbei und manchmal glaubte er, eine Spur von Honig und Kräutern darin zu riechen. Das geschäftige Summen, Klopfen und Pfeifen hatte etwas von eifriger Vorbereitung und das Geräusch seiner regelmäßigen Schritte hörte sich an, als gehörte es dazu. Vor vierzehn Wochen und fünf Tagen hatte er Ella das letzte Mal gesehen. Trotzdem waren die Gedanken an sie noch immer in seinem Kopf. Noch immer hatte er kaum Appetit und verbrachte den Großteil seiner Freizeit mit der Spielkonsole auf Joshis Couch. Und noch immer fragte er sich in einem fort, ob er sie jemals wiedersehen würde. Seit er im Trainingslager mit Nils und Lasse gesprochen hatte, fiel es ihm noch schwerer, die Trennung zu akzeptieren als vorher.

Als ihn die Jungs unter den Betreuern entdeckt hatten, war ihnen der Schock nur allzu deutlich anzusehen gewesen. Martin hatte versucht, ihnen zur Begrüßung zuzulächeln. Aber wahrscheinlich war ihm das kläglich misslungen. Danach ging er ihnen so gut als möglich aus dem Weg. Doch am dritten Tag suchten sie von sich aus das Gespräch mit ihm und kamen mit einem zerknirschten Gesichtsausdruck auf ihn zu. Dabei sah es aus, als müsste Nils einiges an Kraft aufbringen, um Lasse mit sich zu ziehen.

»Ähm … Herr Westfal … Also, wir wollten uns noch mal bei Ihnen entschuldigen, von wegen Demo und so …«, druckste Nils und stieß Lasse mit dem Ellbogen in die Seite. Doch der schaute nur stur auf den Boden.

Martin sah die beiden überrascht an. Mit so etwas hatte er nun wirklich nicht gerechnet. »Danke«, erwiderte er betont ernst und fügte hinzu: »Mir tut es auch leid.«

Das schien die Jungs zu irritieren. Sogar Lasse warf ihm von schräg unten einen misstrauischen Blick zu.

»Ich meine … Es war nie meine Absicht … Ich hätte nie gedacht, dass ich mich jemals in eine verheiratete Frau verliebe und daran beteiligt sein würde, eine Familie auseinanderzureißen. Und das tut mir sehr leid. Wenn ich mir nicht sicher gewesen wäre, dass eure Mutter die Liebe meines Lebens ist, dann hätte ich nie etwas in dieser Hinsicht unternommen. Aber manchmal passiert das Leben einfach.«

»Genau das hat Mom auch gesagt«, murmelte Lasse leise und mit Grabesstimme. »Aber, wenn sie ›die Liebe Ihres Lebens‹ ist«, fragte er gleich darauf verächtlich und mit einem wütenden Funkeln in den Augen, »warum haben Sie sie dann hängen lassen?«

»Wo habt ihr das denn her?«

»Na, wenn Mom Sie nicht mehr gewollt hätte, dann wäre sie doch jetzt nicht so todunglücklich über die Trennung. Ist doch logisch.«

Martin antwortete kurze Zeit gar nicht. Zu sehr war er damit beschäftigt, den Gefühlssturm unter Kontrolle zu bringen, den Lasses Aussage in ihm ausgelöst hatte. Schließlich fragte er: »Wie kommt ihr darauf, dass sie über die Trennung todunglücklich ist? Ich dachte, sie wäre jetzt wieder mit eurem Vater zusammen und alles wäre so, wie es sein sollte.«

Lasse holte tief Luft, wohl um ihm wutschnaubend eine Antwort entgegenzuschleudern. Aber Nils kam ihm zuvor: »Herr Westfal. Was denken Sie denn bitte? Wir kennen unsere Mutter, seit wir auf der Welt sind. Und das sind immerhin stolze vierzehn Jahre. Aber so wie jetzt haben wir sie noch nie erlebt. Sie isst nicht mehr, sie lacht nicht mehr, sie steht fast gar nicht mehr auf. Voll das Drama. Deswegen wird das wohl auch nix mehr mit der Versöhnung. Jedenfalls wäre das total verlogen.«

»Und warum glaubt ihr, dass das was mit mir zu tun hat?« Martin erinnerte sich, dass seine Stimme vor Anspannung gezittert hatte.

»Wollen Sie jetzt hören, was für ein toller Hecht Sie sind?«, pampte ihn Lasse sofort an. Aber Martin war ein Meister darin, den unverschämten Ton von Pubertierenden zu überhören.

»Ganz bestimmt nicht. Aber Fakt ist, Jungs, dass die Trennung eher von eurer Mutter ausgegangen ist als von mir. Jedenfalls hat sie zuerst den Kontakt zu mir abgebrochen. Und auch, wenn euch das nichts angeht, aber sie hat mir weder je gesagt, dass sie mich liebt, noch war sie jemals dazu bereit, offiziell mit mir zusammen zu sein. Deswegen habe ich so meine Zweifel an euren Schlussfolgerungen.«

Daraufhin schwiegen die Jungs und es hatte ausgesehen, als ob sie nur über ihre Blicke, die hin und her schossen, heftig diskutierten. Schließlich zog Lasse mit einem verkniffenen Gesichtsausdruck die Schultern hoch und Nils ergriff triumphierend das Wort. »Wir haben ihr Zimmer durchwühlt und dabei haben wir bestimmte Sachen gefunden, die …«

»Ihr habt was?«

»Na ja, wenn Ihre Mutter so strange abgehen würde, würden Sie da nicht versuchen, herauszufinden, was los ist?«

Martin zog nur seine Augenbrauen hoch und schwieg.

»Jedenfalls haben wir ihr Notizbuch gefunden und darin – Mann, ey, das war echt gruselig – sind mindestens tausend Skizzen von Ihnen. Vor allem Augen, Augen, Augen. Und überall hat sie Ihren Namen hingeschrieben wie so ein durchgeknallter Fan.« Nils riss die Augen weit auf und sah ihn mit wichtiger Miene an. »Glauben Sie jetzt immer noch, dass das nichts mit Ihnen zu tun hat?«

Dann warf Lasse ihm einen wütenden Blick zu und sagte fast hasserfüllt: »Glauben Sie jetzt bloß nicht, wir würden das mit Ihnen und unserer Mutter irgendwie gut finden oder wären auf Ihrer Seite oder so … Sie sind bei uns echt so was von unten durch. Und das wird sich auch nicht mehr ändern. Dass wir Ihnen das gesagt haben, haben wir nur wegen Mom getan.« Bei den letzten Worten nahm seine Stimme einen traurigen Klang an. Umso wütender warf er ihm seinen abschließenden Satz vor die Füße, bevor er sich umdrehte, und betont lässig davon stolzierte: »Und jetzt tun Sie gefälligst was, damit es ihr wieder besser geht!«

Martin atmete tief durch und konzentrierte sich eine Zeit lang ganz auf seinen Körper und das Laufen. Links, rechts, abfedern, abrollen, abstoßen. Er spürte deutlich die Muskeln, die er beanspruchte, fühlte, wie sie sich anspannten und das Blut durch sie hindurchströmte. In diesem Moment lief er an der Wiese, an ihrer Wiese, vorbei und bremste instinktiv ab. Langsam ging er durchs Unterholz und strich dabei mit seiner Hand über die raue Rinde der Eichen und die glatten Stämme der Buchen. Die Bilder in seinem Kopf waren so intensiv und lebendig, dass er fast dachte, Ella wirklich vor sich zu sehen. Schlafend auf der Wiese. Verführerisch an einem Baumstamm gelehnt. Martin fuhr sich stöhnend durch sein schweißnasses Haar und drehte wieder um. Die Erzählung von Nils und Lasse hatte ihm die Hoffnung geschenkt, dass doch noch alles gut werden konnte.

Dass Ella genug für ihn empfand, um sich am Ende doch noch für ihn entscheiden zu können. Er wusste, dass die Jungs von ihm irgendeine Aktion erwarteten, um Ella zurückzugewinnen. Und er wusste, dass sie nicht verstehen würden, dass er genau das tat, indem er nichts tat. Dabei war das das Schwerste, was er überhaupt tun konnte. Er fühlte sich furchtbar damit. Tatenlos, hilflos, schwach. Und vielleicht war es ja auch genau das Falsche. Vielleicht sollte er jetzt sofort losfahren und sie sich zurückholen, sie davon überzeugen, dass sie zusammengehörten. Ihr diesen ganzen Alters- und Kinder-Schwachsinn ausreden. Ihr sagen, dass er gar keine Kinder bekommen konnte und sie aufhören sollte, immer nur an andere zu denken. Dass sie so sein durfte, wie sie war, und er sie genau so liebte. Verdammt! Sie musste selbst darauf kommen.

Martin lief weiter und fühlte sich dabei wie Sisyphus. Nur war sein Felsbrocken die Zeit selbst, die er beim kräftezehrenden Warten voranschieben musste. Würde sie kommen oder musste er bis in alle Ewigkeit die Sekunden vor sich herschieben? Als er den Wald wieder verließ, blickte er wie üblich zu Ellas Wohnung hoch. Das Schild war verschwunden. Martin ballte seine Fäuste und schloss die Augen.

Fjonn lag mit seinem Kopf auf Bekkas nacktem Bauch und malte mit den Fingern zarte Muster auf ihre Hand, die sie auf seiner Brust abgelegt hatte. Mit ihrer anderen Hand fuhr sie sanft und in einem gleichmäßigen, beruhigenden Rhythmus durch seine Haare. Wäre er ein Kater, hätte er laut geschnurrt. Aus den Augenwinkeln sah er, wie sich ihre üppigen Brüste bei jedem Atemzug hoben und senkten. Er roch ihre Nacktheit in der stickigen Luft der Dachgeschosswohnung, und fühlte sich angenehm matt und träge. Sonnenstrahlen drangen durch die Fenster, malten gelbe Rechtecke auf den Holzfußboden und ließen kleine Staubkörnchen in der Luft glitzern und funkeln.

»Also doch keine Ehefortsetzung?«, fragte Bekka irgendwann mit ihrer samtigen, vollen Stimme.

Fjonn schüttelte mit halb geschlossenen Augen den Kopf. Er nahm ihre weiche Hand und küsste nacheinander jede Fingerspitze. »Das war eine Schnapsidee«, ergänzte er dann. »Ich kenn' mich so gar nicht. Noch nie habe ich an einer Entscheidung so viel gezweifelt.«

»Ihr wart lange ein Paar. Ist das da nicht normal, dass man das nicht einfach so abhakt? Meine Tante Frieda kauft immer solche Psychomagazine. Und darin habe ich mal gelesen, dass eine Trennung in vier Stufen abläuft. Leugnung, Verzweiflung, Neuorientierung und Gleichgewicht. Vielleicht wolltest du nur nicht wahrhaben, dass es wirklich vorbei ist.«

»Wahrscheinlich«, gab Fjonn zu. »Trotzdem war es dämlich, dass ich die Trennung immer wieder infrage gestellt habe. Aber der gemeinsame Abend war so, als wäre nie etwas passiert, und da habe ich gedacht ... Ich weiß auch nicht. Irgendwie hat es sich so angefühlt, als könnten wir einfach da weitermachen, wo wir aufgehört haben.«

»Und was nun?« Bekka hielt in ihrer Streichelbewegung kurz inne. »Kommt jetzt Phase zwei mit tiefer Verzweiflung und Wut und Rache und so? Also, meine Tante Frieda hatte mal einen Freund, so einen windigen Typ, weißt du? Ich hab' dem ja nicht eine Sekunde über den Weg getraut und dann hat er wirklich mit ihrer besten Freundin ... Na ja, als das dann vorbei war und sie ihm endlich nicht mehr hinterhergetrauert hat, da hat sie echt ...«, Bekka lachte einmal kurz auf und ihre Brüste wippten im Gleichtakt mit, »da hat sie mit einem ziemlich freizügigen Foto von ihm Flyer gedruckt. ›Zärtliches Verwöhnprogramm für ihn‹ hat sie darauf geschrieben und seine Telefonnummer. Und die hat sie überall verteilt. In seinem Wohnhaus, in dem Supermarkt, in dem er immer einkauft, vor seinem Büro.« Bekka kicherte leise und fuhr mit ihren Fingern sanft seine Gesichtskonturen entlang. »Die Tante Frieda ist 'ne Marke, echt.«

Fjonn atmete tief und entspannt durch. »Ich glaub', ich überspring' die Tante-Frieda-Nummer und widme mich gleich Phase drei«, sagte er, und stemmte sich hoch, um eine Spur von Küssen über ihre wunderbar prallen Brüste zu hauchen. Bekka räkelte sich und warf ihm aus funkelnden Augen einen lasziven Blick zu. »Herr Soost, Sie sind wirklich unersättlich.«

21. Casa mia

Als Fjonn wieder zu Hause war, schlenderte er langsam durch die Räume und sah sich um. Es war gut geworden. Noch immer war es das Haus, in dem er seit der Geburt der Jungs mit Ella gelebt hatte. Aber jetzt sah es nicht mehr nach Ella aus. Viele Wände waren neu gestrichen, Möbel hatte er ausgetauscht oder umgestellt, Deko-Objekte und Kissen in Kartons verpackt. Das alles hatte er in einem wahren Gewaltakt noch vor der Islandreise geschafft. Flo hatte ihm dabei geholfen, wenn auch mit einem demonstrativ missbilligenden, fast leidenden Gesichtsausdruck. Außerdem hatte Fjonn einen Maler-betrieb in der Nähe gefunden, der kurzfristig zwei Leute entbehren konnte. Es war nicht ganz wahr, dass er Phase zwei übersprungen hatte. Er hatte sie offensichtlich nur sehr komprimiert erlebt. Das, was sie in ihrem letzten Telefongespräch zu ihm gesagt hatte, hatte ihn schwer getroffen, und er wusste noch immer nicht so recht, wie er damit umgehen sollte. Was hatte dieser Bubi, was er nicht hatte? Was hatte er falsch gemacht? Er war liebevoll und aufmerksam gewesen, hatte sie nie betrogen oder anderweitig hintergangen. Er hatte für sie gesorgt, sich um alles gekümmert, sie auf Händen getragen. Was war an dem anderen so viel toller als an ihm? Es fühlte sich schrecklich an, nicht die erste Wahl zu sein. Vielleicht hatte er einzig und allein aus dem Grund an seiner Entscheidung gezweifelt, um sich zu beweisen, dass er den anderen ausstechen konnte, so wenig schmeichelhaft das für ihn war. Jedenfalls war ihm durch das Telefongespräch schlagartig klar geworden, dass diese ganze Tren-nungsgeschichte kein böser Traum war, sondern schlicht die unge-schönte Wirklichkeit. Es war vorbei. Sie hatte ihn betrogen und einen anderen ihm vorgezogen. Nichts mehr von ihr hatte er im Haus haben wollen. Und auch ihre Wohnung hatte er nicht betreten wollen. Um sein Versprechen zu halten, hatte er ein Unternehmen beauftragt, alles einzulagern, und hatte zusammen mit der Vollmacht von Ella die Kündigung der Wohnung an den Vermieter geschickt. Nach einer Woche fast ohne Schlaf, zwischen Verzweiflung und Wut, war dann im Haus alles umgestaltet gewesen und die Jungs und er waren nach Island geflogen.

Gestern Nachmittag waren sie zurückgekommen und während sich Nils und Lasse heute mit ihren Freunden trafen, war er zu Bekka gefahren. Die knapp zwei Wochen Ortswechsel hatten ihm gutgetan. Ihm und den Jungs auch. Manchmal brauchte man eben auch räumliche Distanz, um innerlich auf Abstand gehen zu können. Und Island mit seiner kargen und zugleich magischen Natur, seiner Ursprünglichkeit und Behäbigkeit hatte ihm genau das gegeben, was er gebraucht hatte. Diese erste Familienreise ohne Ella hatte noch einmal deutlich gemacht, dass es vorbei war. Das hatten wohl auch die Jungs gespürt. Immer wieder hatte es Momente gegeben, in denen sie alle in eine schwermütige Schweigsamkeit versunken waren. Und einmal hatte er Lasse in der Nacht leise weinen gehört. Trotzdem hatte ihnen diese Reise auch gezeigt, dass es weiterging. Die Welt hörte nicht auf, sich zu drehen, nur weil man selbst erstarrte.

In einer Woche würde auch Ella von Barbara zurückkommen. Er würde sie vom Bahnhof abholen und wusste nicht wirklich, wie er sich dabei fühlen sollte. Nun, sie blieben nach wie vor gemeinsam Eltern. Also mussten sie auf vernünftige Weise in Kontakt bleiben. Nils und Lasse hatten es verdient, dass ihre Eltern respektvoll und freundlich miteinander umgingen. Jedes Kind hatte das verdient. Fjonn ließ sich auf das große Sofa fallen und rieb sich mit der Hand über sein glatt rasiertes Kinn und den Hals. Ach was soll's, dachte er. Wie gesagt, die Erde dreht sich weiter. Er holte sich sein Notizbuch und ging seine Listen durch.

Eine Woche später standen Fjonn und Ella sich am Bahnhof befangen gegenüber. Nils und Lasse waren nicht mitgekommen. Sie meinten, es sei auch noch ausreichend, wenn sie Ella am nächsten Tag wiedersehen würden. Vierzehnjährige Jungs eben.

Es war eine skurrile Mischung aus Vertrautheit und Distanz, mit der sich Fjonn und Ella jetzt ansahen, und er hatte keine Ahnung, was zwischen ihnen irgendwann normal sein würde. Im Moment löste jede Begegnung wieder ganz andere Gefühle bei ihm aus. Heute musterte er sie mit wenig Vertrautheit und viel Distanz. Irgendwie hatte sie sich verändert. Man sah ihr an, dass es ihr in letzter Zeit nicht gut gegangen war. Sie war schmaler im Gesicht geworden und sah blass aus. Sie hatte fast etwas Durchscheinendes an sich. Aber das war es nicht. Vielleicht der Ausdruck in ihren Augen? Sie waren immer noch grün wie Moos, eingerahmt von sorgfältig getuschten Wimpern, und sahen ihn entschlossen an. War es das, was anders war? Fjonn stutzte innerlich. Konnte es wirklich sein, dass er so etwas wie Entschlossenheit in Ellas Blick nicht kannte?

Quatsch, dachte er und griff nach ihrem Koffer.

»Hast du Zeit?«, fragte ihn Ella gepresst, als sie sich langsam durch das Bahnhofsgewusel drängten. »Ich würde gerne noch mit dir über etwas reden.«

Ella wollte mit ihm reden? Wo kam das denn auf einmal her? Fjonn warf ihr einen schnellen Blick zu. Die Menschenmenge machte ihr sichtbar zu schaffen. Dennoch drängte sie sich weder zitternd an ihn, noch atmete sie auf diese panisch hechelnde Art und Weise wie sonst in solchen Situationen. Irgendetwas war wirklich anders.

»Klar«, antwortete er automatisch und steuerte den Ausgang an.

Fast hätte er ihr vorgeschlagen, in das Café zu gehen, in dem er damals gefrühstückt hatte, nachdem er sie für die Klassenreise hier abgesetzt hatte. Aber an diesen schicksalsträchtigen Tag wollte er jetzt nicht erinnert werden.

Also drehte er sich zu Ella und fragte: »Wohin?«

»Zu Alex ins ›Casa‹?«

Fjonn zuckte zusammen. Vom Regen in die Traufe. Er hatte das Gefühl, von Erinnerungen umzingelt zu sein. Überall lauerte die Vergangenheit, um ihm giftige Stacheln in sein Fleisch zu bohren oder um ihn mit bitterer Süße zu umspülen. Aber da ihm spontan keine Alternative einfiel, gab er sich schließlich geschlagen.

Eine halbe Stunde später waren sie bei Alex und es gab ein großes Hallo, als wären sie Jahre verschollen gewesen. Diese Italiener waren immer so emotional.

»Ich dachte, ihr habt mich vergessen!« Alex seufzte theatralisch und Fjonn rollte mit den Augen. Erst recht, als er sah, wie sich Alex eine Träne fortwischte.

»Was machen die bambini? Und wo wart ihr so lange?«

Ella sah Alex mit einem mitfühlenden Lächeln an. »Alex, du musst jetzt sehr tapfer sein. Nicht weinen, hörst du?«

Alex riss die Augen weit auf.

»Fjonn und ich sind schon seit fast einem Jahr getrennt.«

Fjonn warf Ella einen überraschten Seitenblick zu. Er hatte es sie das erste Mal laut und öffentlich aussprechen gehört. Und scheinbar hatte es ihr nicht das Geringste ausgemacht. Wie fand er das jetzt? Keine Ahnung. Das musste er erst mal verdauen. Er sah zu Alex, der ganz blass geworden war. Kurz befürchtete Fjonn, dass er in Ohnmacht fallen würde. Aber dann fasste sich Alex wieder und führte sie, unentwegt auf Italienisch vor sich hinmurmelnd, zu einem Zweiertisch direkt an den großen Gartenfenstern.

Ungefragt zog Alex sich einen Stuhl heran und setzte sich zu ihnen an den Tisch. »Ich kann es nicht glauben«, sagte er mit einem kummervollen Hundeblick. »Ihr wart immer so ein … una coppia perfetta.« Alex seufzte ausdrucksstark und schaute von einem zum anderen. »Aber ihr seid noch amici? Oder, mamma mia, ihr seid doch nicht etwa hier, um eure divorzio, eure, wie heißt es … Scheidung zu besprechen?«

Fjonn und Ella schüttelten gleichzeitig den Kopf und Fjonn warf Ella einen unsicheren Blick zu. Wie sah sie das? Waren sie amici?

»Das, was wir sind, passt in keine Schublade, Alex«, sagte sie aber nur und warf Fjonn einen Blick zu, der ihm sofort einen Kloß im Hals bescherte.

Er schluckte einmal trocken und räusperte sich. »Alex, könnten wir vielleicht etwas zu trinken haben?«

»Oh scusate. Natürlich. Was kann ich euch bringen?«

Kurz darauf saßen sie endlich alleine am Tisch und Fjonn sah Ella fragend an. »Also, worüber willst du mit mir reden?« Und dann setzte er hinterher, wohlwissend, dass er Schwachsinn redete, Ella in eine unangenehme Situation brachte und das nirgendwohin führte: »Du willst mir sagen, dass alles nur ein großes Missverständnis war, ich der großartigste Mann in deinem Leben bin und du alles dafür tun würdest, um wieder mit mir zusammen zu sein. Richtig?«

Ellas Blick flackerte kurz. Doch dann lächelte sie ihn offen an. »Wenn ich nicht so vieles von Grund auf falsch gemacht hätte, würde ich das vielleicht sagen«, gab sie freimütig zu. »Und das ist auch einer der Gründe, warum ich mit dir sprechen will. Ich möchte mich bei dir entschuldigen, Fjonn.« Sie schien kurz nach Worten zu suchen und fuhr dann fort: »Vielleicht hätten wir wirklich das perfekte Paar sein können, das alle in uns gesehen haben. Aber ich habe es unwiderruflich kaputt gemacht. Und zwar nicht erst dadurch, dass ich mich in Martin verliebt habe, sondern, weil ich all die Jahre lang nicht ehrlich zu dir war.«

Fjonn spürte, wie ihm die Gesichtszüge entglitten. Was sollte das heißen? Hatte sie ihn etwa die ganze Zeit betrogen? Oh Mann, was war er nur für ein Vollidiot. Er merkte, wie sein Herz anfing zu rasen und seine Handflächen feucht wurden. Das wollte er gar nicht hören.

Doch da redete Ella schon weiter: »Ich habe in letzter Zeit sehr viel nachgedacht und mir sind auch Dinge von früher eingefallen, die ich vollkommen verdrängt hatte.« Ella schwieg kurz, als würde sie diese Erinnerungen jetzt vor sich sehen, und knetete dabei nervös ihre Hände. »Und je länger ich nachgedacht habe, umso mehr ist mir bewusst geworden, dass ich uns nie wirklich eine Chance gegeben habe. Ja, eigentlich ist es ein kleines Wunder, dass es zwischen uns so lange gutgegangen ist.«

»Ella, wovon redest du da?« War es nicht genug, dass sie ihn wegen eines anderen aussortiert hatte? Musste sie ihm jetzt auch noch die ganzen gemeinsamen Jahre kaputt machen? Einfach so rückte sie an ihrem vergangenen Leben herum, schob es hin und her, bis es wie ein Fehler aussah. Als wollte sie ihm nachträglich seine glücklichen Momente stehlen. Er sollte sie hier einfach sitzen lassen und gehen.

»Fjonn, jetzt schau' doch nicht so. Und auch, wenn du das jetzt vielleicht denken magst, ich will keineswegs unsere gemeinsame Vergangenheit schlechtmachen. Ich will mich nur dafür entschuldigen, dass ich nicht ehrlich gewesen bin. Weder zu dir noch zu mir. Und bevor du jetzt auf diese schräge Idee kommst: Nein, damit meine ich nicht, dass ich dir meine Gefühle vorgespielt hätte.«

»Mann, Ella, jetzt komm' aber zum Punkt!« Fjonn fühlte sich wie auf glühenden Kohlen. Worauf wollte sie hinaus? Was meinte sie mit ›nicht ehrlich gewesen‹? Dass schon wenige Worte rückwirkend ein halbes Leben ändern konnten …

»Okay. Der Punkt ist: Ich habe zu allem Ja und Amen gesagt, auch wenn ich es furchtbar fand, wie zum Beispiel zu dem Empfang von Thienemann zu gehen oder mit dir zu campen oder dass du dir diesen lächerlichen Käpt'n-Ahab-Bart hast wachsen lassen.«

Fjonn schluckte und hatte Mühe, nicht empört nach Luft zu schnappen. »Erstens: Auf den Empfang hatte ich auch keine Lust, aber der Mann bezahlt nun einmal unsere Rechnungen, also stand das nicht wirklich zur Diskussion. Zweitens: Du fandest Campen doch immer ganz toll. Und drittens: Der Bart war cool.«

Ella sah ihn mit gerümpfter Nase und zusammengekniffenen Augen an, schluckte einmal trocken, als müsste sie sich sammeln, und sagte: »Der Bart war hässlich und ich hasse Campen!«

»Nein.«

»Doch.«

»Das glaub' ich nicht. Warum hast du nichts gesagt?«

»Genau davon rede ich doch, Fjonn. Ich habe *nie* etwas gesagt, und wenn einer immer alles hinunterschluckt, was ihm nicht passt, hat keine Beziehung der Welt eine ehrliche Chance, egal, wie sehr man sich mag.«

»Warum, Ella? War ich so ein Tyrann?«

Ella lachte auf. »Nein, ganz im Gegenteil.« Sie sah kurz nachdenklich vor sich hin und knetete wieder ihre Hände. »Ich glaube, das hat etwas mit der Trennung meiner Eltern zu tun. Wie das alles genau miteinander zusammenhängt, habe ich noch nicht ganz begriffen. Deswegen werde ich auch eine Therapie machen. Ich hatte in den letzten Wochen schon Sitzungen bei einem Psychotherapeuten, die mir sehr geholfen haben. Jedenfalls habe ich irgendwie unsere Ehe sabotiert. Und das möchte ich dir sagen, damit du nicht denkst, dass du irgendetwas falsch gemacht hättest oder nicht der großartigste Mann auf der Welt für mich wärst.« Ella sah ihm tief in die Augen und er sah, wie es darin glitzerte. Sofort war wieder der Kloß im Hals da und seine Lippen pressten sich automatisch aufeinander. »Denn das bist du«, ergänzte Ella, »und ich bin unendlich froh, dass du der Vater meiner Kinder bist.« Fjonn schluckte und war dankbar, dass endlich eine Bedienung mit den Getränken kam.

»Willst du noch was essen?«, fragte er mit kratziger Stimme.

»Wir können wohl kaum nach einem Jahr herkommen und dann nur etwas trinken. Alex wäre tödlich beleidigt. Wer weiß, vielleicht würde er seine sizilianische Mutter sogar bitten, uns mit einem Fluch zu belegen …«

Fjonn nickte mit einem leichten Lächeln auf den Lippen. Es war so eigenartig, wie man ständig wieder in seinen gewohnten Umgang miteinander verfiel. Jetzt scherzte sie, als hätte sich zwischen ihnen nichts verändert. Überhaupt wirkte sie so ungezwungen, wie er sie schon gefühlte Ewigkeiten nicht mehr erlebt hatte. Nur wie er sich verhalten sollte, wusste er noch immer nicht. Was das zwischen ihnen war, wusste er noch immer nicht. Er dachte an Ellas Satz: ›Das, was wir sind, passt in keine Schublade‹. Das mochte stimmen. Aber ihn hätte so eine Schublade beruhigt, eine Definition, irgendetwas, was ihm erklärte, wie er sich fühlen und verhalten sollte. Möglicherweise könnten sie ja eine Liste machen. Bei diesem Gedanken tastete Fjonn automatisch nach dem Notizbuch in seiner Jackentasche und als er es fühlte, beruhigte sich sein Herzschlag augenblicklich.

Zunächst bestellten sie sich etwas von Alex' fantastischer Karte und unterhielten sich in der nächsten halben Stunde über Island, ihre Söhne und die Zeit bei Barbara. Er griff in seine Jackentasche, um das Smartphone herauszuziehen und ihr einige Fotos zu zeigen, und berührte dabei erneut das Notizbuch. Kurzentschlossen zog er es heraus und drehte es einige Male unsicher in den Händen. Würde Ella das nicht total albern finden? Sie hatte ihn mit seinen Listen schon immer gerne aufgezogen. Er merkte, wie Ella ihn musterte, konnte sich aber nicht überwinden, mit der Sprache herauszurücken.

»Fjonn, was möchtest du?«, fragte ihn Ella auf einmal mit sanfter Stimme und legte ihre Hand auf seine.

»Was schon«, sagte Fjonn. »Eine Liste.«

»Und was soll auf dieser Liste stehen?«, fragte Ella weiter.

»Unsere Schublade.«

»Unsere was?«

Fjonn seufzte. »Ella, ich finde es erstaunlich, wie natürlich du dich auf einmal verhältst. Du scheinst für dich einen Rahmen für unsere Beziehung definiert zu haben, in dem du dich ganz frei bewegen kannst. Aber ich … Mir fehlt so was eben. Ich habe das Gefühl, an einem Spiel teilzunehmen, von dem ich die Regeln nicht kenne. Können wir nicht die Regeln festlegen? Welche, die für uns beide gelten?«

Ella sah ihn wehmütig an. »Natürlich, Fjonn.« Sie ließ einen Moment lang ihren Blick durch das Restaurant schweifen und ergänzte dann nachdenklich: »Weißt du, als die Jungs demonstriert haben und ich sie von der Schule abholen musste, da habe ich ihnen einen Vortrag darüber gehalten, dass das Leben manchmal einfach passiert und dass es darum geht, diese Ereignisse anzunehmen und damit klarzukommen. Nur habe ich mich selbst nicht daran gehalten und vor mir selbst die ganze Zeit geleugnet, dass etwas passiert ist. Ich habe weder zugegeben, mich in einen anderen Mann verliebt zu haben, noch habe ich mich auf die neue Beziehung eingelassen. In den letzten Wochen ist mir das endlich bewusst geworden und erst dadurch konnte ich mir darüber klar werden, was genau ich für dich empfinde und was wir jetzt noch sind. Wenn du dazu eine Liste brauchst, helfe ich dir selbstverständlich gerne.«

Nochmal eine halbe Stunde später sah Fjonn zufrieden auf die neu beschriebene Seite in seinem Notizbuch. Damit konnte man doch arbeiten. Sie hatten grob Pflichten und Grenzen definiert, einen monatlichen Familientag beschlossen und noch einiges mehr. Fjonn hatte das Gefühl, als hätte sich eine große Anspannung in ihm gelöst. Die schwarz auf weiß geschriebenen Wörter und Buchstaben gaben ihm einen Halt und eine Richtung. Er steckte sein Notizbuch zurück in die Jackentasche und lächelte Ella an. »Danke.«

»Gerne«, sagte sie und schenkte ihm ihrerseits ein warmes Lächeln. »Über eine Sache haben wir aber noch nicht gesprochen«, sagte sie dann plötzlich wieder ganz ernst. »Wollen wir uns scheiden lassen, Fjonn?«

Fjonn erstarrte. Dabei war die Frage absolut logisch. Er dachte an das umgestaltete Haus, an die neue Liste in seiner Tasche, an Bekkas nackten Körper und sagte dann zögernd: »Das wäre sinnvoll, oder?«

Ella zuckte mit den Achseln und sagte: »Sieht so aus.«

Sie musterte ihn kurz kritisch und knetete dabei schon wieder ihre Hände. War das eine neue Macke von ihr?

»Da ist nämlich noch etwas«, sagte sie schließlich entschlossen.

Fjonn zog fragend die Augenbrauen hoch.

»Ich möchte mich beruflich verändern. Und irgendwie fühlt es sich dabei nicht richtig an, auf dem Papier weiter die Frau von Fjonn Soost, dem genialen Grafikdesigner, zu sein. Ich möchte in Zukunft meinen eigenen Weg gehen. Mit klaren Verhältnissen. Und das auch in steuerlichen Angelegenheiten.«

Überrascht sah Fjonn Ella an. Das war ja ganz neu. Bisher hatte sie in beruflicher Hinsicht eher durch ein Minimum an Initiative geglänzt. Hätte er nicht immer wieder mal Jobs an sie weitergereicht, wäre es um ihre Auftragslage nicht gerade gut bestellt gewesen.

»Das ist alles noch nicht so ausgereift … Ich … Also, die Grafik-AG an der Schule hat mir unheimlich viel Spaß gebracht. Vor allem, als ich mit den Schülern Kalligrafie und Handlettering gemacht habe. Deswegen habe ich mir gedacht, ich verlagere mich vom Marketing eher zum Unterricht und zur freien Kunst. Weißt du, ich dachte, ich könnte erst einmal Kurse an der Volkshochschule anbieten und auch bei anderen Schulen im Umkreis anfragen. Und vielleicht könnte ich irgendwann mal ein kleines Atelier gründen, mit Kunstkursen und Ausstellungen, und auch meine eigenen Bilder verkaufen. Zunächst würde ich natürlich noch nebenbei normale Grafikjobs annehmen müssen. Schließlich muss ich ja von irgendetwas leben und die Miete bezahlen … Ich hoffe nur, dass ich in den letzten Wochen nicht alle Kunden vergrault habe. Na ja … Jedenfalls hab' ich mir das so überlegt. Was denkst du?«

Noch immer knetete sie nervös ihre Hände. Aber in ihren Augen glitzerte und funkelte es. Fjonn sah Ella an und ihre Begeisterung wärmte ihm das Herz. Genau so sollte sie aussehen. Immer.

Nachdem sie abschließend einen Cappuccino getrunken hatten und Alex noch einige Minuten bei ihnen am Tisch gesessen hatte, waren sie wieder im Auto und Fjonn startete den Motor.

»Wohin jetzt?«, fragte Fjonn.

Ihre Wohnung war, soweit er wusste, bereits anderweitig vermietet und ihre Sachen komplett eingelagert. Und von einer neuen Wohnung wusste er nichts. Er zumindest hatte sich nicht mehr darum gekümmert. Die Woche vor Island war doch ein wenig knapp gewesen und dann war noch eine SMS von Ella gekommen, in der stand, dass sie das mit der Wohnung doch lieber selbst in die Hand nehmen würde.

»Also, gemäß unseren Regeln könntest du auch erst mal bei uns im Gästezimmer … Ich meine, nur solange, bis du was Neues hast.«

Fjonn warf Ella einen schnellen Seitenblick zu und sah direkt in ihre grünen Augen, die ihn liebevoll und belustigt zugleich ansahen.

»Danke«, sagte sie nur. »Auch wenn ich das vor allem wegen der Jungs für keine gute Idee halte, komme ich vielleicht darauf zurück.« Ihre Stimme zitterte leicht, als sie ergänzte: »Das hängt davon ab, wie das jetzt gleich läuft.«

Fjonn runzelte die Stirn und legte den ersten Gang ein. Was sollte wie laufen? »Ella?«, fragte er nach.

Ella holte tief Luft und stieß sie geräuschvoll wieder aus.

»Bring' mich bitte zu meiner alten Wohnung«, sagte sie dann.

Fjonn biss die Zähne aufeinander. Sie wollte zu *ihm*. Würde dieses Gefühl von Eifersucht irgendwann aufhören, wenn es um Ella und andere Männer ging? Oder hatte das nur mit diesem einen Speziellen zu tun? Sich von jemandem zu trennen, war offensichtlich noch einmal etwas ganz anderes, als diesen Jemand mit einem neuen Partner zu sehen. Unbewusst krampfte er seine Hände um das Lenkrad und starrte schweigend mit einem unangenehm bohrenden Gefühl in der Brust auf die Straße.

Während der Fahrt sprachen sie kein Wort. Als sie angekommen waren, schaltete Fjonn den Motor aus und schloss für einen Moment die Augen. Dann stieg er aus, um Ellas Ungetüm von Koffer aus dem Kofferraum zu wuchten. Eine Zeit lang sahen sie sich in die Augen und es war wie ein Abschied und eine Begrüßung zur gleichen Zeit.

»Wir sehen uns nächste Woche bei Flo«, sagte Ella schließlich, reckte sich ein wenig und gab ihm einen Kuss auf die Wange.

Fjonn erwiderte den Kuss und atmete noch einmal ihren honigsüßen Kräuterduft ein. »Ja«, sagte er nur und war schon wieder dabei, ins Auto einzusteigen. Doch bevor er losfuhr, ließ er noch einmal das Fenster herunter. »Mein Bart war übrigens der Hit. Ich glaube, ich werde mir gleich ab morgen wieder einen wachsen lassen.«

Ella lachte und winkte dem abfahrenden Auto hinterher.

22. Spring!

Ella sah über die Straße hinweg. Vor ihr wirkte die Baumgrenze wie der Eintritt in eine andere Welt. Dort, mitten im Wald, hatte sie diesem seltsamen Magnetismus zwischen sich und Martin hilflos nachgegeben, hatte sich mit ihm fallen lassen in ein fast schmerzhaftes Glück, während um sie herum das pralle Leben im heißen, gelben Sonnenlicht gesummt, getrillert und geblüht hatte wie in einem berauschenden Traum. Heute war die Stimmung eine andere. Zwischen Spätsommer und Herbstanfang wirkte die Natur wie am Scheideweg zwischen emsiger Vorbereitung auf die karge Jahreszeit und trägem Auskosten der sommerlichen Fruchtbarkeit. Es lag etwas von Aufbruch in der Luft. Aber nicht wie im üppig schwellenden Frühjahr. Es hatte etwas vom Ende der Ferien an sich, von der Unruhe beim Packen der Koffer, um in sein echtes Leben zurückzukehren. Ja, die Atmosphäre schmeckte nach Wirklichkeit.

Ella drehte sich um und sah auf das Haus. Auch das war für sie wie ihre eigene, abgetrennte Welt gewesen, ihr geschützter Raum, die sichere Zone für ihre Gefühle. Abgeschottet von dem Paparazzi-Blick der missgünstigen Welt. Und genau dort, in ihrer Traumblase, war auch alles zu Ende gegangen. In den letzten Wochen war sie die letzte Begegnung in ihrer Erinnerung immer wieder durchgegangen, Wort für Wort, Blick für Blick. Doch so sehr sie es auch drehte und wendete, er hatte gewollt, dass sie ging. Sie war es zwar gewesen, die gegangen war, aber er hatte ihre Sachen zusammengepackt und sie dazu aufgefordert. Das war nicht sehr ermutigend für das, was sie jetzt vorhatte, änderte jedoch nichts daran, dass sie es durchziehen musste. Einmal wollte sie volles Risiko fahren, ohne Sicherheitsnetz ihrem Herzen folgen und aussprechen, was sie fühlte. Ein einziges Mal wenigstens. Langsam setzte sie sich in Bewegung und zog ihren riesigen Koffer mühsam hinter sich her. Noch nie war ihr ein Weg so lang und gleichzeitig viel zu kurz erschienen. Dann kam der Moment, an dem sie auf die Klingel drücken musste. Sekundenlang oder vielleicht auch stundenlang schwebte ihr Finger über dem Knopf. Und als sie endlich zudrückte, schloss sie dabei fest die Augen, als könnte sie so die Möglichkeit der Ablehnung und Enttäuschung ausschließen oder zumindest abmildern. Doch es passierte nichts. Rein gar nichts. Martin war nicht da. Oder er hatte sie durchs Fenster gesehen und wollte nicht aufmachen. Oder vielleicht war er auch schon längst wieder neu verliebt. Vielleicht unternahm er gerade in diesem Moment etwas mit einer anderen Frau, etwas, das sie stets verweigert hatte, weil sie nicht zu ihrer Beziehung hatte stehen wollen. Auf einen Schlag wickelte sich ein schwarzer Schleier eng um sie herum, machte das Licht fahl und die Farben grau. Ihr Brustkorb fühlte sich an wie unter einem schweren Gewicht begraben, und eine schier grenzenlose Mutlosigkeit machte sich in ihr breit. Ihre Knie zitterten leicht und sie stützte sich auf ihrem Koffer ab, wäre am liebsten hineingekrochen und hätte sich versteckt.

Vor dem Schweigen der Sprechanlage.

Vor der Welt, die sich unerbittlich immer weiter drehte.

Vor sich selbst und dem Leben an sich.

Stattdessen blieb sie regungslos stehen, stützte sich auf dem Koffer ab und wartete darauf, dass die Kraft in ihre Beine zurückkehrte und sie endlich von hier weggehen konnte.

Und dann sah sie ihn.

Martin kniff die Augen zusammen. Sah er richtig? Sein Körper wusste nicht, ob er schneller oder langsamer fahren sollte. Er verhakte sich in den Pedalen und kam ins Straucheln. Beinahe wäre er gestürzt. Bildete er sich das nur ein, wie so oft in letzter Zeit, oder stand sie wirklich da? Wollte sie zu ihm? Die Zeit schien stillzustehen und raste dennoch in einem atemberaubenden Tempo an ihm vorbei. Er sah nur noch sie und zugleich stürmte die ganze Umgebung auf ihn ein, als hätte sich seine Wahrnehmung übernatürlich erweitert. Das weit entfernte Hämmern eines Spechtes dröhnte in seinem Kopf, eine Hummel flog eilig und torkelnd an ihm vorbei, der intensive Duft überreifer Äpfel aus einem Garten irgendwo in der Nähe stieg ihm in die Nase. Ella war hier. Ohne nachzudenken, sprang Martin während der Fahrt ab. Dann ging er auf sie zu. Nein, er rannte. Und dann blieb er stehen.

Ella sah Martin gebannt entgegen, bis er bei voller Fahrt von seinem Rad sprang. Geschockt keuchte Ella auf. Das Fahrrad, sein heiliges Fahrrad, schlitterte über den Asphalt und Ella meinte, die Kratzer, die sich in den matten schwarzen Lack fraßen, fast am eigenen Leib zu spüren. Ihr Herz war vollkommen überfordert und pumpte verzweifelt so viel Blut wie möglich durch ihre Adern. Trotzdem hatte sie das Gefühl, gleich in Ohnmacht zu fallen. Sie hatte ihn so lange nicht gesehen, und sein Anblick brachte sie völlig aus der Fassung. Ella rang nach Atem und merkte, wie ihre Hände am Koffergriff feucht wurden, während ihre Augen rastlos die Konturen seines Gesichts abtasteten. Er sah aus, als wäre er lange Zeit krank gewesen. Dunkle Schatten lagen unter seinen Augen, er hatte sich mindestens eine Woche lang nicht rasiert und seine Haare hätten auch schon längst mal wieder geschnitten werden müssen. Trotzdem sah er für sie so gut aus, dass Ella nicht überwältigter hätte sein können, wäre ein leibhaftiger Gott auf sie zu gerannt. Ja, er rannte. War das gut oder schlecht? In Ellas Magen machte sich eine quälende Übelkeit breit, als sie versuchte, sein Gesicht zu lesen. Aber sie sah nur Ungläubigkeit. Sonst nichts.

Ich hätte nicht kommen sollen, dachte sie verzweifelt. Es war ein Fehler. Er will mich nicht mehr sehen und gleich wird er mich zum Teufel jagen und sich mit einer anderen treffen. Als Martin stehen blieb, hielt sie es nicht mehr aus und presste fest ihre Augenlider zusammen. Alles in ihr schrie: ›Lauf, Ella, lauf. Flieh, bevor es zu spät ist‹. Eine panische Welle der Angst ergriff sie und sie hatte ernsthaft das Gefühl, sterben zu müssen. Ja, sogar sterben zu wollen.

Martin war einige Meter vor ihr zum Stehen gekommen und blickte andächtig auf Ella, die sich mit zusammengekniffenen Augen an ihren Koffer klammerte. Sie war wirklich hier. Hier direkt vor ihm. Er wusste nicht, was er tun sollte, und fühlte bei dem Gedanken, er könnte etwas falsch machen, eine leichte Panik in sich aufsteigen. Sie war genauso schön wie in seiner Erinnerung. Noch schöner. Obwohl sie mager und angegriffen aussah. Mit seinen Augen liebkoste er jeden einzelnen Zentimeter ihres Gesichts. Er verlor sich in den Wellen ihrer Locken und den hellen Tupfen ihrer Sommersprossen.

Streichelte nur mit seinem Blick über ihre geschlossenen Augenlider, küsste ihre verheißungsvollen Lippen und hielt sie in den Armen. Sein übergroß geschwollenes Herz hämmerte dumpf gegen den Brustkorb und in seinem Kopf rangen die Worte miteinander, schubsten sich zur Seite, drängten sich nach vorne. Schließlich, fast ohne sein Zutun, öffnete sich sein Mund und entsetzt hörte er es schroff aus sich herausplatzen: »Was willst du hier?«

Ella zuckte unter seinen Worten wie unter Schlägen zusammen. Sie hatte es geahnt. Er liebte sie wirklich nicht mehr und war noch immer sauer auf sie. Es war alles vorbei. Endgültig. Durch ihre Adern pumpte eine riesige Menge an Adrenalin und sie wusste, sie musste sich jetzt entscheiden. Flucht oder Kampf. Sie könnte sagen, dass sie nur noch die letzten Sachen aus ihrer Wohnung geholt hätte und auf ein Taxi wartete. Sie könnte heucheln, dass sie sich gefreut hätte, ihn zu sehen, so, als wären sie alte Schulkameraden. Vielleicht tat es dann nicht ganz so weh. Vielleicht kam sie dann besser darüber hinweg, wenn sie sich jetzt nicht noch eine Blöße gab, sich noch angreifbarer machte. Sie könnte aber auch das tun, weswegen sie hergekommen war, und ihm ehrlich sagen, wie es ihr ging. Sie könnte ihm sagen, dass er der Eine für sie war. Dass sie verstehen könnte, wenn er sich gegen sie und für eine Familie mit eigenen Kindern entscheiden würde. Aber ihre Entscheidung wäre immer nur er. Sie könnte sagen, dass sich mit ihm zusammen alles richtig anfühlte, zum allerersten Mal in ihrem Leben. Dass sie nur etwas Zeit gebraucht hatte, um das zu begreifen. Dass sie noch immer Angst hatte, aber sich nicht mehr verstecken wollte. Und sie könnte ihm endlich sagen, dass sie ihn liebte. Ohne jede Einschränkung und von ganzem Herzen. War sie stark genug, um die mögliche, nein, um die wahrscheinliche, ach was, die zu einhundert Prozent sichere Enttäuschung auszuhalten? Es würde furchtbar werden. Unvorstellbar schlimm. Aber trotzdem … Sie wollte es tun!

Ella öffnete die Augen, holte tief Luft gegen das schwindelnde Gefühl, gleich von einer hohen Klippe direkt in den Himmel zu springen, und sagte: »Dich.«